# 江湖剑侠

民国武侠小说典藏文库·陆士谔卷

陆士谔 ◎ 著

中国文史出版社

# 海上奇才陆士谔(代序)

二十世纪初到四十年代，上海滩出现了一位奇才，他精通医道，医德高尚，曾被誉为上海十大名医之一；他著作等身，医学专著四十余种，各类小说一百余种，是当时享有盛誉的名作家。这位奇才就是陆士谔。

陆士谔，名守先，字云翔，号士谔，用过多个笔名：沁梅子、儒林医隐、珠溪渔隐、梦天天梦生、云间龙、云间天赘生、路滨生、龙公等。晚清光绪四年（1878 年）生于江苏青浦珠街阁镇（今上海市青浦区朱家角镇）一个书香家庭。九岁起，跟随青浦名医唐纯斋学医，前后共五年。十四岁到上海一家当铺做学徒，不久辞退回家，在朱家角一边行医一边大量阅读医书和各种"闲书"。二十岁再到上海行医，因业务清淡，遂改业租书，购置一大批读者欢迎的小说，日间以低价出租，晚上潜心研读这些小说，不但能维持生计，而且渐渐悟出写作诀窍，先写些短篇，试着投稿报馆，竟获一再刊登。他写兴更浓，由短篇而中篇，由中篇而长篇，有些还印成单行本，风行一时。此时他认识了小说界前辈海上漱石生孙玉声，孙玉声知道他做过医生，对医道有研究，劝他重开诊所。他听从劝告，此后坚持一边行医，写医学专著和有关掌故，一边撰写小说，直到1944 年因中风不治在上海家中逝世，享年六十六岁。

陆士谔一生整理、编注、创作医著和医文四十余种，对清代

1

名医薛生白（1681—1770）、叶天士（1666—1745）的医案钻研极深，编注过《薛生白医案》《叶天士医案》《叶天士手集秘方》等重要著作，自著十余种，最重要的是《医学南针》初、二集，其业师唐纯斋为之作序，赞他"以预防为主医学，极深研几，每发前人所未发"，"以新说释古义，语透而理确"。他以所学理论行医，悉心诊治，常能妙手回春。1925年，一位广东富商请其出诊，为奄奄一息、众名医束手的妻子治病，经过半个月的诊治，病人霍然而愈。富商感激涕零，登报鸣谢一个月，陆士谔的医名由此大振。在沪行医期间，陆士谔以其精湛的医术、高尚的医德，被誉为上海十大名医之一。

陆士谔以医为业，业余还创作了百余种小说。为陆士谔研究付出过艰辛努力的田若虹教授给予高度评价："陆士谔的小说全面地反映了晚清民国时代的社会面貌、重大事件，笔触遍及政治、外交、文化、经济、军事等各个方面，展现了封建末世的一幅真实画图。""他以强烈的愤怒抒发了对社会官场魑魅魍魉的谴责与鞭笞，以感情充沛的笔锋表现了对反帝爱国志士的赞扬与尊敬，用热情洋溢的话语描述了其理想中的新中国。这一切憎爱分明的情感，铭记着时代的苦难痕迹，闪耀着陆士谔在十九世纪末、二十世纪初那个特定的历史阶段与时代同脉搏、与人民共呼吸的真挚情感。同时也热切地表达了其欲挣脱'衰世'腐败黑暗的社会及卑污风气，挣脱束缚、压抑之环境，追求美好自由新境界的愿望。他对现实的愤怒与对未来的追求融汇交织其中，感情激烈而奔放，语言辛辣而犀利，文风格调亦具有时代精神的特征。在封建制度大崩溃之前夕，陆士谔等近代小说家们的那些充满激情的篇章、声情沉烈的创作颇具现实意义。"[①]

陆士谔的小说不仅数量多，而且题材极为广泛，田若虹教授

---

① 见田若虹：《陆士谔小说考论》，上海三联书店2005年7月初版。

将其分为社会小说（52 种）、武侠小说（22 种）、历史小说（10 种）、医界小说（3 种）、笔记小说（18 种）、科幻小说（2 种）和纪实小说（即时事小品 110 则），共七类。正因为认识到陆士谔小说的社会价值，1988 年起，先后有十余家出版社重印了一般读者较难看到的陆士谔小说，如《新孽海花》《血泪黄花》《十尾龟》《荒唐世界》《社会官场秘密史》《最近上海秘密史》《商场现形记》《新水浒》《新三国》《新野叟曝言》《清史演义》《清代君臣演义》《清朝秘史》《八大剑侠传》《血滴子》等十余种，其中最著名的是《新上海》《新中国》和《八大剑侠传》《血滴子》。

撰于 1909 年的《新上海》深刻揭露了清末上海十里洋场种种光怪陆离的"嫖、赌、骗"丑恶现象，竭力描写，淋漓尽致。1997 年，上海古籍出版社将其与李伯元的《官场现形记》、吴趼人的《二十年目睹之怪现状》等一起列入"十大古典社会谴责小说"。1910 年，又撰《新中国》，小说以第一人称写作，以梦为载体，作者化身陆云翔，描述梦中所见：上海的租界早已收回，建成了浦江大铁桥、越江隧道和地铁……2009 年 12 月，为配合宣传 2010 年上海办世界博览会，有出版机构重印了这部小说，国内外媒体也纷纷报道，极大地提高了陆士谔的知名度。

陆士谔还以清初社会现实为背景，从 1914 年到 1929 年，十六年中写出二十余种武侠小说：《英雄得路》、《顾珏》（以上为文言短篇，分别载于《十日新》杂志和《申报·自由谈》）；《八大剑侠传》（原名《八大剑仙》）、《血滴子》（又名《清室暗杀团血滴子》）、《七剑八侠》、《七剑三奇》、《小剑侠》、《新剑侠》（以上后合编为《南派剑侠全书》），《红侠》、《黑侠》、《白侠》、《三剑客》（以上后合编为《北派剑侠全书》），《雍正游侠传》、《今古义侠奇观》、《江湖剑侠》、《八剑十六侠》、《剑声花影》（原名《侠女恩仇记》）、《飞行剑侠》、《古今百侠英雄传》、《新三国义侠》、《雍正剑侠奇案》、《新梁山英雄传》、《续小剑侠》（以上为白话长篇，多由上海时还书局出版）。

这些小说中的人物，出场最多的是康熙、雍正时的八大剑侠，即路民瞻、曹仁父、周浔、吕元、白泰官、吕四娘、甘凤池和了因和尚（俗家名吴天巍），他们是南明延平王郑成功部下，明亡后，存反清复明大志，在各地行侠仗义，扶危济困，名震天下。书中由正面转为反面的人物是年羹尧和云中燕（"血滴子"暗器发明者），起初也行侠惩恶，后来却创办血滴子暗杀团，帮胤禛夺得皇位，最后被雍正卸磨杀驴，下场悲惨。陆士谔笔下这两组人物故事当时吸引了无数读者，不仅小说一再重印（《八大剑侠传》《血滴子》竟印到21版），而且被改编成京剧连台本戏和电影《血滴子》，红极一时。受其影响，在陆士谔原著的基础上，稍后出道的民国武侠北派五大家之一的王度庐，1948年写出《新血滴子》（又名《雍正和年羹尧》）。至1950年代，香港武侠名家梁羽生发表《江湖三女侠》，吕四娘、白泰官、甘凤池和了因的形象更为生动；台湾武侠名家成铁吾更写出350万字的巨著《年羹尧新传》，使原本笔法相对平实质朴的故事奏出了华彩乐章。

最后值得一提的是陆士谔1915年3月19日发表于《申报·自由谈》的文言笔记小说《冯婉贞》，记载了1860年英法联军火烧圆明园时，北京民女冯婉贞率领数十年轻村民痛击联军，杀死近百名敌军，成为近代民族英雄的杰出代表。此文1916年被徐珂略作修改后收入《清稗类钞》，二十世纪六十年代又被收入中学范文读本。

2014年起，中国文史出版社陆续推出了"民国武侠小说典藏文库"和"民国通俗小说典藏文库"两大系列丛书，先后整理、重印了还珠楼主、白羽、郑证因、朱贞木、平江不肖生、徐春羽、望素楼主、赵焕亭、顾明道、李涵秋、刘云若、张恨水、冯玉奇、程瞻庐等作家的全部或大部分小说，深受读者欢迎，并获研究者的好评，此番又将重印陆士谔的大部分武侠小说，从《八大剑侠传》到《飞行剑侠》，共15种，真是功德无量！望文史社编辑诸君再接再厉，将建修两大文库的宏伟工程进行到底，使这份珍贵的文学遗产永久传存于世间！

林　雨

2018 年 12 月于上海

# 目　录

# 下　集

# 序

　　小说之种类多矣，有历史小说，有言情小说，有神怪小说，有侦探小说，有武侠小说……

　　近数年来，武侠小说之出版，日渐增加，一般有血性之青年，往往手执一编，披览抚摩，不能自已。此何故哉？盖黑暗之政治、龌龊之社会，有以致之也。上无道揆，下无法守，窃钩者诛，窃国者侯，好恶之不公，邪正之不辨，赏罚之不当，是非之不明，弱肉强食，遍地皆然。礼教所弗能维持，法律所弗能救济，众怨沸腾而莫泄，民气郁积而不宣，乃有任侠者出，挺七尺躯，仗三尺剑，挟绝人之技，驰骤江湖间，路见不平，拔刀相助，立谈而锄恶霸，深夜而诛巨憝，其行为虽不免于过激，然而除暴安良，贪污因之褫魄，扶危救急，土劣闻之寒心，亦足以戢权奸而伸正义，有功于世道人心，岂浅鲜哉？

　　青浦陆士谔先生，既精活人术，复长于写武侠小说，形其形，状其状，惟妙惟肖，可骇可惊，历次所作，阅者无不击节。盖先生生于乱世，触目伤心，愤激之余，发为奇文，非以投世俗之所好也，聚以鸣方寸之长不平耳。

　　呜呼！豺狼当道，安问狐狸，岂无任侠之士仗剑而起扫荡而廓清之乎？

余少时最喜读武侠小说，慕虬髯隐娘之为人。今先生将有新作《江湖剑侠》问世，读其内容，尤觉别阔蹊径，有裨于世道人心之处更多，故乐为之序。

云间吴晚香序于上海

上　集

# 第一回

## 奇文警世武侠开宗
## 苛政害民小人得志

大概要晓得一国人民知识程度的高低，只消留心去调查一下，看他们社会上的风俗人情就可以略见一斑，那些迷信神权的人愈多，愈是人民知识浅陋。有人听见我这句说话，一定要来反驳一句说道："你老先生这句说话，真有些驴头不对马嘴，既然你说人民的知识愈浅陋，愈是迷信神权，但是你老先生自然是个很文明的人，却为什么要来写这些神怪的武侠小说？剑光一瞬，想入非非，这难道不是提倡迷信吗？"

哈哈！这句话果然不错，但是我们作武侠小说的人，却也有几点理由。第一，武侠小说虽然有些地方写得极神怪，但也不过是穿插热闹而已，其间关于社会方面，惩淫劝善的描写，恐怕有裨益于读者，要胜其他小说十倍哩。并且书中的主旨，是在申雪不平，警惕人心，设非如此着笔，使生气虎虎，则不平之事终不能平，焉能令读者轩眉快肺，替今古负屈者昭雪吗？第二，我国固有的国技，至今已湮没不彰，不但世少真传，并且绝顶功夫、绝顶奇人，人人习于闻见，将不复知，现在记载这类的事实，正所以要使绝学不坠，令后人闻风兴起，一概目为神怪不经，不特深诬作者，岂不要冤屈古人吗？第三，社会一时有一时的现象，政治一代有一代的背景，我们要明了百千年来政治社会的真相，

3

和当时民众所主持的公理。例如荆轲挟匕首入秦、张良椎击博浪沙，皆是民气激昂，载在史册昭然可信的。其外有许多信史所不能载、所不敢载的事尚多，使无稗乘小说以图其状态，写其胸襟，焉能扬我国魂，吐我民气，使千百载而下的人能够接踵前贤、奋励后进？这几点理由，却是我们作武侠小说的本旨，似乎却不能净说他提倡迷信吧。

倘然更有人要说是"武侠诲盗"，并且还要说"有许多青年受了武侠的迷信"，哎，这话恐怕更不对吧。我们把它分析明了地说一句，所谓能称武侠小说的书，一定有武侠的本旨流露，没有普通知识的人，一定是不喜读、不能读的。具普通知识以上的人，爱读武侠的作品，我们深信他们有两种心理：一者是不信其有，把来作消遣读的；一者是不信其无，把来作今古事实比较读的。这两类的读者，的确是读武侠小说的信友，也是著者欢迎供献给他们的。至于知识未具的青年，或是自甘下流的一班人，他们一定没读过纯正的武侠小说，说不定却是被一般类似连环图画的刊物和不良的戏片所诱引哩。就这样地指鹿为马，因噎废食，我们能接受他这种评判的吗？所以小子敢武断一句，做盗匪的，绝不是因认识了"盗匪"两个字才去做盗匪，那么，自甘趋下流和有迷性劣根的人，怎能说他们是受武侠小说的迷害呢？因世界有盗匪，便把字典上两个字不准列入，那不是太缠夹了吗？倘然不从普及教育上着想，但希望打倒迷信，不从改良社会环境上着想，但要责备到武侠小说，我也要笑他们是一样的颠顸哩。然而我也不敢说，现在的武侠小说都是好的，恐怕那些海淫诲盗、卑陋不堪的作品也难免掺杂其间。作者一方面固然要希望教育普及和改良社会的环境，同时也要希望一班作者们负起一点儿责任心来，不要自卑人格，贻人的口实吧。作者表明意旨，现在就要接叙这部武侠奇书的正文。

却说山东寿光县地方，本是滨海的一个小县城，民风朴陋。

自从满清入关后，一方面用武力压迫汉人，一方面又拿虚荣爵宠来笼络，把一班士子的头脑造就得比铁还顽、比胶还固，只晓得奴颜婢膝地趋奉异族，并没有分毫反抗的思想。那清朝的政府，又恐怕民心涣散，难免有几个英雄豪杰要在草莽中崛起，于是就索性挂起一面诗礼衣冠的虚幌子来，借"忠孝节义"四个字骗哄愚民。每逢初一、十五的朔望，地方官必定朝庙拈香，命当地的乡约高登讲台，把这四个字意义念得滚瓜烂熟，说得天旋地转，讲给一班百姓们听。起初本是他们用的一种政策，后来年代久远，便成了一件阳奉阴违的故事。大家听讲的，把这些屁话听得耳皮起茧，不值一听，所以每逢朔望的演讲，也不过有几个腐朽的绅衿应名点卯，和几个游手好闲子弟凑着看看热闹罢了。

那寿光县的城隍庙也正是民众的演讲厅。这天恰巧是正月十五日，寿光县知县祁允甲清晨一早便带着三班衙役，坐着蓝呢轿，鸣锣喝道，直往邑庙来。一到庙门首，早有那些乡约保正们忙得好像热锅蚂蚁似的，抢着打千儿请安。

那祁允甲一下了轿，就搭足十二分官架子，一步一趋地大踏步走进庙去。那三班衙役围了一大圈子，把那看闲的人都赶走出庙去。祁知县拈过了香，才向讲台边的一把交椅上坐了下来，那乡约又打着千儿，请了一个安，退了出去。照例就要登台开讲，哪知祁知县忽然一抬头，见演讲台上缺了一方戒尺，就不禁冲冲大怒，随即把乡约郑五、地保王三一齐传唤进去，就把面孔一沉，喝道："你们这班狗才，本县早晚得你们办事都是阳奉阴违，别的由你们马虎，这讲台上戒方也是缺少得的吗？不但有失观瞻，亦且藐视大典。不给你们一点儿惩戒，你们还要蒙蔽本县哩。"说着，就连连顿喝，喝声叫打。

早有招房过来，打了乡约五十手心，又有两个差役把地保王三拖下阶去，扯开裤子，足足打了二百小板，总算才把这件事马马虎虎地了结。那祁知县发过官威，便也不再问讲约的事，早立起身来，前呼后拥地出庙上轿而去。

看官要晓得，这祁知县他也不是勤于民政来监视这讲约的大典，他本来每逢朔望都不到这邑庙来，现在他是因着太太生病，叫他来还愿心，所以他才特地来烧这一炷香的。那乡约们素来晓得祁知县不来，每到讲约的时候，差不多只背上几句四书就算完结，从来并没有注重过什么礼貌，何况这块无关紧要的戒方。哪里晓得祁知县忽然跑来，借端生事，受了一场没趣。在祁知县，不过要发发官威，然而他们却要算是大触其霉头哩。

祁知县走后，那地保王三早一撅屁股，跳起身来，系好裤子，面不改色地走出了庙。早有一班伙计们接着，问长问短，都说保正老爷这番吃了亏了。王三耸起两个肩头，两手揉着屁股笑道："这算得什么呢？俺们吃公门中饭的人，本来是吃的板子、穿的枷，区区一顿屁股，还不是家常便饭吗？"众人听得，又七嘴八舌地逗笑了一阵，大家都跟着他走进南首的一个茶铺子里面。

那茶铺子的老板一见王三一班人走进，早笑沉了一副面孔，走过去替他泡上一壶茶，说道："保正老爷辛苦了。"

王三就冷笑一声道："辛苦不辛苦且莫管，俺且问你吧，今天是大年十五元宵节，你这里的月规还没有送出，难不成要你爷跑断腿筋来索债吗？"

那茶铺子的老板便又赔着笑道："你老不必见气，只因小铺子的生意冷淡，不曾孝敬你老，等一天小人自有一点儿意思，绝不叫你老空过，你老人家原谅吧。"

那王三一听他的说话，早不禁翻起一双眼睛大喝道："闭了你的乌嘴，你爷不管你三七二十一，今天你再要寻你爷作耍，延宕下去，哼哼！心心你的脊梁筋不替你抽断吧！"

那王三这样地一吆喝，那些伙计们都一迭连声地催促着道："快点儿，快点儿，俺们没有这些闲空等你延宕，你要是没有钱，就请你跟着俺们辛苦去走一趟吧。"说着，早有一个人一抖铁链，就要过去锁拿。

这一来，已把那店铺子的老板吓矮了半截。你道他怎样对于这地保畏如蛇蝎呢？原来当时的那班小百姓，最怕的就是见官见府，尤其是对于地方上的保正，从不敢得罪一声，假使和保正有了嫌隙，每每地就要借端生事，弄得破产亡家。再不然就轻轻加你一个非匪即盗的罪名，把你锁拿了去。官刑倒还可忍受，独有保正家中的私刑却打熬不过。轻则用麻绳将手足大拇指吊住，身体荡在半空，一人用皮鞭子抽打，名叫醉秋千。重一点儿的，就要截断手指，挑断腿筋，名叫吃长生素——这个名头儿怎样解说，倒有些思索不出，大概也是说截了手指，挑了足筋以后，便永久不能行窃做盗，好比吃长生素的人再不吃荤犯戒的意思。最重的刑罚叫作戴硬帽，是用一个五斗栲栳，将人全身体罩住，倘然手足皮肉有罩不进的地方，就用火燃灼，犯人一畏痛，自然就会渐渐蜷缩进去。这种私刑最厉害不过，倘然被罩住一个半个时辰，那么，一个十全的人顷刻就成功了五体不全的残废，放出来就不能生活，只好在地上滚着乞食度日。所以，安分守己的百姓不特怕官如虎，更要怕地保如蛇蝎哩。

当下那茶铺子的店主人一见这样的声势，晓得这班恶煞是得罪不得的，赶紧抖抖索索地说道："爷……爷……爷们不必动怒，待小人去摒挡吧！"

可怜这个茶铺子的主人，去叩头借贷的，才拿了四百大铜钱来，送给了他们。保正王三拿着钱，才领着众人出了茶铺子的门，一哄散去。

单说王三这天总算交代过公事，当晚吃了个醺醺大醉，携着钱袋，竟往城南外的博场来呼卢喝雉，豪赌了一场。偏生他的红运当道，赌到三更多天，足足被他赢了十多贯钱，他就老实不客气地说了声失陪，抓起钱袋，踉踉跄跄地出了赌博场，沿着城脚往城门口走去。这时候，月色皎然，光可鉴人毛发，虽然是三更多天气，路上已断人迹，但王三是一个当地保的人，平素盗贼没一个不和他勾串一气的。他独自一人扛着钱袋走路，本来不怕什么人来抢劫的，哪知他走不多远，忽然路旁的大树林子里面飞下一件东西来，托的一声，正击在他背上的钱袋上。原来是一块石子，顿时把王三吓了一跳，拨转头看时，见并没有半个人影子，他就忍不住地破口大骂。在他心里，总以为这样一个黑魆魆的树林子里面，不是有什么鬼怪狐狸，一定是藏躲着什么道儿上的朋友来故意寻他开玩笑的，或者是新出道儿的人物，没有看清了他。他这一骂，一定叫他们听出自己的声音，就不敢出来动手。哪知他不骂犹可，这一骂就骂出一场祸事来。

骤然就见树枝一晃，由树上蹿下一条黑魆魆的人影子来，一个箭步，已到他的身后，轻舒猿臂，早像老鹰捉兔似的连发根把他揪住。这一掀，已仰面掀跌在地上，一脚踏住他的胸膛，一手由背上拔出明晃晃的一把刀来，用刀尖指在他面上喝道："死狗，你还认得俺吗？"

那保正王三虽然被他掀倒，他心中倒还盘算着，只当他是个新来的拦路贼，就哀哀恳告道："小人并不认识好汉，俺是本方的保正，望好汉留点儿薄面吧。"

那人就哈哈地笑道："好狗才，你原来连俺都不认识吗？俺告诉你吧，俺叫路振飞，俺哥哥路振鸣系被你这狗贼陷害，屈送了性命。今夜俺特来寻你报仇，你还想逃脱性命吗？"

那王三正待分辩，早被那人把刀提起，对准他的咽喉直一戳，顿时已戳进了一寸多深，趁势把刀锋往下一划，直划到胸前，那鲜血就迸流出来。那王三只两只脚乱伸乱缩了一阵，连"哎哟"两字也没有喊出，便早到森罗殿点卯去。那人这才拔出刀来，在他衣上拭干了血迹，耸身一跃，已由树杪飞越，顷刻不知去向。

# 第二回

## 割凫烹羔丐僧作剧
## 含沙射影胥役挟嫌

却说那人把王三杀死，就飞越树杪而去。

书中交代，这路振飞本是燕京人氏，自幼跟随着他哥哥路振鸣在外经商，后来他哥哥的商业失败，就漂泊到了这寿光县，开设了一爿小杂货铺子。他兄弟二人克勤克俭地营业，倒也把一爿小铺子做得十分发达。这时候，路振飞年纪也有十六七岁，他哥哥路振鸣已有三十多岁，但是因为营业上不很顺境，所以东漂西泊，尚没有娶得家室。他们这爿小店铺子，当然也用不起什么学徒伙友，一切事务都是他兄弟二人亲自照料。那路振鸣却时常出门去批发货物，以及四时八节到各县镇去收讨一点儿零碎账目，店中的事都交给他兄弟照管。那路振飞虽是年纪轻幼，却生得异常的聪明伶俐，因此，人家都喜爱他。路振鸣更是个笃实诚厚的人，这爿店信用既好，生意又会做，当然就名誉一天高似一天，营业一天发达过一天。

这年正值八月的中秋节，路振鸣因为店中事体太忙，恐他兄弟一人照管不下，就雇了一个学徒帮同照理。他自己就携了账簿，打叠了一个随身的包裹，又预备往各乡镇收账去，就对路振飞说道："俺们店中的生意近来倒很不错，只是资本太小，每逢三节，账目不归齐，经济上就要不能兜转，但是欠人家的货款却要按节归清，不能失掉信用的。俺们打从这节起，生意情愿少做一些，不可再赊欠出去，以免临时受局吧。"

路振飞点头笑道："哥哥见得不差，这次倘然能把乡账收齐，俺们须得收紧一点儿，好在俺们的信誉好，就是完全现钱交易，也不愁没主顾的。"

路振鸣道："贤弟各事瞧着办吧，俺现在就要动身下乡，一切的事全仗贤弟照应。"

这天，路振鸣就搭着一只小船到各乡镇收账去。自打从路振鸣动身后，路振飞就打定了主意，凡是欠账的主顾，都一概谢绝，一者因为人少，没人去讨账，二者因生意太忙，自己和一个小学徒也应付不及，有班主客倒也肯原谅他，就是有几个素来喜欢赊欠的人，见他不肯欠账，也只索罢了。或者去另觅门路，也绝不会硬要去和他赊欠的。

哪知事有凑巧，他们刚准备着不赊欠，却偏偏就碰出一个要赊欠的魔头来。这人是谁？正是这个保正王三。本来这王三每逢四时八节都要去向他管辖地方的店铺鸡零狗碎地去拖欠，别人家欠账，早迟是有归还的时期，独有这王三，他是仗着地保的威势，向来是有欠无还，只算打一个临时抽丰罢了。本地出身土产的人，都晓得他脾气，不敢和他十分计较。路振飞兄弟是客地人，哪里懂得这诀窍？以为王三从前赊欠的账尚未归还，现在却又来啰唣，当然再不肯赊欠给他，便笑着说道："俺们的本钱小，从这一节起，不拘什么人，都不赊欠的，望保正老爷原谅些，照顾别家吧！"

王三冷笑道："俺姓王的走遍城里城外，却没有人不认得、不赊欠的，你这爿小小的店铺子就要坍俺的台吗？"

路振飞笑道："保正老爷，你莫要错会意吧，俺们的这爿小铺子委实因为资本太小，所以才不敢赊欠，并非有意不赊给你的，请你老爷原谅吧。"

那保正王三哪里就肯相信他？就瞪着眼睛骂道："小杂种，俺问你有多大的胆量，居然能和俺拗逆吗？莫说是你，就是你哥哥自己在店中，料想他也不敢不赊欠给俺呢。"

路振飞本是少年血气方刚的人，一听王保正骂他，顿时也就按捺不住，就说："好好，俺今天偏不赊欠给你，随便见官见府，俺都不怕，倒要看看你这保正的威势哩。"

那王保正本想动手就打，他一看路振飞是个筋力强壮的小伙子，自己晓得动手占不着便宜，就点点头，连说了几声好，扬起脖子，走出了店去。

歇了一天，路振鸣也讨完乡账回到店中来，路振飞也不把王保正的这件事放在心上，所以对他哥哥并没提起。他兄弟二人又将店中的账目整理过一番，路振鸣便对路振飞说道："贤弟，俺们这一节的乡账虽然算得齐全，本应已可应付各行家的货款，不过本城还有些账目，俺们既然不预备再赊欠，倘然这一节延宕下去，这不就要难索讨吗？俺的意思，贤弟就去辛苦一趟，把些账目归结，俺们以后才可以不再赊欠哩。"

路振飞晓得他哥哥已有些劳顿，当然是不能自己不去，就答应着。这天一早，自己携了账簿，肩上搭着一个钱袋，往城内归账去。直到午牌辰光，才收了六七成账目，他就走进一个小饭铺子里去，想吃一餐饭充饥。进了饭铺，就把捎马放置在桌上，要了几个馍馍、一个大面，又要了一盘葱蒜羊肉，在路振飞已经算得是大嚼大唉，轻易也没敢这样花费过的。那店伙刚给他把羊肉、馍馍拿来，路振飞一眼瞧见那一大盘羊肉，心想："就这样地吃了，岂不觉得太没有滋味又可惜吗？"想罢，就叫唤那个店伙，再拿一壶酒来，他这才自斟自饮地吃喝着。正在十分起劲，就猛然听得他身背后有人像牛喘似的叹了一口气，倒把路振飞吓了一跳，赶忙拨转头看时，原来隔壁一张桌上坐着一个破衲衣的乞丐和尚。路振飞刚才并没有看见，不由他自己心中纳罕，暗说："这和尚什么时候进来的呢？"再一看，见这和尚先坐在那里叹气，桌上并没有吃的东西，连杯筷也没有一副。路振飞一看，心中就不大快活，暗说："这班店伙委实势利可恶，他们看见这和尚衣服破败一些，居然就不去招呼理睬他。这和尚真是个好人，自己受了人家的委屈，却不会开口，只管坐着叹气，试问这样，能气得饱肚皮吗？"他想到这里，就不由得捏起拳头，在桌上一击，砰的一声，几乎连碗盏都翻身。慌得那店伙赶不迭地走过来，满面赔笑地说道："小人并没有得罪你老，你老要甚菜，尽管吩咐下来，小人们照办就是，请你老不必生气吧。"

路振飞道："俺把你们这班敬貌不敬人的东西，看见这和尚穷，就敢不理睬他吗？"

那店伙被他这一教训，果然就见他身后坐着一个穷和尚，心中也就觉得纳罕，因他们并没见这和尚多早晚走进来的，心想："这和尚一定是他的朋友，所以他才能恁地发怒。"赶紧连赔了几个不是，走到和尚那张桌子上去，问酒问菜地热闹了一阵，立刻就替和尚把杯筷盘碟拿过来。那和尚就要了一大盘牛肉、一碗清炖羊蹄、两大壶酒、两个半鸡大面，顷刻就像风卷残云似的吃了个一干二净。把路振飞却看得呆住了，暗说："这和尚倒拼得吃，看不出他着的穷，吃的倒不穷哩。"等到那和尚通通吃完，路振飞还在吃着。

那和尚立起身来，拍拍肚皮，一眨眼，也不晓得在什么时候走了，路振飞也没留心。不一会儿工夫，路振飞也吃喝完毕，那店伙一算账，竟多出他三四倍来。路振飞却弄得莫名其妙，就说："怎么你们店中的食物却这样的昂贵哩？"

那店伙笑道："小店是公平交易，无论本地外乡、城里城外的人，都是一例定价，分毫不肯欺负的。你老的酒饭账共是三百四十文，连那位大师父的账九百八十文，两共一千三百二十文，外加手巾小账，是听你老赏给的。"

12

路振飞不由得心中一愕，便说："俺不认识那和尚，怎么他的账也要俺会钞呢？"

那店伙道："你老既然不认识他，刚才不是你老替他招呼，叫俺们供给他的吗？他临走时已和柜上说过，归你老一并总算，还给留下一个信，叫你到赵家墩去看他哩。怎么你老却说不认识他呢？"

路振飞想了一想，自己却回不出一句话来，总怪自己多事，给人家骗吃了去，只得慷慨解囊，一并算给店家。捎上捎马，大踏步走出饭店。自己心中又是委屈，又是舍不得，回到店中去，也报不出这一笔账来，只得推说是请了一个朋友吃饭。路振鸣当然也不去查究他。

这天晚上，他兄弟二人一到上灯后，就把店门关闭起来，备了一桌酒，连那个学徒，一共三个人，饮酒赏月，倒也觉得十分兴致。他们一边吃着酒，一边谈谈家庭的境况和人情世态的阅历，不知不觉地，已吃到天交二鼓左近。路振鸣正待要叫把残肴撤去，猛然就听得店门上像擂鼓似的一阵响，接着又噪起一片人声来，大叫："不要放他兄弟逃跑！"倒把他兄弟二人吃了一惊。那路振鸣到底是个诚笃的人，自己相信没做什么歹事，料想没有什么紧要的，当下就跳起身来，大踏步抢进店堂里，隔着店门，先问明这班人的来意。只听得保正王三答话的声音，连连催促着说："开呀！开呀！躲得和尚躲不了庙，难道不开门就算了事了吗？"

路振飞本是个机灵不过的人，一听得王保正的说话，顿时触起前事来，心中就猜定了七八分。正要拦阻他哥哥，不叫开门，哪知路振鸣早把店门开放着。路振飞眼快，一见王保正领着三五个工人，手中都拿铁尺铁链，晓得是一件大祸事。这时候，也顾不及他哥哥，拨转身往后天井就逃，打从矮墙上爬了出去，一口气落荒跑了三五里，才敢停歇住，总算是逃过了这场大难。那王保正没有捉住路振飞，只把路振鸣锁住，连那学徒也一并带往保正家中去。路振鸣就问王保正，自己犯着什么罪，却这样把他捉来。

那王三冷笑道："你犯的罪，自己还不晓得吗？你兄弟二人伙通贼盗，抢劫周家村周监生家中的金银财物，还敢说没犯罪吗？"

路振鸣一听，仿佛就像晴天中震了一个霹雳，自己又惊又气，简直半晌说不出一句话来。停了一会儿工夫，才分辩道："你这话真是冤屈好人，俺平素也不认得什么周监生、李监生，你竟敢诬害俺吗？好好，俺和你到公堂上去对证吧。"

王三就板起一副瘦削骨的面孔来，喝道："你想见官吗？恐怕没这容易的事哩。俺这里就是十殿阎王的第一殿，不在这里先招出口供来，莫想能进衙门的。俺晓得不动刑罚，你是不肯承招的。"

说着，就叫过两个伙计来，把路振鸣的手脚大拇指用麻绳系住，顿时把他吊在半空，足足地抽打了一百皮鞭子。无奈路振鸣又是个死心塌地的人，无论受怎样的痛苦，绝不肯招承。等打到二百皮鞭子，不料却打伤致命的地方，放下来，便直挺挺地死了。王保正本想要他招供，便好敲他一笔大竹杠，却万不料他打熬不过，就轻轻地送了性命。好在保正老爷打死了人是一件极稀淡寻常的事体，只消向官中一报案，说是犯人患急病身死，经过仵作马马虎虎地一验，就算完结了账。

路振鸣既死，那个学徒也被他敲了一点儿小竹杠，由家属当尽卖光，才摒挡些银钱，把他赎转了去。

那路振飞逃到乡间一个共往来的铺家，托他们派人到城中去打听他哥哥的消息。那探听的人一打听路振鸣已被王保正打死，就即刻飞奔回去，给路振飞送信。路振飞听得哥哥已死，禁不住伤心痛哭一场，顿时就咬牙切齿，要到县中去告状，替他哥哥申冤报仇。那些人就劝着他说道："现在是黑暗世界，那班官吏保正都是串通一气的，那王保正正在诬屈你弟兄做盗贼，你若是去要替你哥哥申冤报仇，岂不是自投罗网，白送性命吗？据俺们看来，你还是暂且避居他方，躲过这场大祸，慢慢地再寻机会图昭雪吧！"

　　路振飞被他们一提醒，顿时眉头一展，心中想出一件事来。

第三回

# 醉金刚鏖战铁臂龙
# 路振飞巧逢游彩凤

却说路振飞被众人一提拨，忽然就心中一转，暗说："他们的话的确不错，俺哥哥已死，俺倘然再去自投罗网，那不是连报仇都没有了人吗？倒不如就此远走高飞，去访求几个有本领的人，学一点儿能为，再来寻这王八算账。只要他不死，料想总有报仇一日的。"他想罢，就向众人拜谢。那班人都因他兄弟二人平昔待人不错，大家就七拼八凑地弄了许多衣服、银两送给他。

路振飞别了众人，携上一个小小包裹，一路上饥餐渴饮，有路即奔，无论城市乡镇、庵观寺院，都要逗留，细细寻访有本领的高人。他这样寻觅了有半个多年头，也没见过什么有本领的人。

这天，已走到河北清河县地界，路振飞来到一个大市镇上，这镇名叫牛头镇，镇上有一千多人家，街市上熙来攘往，倒也十分热闹。路振飞走进街市，自己心中委实烦闷，暗想："光这样地飘荡，又寻不着有本领的人，不但报不得兄仇，并且就这样一天一天地延宕下去，弄得盘川用罄，连自己都没有个地方插足安身。"他只得走进一家小酒铺子门首，要了一壶酒，独自喝着。在他心中，本预备多喝两壶酒，解解自己的愁闷，哪里晓得酒这样东西，在心中小不适意的时候，倒可以借着它来消遣消遣，倘

16

然到了真正愁闷不过，却是愈喝愈烦恼，愈饮愈愁闷，非得吃到酩酊大醉、人事不知才能够把千斛愁担在肩头上权且卸一卸，到了清醒过来，这天大的帽儿仍旧无形中替你戴上。路振飞当然也逃不了这个公例，他刚刚吃了两壶酒，倒反转把新愁旧恨一股拢勾上心来，正没个好发作，忽然就听得外面一声吆喝，已由店门口走进一个粗眉环眼的大汉子来。路振飞看了他一眼，只见那汉子已拣了一副座头坐下，要酒要菜地狂饮大嚼起来。路振飞见他吃得豪爽，恨不得移樽就教，自己也过去和他畅饮三杯，泄泄自己的愁闷。

在这个当儿，忽然那酒店门外又抢进几个獐头鼠目的后生来，一见那大汉，就一窝蜂儿拥过去，都七张八嘴地吵成一片。只见那大汉气呼呼地用拳头在桌上一击，跳起身来，就往外走。那班人也跟着他走出去，顿时那座饭店里的吃客也都哄着跟着走去一大半。

路振飞不由得也生出一种好奇的心来，就把那店伙叫过来问道："你们店中，刚才的那个大汉是什么人？为什么一会儿这班人都哄着跟他走，究竟是有什么事体啊？"

那店伙笑道："爷不是本地人，所以不晓得俺们镇上的事。刚才那汉子名叫铁臂龙贾二，是俺们这镇上的一霸，那几个后生都是他的高徒，平素在镇上没一个人不惧怕他们。现在据说是一个卖把式练拳头的人来寻他报仇较艺，所以这班徒弟才赶来给他送信的，大概恐怕免不了一场恶打哩。"

路振飞一听店伙说的话，不由心中一动，暗说："俺正是一心要寻访有本领的人，好跟他学艺报仇，叵耐一路上没有寻访得着，现在既然这里有会家，俺不如也赶去看他们比拼，他们两方面总有一方面本领高强的人，俺不管他恶霸不恶霸，卖解不卖解，谁打赢，俺就拜谁做师父，这不是天然的一个好机会吗？"

他想罢，就满面堆笑地对那店伙说道："俺请你关一声，他们在什么地方比拼，你能够领俺去瞧瞧热闹吗?"

那店小二又瞧了他一眼，就摇着头笑道："俺们没这闲空，小爷要去，就请自己去吧。俺告诉你，离开俺们这店面，一直朝东走，那里有座三元坊，再拐北就是一片空场，大约他们比拼总离不了那个所在。这一会儿，看热闹的人恐怕要轰动全镇，爷要去就赶快去，迟了恐怕要挤轧不进哩。"

路振飞问明白了，也不再和他多谈，就笑着点了点头，给了饭钱，立起身来，挽了包裹，大踏步就走了出去。他依着店伙的说话，走了没多远路，就到了那边，但见广场上已挤满了一大丛人，他就把包裹紧系在臂上，打从人丛中轧了进去。仔细看时，并没有刚才那大汉的踪迹，只见广场上有一个四十多岁的男子，赤着臂膊，头绾一个牛心髻，在那里打拳踢足地练把式。路振飞虽然不懂拳足功夫，但觉得他施展得手足极纯熟。旁边有一个妇人，拿手敲着锣。西边角上，地上置着一座木架，架上插着许多兵器。又在一棵枣树上拴着一匹花斑白马，马上骑着一个小姑娘，生长得娇小玲珑，穿一件葱绿密扣紧身短袄，大红扎裤，窄窄金莲，愈显得窈窕，十分可爱。这班看客的目光都移注过去，也没有人注意那男子练的把式。那姑娘只把两只眼睛贯注着那练把式的男子，向四面睃也不睃一睃。

在这个时候，忽然场外噪起一阵人声来，接着就听得连嚷："走开! 走开!"的声音，那看闲的人便如潮水似的掀开一条路。路振飞看时，却正是那饭店中遇着的那个大汉，领着十几个精神、粗壮的后生，手中都挟着兵刃，雄赳赳地大踏步抢了进去，分明不是怀着好意。那场中的那个赤膊男子早看见他们抢进来，就先立了一个门户，用手指着那大汉哈哈地笑道："好好好! 来吧，兄弟却是特来候教的。"

那大汉也不由得狞笑着说道："好个不怕死的囚囊，打输了还敢不服吗? 今天不叫你大见世面，还不晓得你爷的厉害哩。"

那赤膊的男子鼻中哼了一声道："咱们也不必斗口舌吧！俺先交代你一声，这番比拼，还是你我一人对一人，还是和上次一样，你们以多为胜呢？须得先说个明白，免得动过了手，不认败服输。"

那大汉一听，就属声说道："俺不懂得什么交代不交代，勿论一人对一人，几人拼一人，只消打赢了，就算是占上风。你要怕人多，谁叫你自己来寻死路呢？"

那赤膊男子说了一声："好，俺就来领教吧！"

说着，就把身体向后退了一步，奋起双拳，直向大汉两太阳穴扑来。那大汉见他来势凶恶，赶紧并起双拳，将两臂向上一分，使了个脱袍让位的架势，想把他的两臂格开，哪知那个练把式的人不待他来格架，早把双拳收转，趁势把身躯往下一矬，一个枯树盘根的扫堂腿，向下三部箍来。那大汉就耸身一跃，避让过去，随即使了个饿虎擒羊的姿势，向前猛扑过去。那男子不但不避让，反仰面朝天一跤跌倒，等到大汉扑到身边，忽地一伸手，已把大汉的两腿擒住，就势一举，那大汉已一个倒栽葱，面磕地地掼跌过去。

那男子已霍地跳起来，哈哈大笑道："好个铁臂龙，原来就是这样的本领吗？"

那大汉打从地上爬起，就撮口一嘘，十几个精神、粗壮少年都各摆兵刃，冲杀过来。大汉也抢过一根铁棍，飞舞如风，没头没脸地扫击过去。那男子晓得他们要拼死地恶斗，也就去捞了一柄单刀，和他们接着厮杀，顿时就潮起一片人声，把把式场变作一座战阵。那赤膊男子正在双拳不敌四手，渐渐抵御不住的当儿，就听得莺嗔燕叱的一声，马上的那个小姑娘双足一蹬，由马背上平蹿了过去。在刀剑林中，已把大汉拦腰夹住，直奔那枣树边。那妇人也扛着一根绳，候在那边，先替他把棍夺下，然后就把他四马拴蹄吊挂在那棵树上。铁臂龙贾二的那班高徒要待去抢救，已被那男子杀得落花流水，四散奔逃。那些看热闹的人又哄起一阵彩声，眼看那铁臂龙贾二高高悬挂，却没一个人过去和他解围，可想见他平昔做人，否则乡梓间也决不肯由他受异地人欺负哩。

那赤膊男子将手中的兵刃放下，着好一件蓝布短袄，去拿过一根皮鞭，走到树下，对铁臂龙贾二骂道："狗贼，你这时候还敢凶横吗？俺想平昔你在这镇上横行霸道，也不知多少人被你欺负没处叫屈，俺现在且警戒警戒你，不但自己报仇，也算替众人出气哩。"说着，早抢起鞭子来，在贾二身上没头没脸地抽打，直打得贾二杀猪般地喊叫起来。

路振飞看得亲切，就如飞地赶奔过去，走到那男子身边，扑地跪倒，口称："师父，请看在徒弟面上，饶放过他吧！"

那男子倒不由得吃了一惊，拨转头看时，见是一个眉目清秀、温文儒雅的后生，估量他绝不是贾二的羽党，但却想不起和他在哪里见过的，却会称唤起他师父来。就不由得放下手中的皮鞭子，叉着一只手笑道："你是什么人的徒弟，却来和俺冒认？俺打他，和你有什么干系，却来替他讲人情吗？"

路振飞道："俺和这铁臂龙贾二并没有什么瓜葛，因为俺一心要习艺求师，拜访妙手高人，路过这地方，听说师父和贾二比艺，俺想在二位中拣择一位教给弟子些本领。现在师父的本领比贾二强胜过十倍，望求师父就收留俺吧！"

那男子一听，就不由得哈哈大笑道："世间哪有这样容易的呢？莫说俺平生不教授徒弟，就是要收徒弟，也不能就空口白说，收留素不相识的人，你莫痴心妄想吧。你既然有些义气来替这厮求情，俺就冲着你把他放下，顾全你面子吧。"

路振飞一听他这说话，晓得他不肯收留，就伏在地上号啕大哭起来。他这一哭不打紧，早把站在旁首的那个小姑娘引得扑哧一笑起来。

那妇人也就笑道："这孩子有什么要紧，却这样痴心要学本领？也罢，俺看他一片诚心，他不肯收留，俺便收了你吧！"

那小姑娘就拦阻着道："妈，千万不能收留他，俺们是走江湖卖解营生的人，他们有家有室，能跟着俺们闯荡吃辛苦吗？"

路振飞一听，就指天发誓地说道："姑娘、奶奶们，请放一百二十分心，俺是个无家室、没依靠的人，倘然姑娘们肯收留俺，莫说跟着走江湖，就是做奴才服侍，也都情愿的，只求姑娘允许了吧。"

那男子说："好，既然这样，俺们正缺少一个看管箱物的人，这差事就交给了你吧！"

路振飞一听，就欢天喜地地一骨碌跳起身来，对那男子说道："既然师父们肯收留，还没有请教过师父姓氏，这两位又是师父的什么人？说明了，也好有一个称呼。"

那男子笑道："俺叫游万峰，江湖上人唤俺作醉金刚。"指着那妇人和那小姑娘道："这是俺的妻子朱氏和俺女儿游彩凤，你也得见一个礼。"

路振飞又对她二人施了一个礼。

朱氏就对她女儿道："你瞧俺们新收的这徒弟，他的相貌举动简直和你哥哥一样，这大概也有一个缘分吧！"说着，眼皮一红，几乎要流下泪来。

游彩凤笑道："莫伤心吧，既然妈想念着哥哥，俺们就当是哥哥一样，岂不大家也亲热吗？"

游万峰也点点头，就对路振飞道："你既然愿意跟着俺们习艺，俺们大家就和骨肉至亲一样，你也不消客气得。此地不可久留，俺们就快些收着动身吧！"

路振飞答应着，就去帮着她母女收过场子。这时候，看热闹的人十停中已走了七停，还有些人因为要看他们把贾二怎样发落，当在那里哄挤着。

游万峰就指着铁臂龙贾二，大声喝道："今天本意要取你的狗命，因为看在俺新收的徒弟情面上，饶放过你。倘然再不安分，恃势横行，早晚当心你的脑袋。"

　　说着，就和路振飞、朱氏母女四个人，挑着箱笼包裹，牵着马，由人丛中走开广场，直向大道上赶去。

# 第四回

## 师徒萍聚散一片疑团
## 兄妹铁峥嵘两丸银弹

　　却说众人见卖解的人已去，有几个和贾二有交往的就去给他那些徒弟送信，才把铁臂龙贾二解放下来。贾二自从受过这番重创，也无面目在牛头镇上再摆弄威风，就避着众人，一溜烟地逃走到别地方去，暂且不表。

　　那路振飞跟着游万峰父女等离开牛头镇，直往官塘大道上赶路，他们靠卖解营生，走路本没有目的的。路振飞挑着箱笼，和游万峰步行，那匹花斑白马让她母女二人互换着骑坐，在路上谈谈说说，倒也很不寂寞。那路振飞就向游万峰问道："师父和这铁臂龙贾二究竟有什么深仇宿怨，却来寻他报复？还是师父晓得他是镇上的一霸，特地来惩戒他的吗？"

　　游万峰摇着头道："俺和他风马牛不相干，素来并不识面，却哪里会有什么宿仇？他虽是个恶霸，俺又何曾得悉他的行迹，却去管他的闲账？叵耐这厮却太喜寻事，上年七月间，俺曾独自一人经过这镇上，因为生过一场大病，体力没有复原，这厮见俺到镇上不懂规矩，不曾送他的例规，就来寻俺赌斗。他倚仗人多，将俺打败。俺回去养好病伤，特地和你师母、师妹到来寻他报仇，俺也不晓得这厮住什么地方，只得仍到那广场上去卖艺，却祖宗十八代臭骂了他一顿，想叫他听得好出头来寻俺。果不其

23

然，这班该死的囚囊的竟赶到广场上来，你想俺还肯饶放过他吗？"

路振飞点头笑道："这就难怪师父要惩治他。"于是也把在酒店遇见贾二的一番说话告诉给游万峰。

他们一行四人穿州越县，直往河南省界来，每到一处地方，或借客寓栖身，或在古庙寄宿，日间出去卖解，夜晚归来，他师徒或讨论些本领，或谈说些世故，有时也沽酒觅醉，倒也放达不羁。尤其是游彩凤对路振飞，二人的情性十分相投，一切的软硬功夫，游彩凤都亲自教授他。路振飞又是个聪明不过的人，一经她这样悉心指点，自然就进步得异常迅快，不到三两个月，居然十八般兵刃和硬软功夫都有了些门径。

那天，走到一个地方，但见山势崛岉，那高冈上一阵鸾铃声响，顷刻飞下七八骑马来。马上皆坐着些彪长汉子，领着三五百喽兵，直驰下山冈，一排边地遮着去路。倒把路振飞吓了一跳，猜不出他们是什么路径来。只见马上七八个人一见游家父女，便顷刻跳下坐骑，满面堆笑地说道："大哥风尘劳顿，快请上山歇息吧！"

游万峰含笑着道："众位贤弟，辛苦不易。"说着就对路振飞说道："这都是你师叔，快些见礼吧！"

路振飞这时候真好像丈二的和尚，一时摸不着头脑，也不晓得这些人的来历，只得上前拜见。

那几个人都笑道："原来大哥新收得徒弟，好极好极！俺们山寨上今后倒又多一个帮手哩。"说着，便过来几个喽兵替他们牵马挑箱笼，吆吆喝喝，一齐上了山岭。

那山当中一条甬道，两边都是森森的林木，浓荫蔽天，倒看不出山势险峻来。路振飞跟着他们走，由甬道上一直走了上去，经过好几个曲折，才看见一座栅门，栅门边架着滚木擂石，插着些硬弓劲矢，有几个守栅的人早把栅门启放开来，让他们走进。

又走了一程，便见一片大广场，约莫有三五十丈开阔，广场西北角上有一座古寺。路振飞是认识字的人，见寺门上的匾额是"金光禅院"四个大字。他们都走进古寺。那正中大殿上便是聚义厅，分设着两排交椅。

路振飞这时候也醒悟过来，晓得他们都是些绿林大盗。他自己心中虽有些不情愿，但也不能说不顺从他们，并且他一心是要学艺报仇，当然也不能多所顾虑。他自从到这山上来，也不晓得这山的名字，那些人也不去亲热，只一心一意地跟着游彩凤练武。所喜游万峰的一家人口并不住在寺中，却在山后另一所宅院居住，因此路振飞朝夕得和游彩凤在一起练武。偏是游彩凤，她见路振飞为人诚笃，性格温存，格外比别人不同，就是除了练功夫以外，他们也是有谈有说，十分亲热，十分投机，久而久之，路振飞也把这学武报仇的话说给游彩凤听。游彩凤晓得他有这种义气，格外对他钦敬，只得劝他慢慢把武艺练得精熟，再下山去报仇，以免画虎不成自己反送了性命。路振飞晓得自己的本领有限，也不敢就轻举妄动，听得游彩凤的说话，当然就点头应诺。

那一天，游万峰又要独自一人下山，那班人都在聚义厅摆酒替他饯行。路振飞就背着众人向游万峰说道："师父下山去，有什么公干，可要弟子一同去吗？"

游万峰笑道："这个你难道还没晓得吗？俺是靠卖把式营生的人，当然还是到各地方卖解去。你的功夫没练成，带你去也是没用的啊。"

路振飞一听他师父的说话，格外觉得莫名其妙，便笑着说道："你老人家现在既做了山寨的大王，难道还愁衣食住上没有来源，却要去重营旧业吗？"

游万峰摇着头道："做强盗是做强盗，卖解仍是卖解，两桩事是不能相提并论的。俺的事现在也不便对你细说，你只在这里跟随着你师母、师妹好好儿用心习艺，将来自然有大用处呢。"

路振飞一听，也不敢再向他师父缠扰，只得答应着退下。

那游万峰便打好了一个包裹，扣上兵刃，和朱氏母女分别，下山而去。

自打从游万峰走后，山上的那几个首领便差人来把路振飞请去，大家都对他说道："现在你师父不在山上，你就照该代替你师父尽些义务。咱们这山寨的规矩，大家须轮流着一人一天到山下去巡逻，遇着有大批客商，拣有油水的，须得把他拦劫下来。打从明日起，你就先去辛苦一趟吧！"

路振飞懂得他们的意思，就赶紧推却道："不瞒诸位说，俺虽然在师父处学习些本领，可是还没有得着皮毛，如何敢负这个重大的使命？倘然冒昧答应下来，不但自己坍台，岂不要损失山寨的体面吗？这事还求众位见谅，另委贤能吧！"

众首领就都大笑道："你也不必过于谦抑，自古说：'强将手中无弱兵。'你既是游大哥的得意门徒，料想本领一定不弱，这是公共事体，请你不用再推却吧！"说罢，众人也不管他答应不答应，早在聚义厅旁把他当值的名牌悬挂起来。

路振飞再要恳情，众首领都一哄散去，他自己没法，回到后寨去，左思右想，却想不出一个办法来。想到后来，只得仍寻游彩凤商量去，把这事向她一提说，游彩凤就笑道："你道他们真个要抢着你去抢劫吗？你还不晓得呢，这是他们要试试你的真心和胆量，所以特地委派你这件差事。这山上的规例，凡是上山初入伙的人，不拘是陌生人，或是亲戚朋友，都要先试试他诚心不诚心，有胆量没有胆量。例如叫他下山去巡逻抢劫，不诚心的人一定是奉行故事，不肯出力去干，差不多只到山下去兜一个圈子，就算了却公事，这一种人，被他们试察出来，就绝不肯把他留在山寨，一者防尸位素餐，二者防他还存着别种贪念头，留在山寨中，非但无益，还要有损害呢。假使没有胆量呢，下山去遇着硬手，不是仓皇失措，就是一交手即退缩逃避，这等人被他们

26

侦察出来，晓得是不中用，虽然把他留在山寨，却绝不信任重用他的。你既然是俺父亲的门徒，却不要自己畏缩坍台，给他们瞧不起笑话吧。"

路振飞道："俺的本领都是师妹教给俺的，俺这点儿能为就行吗？倘然硬下山去，还不是包坍台吗？"

游彩凤笑道："这也说不定，强中更有强中手，任凭一等一有本领的人，也不见得就每次必胜，你说你本领不好，倘然不遇着硬手，也未必不能占上风哩。总而言之，你第一次试验的时期，绝不能先存惧怯的心理，胆子放大一点儿吧，包管没有什么紧要的。"

路振飞被她左一句，右一句，说得不敢置辩，当夜也不敢安睡，就把各种武艺温习了一个滚瓜烂熟，以备下山去大显身手。

一到明天，他就到前寨去，剔选了十几个精强力壮的小喽啰，各执兵刃，跟随着他下山。说也奇怪，这山下往常也不是每天有客商经过的，就是有几个生意买卖的人，走到这山脚下，一见几个喽兵一吆喝，早就吓得抛了货物银钱，屁滚尿流地逃走。偏是这天，路振飞刚走下山岭，在四面巡了一会儿风，就在山脚下树林中守候着。不到半个多时辰，果不其然，远远地便来了好几十部车辆，有两个汉子管押着。路振飞晓得是买卖上门，就一拉刀，领着十多个喽兵，呐喊一声，蹿出树林，上前截住他们的去路。这两个管押车辆的汉子一个生得黑面虬髯，手使一根镔铁棍，一个生得紫糖面皮，年纪约在三十左右，手使一柄阔背刀，一见路振飞和几个喽啰截出，就把车辆约退，二人挺起刀棍，迎击上去。

路振飞就拿刀一指，喝道："要性命的赶快把车辆给俺留下，否则预备着脑袋来试俺的家伙吧。"

那两个人就都哈哈地大笑道："俺们道是什么好汉，原来是一班小蟊贼，也不先伸长驴耳到江湖上打听打听俺孙英、魏虎的

27

名字。好好好，你既来送死，就伸长脖颈过来吧！"

原来这紫面膛的叫孙英，绰号过渡星，黑面的叫魏虎，绰号小玄坛，都是南阳县镖师，因保着一笔镖银，打从这里路过的。当下路振飞见他二人不肯放弃镖银，就舞动手中的钢刀，旋风般地滚杀过去。孙英、魏虎就接住一场厮拼。

你想，路振飞本是个初出茅庐、未经阅历的后辈，哪里敌得过他二人？虽有十多个喽啰，但究竟本领寻常，所以分毫不济事。不过路振飞是一心怕失面子，拼命地恶斗，起先倒还可以支持，斗到后来，渐渐地刀法松乱，气喘吁吁，累得浑身的急汗。那魏虎趁势撒开他的单刀，迎头一棍，直向他顶门猛劈下来。路振飞闪避不及，就哎哟了一声，那棍已到顶门。

在这当儿，忽然魏虎呵了一声，把铁棍缩转。原来他虎口穴上早中了一粒银弹。孙英抢上一步，举刀向路振飞胸窝就搠，呼哧的一声，白光一闪，又是一粒弹子向孙英的眼珠飞射过来。孙英忙用钢刀向上一格，顷刻火星乱迸，颤动得他两臂酸麻。那山岭上早泼剌剌地跑下一匹花斑白马来。马上骑着一位美貌俊俏的姑娘，一手拈着银弹，一手挟着铁弓，顷刻风驰电掣地跑到阵前。路振飞一眼瞧着，正是他师妹游彩凤，不禁胆先壮了一半。

那孙英、魏虎晓得碰着能手，就高叫道："来的小姑娘，留下一个名儿来，俺们好把镖给你留下。"

游彩凤微微地笑道："好好，俺告诉你们吧，俺叫游彩凤，俺父亲游万峰，江湖上人称他作醉金刚。你二人要不服输，就回去再来报复吧。"

孙英、魏虎就都哈哈笑道："俺们道是什么人，原来是游大哥的令爱，可笑自家人都不认识，还要赌斗吗？"

游彩凤一听，就问过他二人姓名。果然听她父亲提说过，南阳县有这两位镖师，当下也就跳下马来，向他二人见过礼。孙英、魏虎又问过路振飞的姓名，晓得是游万峰的门徒，就笑说道："好好，咱们游大哥好多年没见，却有这英雄的女儿和这位得意的门徒，倒着实令人钦佩哩。"说罢，又向游彩凤问她父亲的下落。游彩凤告诉他们，说游万峰已下山勾当去，坚请他二人上山款待。

孙英、魏虎都齐声说道："既然令尊大人不在山寨，俺们也不必上山叨扰，令堂前替俺们问候一声，改日再来拜访吧。"二人就拱一拱手，押着车辆，向大道上驶去。

路振飞只拿两只眼睛望着他们，直到看不见人影子，方才拨转面孔，对游彩凤说出一番话来。

## 第五回

# 十斛量珠难为月老
# 千钧角技大出风头

却说路振飞见张英、魏虎押着车辆向大路上走去，只才拨转头来，向游彩凤说道："这两个人的本领都胜过俺数倍，要不是妹妹来替俺解围，不但要大坍其台，恐怕还保不住这性命呢。"

游彩凤笑道："这一次正是要你见见世面，将来你倘然下山去，恐怕好本领的人还要胜过他们十倍哩。今天你是第一次下山，就遇着这两个劲敌，但是在胆力上比较起来，虽然不能说是占上风，总算也交代得下，不见得再被他们看不起吧。"

路振飞一听，就不由得摇着头道："俺这次虽然得师妹的帮助不曾受意外的折辱，但究竟没有得着半点儿银两，怎算交代得过呢？"

游彩凤不由得扑哧一笑，道："你能够免丢脸已是万幸，还想讨功邀赏吗？"

路振飞被她说得无言可答，这才领着大众喽兵，跟着游彩凤一齐走上山寨。

那七八个首领已先得着消息，都一字排列在聚义厅前，还接着他兄妹。那游彩凤早已转到后山寨去。这里众首领把路振飞接到厅上，都让他在末首一只交椅上坐了下来，向他说道："老弟辛苦，这第一次下山就肯努力，和两个著名镖师赌斗，虽没有劫

30

着银两，总算是占着上风，也叫他们晓得俺们山寨的人物哩。"

路振飞被他们这一奖掖，顿时倒觉得自己羞惭无地，半晌答不出一句话来。众人见他不发一言，又都哈哈地笑道："这又算什么呢？虽然你是有人帮助，但你能有胆量，能够出力，已经称得起是一个汉子，这才是俺们寨中的真同志哩。"

路振飞只得逊让了一番。当晚，众首领就在寨中摆下一桌筵席，留着路振飞在一起欢呼畅饮。

书中交代，这山中的几个首领究竟是什么人？那游万峰又为什么这样行踪诡秘呢？

原来这游万峰本是河南中牟县的一个武举人，家住在县北门外集贤村。他的父亲游一鹤是做过一任知县的，因与上峰不和，卸职归里，也就甘老林泉，不愿仕进。膝下只生游万峰一人，当然十分钟爱，可是他这个诗书阀阅的人家，偏生生下这个儿子，却不喜识字读书，只喜欢弄拳耍棒，整日天地三五成群，嬲着一班村氓子弟到外边去生事惹祸。游一鹤见他的禀性这样，也就不再勉强他用功读书，索性去延请一个有名的教师教他练武。他长到二十岁左右，已将各种刀马硬功、十八般兵刃练得滚瓜烂熟，这年武试，便中了试，那年轻的人自然心中十分得意，少不得那骄矜的气态同时也表露出来。那些左近村上的人又畏惧又羡慕，说出也奇怪，这游家既然这样身份，照理对于婚姻一件事体，应该极容易解决，哪里晓得却偏不然。游万峰到了二十一岁还没有对成功一门亲事，这就是因为他眼界太高的缘故，许多媒人来说亲，来俯就他，无奈游万峰都不中意。他意思倒并不在乎要娶什么阀阅人家的千金小姐，也并不是要选择沉鱼落雁的美人儿，他自己因为有一身的本领，最好也要娶一个武功卓绝的女子，才能够得着闺阁唱随的乐趣哩。游一鹤夫妇本来爱子情切，看见儿子这样执拗，当然就托人四下征求，好遂儿子的志愿。可是他们愈是挑选，愈没有这相当凑巧的人才。在游万峰倒不急急地求择配，无奈老夫妇二人好像没有了过信心愿，就连饭也吃不下，睡也睡不熟似的。

这天，游万峰刚打从他门口走出，只听得远远响着锣声，西面的广场上早哄着一大丛人在那里瞧热闹。游万峰本是游手惯的人，也就大踏步赶了过去，那些人一眼瞧着他，都纷纷地让出一条路径，让他走了进去。他向广场上看时，原来是一班卖解的人在那里使弄拳脚，游万峰本是会家，他一看他们使出来的解数都有些门路，绝不像江湖上卖解的惯技，倒不由看得有些意思起来。正要想助他一声彩，忽然就听得娇滴滴声音，场角上闪出一个穿绸扎翠的女子来，那场上的人就预先哄起一阵彩声。游万峰见那女子走到广场当中，先练了一回手足，又耍了几件兵刃，都十分出色当行，不由心中暗暗地纳罕，暗说："往日俺所看见一班卖解的女子，不是跑绳索，就是骑马献技，专门做一类花巧功夫。这个女子却偏偏有点儿真实本领，倒真不可小觑她哩。俺立志要想娶一个有本领的女子，却寻觅不着，倘然这样女子肯嫁给俺，俺倒不管她江湖不江湖，卖解不卖解，俺却一定要娶她哩。"他想到得意的时候，耐不住就伸手到衣袋内把所有银钱一股拢掏出，向广场上抛掷过去，登时就像一大群蝴蝶飞缠到那女子身边。

这时候，那些看客们因为尚没有看到热闹的地方，所以并没有一个人把银钱抛掷过去。那女子却万万意料不到，练了几路手足，就有人来大赏特奖，也不由得就把两道视线移到游万峰身上。他二人仿佛都从不知不觉中得着一种暗示，游万峰一直看到那女子把各种技巧演完，收了场子，他才胡思乱想地转到家中去。就对他父亲、母亲说明，要讨这卖解的女子。那游一鹤哪里就肯答应呢？他说："俺们这阀阅世家，怎好娶江湖卖解的女子做媳妇，自己不坍台，却不怕人家笑话吗？"

无奈游万峰不肯依从，他说倘然不替他对这门亲，他就终身

32

不娶亲，做一世鳏夫，也是情愿的。你想他这样的条件，游一鹤夫妇哪里还敢拗逆他吗？当下也就应允下来，差人去探听这卖解的寓址，好去和他接洽。在游一鹤心中，总以为这卖解的女子顶多花几千块钱也就可以把她买来，免得小题大做，去纳彩下聘，铺张扬厉，使人家晓得了笑话他。哪知他派人去寻着那卖解的人，和他一交谈，那女子的父亲倒似乎有些意思活动，无奈那卖解的女子自己却不肯应承，她就对来人说道："婚姻终身大事，岂是买卖交易式可以谈成功的吗？俺也打听得游家是一等一的体面绅士，他的儿子又是个武童，俺倒也肯嫁给他。不过俺却有几个条件，请你们去说明白，他们答应，俺便依从，否则就叫他断绝这妄想吧。"

那班人就请问她的条件，她就笑微微地说道："第一件却不难，就是要叫游家央媒出来，纳彩下聘，一切都依正当娶媳的规矩礼节，缺少一件，都是不答应的；第二件，俺虽是个卖解的女子，但从小儿就立下一种志愿，非得英雄的丈夫，决不嫁给他，既然游家公子哥儿要俺许配给他，非得要他先和俺比拼一场，要胜过俺一拳一足，俺才肯甘心嫁给他，否则也叫他莫生妄想；第三件呢，那就更容易解决，俺们既然和他家做了亲，当然就不能再走江湖卖解去，替他家丢脸面，那么，俺的爹妈就应该由他家供养。只消依从这三个条件，其余不要他家花费分文，就请你们去转达吧。"

那班人一听她这说话，都十分诧异，大家也料想不到，这卖解的女子竟会这样拿三做四起来，就回去把这话对游一鹤夫妇一提说。那游一鹤当然一百二十分不赞成，就连连摇头道："这事却难却，多花费些银两倒不值得什么，却要这样小题大做，并且要和卖解的认起亲戚来，这不是要被人家笑掉下颏吗？她还要求和俺儿子比武才肯答应，这架子未免太厉害吧，俺情愿娶不着媳妇，也不要这种的女子。"

当下就把这事搁置起来。游万峰一听他父亲不肯答应，就登时闹了个沸地掀天。游一鹤的妻子也主张顺从儿子的志愿，夫妻两口子也争吵起来。游一鹤没法，只得件件答应，就派人去和卖解的正式接洽。他们第一步，当然就要履行第二个条件，两方面指定日期，在一个古庙中做比武场，游一鹤恐怕自己的儿子胜不了人家，这事传播开去，真个就要脸面丢尽，却故意寻觅了一所顶顶冷静的地方，让他们去较艺，免得被旁人看见。哪里晓得他们愈是要遮瞒，愈是风声传播得快，到了比武的这天，早已挤满了一庙的人，要看这件新闻奇事。他们比武的时间本约定在午后二时，游万峰早一个时辰以前便浑身扎束，打扮得花团锦簇似的到庙中来。因这天他们约定是徒手比搏，大家不带兵刃，游万峰也是空着两手，连单刀也不佩带，头戴大红花英雄缎帽，身罩洒花百锦大氅，相貌堂堂，威风凛凛。

不多一会儿工夫，那卖解的女子也领着一班人赶来，那女子也是全身扎束，头绾一个湘妃坠马髻，耳坠一副嵌宝镶金蝴蝶环，身披银红锦绔一口钟，内衬葱绿色密扣紧身，大红锦裤，三寸窄窄的金莲，套着一双小小蛮靴，越显得窈窕多姿，风流跌宕。

他们两方面的人都簇拥着他二人到广场当中站定，游万峰站立在右首，上首却让那卖解的女子站立，想是他们表示宾主谦让的意思。那殿阶上面，都是两方面的家属及公证人，一班看客全挤在两廊和庙前，差不多把一个极大的野庙堵塞得没有隙地。一到他们约定的时间，就由公证人发了一声口号，游万峰早霍地一个箭步跳到广场中间，把手一拱说道："俺游某今天是特来领教的，就请姑娘来指示吧。"

说犹未了，那卖解的女子早轻如猿猱地跃落在广场中心，他二人相隔不过三五尺远近，大家这才瞧了一个仔细。

那姑娘就笑微微地说道："难得公子爷肯来赐教，不过俺们

34

的本领寻常，说不得要在公子面前丢丑，不过俺们须先交代过一声，俺们比试，不是一味地蛮干，须先定一个程式才好决定胜负哩。"

游万峰笑道："好极好极，俺游某不拘怎样的程式，总是领教的，就请姑娘吩咐吧。"

那女子点了点头道："既然这样，俺们可以说定，大家先比一套拳足，拳足比完，俺尚有一种功夫，你能破得了，就算是俺输给你，这样的程式，你大概也愿意吧？"

游万峰一听，就没口子地答应道："愿愿愿，俺们就这样吧！"

那女子道："那么，你就请动手吧。"

游万峰说了声有占，就先立了个门户，前足向前跨了一步，一拳照准心窝打来。那女子把身躯一矬，一拳便落了空，顺势就一扫堂腿向游万峰箍去。游万峰双足一蹬，跳过了这一腿，等到游万峰双足落地，那女子已扭转身躯，伸着两指，向游万峰双睛点去。游万峰晓得这一手拳，名叫双龙取珠，最厉害无比，但是因她来势十分迅速，所以再也来不及避闪。他心中一着急，只得把脖颈向后一仰，一举足，拼命向她胯下踢去。哈哈！他这记拳其实并不按谱法，这叫说情急智生，居然替他解了一个重围。那女子也就赶紧把身躯闪避得一闪避，那两个指头当然也就缩了转来。

在这闪雷穿针的当儿，游万峰已打了转身，二人重行要斗起来。他两个人一上手，又斗了十几个回合，没有分出一个胜负，那些看的人都鼓起一阵掌声。游万峰正在想不出一个方法来，好胜那卖解的女子，哪里晓得那女子忽然家数一变，又使出一路拳法来，只见她的身躯忽上忽下，忽纵忽伏，仿佛兔起鹘落一般，顿时把游万峰弄得举止失措，应接不暇，也不知他二人却怎样再决出一个胜负来。

## 第六回

### 倚翠偎红痴儿偿夙愿
### 掀风播浪巧妇进谗言

却说那游万峰正在掣手掣脚的当儿，忽然见那卖解的女子把拳法一变，另换出一个家数来。只见她把身体忽腾忽落，忽闪忽跃，忽前忽后，忽左忽右，轻如飞鸟，捷似猿猱，直把游万峰缠裹住。

游万峰哪里能识这种拳法？自然就顿时手足慌乱起来。

原来那女子这套拳法，却是使的一路正路猴拳，看官听着俺这句说话，一定要反驳一句，说俺是胡吹乱道，既然游万峰是一个精于拳棒的人，难道这套猴拳都不识得吗？哈哈！哪里晓得普通拳师教练的猴拳，并非真正的猴拳，却是一种猴形拳，因为他们所练的姿势虽然处处像一只猿猴，其实只是一种玩意儿，焉能有真实的功夫呢？真正的猴拳，并不在乎猴头猴脑装腔作态，却最要注重两目，其次完全要靠身体轻疾。目光所趋注的地方，就是拳足所到的地方，那翻腾矫捷，进退盘旋，穿梭灼电似的，绝非寻常一种猴形拳所能望其项背，所以游万峰焉能认识她这路拳法呢？

当时游万峰手足一慌乱，那卖解女子早就腾身逼进一步，一伸手，照准他面部抓来。

原来练猴拳的人顶顶厉害，就是一双手指倘然被她抓着的人，轻则皮开肉绽，重则就要连筋骨都抓折哩。游万峰虽然不识这套猴拳，但见她用手向自己面部抓来，也就晓得这一着的厉害，说了声不好，欲待避让，哪里还避让得及？只得自己把身子向后一仰，顿时立脚不牢，仰面一跤，向后面跌去。这一来，倒把那卖解女子吃了一惊，因为她用手指抓去的时候，本没想伤害他，不过想教游万峰避让不及，好使他微受一点儿挫辱，好绷绷自己的场面。现在见游万峰拼命地把身体向后摔跌过去，一者恐怕游万峰猛不防把身子摔伤，二者诚恐游万峰是个有血气的男子，这一跤虽不跌伤，自己一定要羞惭得置身无地，岂不是太不给他留余地吗？她自己心中这样一转念，就不由得一伸手，想拉住他，不使他跌摔下去，哪里晓得她这一扯，正扯在游万峰的束腰丝裤带上，因为用力太猛，虽然把他身体牵转，却只听得嘶的一声，已把一根丝裤带扯断，几乎连里裤都褪落下来。游万峰固然没有摔倒，却早把自己的三魂吓走了两魄，赶不迭地拎着裤子逃出场外去。那卖解的女子也不由得羞红两颊，拨回头撒腿就跑，顿时把两旁看的人都一齐拍着手喧起一阵彩声来。

那游万峰跑出场去，早有一班人接着他，替他重行换了一根弯带。游万峰喝了一口茶，一定神，才收止了一身惊汗。再抬头向广场上看时，又见那女子褪去外衣，全露出一身葱绿色的贴身紧袄来，宛似一枝出水芙蕖，翘然站立在广场当中。游万峰只得重行提起一股勇气来，怒吼吼地又打从人丛中抢了进去。那女子一看见游万峰，便又笑微微地说道："刚才比拼了一场，并没见过输赢，这番要请公子履行口头的条件，俺尚有一点儿薄技，就请公子指教吧！"

说着，就把双脚并立，把身体向后一拗，两手由头侧倒放下去，手掌贴平在地上，身体便成了一座桥形，霍地又一翻身，跳将起来，对游万峰笑道："你看见了吗？俺就是这样的式子，倘然公子爷能从俺身体上超越过去，就算是俺输给你，俺们也不必再比拼吧。"

游万峰心想："这也不算什么难事，俺连稍低一点儿的墙也能够飞纵自如，毫不吃力，何况这两尺多高的一个人身体呢？"他想罢，也就正言令色地说道："姑娘太也小看俺了，俺虽然没有什么大本领，谅这一点儿高低还不至于超越不过，就请你照式照样地预备着吧！"

那卖解的女子只对他微微地一笑，便顷刻把身体拗转，仍像方才那样的形式，反元宝似的挺凸着。游万峰等她把姿势布好，自己就把身子向后退了十数步，提上了一口气，飞跑上去，到得将近她的身边，把足尖点得一点，就想腾跃过去。在他心中，却看得这玩意儿像小孩儿跳高游戏似的，十拿九稳，可以一跳就过，哪里料得，他身体才腾跃到那女子身边，那女子却早把身体向前一拗，两手把游万峰一推。游万峰非但没有跳过，反把身子斜了几斜，几乎跌倒。

那女子却哈哈地笑道："你这样的跳法可不行啊，须得要迅速一点儿才能够跳过哩。"

游万峰这一来，才晓得她身体会活变，并不是让他死跳，也就不再开口，仍旧跑到刚才动脚的地方站定。他刚把姿势布好，就双足一点，一个箭步，早飞跃过去。那女子却不慌不忙，待他将近的时候，突然把双足一竖，蜻蜓似的让了开去。游万峰跳过，可是只在空地上跳高了几尺，并没有打她身上超过去。

那女子又霍地跳起身来，对游万峰娇嗔薄怒地说道："你这人，怎的这般狡狯？俺身上跳不过去，却这样就算取巧了事了吗？不算不算，俺再让给你跳一次，倘然再跳不过，只得请你甘拜下风，不必再丢这个丑吧。"

游万峰一听她这几句说话，几乎把心胆都要气炸，心说："这丫头委实可恶，俺不施展一点儿本领争回这口气，这个台还坍得落吗？"就说："好好，俺这一次再跳不过，不但甘拜下风，从今后再不练拳习武，情愿闭门养晦，免得再受别人笑话。"

那女子也点了点头道："好，这样才算有志气哩。"

当下那女子又把姿势展开，游万峰离开她身体二三尺，只管呆呆地站立盘算着。忽然就心中想出一个计较来，就故意慢慢地延挨着，等她急慢的时候，就把身子向前一伏，一个毒蛇进洞的姿势，打从她身底下直钻了过去。他总以为无论她再把身体怎样避让，绝不会顾防到下面，就是再两面翻筋斗式地避开，自己的身体总是在她身下穿过，还能够再不算数的吗？说时迟，那时快，游万峰运足了功夫，把身体笔直如矢地从那卖解女子身背下穿了进去，那卖解女子起初似乎全没有防备他，一到游万峰的身体到她背下，就忽地把身体往下一沉，齐巧压在游万峰的背脊上。游万峰顿时就像压了一块千钧重石，身体不能动弹，只把一颗头伸在外面，两手在地下撑持着，愈想向外挣脱，上面愈压得沉重，顿时急得浑身汗珠子都一颗一颗地涌迸出来。等到他吃力不住，那上面也就渐渐地轻松，不过身体总不会放他移脱。游万峰只得也不去挣扎，自己定了一定神，忽然又想出一个计较来。他就守候着，趁她压得轻松的当儿，就把身子一拗，一伸手，直向她裤裆揪来，真个那卖解女子并没防备他有这一毒招，不由得心中一着慌，那浑身功夫自然就一齐松散，赶不迭地把身体一侧，向左面倒翻过来。

游万峰趁这个当儿，就把身子向前一蹿，就和她宣告了脱离，霍地跳起身来，一面用两手拍着屁股上的灰尘，一面咧开嘴，只管嘻嘻地微笑。

再看那女子站起身来，早羞红两颊，打从人丛中挤轧出去，看得人又是一阵彩声。这一阵彩声，并不是替游万峰捧场，实地是看他们闹得有趣，所以也跟着凑热闹的。游万峰只觉得得意扬扬走出场去，许多亲友都来围拢住他，问长问短地又缠混了一阵，正要预备收拾出庙，忽然那卖解的老夫妇二人都走过来，挽留住他，大家就跟着他们一哄走到正殿上去。原来那卖解的女子已经见过游万峰的本领，自己情愿嫁给他。那老夫妇二人就把允婚的话对游万峰一提说，这也不消说得，游万峰当然是十二分满意，当下就拜过丈人丈母，随即告辞，上马回家。

歇不多天，他们就正式地结了婚。游万峰才晓得这女子名叫朱兰英，他父女三人都是江湖上一等一有本领的人物。结婚以后，他的丈人、丈母自然要履行条约，不再混迹风尘，就搬居到女婿家中，由女婿供养。游万峰打从结婚后，朝夕受阃内的陶融，艺术上也就大有进步。不上两年，就生下一个女孩儿，取名彩凤，这游彩凤一经离开母胎落地后，就由朱兰英替她把筋骨锻炼，从小儿就教习她的拳棒，所以她的本领格外来得有基础，格外来得有功夫。

那游万峰自有了这家庭乐趣，就也绝意功名，无心进取。后来，他的父母、丈人、丈母都相继逝世，游万峰又是个轻财仗义的人，挥金如土，专一好管不平。他本是喜欢吃酒的人，在没吃醉的时候，性格倒还和平，凡事有个商量，一吃醉酒，便如蛮牛似的，无论天大的事，要管一定要管，并且愈强硬愈不怕，人家晓得他这种性情，就都题给他一个绰号，叫作醉金刚。那游万峰既是生成的这样禀性，自从他父母故后，不到三五个年头，就把一份偌大的家业通通花尽，他又是个不事生产的人，自然生计上就有些维持不下。偏巧这年又遭了一场天火，把房屋烧光，弄得他夫妻、父女三人存身不得。游万峰无法可想，只得和他妻子、女儿一商量，就去投奔东平县的一个姑母处安身。这姑母游氏，本是游万峰的堂房姑母，姑丈翟耀仁已经去世，所有一份家产由他表弟翟云衢掌管，本来家资豪富，兼之他这表弟又精明能干，因此更一天一天地兴旺起来。他姑母因没有亲身的内侄，一见游万峰夫妇领着女儿投奔她，自然心中喜悦，又见游彩凤生长得粉

40

妆玉琢般的人物，格外地十分怜爱。好在她这种有钱的人家，也不在乎这门穷亲戚来依靠她生活，就把游万峰一家三口子留住下来。

那游彩凤这时候已经十五岁，也懂得一切事故，她晓得自己是倚靠人家，百样事体都知情识趣，谨慎小心，不敢和人家争执计较。那翟家上下的人都很和她亲热，只有翟云衢的妻子周氏，因游彩凤母女不很和她亲热，心中就有些不愿意，常时在翟云衢面前搬嘴弄舌地编派他们的不是。

你道这周氏为什么这样妒恨他们？因她晓得这游万峰是她婆婆的至亲，平昔她们婆媳本来是面和心不对的，现在见游万峰常年地住在她家中，又见她母女对于游氏异常的亲密，就不由得因妒生恨，仿佛看他们是自己的一个劲敌，所以就想设计要驱逐他们。无奈翟云衢是个有胸襟、有义气的人，并且他和游万峰表兄弟又谈得来，焉肯听他妻子背后的说话呢？周氏见丈夫不肯听从她的说话，也只得暗暗地怀恨，想别寻机会摆布他，这也不在话来。

歇不上一年工夫，恰巧游氏因生了一场重病，就此一命呜呼，那家政自然就归周氏在内主持。这一来，游万峰和他妻子、女儿在翟家就比不得从前的待遇，一切饮馔衣着都渐渐有些供应不完备。游万峰夫妇因为到底是仰给人家，只得耐心忍气地度活。他夫妇总以为他姑母一去世，他表兄未免有些厌嫌他们，再也想不到全是周氏一人的主持。

那游彩凤年纪虽然幼小，倒还懂得些人情世故，她就对游万峰、朱兰英说道："妈和爹既然觉得在这里有些受委屈，何不自己去寻一些生活，难不成就这样终身依靠别人吗？"

游万峰不听犹可，一听她这说话，就不由得叹了一口气，顿时又说出一番话来。

## 第七回

<br>

## 寿宇宏开喜偷香得意
## 春闺弛禁悲窃玉罹灾

却说游万峰听得游彩凤的几句说话，不由得叹了一口气说道："俺原也是这样想，心想离开这地方，叵耐一者没有别个谋生计的门路，二者俺姑母究竟待俺们不错，现在姑母虽然下世，你表叔就有些不周到的地方，还要念在姑母的亲情上，不应计较这点点儿小事。并且他究竟没有饿了俺们、冻了俺们，俺们哪能够就离开这地方呢？只得再住几时，看点儿动静，再想别法吧。"

朱兰英道："这又有什么难解决呢？倘然但为了谋生计的问题，俺们有的是随身本领，无论走遍海角天涯，料想也绝不致受饥寒冻馁的。不过你是个富家好子弟出身，不肯丢这场面罢咧。"

游万峰也不懂她这说话的意思，只拿两只眼睛呆望着她，朱兰英也就不再往下说。他父女三人仍旧耐着心在翟家度那安贫乐道的岁月，这样延宕下去，又过了半个多年头。

这年，恰巧翟云衢三十诞辰，到了这天，异常热闹。本来翟家是东平县数一数二的首富，单是所开的当铺钱店就有七八家，其余的田产房屋也不知其数，一班店中的经理和一班当地的绅士晓得翟云衢的生辰，大家都预备下许多礼物，亲自枉驾到翟家来祝觊拜寿。翟云衢推却不得，也只得置办了许多酒筵款待他们。

游万峰就和他妻子、女儿大家商量，也想送一份薄礼，一者凑凑热闹，二者也表表自己的一点儿心意。

朱兰英笑道："你的心意虽然不差，但是我们自到这里两个多年头，所有随身的几两散碎银子已用罄，这时候要做人情，又哪里有这笔钱买礼物呢？"

游万峰一听，顿时蹙着眉头，一语不发，只管坐在那里呆呆地痴想。游彩凤看着，就仰着脖子对朱兰英说道："妈，可又来了，俺们送人情，既没有钱，何不把女儿所佩带的一对玉鸳鸯去当质一二两银子，不也就可以够买些礼物吗？"

游万峰点点头道："现在除了这个法子，委实也没有别法可想，俺们就准定这办法吧。"

当下游万峰就典质了这一对玉鸳鸯，去置办了四件礼物，亲自送到内室去，给翟云衢夫妇祝贺。翟云衢一见，就哈哈大笑道："今日虽是小弟的诞辰，但并没有什么举动，兄长何必这样费心呢？并且兄长也不是手头宽裕的人，这无谓的破费，岂非太不经济吗？"

周氏也冷冷地笑道："咱们家中的事情多，倘然叫伯伯每次地这样破费，岂不要累穷了人家？俺看伯伯还是免了这客套吧。"游万峰一听这话，就勃然大怒。

本来周氏素来和他夫妇不睦，所以游万峰和朱兰英也不去趋奉她，现在本是一番诚意替他夫妇祝寿，倒被她这样地奚落，心中如何按捺得住呢？当下游万峰心想："这狗妇，俺好意来趋奉她，她倒讥笑俺平常没钱送礼。"自己本待就要发作，怎奈碍着他表弟情分上，只得捺住一肚皮的闷气，堵着口并不作声。翟云衢也晓得他妻子说话得罪人，深恐怕游万峰扯不过这面子，就含笑说道："游大哥，小弟今天正要拜烦兄长，因为有一班朋友晓得俺的贱辰，大家都来送些礼物，俺也不好推却他们，所以略备些酒筵，留他们畅饮。兄长横竖是没有事的，就请帮忙奉陪，替俺招待招待吧。"

游万峰这时候也把气平息，一听他表弟的说话，就说："好，俺今天就在内厅替贤弟招待吧。"

这天果然是很热闹，那班亲戚朋友们都来祝觊上寿，有的是送些寿幛寿礼，有的是送些寿文寿序、寿诗寿对，顿时把内厅上悬挂得金碧辉煌。其实翟云衢三十岁的人，哪里配得上这些谀辞祝寿呢？这也不过叫作锦上添花罢咧，游万峰却竭力地替他招待周旋。本来游万峰的性情极豪爽，人家都极愿意和他攀谈联络。内中有一个人，名叫魏正伦，是翟家典当中的一个学徒，生长得白皙脸皮，风流自赏，人又很机灵乖巧，翟家有什么事体，没一回没有他来帮着照应的。并且穿房入户，连内室也可以行走。翟云衢夫妇对待他异常信任，他见游万峰和一班人谈得投机，就趁这当儿溜达内室去。那翟云衢的妻子周氏正在里面周旋一班女客，一见魏正伦，就不由走出来笑微微地说道："你外面没有事吗？又来偷乖到里面来厮缠，当心你先生看见又要吃不消呢。"

魏正伦却嘻嘻地笑道："先生的事俺都照应料理得服服帖帖，现在却要来替师母尽点儿义务哩。"

周氏拿眼对他一丢，又笑道："俺这里没事，不要你来假献殷勤吧。"

魏正伦一面笑着，一面又纠缠了一阵，直等待厅上摆上酒宴才溜了出去应酬。别人也并没有对他留神，独有这游万峰看见他一种獐头鼠目行为、卑鄙龌龊的手段，早心中有些瞧不起他。到了酒过三巡，大家都挟着一团的豪兴，顿时就猜拳行令地热闹起来。翟云衢又亲自斟过一巡酒，那魏正伦就满满斟起一大杯酒来，提高喉咙，拱着手对大众说道："小子现在要斗胆发起一个令规，就是俺们今天靠寿翁的福，大家须吃一个尽兴。但是对于寿翁，也理应每人先恭敬三杯，然后咱们才能够畅饮哩。不晓得

44

众位可赞成俺的意思吗？"

这许多宾客中，差不多大半晓得魏正伦是翟老板面前顶得意的红人儿，现在听他一提倡，就不约而同地一齐鼓起掌来。这个说我敬三杯，那个说我敬十杯，顿时就把酒厅上闹了个乌烟瘴气。游万峰明知翟云衢没有多少酒量，但也不能不附和着众人的兴致，于是就你三杯我两杯地把翟云衢吃了个醺醺大醉。翟云衢虽然是个精明强干的人，平昔不常吃酒，但是酒这样东西，不闹起来倒也罢了，一闹起来，谁也不肯坍台，加之翟云衢又是自己的寿酒，更未便少人之兴，因而致于大醉。当下翟云衢这么大醉后，经当差的扶进内房睡去。众宾客见了寿翁已醉，大家就少了兴，又三元八马地闹了一会儿酒。其中也有量窄醺醺大醉的，也有使乖的，先一溜烟逃走。不多一会儿工夫，已是闹得杯盘狼藉，纷如鸟兽地散去。那些上上下下的人因为忙了这一天，自然就大家不约而同地各自去收拾睡觉。

游万峰本来是个不醉不休的人，今天是吃他表弟的寿酒，当然是更要尽量豪饮，无奈他因为受过周氏一肚皮的闷气，自己先就不高兴，及至吃酒的时候，又要见魏正伦那种卑鄙龌龊的行径，和对待他骄傲不可一世的气概，更加就心中提起一腔愤火来。不因看在翟云衢情面上，早就要拳头巴掌去对他孝敬。这时候只得万分熬耐住，只勉强地喝着闷酒，但是愈喝愈闷，哪里能吃得醉哩？他后来又帮着翟云衢喝了几杯，见翟云衢已醉，便不再和这班人胡缠瞎扯，早抽身避席，走向自己的卧室去。朱兰英和游彩凤本估量着游万峰一定要吃得醺醺大醉，一见游万峰走了进来，就大家来搀扶住他。

游万峰却对她母女冷冷地笑道："你们却以为俺喝醉了吗？其实俺今晚的酒还是出身以来第一次没醉哩。叵耐周氏这贱货和魏正伦这小野杂种，他们竟敢眼中瞧不起俺，今晚在酒筵上，那

**45**

种贼头贼脑的神态，俺要是不碍着俺表弟情面上，定然要给他看点儿颜色哩。"

朱兰英一听，才晓得他是因为心中受了委屈，就笑道："这种势利小人，你何必和他们一般见识呢？俺们在这地方并不是长久之计，更犯不着和他们计较。要不然，刚才俺们在内室，那朱氏对俺的那副神态，更要把肚皮气破呢。"

游万峰一听，就翻起一双眼睛，怒冲冲地说道："那贱人，她对你又怎样？你说给俺听吧。"

游彩凤恐怕她母亲又说出什么话，游万峰一定更按捺不住，只得笑说道："罢罢，爹和妈都有了些酒意，据俺看来，俺们还是早些安卧，何必磕着闲牙纠缠这些是非呢？"

朱兰英就点点头，扯着游万峰道："女儿的话真不错，俺们有什么话明早再说，这时候又何必多添闷气哩。"说着，就拖着游万峰到内房去。

她母女二人也纠扰了一天，精神也有几分疲惫，见游万峰并不再说些什么，便各自收拾着安睡。独有游万峰却心中有什么事丢不开似的，在床上辗转反侧，只是睡不着。他一直到三鼓左近，仍旧是不能合眼，自己就打从床上一骨碌跳起身来，听了听她母女二人，依然扯着鼾声，就也不去惊动她们，他只轻轻开了房门，跳出了庭院。但见月色皎洁，繁星满天，他便放开拳足，练了一路拳，耸身上了屋脊，看了看，一个偌大的宅院中，并没有半点儿灯光，便沿着屋面走了过去。又一耸身，到了一棵大桂树上，就看见翟云衢的卧室里面的灯光尚没有熄灭。他心想："俺表弟这时候不知沉醉得怎样，不如待俺去窥探窥探他，自己也好放心。"他心中这样想法，倏地一纵身，已轻如飞鸟似的落在翟云衢卧宅的屋面上，用了个夜叉探海的势子，打从屋檐下俯身下去，想从窗中向里面张看。哪知他不看犹可，这一看却看出一件蹊跷事来。

原来游万峰刚俯身下去，早听见窗内发出一种唧唧哝哝的笑声，不由却把他弄怔住了。暗说："原来俺表弟并没有喝醉，不然，为什么这时候能开心取乐呢？"他正想拗身上屋，不去听他，陡然又听得里面有一个年轻男子的笑声，低低地说道："俺今夜可算是替先生做代表，真个孝敬师母哩。"

又听得一个女子的笑声道："好个孝敬的徒弟，背着先生偷师母，当心点儿给先生晓得，一定要了你的性命哩。"

那男子又笑道："这个却莫管他，只要师母快活，不对先生说，他还能够晓得的吗？"

游万峰已分明听得仔细，那女人的声音不是别人，正是他表弟媳周氏。那男子的声音虽辨认不清，却仿佛也有些耳熟，他就心中勃然大怒道："原来这贱货竟敢这样淫贱，做出这种不要脸的事来。可惜俺表弟却是个精明强干的人，这时候不晓得醉在什么地方，却被这贱人暗地替他丢脸哩。"他就想跳了下去惩戒他们，忽然心中又一转念道："这件事绝对是鲁莽不得的，这时候俺表弟正吃得沉醉，倘然俺拿住他们，一声张起来，却叫表弟怎样做人？"他沉吟了一会儿，便想出一个计较，却仍旧飞身蹿上那株桂树，盘坐在枝丫上，拿两眼观着那卧室，静悄悄地等候着。直到四更多天，就见由房中蹿出一个人来，游万峰在月光当中已看得清清楚楚，那人却正是魏正伦，见他伛腰曲背，蛇行鹤步，直向后院门奔走了出去。游万峰早打从树上轻轻跃下，紧紧地跟随着他，才离开翟宅数十步，那边有个树林子，游万峰就一个箭步早超过他前面，在靴管内拔出一把锋利的短刃，等到魏正伦走到面前，就大喝一声，已把魏正伦吓得筋酥骨软，伏跪在地上，连连叩头叫唤着饶命。游万峰就一伸手，先把他的一条五花大辫圈在手中，然后才哈哈地笑道："狗野杂种，你抬起头来，还认得俺吗？"

那魏正伦果然抬起头来看时，又不由得倒抽了一口冷气。原来他那副滴溜溜的贼眼，借着月色，却辨认得出游万峰的面目来。毕竟他是做贼心虚，又见游万峰握着明晃晃的利刃，就格外地着急起来，只得连连地哀告道："俺并没开罪你老人家，你老人家又何必向俺生气呢？"

游万峰不禁大喝了一声，又对他说出一番话来。

# 第八回

## 云雨模糊含沙遭毒算
## 风尘落拓洒泪报深恩

却说游万峰一听魏正伦的说话，不禁就大喝道："狗贼，谁和你寻生气？俺且问你，你和翟云衢的妻子周氏通奸了有多少时候？你照实地直供出来，俺便饶你的狗命，倘然有半个字的虚假，哼哼！你这颗首领休想带回去吧。"

说着，就把手中的刀晃了一晃，冷飕飕地逼在他面上。魏正伦晓得他已识破秘密，抵赖也是没有用的，只得就说道："俺和俺师母虽然是两情相爱已久，但是通奸还是第一夜哩。"

游万峰笑道："俺不信，怎么第一次就会被俺观破？你分明还是狡赖，俺还能容你吗？"说着，就举起手中的刀，直向他咽喉戳来。

魏正伦只吓得索索地抖战道："你老人家且请莫动手，俺照实地说给你听。那周氏她因为爱俺，常常就想招俺进去和她通奸，俺因为一者是师徒情分上，觉得于理上说不过去，二者翟云衢在家的时候多，他又是个精细不过的人，恐被他觑破，却不是当耍。又听得周氏常对俺说，你老人家是他的表兄，练得一身好武艺，俺心中就更觉害怕，所以不敢去下手，只每次推托。周氏也晓得俺的意思，她就对俺说，要想把你老人家撵了出去，便可放开胆子去做事，免得再受纠葛哩。"

游万峰听他说出这话，才晓得从前周氏对他夫妻的种种手段，原来却为的这一件事体。就又喝问道："既然这样，俺现在还没离开这地方，你怎么有这胆子来送死呢？"

　　魏正伦哭丧着脸说道："今晚俺来，也是周氏和俺约定的。她晓得你老人家吃起酒来是不醉不肯罢休，而且俺先生平昔是不吃酒的，难得有这机会，就好借花献佛，趁势把他灌醉，便扶向一间客房内睡倒。他素来的脾气，一吃醉酒，不到天光大亮是从来不会清醒。俺们就趁这个趣，才偷摸上手，横竖有两个仆妇都被周氏用计支开，却要俺由这后院门出入。总以为这事没人晓得，哪知被你老人家识破。俺下次绝不敢再来，求你老人家饶命吧。"

　　游万峰又哼了一声道："你说了实话，饶便饶你，但是不叫你受一点儿警戒，你还不晓得痛改哩。"

　　说着，早把手一挥，已把魏正伦的一只左耳鲜血淋淋地割落下来，这才把手一松。魏正伦痛得大叫一声，就抱头鼠窜地逃走。

　　游万峰打从地上把血淋淋的一只耳朵拾了起来，重复回转翟家的宅院，越到翟云衢的卧室，听了听，里面已有鼾声。游万峰就用刀在窗纸上挖了一个窟窿，见灯火已吹熄，却看不出一些交象来，就把魏正伦的一只耳朵抛掷了进去，自己才回到寝室，埋头睡倒。

　　那周氏睡到天明，正要走到翟云衢那边去敷衍搪塞一回。她刚刚走下床来，忽然脚下滑得一滑，似乎踏着一件又软又硬的物件。她就俯身拾起看时，不由得把她吓了一大跳。却看出是一只人的耳朵来，不但看出人耳朵，并且还认得出是魏正伦的耳朵来。看官一定要说俺是捏造，周氏怎会看见这只耳朵就晓得是魏正伦呢？

　　原来魏正伦的耳朵上戴着一只金环，却是一个特别的记认。

50

周氏又是个极有心窍的人，所以一见就想出是魏正伦的耳朵来。但她虽想到这是魏正伦的耳朵，究竟是谁把来割下的，却又推测不出。又恐怕这只耳朵被人看出痕迹来，只得忍一忍心，把这只血迹模糊的耳朵抛向净桶里面去。

歇了好几天，那魏正伦也不敢出头露面，只偷偷地向周氏这边来递了一个消息。周氏这才恍然明白过来，从此就更把游万峰恨得入骨，一心要撵走他，只恨没个机会。

这天，恰巧翟云衢被一个朋友约了出去，周氏估量着他一定要吃晚饭时候才能够回来，就心中想了一个计策。到了掌灯的时候，就叫丫鬟小翠去请游万峰，只说翟云衢和他商量要事。游万峰哪里识得出她的玄虚，就跟着她一直进了内室。那里面却是翟云衢的卧室，本来和周氏的正房是通连的，那天翟云衢吃醉了酒，也就是醉在这地方的。游万峰也不晓得这间房与正房相连，只道是翟云衢的特别会客室。当下周氏叫丫鬟小翠把游万峰请到翟云衢的那间卧室去，只推说翟云衢有事请他少坐一会儿。游万峰不知是计，就呆呆地坐着等候他。那周氏早和小翠串通一气，叫她去打听，俟翟云衢回转的时候，就去给她报个暗信。那周氏却打扮得花枝招展似的，走进了里面去，一见游万峰，便先眉开眼笑起来，就说："伯伯等候得太寂寞了，你表弟大概他就要回转来的，请伯伯再少等一会儿吧。"

游万峰本来一看见周氏就要生气，现在见她这样卑躬屈节地奉承他，倒由不得自己不去和她敷衍，只得也搭讪着和她攀谈了几句。那周氏就一屁股在他身旁一张凳子上坐了下来，又伯伯长伯伯短地有谈有笑，十分亲密。游万峰虽然心中不愿意和她多说话，叵耐因为要等翟云衢，却不能抽身便走，只把一颗头低垂着，并不理睬。

不多片刻工夫，猛听得有人在门外走了进来。游万峰抬头看时，却正是丫鬟小翠，托着一个木盘，摆着酒壶、酒杯和几碟下

**51**

酒菜，笑吟吟地走了进来，把酒菜都放在一张红木桌上，对着游万峰乜了一眼，就抿着嘴走了出去。

周氏就笑着道："伯伯先请喝一杯吧，你表弟曾关嘱过，说你倘然等候得时间久了，就在这边吃了晚饭，横竖你表弟马上就要回来的。伯伯是自己人，当然不嫌简慢吧。"

游万峰这时候本来已经饥肠辘辘，又听她说是翟云衢叫他在这里吃饭，当然也就老实不客气坐了下来。周氏又笑着替他斟了一杯酒，自己也斟上一杯陪着他。游万峰是个性情直爽的人，就说："弟媳请自便吧，让俺自己一人筛着吃，倒觉便爽多哩。"

周氏笑道："伯伯可不是这样，你表弟他平昔不常吃酒，但吃起酒来，非得要俺陪着他吃，他是一杯也不能吃下的。伯伯不用假惺惺吧，俺晓得伯伯平昔吃酒，嫂嫂也一定要陪喝的。"说着，就把一副勾魂夺魄的眼睛斜乜着他，又把自己的座位移拢过去，举着杯子就送到他嘴边。

游万峰一见她这种淫荡的神态，就勃然大怒，就用手这一推，就听得当啷啷的一声，周氏已被他推倒，把一只酒杯已抛跌在地，跌得粉碎。游万峰见周氏被自己推倒，就站起身来，大踏步就想朝外面走，因他走得太急，却误跨进内室门去。不料迎面撞着一人，原来那人不是别人，正是翟云衢。那周氏一见，便把头发打散，在地上滚着呼冤叫哭起来，口中一面哭着，一面便喊叫说游万峰要勒逼着强奸她。游万峰被她这掀天沸地地一闹，格外把面孔气得铁青，一句话也说不出来。他只得对翟云衢说了声："好好，你们竟敢做圈套捉弄俺，俺们有话再说吧！"说着，就拨转头，走了出去。

翟云衢也一时弄得莫名其妙，就叫人把周氏搀扶住，细细问她这事的原委。那周氏自然就捏造了一番鬼话，说游万峰怎样闯进内室，怎样要酒喝，怎样调戏她，那丫鬟小翠也帮着她加油添酱地说了一大篇。你想这样有凭有据的事，翟云衢怎会得不相信

52

呢？当下就勃然大怒道："好个人面兽心的东西，俺把他当作至亲，养活他夫妻三口在家，他却做出这种事来吗？俺明天倒要看他还有这脸面在俺这里寄住下去吗！"

周氏就冷笑道："你还打算他要脸面吗？老实对你说了一句吧，他们在这里就算是活祖宗，恐怕请还请不出去呢。现在连你的老婆都要来白占，将来你这份家产，还不占据吗？"

翟云衢一听，便气得霍地跳了起来，揎拳裸臂，就要跳了出去和游万峰拼命。周氏就一把扯住他道："你这人可算是糊涂到了极点。你想着吧，他是练功夫会拳棒的人，你去寻他拼命，那不是自己白送了性命吗？据俺看来，他又不是你的亲手足嫡弟兄，明天把他一家三口子赶走出去，不省却许多气恼吗？"

翟云衢才把一腔火气按捺住，点了点头，就一屁股坐了下来。周氏就叫小翠去重行收拾了酒饭来，她和翟云衢吃过，当晚自然拿出本领来奉承他，又在枕边进了一番谗言。说得翟云衢死心塌地地相信她，一到明早，就把游万峰夫妻三口子驱逐出去。

游万峰自从走出翟云衢的卧室，回到自己的屋中，就把这件事一五一十地都告诉给他妻子、女儿听。朱兰英就不由得嗤的一声笑道："这都是你自己惹出来的事，你割了她奸夫的耳朵，她就肯轻轻饶放过你吗？只怪你当时不曾把魏正伦爽爽快快地一杀，不然他不去说给周氏听，周氏哪会晓得你窥破她秘密呢？"

游彩凤道："妈也不消埋怨父亲，俺想事已到此地步，纵然声辩，也是皂白不清，俺们这里一定也安身不得，最好想个法子，赶紧离开这是非窝儿吧！"

朱兰英道："要离开这地方，也不算件难事，只要你父亲肯答应，俺们难道怕没地方宿食吗？"

游万峰道："好极，你说给俺听，有什么地方投奔，俺们就连夜搬了出去，怎说俺不答应呢？"

朱兰英笑道："投奔的地方虽没有，俺们有的是随身本领，难道不能闯荡江湖去做卖解营业度活吗？"

游万峰被她这一提醒，就点头道："既然这样，俺们明早就离开这地方，自己去寻生活，才免得受这些乌气哩。"

他夫妻当晚商量已定，就把随身包裹行李等件收拾预备着，一到天明，等到翟云衢来驱逐他们，他们早不辞而别地走了。他夫妇自从离开翟家，就寄寓在一所破庙内，日间到街市上去练些拳足，卖些把式，夜间就回到古庙中歇宿，虽然进项不多，但维持衣食倒也不十分窘迫，并且无拘无束，倒比在翟家自由得多哩。他们就这样，又延宕了一个多月。

那天正是十月中旬的天气，天归渐渐寒冷起来，游万峰自己做了一件新棉衣，也和朱兰英、游彩凤做了一件新衣。游万峰就忽然叹了一口气道："想俺是一个出身富贵人家的子弟，再不料穷迫到这样的地步，真是可怜可笑得很。就是住在姑母那里，姑母在日，何曾要俺自己去料理衣食哩！"

朱兰英点点头道："虽这样说，毕竟人贵自立，依靠人家，终究不是个了局。现在俺们虽觉得穷苦，到底还是自有自便，你又何必想不开呢？不过你姑母待你的一番深意，俺们不知怎样才能报答她哩。"

游万峰猛然想了一想，道："哦！今天不是十月十五吗？正是俺姑母的生辰，俺不亏你提说，倒几乎记忆不出。俺想买一份箔烛，亲自去到翟家拜一拜，总算尽俺一点儿人心哩。"

游彩凤笑道："爹，你又来了，他们既然看不起俺们这个穷亲，俺们要去，那不是自讨没趣吗？据女儿的意思，还是免了这虚浮的礼节吧。"

游万峰笑道："任他瞧不起俺，俺总看在姑妈情面上，去拜一拜哩。"

她母女二人见他意志坚决，也不能再拦阻他。游万峰就去买了些香烛锭箔等类，直赶奔翟云衢家中来。他一到翟家门口，猛然就吃了一惊，原来翟家门口已张挂着素幕，悬着丧榜，竖着门灯，分明是一个新丧的样子。游万峰一打听，才晓得翟云衢已在十天前身故，他就不禁扑簌簌落下几点眼泪来，就大踏步闯了进去。

## 第九回

## 门生入幕祸起萧墙
## 侠士酬恩冤沉犴狴

却说游万峰听得翟云衢已经身故，想起从前翟家待他的好处，不禁悲从中来，扑簌簌落下几点眼泪来，就大踏步闯了进去。却见迎面走出一人，与他劈胸相撞。游万峰一看，正是魏正伦。就勃然大怒，欲待发作，却又借不着一个名目，只得耐着一肚皮气，迈步就向里走。

那魏正伦看见游万峰，早一溜烟先自躲避开去。游万峰本来在翟家是和自己人一样，那些上上下下的人没一个不认识他，都来招呼着说："游爷来了，请里面坐吧！"游万峰也不开口，一直到翟云衢灵位前，放下手中的箔烛等物，扑通跪倒，纳头便拜，禁不住就放声大哭起来。有人去告诉周氏，说游万峰来吊奠，周氏就不由得心中撞起小鹿来，便也走进孝堂，哭天哭地地陪着一阵乱号。

游万峰哭了一会儿，就立起身来向周氏说道："请问弟媳，俺表弟是怎样身故的？"

周氏道："伯伯原来没晓得，你表弟素来就有一种急心痛病，已有三五个年头不曾举发过。不知怎的，忽又骤发起来，连延请医生都来不及，只三两个时辰，就此死了。"说着，眼圈一红，又号哭起来。

56

游万峰一听，心中好生疑心，暗说："俺在翟家也有一两年，怎么从没听见说过俺表弟有什么心痛急病呢？这事怕不有几分蹊跷？"便又向周氏说道："俺表弟起病是日间还是深夜？怎的城市里延医都来不及呢？"

　　周氏道："伯伯哪里晓得，俺们这里县城的风俗，医生晚上一过初更就不肯出门。你表弟得病的时候，已是三更多天，又哪里去延请医生呢？并且他这旧毛病，只说没有多大的妨碍，谁也不预备他死的啊。"

　　那周氏虽是这样说，游万峰心中到底有几分动疑，就把香烛纸锭交给周氏说道："这是送俺姑母冥寿的，俺却不料表弟身故，只得改一天再来祭奠她吧。"说罢，头也不回，便朝外走。

　　周氏假意叫人留酒留饭地牵扯住他。游万峰哪有这心情吃她的酒饭？就一直走出了翟家的门口，心中暗自沉吟，虽然疑惑他表弟身死不明，但自己却也想不出个解决的办法来。他只埋头往前一步一步地延宕走着，猛听得有人叫唤道："游爷，咱们好多天没见，怎的你老便走离俺们这边呢？"

　　游万峰拨转看时，原来正是翟家的管理账务的先生。这人名叫陶宾，年纪已有五旬开外，却是一个极忠厚诚恳的人。游万峰一见，顿时就眉头一皱，想出一个计较来，便走过去拉着他的手说道："陶先生，久违少候，你老人家想必忙碌得很厉害呢。"

　　陶宾笑道："承爷垂问，俺有什么忙碌，可惜小主人一故世，连俺的饭碗都砸了。"

　　游万峰很诧异道："你老人家在翟家已有十多年，怎么就会把生意停歇呢？"

　　陶宾摇着头道："爷还不晓得呢，这叫作一朝天子一朝臣。小主人用得着俺，小主人一死，当然就有主母得爱的人掌握家政，俺这一种老朽废物，还得上他们的眼吗？"

　　游万峰听他说话有因，就点点头道："你老人家横竖没事，

57

俺们到酒铺子里吃几杯谈谈天吧。"

陶宾笑道："爷有兴致，俺就奉陪。"

恰好走过七八家门面便是一班三元酒馆。他二人便走了进去，拣一副净座，让座下来。游万峰便要了两壶酒和几碟下酒菜，一边喝着，一边就向陶宾问道："你老人家刚才所说小主母心爱的人，难道就是魏正伦那个野杂种吗？"

陶宾很诧异道："爷怎会猜想得着？不是他，还有谁呢？"

游万峰道："他和你老人家有什么过不去，却要撵走你呢？"

陶宾忽地叹了一口气道："爷哪里晓得？这贼崽子打从小主人故世，他便成日整夜地在俺们这边缠嬲，也不晓得他鬼鬼祟祟地转什么念头。俺们老古道人便看他不入眼，有时和他争说几句，偏生小主母晓得，就来帮助他。俺一不服气，和她碰了几个钉子，就把生意停歇下来。现在翟家的管理全权都在这贼崽子一人手中，谁还敢去和他多说一句话呢？"

游万峰就哈哈地笑道："这样说来，他岂不就是翟家的主人吗？"

陶宾点头道："爷说得不差，不是他要做主人，恐怕俺小主人还不会丧命哩。"

游万峰假意惊问道："你老人家这话又说得太诧异，难道你小主人是他谋害送命的吗？"

陶宾一听，就掉转头来，先四面望了一望，见靠近没有人，这才低低地说道："谁说不是呢？家中上上下下的人都这样传说，只是没人敢多嘴说一声。并且也没有大势力的人出头，别人又何苦多惹是非呢？"

游万峰就哼了一声道："请问你老人家，俺表弟死时，你们究竟看出怎么凭证，就能断定他们谋害呢？"

陶宾道："俺说给爷听吧！俺小主人这天晚间本没有害什么病症，后来一到三更多天，就听得里面有了哭声，说俺小主人患急病身故，死的时候，浑身发青，七窍都有血迹，这不是明明谋害的凭证吗？并且有人看见魏正伦这厮在那个时候打从后院门偷偷走出的，你想这事不是他们的鬼算吗？"

游万峰一听，就猛然摔下酒杯，用拳头在桌上砰的一声，把酒杯碗碟都击翻转来，大叫道："真个有这事吗？俺便出首到东平县告状，不替俺表弟申冤，他死也要不瞑目呢。"

陶宾一见他要去告状，就急得一把扯住他道："这可使不得，告状是先要吃官司受罪的。俺们都再商量个办法吧。"

游万峰笑道："吃官司俺便去吃，不过要请你老人家替俺做个见证。"

陶宾还要推三阻四地不肯答应，早被游万峰一把扯住他手腕，哪里还能走脱？那店伙先听得游万峰猛然在桌上一击，已吓得走了过来，现在见他拖着陶宾，只疑惑是他们为了什么事体争打起来，微上前来劝解。游万峰就飞起一腿，把那店伙踢了一跤，拖着陶宾往外就走，直到东平县的衙门前，击鼓叫喊起冤枉来。早有几个衙役走过去，把他二人带住，问明了情节，进里面一回禀，知县葛凤时顷刻升坐大堂，把游万峰带上去，问明他的姓名里居，又问过陶宾的姓名。他二人跪在大堂上，把翟云衢被谋害的情节一五一十，像背书似的背了一遍。

葛知县就哈哈大笑道："你们告周氏谋害亲夫，你们是亲眼看见的吗？这事非同儿戏，倘然开棺相验的不实，你们这诬告的罪名也顶受得起吗？"

游万峰叩头道："小人们不证明这事确实，也绝不敢控告，如有不实，小人情愿受反坐的罪名。请太爷验尸，替死者申冤吧！"

葛知县点了点头，就叫把他二人权行看押起来，待验过了尸身再行处判。当下就标了一根朱签，叫提周氏、魏正伦来讯问。

原来那魏正伦本是和一班招房衙役素有交往，他一得着这个消息，就去和周氏一商量，送了五百两白银给衙门上上下下的人打通，又送给了葛知县银五百两，叫他不准这状，就把这事马马虎虎地瞒混过去。果然葛知县得到这笔白花花的银两，就把游万峰和陶宾二人每人打了五十竹板，说他们是胡扯乱告，撵出了县衙。

游万峰这一来，几乎把肝都气得炸裂，就对陶宾说道："好个狗知县，他竟敢这样糊里糊涂地判断这人命重案。你在家中候着吧，俺不到府里去控告申冤，也不能替死者出这口怨气哩。"

他别了陶宾，就回到庙中，把这事告诉给朱兰英、游彩凤听，预备自己要赶去告府状。他过了一宵，正准备夫妻、父女三人收拾着动身，哪里晓得东平县又差来十几个捕役，一拥进庙，把他们三人通通锁拿，解往县衙去。

游万峰自己也弄得莫名其妙起来，他只道是知县已提到周氏、魏正伦，要和他对讯。他一到县衙，就见葛知县已巍然高坐在大堂上面，那三班衙役一吆喝，就把他三人带上堂跪下。

葛知县就对着游万峰拍着惊堂喝道："好个大胆的强盗，敢在本县地方上明火执仗做起重案来，你要是识时务见机一点儿，快些从实招承，免得本县动用大刑，自己皮肉受罪吧！"

游万峰一听他这说话，分明晓得他是有意诬害，就不禁大怒道："好狗官，你也不去打听打听，俺游某是堂堂武榜举人、缙绅后裔，你竟敢诬良指盗吗？你说俺明火执仗，做下重案，你有什么凭证，就给俺看吧。"

葛知县冷笑道："好个利口的东西，竟敢在公堂上咆哮，来和本县挺撞，哼哼！本县问你，既然是个缙绅后裔、武榜的举人，怎么却走江湖上来卖艺呢？本县不给你看一个凭证，你一定仍是要狡赖不服的。"说着，就连声叫唤带贾二虎上堂。

不多一刻工夫，就见从花厅后面带出一个镣铐银铛、披头散发的囚犯来，走到大堂上跪定。那葛知县就又一拍惊堂喝道：

"贾二虎，你把打劫瑞源典当一共有同伙几人，从实招供上来，倘有半字虚言，本县一定要重重地惩办。"

那贾二虎又朝上爬了半步，说道："启禀老爷，小人打劫瑞源典当，只有游万峰和他的妻子、女儿三人，并没有别个同伙。咱们财物都是平均分配的。"

葛知县说："好！现在游万峰已经拿获，你到下面去认一认，是不是他，但不准冤屈好人。"

贾二虎答应了一声，就拨转头来对堂下看时，见游万峰跪在堂下，就哈哈大笑道："游大哥，咱们有吃喝，也快乐过，现在事已破露，你就招承了吧！"

游万峰哪里就肯承认？他夫妻、父女三人就一齐呼起冤屈来。葛知县一见他们仍不肯招承，就叫把游万峰扯下去，重重地打了三百大板，直打得皮开肉绽，游万峰至死也不肯招承。葛知县就叫左右动用大刑，把游万峰一夹棍，又把朱兰英和游彩凤拶了一拶。他们虽说是有功夫的人，到底也吃熬不起这等刑罚，就都一一地画了口供。葛知县就叫把游万峰和贾二虎一齐收监，把朱兰英和游彩凤也收禁在女监狱里，就预备把他们定成个死罪。

看官们一定也晓得，这件事一定和周氏、魏正伦是有关系的。原来魏正伦自花费了一笔银两把衙门上上下下买通，总算把这件谋害人命的巨案马马虎虎地瞒混过去。他当下就和周氏商量着说道："现在俺们虽然拿钱买通知县，把游万峰撵走，但他心中一定不服，倘使他父女三人一商议，告起府状来，那不是仍旧免不了开棺相验的吗？只消一验出毒毙的痕迹来，俺们还能够活命吗？"

周氏听了，也着急道："既然那样，你又有什么办法呢？"

魏正伦踌躇了一会子，就忽然笑道："这事也没有什么要紧，俺想害人须先下手为强，一不做，二不休，俺们不如再多送些银两给葛知县，请他借一个名目，把游万峰父女三人锁拿监禁起来，把他们弄毙在狱中，不就斩草除根永久除了大害吗？但是事不宜迟，今晚就到县衙去办妥，这叫作迅雷不及掩耳，俺看他还能够逃脱俺的计算吗！"说罢，早又耸肩抬背地得意忘形起来。

周氏也点着头，笑眯眯地道："看不出你这精灵鬼倒能够防避周密哩。"

他们商量妥当，随即送了葛知县一千两白银，叫他设计去陷害游万峰。那葛知县一见了这大批的雪白银两，早就眉开眼笑地拍着胸脯子说道："有了这东西，还怕什么事办不来？何况害区区几条人命，还不是稀淡平常的一件事吗？"

他一到明天，就差了三班捕役，到庙中捉拿游万峰去。

# 第十回

## 顺水推舟抉眸惩县令
## 携云握雨骈首戳奸淫

却说那葛知县得到周氏、魏正伦送来的大宗银两，一到明天，就传齐三班捕役，掷下朱签，去捉拿游万峰夫妇，以及他的女儿，叮嘱他们一个都莫放他走脱。那班差役自然就如狼似虎地撞进庙中，将他三人一并锁拿。可怜游万峰连做梦也料想不到，葛知县要指鹿为马陷害他，只说为着周氏谋害亲夫的一桩案件，要当堂对质，自然就毫不抵抗地跟着这班人到县衙来。

那葛知县早已命人到监狱中去，买通大盗贾二虎，一口咬定他，就把游万峰一家三口子钉镣收禁。那周氏、魏正伦一得着这个消息，自然欢喜得心花开放，晓得游万峰一收禁起来，再没人敢出面和他反对的。那个区区的陶宾，他们还把他放在心眼上吗？

游万峰他自从入狱后，一见那些狱卒如狼似虎地向他百般要索凌践，就越想越气愤，又想起他妻子、女儿也连带着受这种苦楚，自己就把心一横，等到更深夜静的时分，那个牢头禁子又拿了一根水火棍来拷打他，他就吼了一声，把双手这一扭，已把手铐的铁链扭断，提起木凳来，对那牢头禁子迎头砸去。那狱卒猛不提防，顿时把脑浆都砸出来，就倒地身死。游万峰把枷打开，蹬断了脚镣，在地下拾起那根水火棍，闯出了牢房，飞身跃上屋脊，向四面寻找。正不知他妻子、女儿监禁在什么地方，正在没个摆布，忽然就见屋上人影子一晃，纵上两个人来。游万峰仔细一看，认得是朱兰英和游彩凤，不禁心中大喜，就低低地说道："你们怎会逃走出来的呢？"

朱兰英哼了一声道："这时候俺们不必多说，趁没有惊动他们的时候，赶快逃走出去吧。"

游万峰点了点头，三个人就打从屋面上鸦雀无声地逃出了监狱。来到一个空地上，朱兰英这才微微地笑说道："可恨这狗知县，他竟敢陷害起俺们来。俺和女儿刚到狱中，起先只说是一定要出头露面，大受其凌辱，哪里晓得，那管监的女子却把俺们带到一间特别卧室里，对俺们笑哈哈地说道：'恭喜你们母女的洪福不小，这才是天大的造化呢。'俺一听这话，倒弄得一时莫名其妙，就说：'俺们已是入狱的犯人，怎倒说俺们有洪福、有造化呢？'那女禁子就扭头作态地笑道：'原来你们还不晓得呢，俺们这个县太爷，他是个顶顶风流、喜欢女色的人，只要一进狱的女犯，生长得有几分姿色，他都要看中的。倘然顺从了他，他就可以设法替她开脱罪名，姿色平常的，睡个十朝半月，就放了出去，姿色出人头地的，便可做起新宠太太来。你们一过堂，他早就留上心，见这位姑娘生得美貌绝世，所以就叮嘱下来，叫俺和你们商量，倘然肯顺从他呢，俺可悄悄把你们送进县衙的内室，不但没有罪，你母女二人将来要享用不尽哩。'俺一听这话，顿时就气得面孔变色，本想要发作，后来便心中转了一个念头，对着凤儿丢了个眼色，就笑说道：'啊！原来你们老爷有这番好意，只要他们能把俺们开脱罪名，俺女儿没有不情愿侍奉的。不过须请你把俺母女一齐带进，俺对老爷还有商量的说话，不知你肯做一点儿人情吗？'那女禁子哪里猜测到俺的用意，就一口应承道：'可以，只要你们肯答应，不拘什么事，和老爷商量，老爷也绝不会不答应的。'当下她便把俺二人的镣铐一齐卸脱下来，就差了两个凶恶精干的婆子，带俺们出了监门，一直往县衙的后门来。进了内厅，又穿过一条甬道，她们把俺母女送进一间书室。那狗知县正坐在一张榻上，旁边立着一个衙役，那两个婆子请了一个安，便退走出去。那狗知县一见俺母女，早就眉开眼笑地露出一种轻薄的态度来，他正走到俺女儿身边，想来搂抱她。你想这时候俺们还肯再和他客气吗？俺女儿见他走到身边，早一伸手，把他的一条五花大辫绕在手中，趁势一揪，就把他面磕地地揪倒下去。那衙役一见势头不妙，就想来搭救，早被俺飞起一脚，正踢在他的裆中，便倒地死了。俺女儿就扯了一块衣角塞在那狗知县口中，使他叫唤不出，然后用两指这一戳，把他一对眼珠血淋淋直挖出来。可惜俺们没有兵刃，不曾取他的首级，总算一半便宜他呢。"

游万峰一听，哈哈大笑道："妙极妙极，这样一来，才可算出了俺一口恶气呢。你们惩治了这狗头，就到狱中来搭救俺的吗？"

朱兰英道："俺们把这称知县惩办过，就吹熄了灯火，打从屋上逃出来。越进了这监狱，正想寻着你一起逃走，却不料你自己倒先走脱出来，这真是巧极哩。"

游万峰道："现在这狗知县既已惩办过，不过这周氏和魏正伦这一对狗男女不杀他们，能出这口恶气吗？"

游彩凤道："父亲说的不差，这时候要有兵刃，俺先去把他们的脑袋摘下，也算替俺们表叔申冤雪恨哩。"

游万峰就哦了一声道："兵刃不是仍旧在庙中吗？俺们赶快去取来，做了这件大事，就逃出东平县，还怕有人来擒捉吗？"

他们三人就毫不迟延地飞奔到他们的那所古庙去，所幸他们的兵刃并未被那班差役搜去。游万峰就拿了一口单刀，游彩凤携了弹弓，朱兰英携了虎头双钩，把零碎什物也打了一个包裹，负在背上，三人离开古庙，勾奔向翟云衢的家中来。那翟家路径，他们都是熟悉的，一到门口，听了听，里面鸦雀无声，他们就打从屋面上飞越进去，穿过几重屋面，直奔周氏的卧房来。见里面尚有灯光，晓得周氏没有睡觉，他三人便轻如飞燕似的从屋面上跃落。游万峰先听了一听，觉里面并没有声响，暗说："莫非魏正伦这狗贼今夜不在职守吗？"他正在心里盘算的当儿，就听见里面发出一阵叽叽咯咯的笑声来。又听得周氏声音，笑着说道："这时候，你也该休息一刻，莫只管寻开心正经，明天还有事呢。"

接着又听得魏正伦笑道："你放心吧，白天的事俺早安排得妥当，游万峰那厮一进狱，一定就是个死罪，除了他更有什么人来管俺们的正经吗？今夜俺们正该要通宵达旦地快乐一夜，才比方吃一席庆功的筵席呢。"说着，又是一阵叽叽咯咯的笑声，顿时连床都震动得颤动起来。

游万峰这时再也按捺不住，就叫朱兰英母女守候在外面，他自己就手起一刀，劈开窗格，用力这一推，那窗扇已敞辟开来。他纵身一跃，已跳进房去，只见周氏和魏正伦正赤裸裸地睡在一条洒金的大红绸被里面。他们一见窗外跳进一个人来，早就先吓了一跳，及至定眼看时，见是游万峰，并且执着一柄明晃晃的钢刀，就不由得吓得浑身索索索地抖颤起来。游万峰恐怕他二人叫喊，就先用刀对他们逼着喝道："你二人敢喊叫一声，俺就把你们的脑袋先给砍下来，再给你们说话。你二人实对俺说，俺表弟翟云衢是被你二人怎样把他谋害死的，说了实话，俺便饶你们的狗命。"

那周氏早哀哀地求告道："这事总是俺们一时糊涂做错，只因为要贪图快乐，却不应用砒霜药死俺的丈夫。这事总是魏正伦起意，他去买来，叫俺下手的。望伯伯念俺受人愚昧，饶了俺这性命吧。"

游万峰就哈哈大笑道："原来你们这对狗男女都是这样狼心

狗肺，自己的亲丈夫都忍心下这毒手，天理还能饶过你们吗？"说着，又用刀指着魏正伦喝道："你这狗畜，这时候还有甚话说？"

魏正伦也不分诉，只是爬跪在床上，苦苦地叩头求饶。游万峰已得着他们的口供，当然就不再和他们客气，早就伸手把魏正伦的辫发揪住，咣啦一声，已把颗头砍了下来。周氏已吓得面无人色，游万峰就跳上床去，把周氏揿倒，说："俺要看看你这淫妇究竟是怎样一颗坏心。"

周氏待要叫喊救命时，已被游万峰竖起刀尖，由胸脯直戳了进去。那周氏雪白的身躯顿时鲜血直冒，那刀往下一划，已开膛把心摘了出来。

游万峰这才跳下床来，把刀拭干了血迹，脱去外罩衣，仍旧打从窗口跳了出来，对朱兰英、游彩凤笑道："俺们的怨气已泄，也算替俺表弟报了大仇，俺们赶快逃走出城去吧。要不然，城中惊扰起来，兵卒一多，俺们倒难免要棘手呢。"

朱兰英和游彩凤已在窗外看得清切，见游万峰摆布了周氏和魏正伦，自然心中也十分快意，当下他三人便飞身上屋，离开翟宅，勾奔城里，由城上耸身跳了下去，直拣深山僻静处逃走，恐怕官塘大道有人追赶下来。他们不辨山路高低曲折，趁着朦朦的月色，只管往前行走着。直到天光大亮，才走到一个村舍中，憩息下来，吃了些粗面馍馍，总算把肚中吃了一饱。朱兰英身边还带着些散碎银两，会了店钞，就拣了一个空场，先练起把式来。约莫够得盘川，也不敢逗留，就仍旧赶路逃走。他们三人也不识得东西南北，好在他们是没有目的的，只要眼前有路，就直向大路上便走，到了没钱的时候，就练起把式来，对于"衣食住"三个字上，倒还敷衍得去。他们就这样走了三四个月，已走到蒙阴县界来。

那天正是风和日丽的天气，时候已经交了春初，只见碧草萌茸，青山含笑，眼前便是个高峰峻岭，他们就在那山脚下一棵大树边盘膝坐了下来。游彩凤仰面望着天空，便见有许多鸦雀在天空中不住地盘旋飞舞。游彩凤正看得出神，猛然就见半山翔起一只大鹰来，掠开双翅，直向那群鸟雀扑去。游彩凤毕竟有些孩子气，她就喊道："爹和妈瞧见吗？这东西想是肚中饥饿，要想吃这群小鸟，可怜这些小鸟也正在要觅食，岂料就要供它的口腹呢？"

她正喊着，瞥眼就见那鹰一抖翎翅，在半空中打了个转身，就疾如风雨地向游彩凤头顶直扑下来。游彩凤一见，就慌不迭地举起一只纤腕，向上就格。哪知这只巨鹰似乎有些通灵性，它见游彩凤要想来格拒它，一到她的头顶上，并不往下再扑，只张开利爪，这轻轻地一抓，早把游彩凤鬓边的一朵红绒花抓抢了去。那身体就顷刻高翔太空，只在她顶上不住地盘旋。

游彩凤早霍地跳了起来，大怒道："这畜生怎的这般可恶讨厌？俺不给它一点儿惩创，它还不晓得厉害呢。"说着，就把背上的一张弹弓卸解下来，扣上弹丸，就要对那鹰打去。

朱兰英就笑道："这鹰它究竟是个畜生，懂得甚事，你何必和它一般见识呢？并且这鹰既通人性，说不定是人家驯养的，你打伤了它，岂不要招是非吗？"

游彩凤道："妈不要管俺，俺不问它是家禽野禽，俺都不能放过它。倘然真个有鹰主人跑出来，俺还要和他评评这个理哩。"说着，就拽开弹弓，嗖的一弹，对准那鹰飞去。

## 第十一回

## 山中显技银弹击神鹰
## 寺内逛游老僧嘱佳客

上回说到游万峰夫妇和女儿彩凤行到一座山根下面，瞥见一只黑鹰在天空里飞来飞去，煞是可怪。游彩凤不禁手痒起来，在玉臂上卸下了弹弓，对准黑鹰一弹放去，谁知那黑鹰十分厉害，见彩凤放弹，霍地在天空里打了一个招，展开右爪，竟将一粒银弹凭空抓住。游彩凤等不由得齐吃一惊。

游万峰便对彩凤说道："这鹰的来历定是不小，你不要去招惹出是非来吧！"

彩凤哪里肯相信她老子的话？只是摇头道："这畜生太也可恶了，竟敢将俺的弹子抢去，非送掉它的性命不可。"她说着，嗖地又是一弹，对准那黑鹰的头颈放去。

说也不信，那鹰扑啦啦地在天空里打了一个招儿，右爪抓住的那一颗弹子放了下来，扑的一声，将彩凤放出去的第二弹击了飞去，这一招愈使游家父女等吃惊不小。游彩凤仍然不肯罢手，霍地又到弹囊里去掏弹。

万峰忙止住她道："快不要动手，俺们早一些离开此山吧。"

彩凤按弓道："怕什么？"

万峰道："你出道儿有多少日子，哪里知道道儿里的情形，大凡一般突出寻常的禽兽，皆是道儿里的伙伴，或则用它去刺探消息，或则利用它报仇复隙。你不记得七星碰子山降龙老师的一条花狗吗？那一条狗可不和这鹰同样的厉害吗？一只没有智识的飞鹰，如不经过一番训练，便能有这样的了得吗？你再进一步想吧，教训这鹰的人本领又当如何呢？"

彩凤正待答话，瞥见山腰里一个白衣小和尚飞身下来，在游氏三人的前面立着，伸手向天空里一招。那只黑鹰猛地落了下来，在那小和尚的肩头立着，扭转头对着彩凤不住地怒视。

那个白衣小和尚向游彩凤微微笑道："姑娘你既有手脚，也不该到俺们深山穷谷来施展啊！须知这一只鹰是俺们驯养出来的，不是供你试弹的。"

游彩凤连放两弹，不独没有得手，并且倒受了那鹰的揶揄，正闷结着一肚皮的气没处发泄，又听得这和尚的几句冷峻的话，越发火上心头，就冷笑一声说道："和尚，你的话太也不对了，你道这鹰是你驯养出来的，俺要问你，有什么记认吗？"

那个白衣小和尚摇头说道："记认虽然没有，但是你要明白，俺们这座山不是打猎的围场，更不是试手段的武场，需不着你在这里卖弄伎俩啊！"

游彩凤听得，由不得就大怒起来，气冲冲地说道："和尚，你好痞赖！这座山是你出银子买下来私有的产业吗？便是这山是你的产业，须知飞禽走兽这一类东西，未必是你出钱买来的吧！"

那和尚笑道："俺们出家人慈悲为本，方便为门，更不肯杀生害命。这座山既是俺的产业，山上一切动植飞潜，俺自当要尽保护的责任。"

游彩凤道："俺们既不慈悲，也不方便，偏喜伤害你保护的东西。"

那个小和尚忽然就板下脸来说道："你敢伤害俺们保护的东西，俺今天便不准你们出山。"

彩凤冷笑一声道："和尚，你敢不准俺们出山吗？好得很！"

她说着，一抖丝缰，便对定那个小和尚冲来。

那个小和尚伸手向彩凤一指，道："少要撒野。"游彩凤坐下的一匹大宛马忽地倒退数步，呆呆地立在道中，不能行动。

游万峰见此情形，便知道那和尚定非等闲之辈，忙下马到他的身边，抱腕当胸说道："适才小女冒犯了大和尚，在下赔罪，务望勿要介怀才好。"

那个小和尚忙也打了一个稽首，说道："没事没事，俺断不介怀，不过施主的令爱火气未免太重一些了。今天幸是遇到俺们出家人，不喜和人争闹闲气，如果别一个，说不定还有意外的岔事发生哩。"

万峰道："敢问大和尚山上有没有梵林宝刹呢？"

那和尚笑道："当不起梵林宝刹，有的不过是数间破庙而已。"

游万峰道："宝刹里定是大和尚住持的了。"

那个小和尚摆手说道："不是不是，俺这个样儿还配得上做庙宇上一个住持吗？俺的头上还有两重天咧，俺的师父叫莲池，师祖叫证道，一座药师禅林的里面，共有三百多个和尚咧。"

游万峰听得，便对他说道："俺们可以到宝刹里去随喜一趟吗？"

小和尚点头道："这个是可以的，但是俺们师父的脾气非常的古怪，不问何等样儿宾客，要到庙里去随喜，都得先经他老人家许可，然后才可以进去呢。你们不妨且随俺到山上去，让俺去对俺们的师父商量一下，经到他允许，你们再进去。万一他不答应了，你们也休怪。"

游万峰唯唯称是，回头对朱兰英、彩凤俩笑道："你俩愿意去吗？"

兰英点头道："前去见识见识，未尝不可，但是现在的时候不早，耽搁了时候，恐怕赶不到蒙阴了。"

71

万峰道："那倒不妨事，俺们随地皆可以住宿，不定要今朝赶到蒙阴的。"

朱兰英道："既是这样，俺们便随他上山去吧。"

说着，他三个随着一个小和尚，绕着山道向山上而来。转了好几处石坡，遥见三层坡上一片平原，大约有五顷多大，苍松隐隐，翠竹森森，在那一种幽美而又肃静的境况里，露出红墙一角。

万峰便指着那一角红墙对小和尚说道："那边想便是宝刹。"

小和尚摇头道："早哩，早哩！还是一座偏庙哩。"

万峰等到了这偏庙的门前，只见横额嵌着赤霍霍的四个金字，乃是"雷音小筑"。一眼望去，也有三四进的房子，过了雷音小筑，又到一座寺院，万峰等便料到这座寺院大约是药师禅林了。谁知走到切近，又是一个偏庙，叫文昌殿，大门闭着。过了文昌殿，便是一片广场，大约有五十多亩田这么大，场上摆着十多对石锁、石担，另有秋千架儿、纵高栏、练腿袋儿，以及一切的练武把子。

万峰便对小和尚笑道："这场上大约是宝刹里众师父练功的去处吧！"

那个小和尚笑道："不是庙中人练功，却是庙外边的一起闲人在这里时常操练操练手脚。"

过了广场，便走进一座松柏的密林，只有一条鹅卵石铺成的甬道，他三个只得下马扣着丝缰向里面走去。松柏林的尽头地方，乃是一座十三层的宝塔，庄严宏敞。

游万峰道："俺们先到塔上去游玩一下子吧。"

那小和尚连连摆手说道："塔上封闭已久，你们不要上去吧，前面便是大庙了。"游万峰只得唯唯称是。

宝塔的西边就现出一宅很大的庙宇来，小和尚肩上的黑鹰忽然抖开翅膀，扑啦啦向庙内飞去。

那个小和尚回头对他三个说道："你们在这里稍等一会儿吧，容俺进去通报一声。"小和尚说到这里，放快了脚步，向庙中走去。

彩凤便对万峰说道："依俺看来，这庙中的和尚并非善类啊！瞧他的形色，就可以料到几分了。"

万峰笑道："管他善类与否，俺们又与人没有一些儿含糊，更没有多少银子带在身边。就有黑道里朋友在庙中住着，俺想来未必便来为难俺们吧！"

朱兰英道："这倒不能够料定咧！万一有了意外的事情发生，那便怎么应付呢？"

游万峰道："不会不会，俺可料定没有意外的事情发生，你们直不要多顾虑吧！"

他们正在谈话的时候，那个小和尚匆匆地由庙里出来，走到他们切近，笑道："你们的运气真好，俺们老和尚平素对于随喜的客人向来是拒绝得多，今天俺给你们想来，多半也在拒绝之例，讵料他老人家竟一口不阻，准许你们进去随喜，可见是你们的运气好了。"

游万峰道谢了一声，将马扣在门前的柏树上，随着那个小和尚向里面而来。天王殿二十四司、五财神殿、东岳齐天庙、都天殿、观音院，将各处的宫殿随喜下来，天色已晏了。可有一件很奇的事情，便是他游览了这许多的地方，未曾遇见一个和尚。游氏父女不禁暗暗地纳罕。

彩凤忍不住便向那个小和尚问道："俺们走了这许多的地方，并未曾遇见你们庙中一个人，难道你们庙内只有你们师徒俩吗？"

那小和尚笑道："俺们这里和尚倒有三百多，只是随喜的施主们是不易看见的啊。"

彩凤道："为什么不易看见呢？"

小和尚道："俺们的庙规很大，不论哪一班的师叔师兄，日

73

间只在禅房里静坐，不准到外边来走动。"

彩凤笑道："怪不得看不见他们，原来还藏在禅房里面呢，可能领俺们到禅房里去见识见识吗?"

他摇头说道："这可不能，俺们庙中有一个先例，不论何时何地，对于妇女来参观禅房，一概谢绝，请勿罪怪。"

彩凤听得好生不自在起来，便道："那么照你这样的说，男客一定是不拒绝的了?"

他点头道："不错咧，男施主们便不加阻止了。"

朱兰英道："和尚，你们这里规例太也奇怪了，俺们要问你，难道妇女不是个人吗?"

小和尚忙道："阿弥陀佛，这是女施主说出来的，小僧却不敢放肆。不过俺们这里拒绝女施主参观禅房的例儿是俺们师祖手里定下来的，这个却要请施主们的原谅。"

看官要晓得，这小和尚拒绝他们，不准去到禅房参观，这其中也有极长的一段原因咧。

原来这山上的老师祖的师父叫觉慧，苦修了一百二十五年，渐渐能够脱离肉体白日飞升。他在九十岁左右尚在东禅房里静坐，日食薄粥一杯，到了一百岁以外，便不食烟火，在后花园里辟两间茅屋，在里边静修。每天只食一些松果儿，饮一些涧水，再到一百十多岁的时候，爽性连松果儿、涧水也不吃了，并且将门用泥土封了起来，连花园的门闭起来，不论王公大人，一概谢绝到园里去游览。

觉慧的三个徒弟便是证道、证修、证果，他们的功夫道行也自过乎常人了，每逢朔望，他三个一齐到后花园里去顶礼一回。许多的官宦人们闻得七羊山有这么一个道高德崇的神僧，大家皆愿意来和他会晤会晤，可是皆给证道等恳求免了。

到了某一年的四月二十一日晚间，证道正在禅房里打坐，猛听得一个守园门的小沙弥跑进来说道："老佛的禅房里钟声响亮，不知有什么事情，请方丈定夺。"

原来觉慧的房中有一口小小的铜钟，他要什么，或要和谁说话，只消将铜钟轻轻地敲了两下，守园的小沙弥便到前面去报告给方丈了。证道听得小沙弥的报告，不禁十分奇怪，因为老佛有三年多没有敲过钟了，此番忽地敲钟，或者有特别的事情发生了吧。他哪敢怠慢，立刻便将证修、证果一齐唤来，同到后园去看老佛。他们到了后园里的禅房外边，行了一个参拜的礼，便听得觉慧在里面说道："徒弟们听了，今年五月初，老僧有极横的灾难临身，你们将瘟神香会提前五日做了，到了五月初一至初七这七天里，紧闭山门，不论是谁，都不要放他进庙。要紧要紧，切记切记。"

证道等唯唯称是，便退到园外，连夜忙备瘟神香会的手续。到二十四日打扫庙内各宫殿，出通告，预办素斋。这乐师禅林的瘟神香会遐迩闻名，连安徽、河北、江苏三省的善男信女都如期赶到参与此会。今年特出旧例，提早五天，他们也就早五天赶到了。这五天内佛声震地，香火冲天，不让往年的盛况。

恰巧这时候，北京城里有两个素负善名的小姐，一个叫红英，一个叫香缘，却是哈都亲王的两位格格。这两位格格生性好佛，五岳三山，她俩都去朝拜过。红格格十九，香格格十七，姿首秀丽，恍若天仙，有许多的王孙公子登门求亲，皆被她俩摈诸门外。哈都本来爱她俩不啻若掌上珍珠，对于婚姻这一层事，自然是不愿意强她们所难，只好随她们的意思。她俩终日价除掉烧香拜佛而外，更没有其他的事务。

这年，她俩忽然想到七羊山去参见活佛，顺便加入瘟神香会祈福。她俩禀明了哈都到七羊山的来意，哈都自是答应的了，又派了一个游击、四个千总、五百名大兵，雇定了一只大船，向山东进发。在路非止一日，直到五月初五下午未牌时候，才抵到七羊山。红、香两格格恐怕明天瘟神香会便闭幕了，不能参与盛典，殊为可惜，忙命手下的人们赶紧抬轿上山。

# 第十二回

## 有心拜佛硬结香火缘
## 得道头陀惨遭脂粉劫


却说红、香两个格格，到了七羊山下，恐怕耽误了香会的佳期，忙命手下人摆队备轿上山。谁知抵到药师禅林的山门口，只见庙门紧闭，鸦雀不闻，在大门外佛光普照的红墙上面，还贴着一个告白的黄纸条儿，上面写的是：

> 本年瘟神香会，因老方丈有命，提前五天举行，现已完竣，凡有善男信女，于向定日期中光降，一概挡驾，并请原谅。

本山大方丈证道和尚合十

红、香二位格格看罢了这张告白，不由得不高兴起来，便道："这里的和尚太也没有道理了，俺们千里迢迢赶到这里来参与盛会，倒吃他以闭门羹相待，岂不淘气？"

这时，一个游击、四个千总都是满头高兴，随格格来见识活佛，谁知来上一个闭门不纳，他们怎肯罢休，便你一言我一语怂恿两位格格用强硬的手段。红英倒不甚愿意与出家人争上夺下，香缘因为被要看活佛的念头驱使着，又经手下几个武职官一怂愿，再也忍耐不住了，忙命手下人叫门。游击千总等得了这个命令，忙不迭地命士卒们敲门，嗵嗵嗵嗵嗵嗵嗵一阵子擂门，早惊动里边的小沙弥，到前边来隔着山门说道："香会的期限过了，请施主们回府吧！"

一个游击大声说道："俺们不是赴香会的，快些开门吧！"

小沙弥慌地答道："这可不行，俺们此刻受了老方丈的嘱咐，无论何人，一概挡驾，务请施主们原有一些儿吧。"

游击大喝道："少得放屁，俺们是京里下来的，俺的王爷家格格千难万苦赶到这里，香会过了倒也罢了，不该将山门紧闭啊！休要恼得俺家格格的性起，立刻拆毁这座庙宇，看你家开门也不开！"

小沙弥听得是京中王府里的格格下降，自然是不敢怠慢的了，忙道："哎呀！原来是王府里的格格，请不要见怪，俺去禀知知客一声，立刻便来开门。"

小沙弥说罢，足不点地地进去，报与知客僧，知客听得，大费踌躇，暗道："可巧三个方丈皆到昆仑山去听讲，不然俺也好将这个责任卸给他们负了。但是来者是平常的人物，还好说话一些，偏生又是王府里的格格，如果十分拒绝，那么真够惹起他们的怒火来，用强起来，不是闹成僵局吗？如果开了山门，又难免方丈一顿重责，怎么办呢？"

他没奈何，硬着头皮，走到前殿来说了许多的好话。无奈门外的人们气焰熏天，哪里肯听他的话呢？手不停地在门上擂了一阵，大声喊道："再不开便硬行打开，他妈的！"

知客战战兢兢地不住口赔着好话，猛听门外边有人说道："和尚，你不要打错了你的算盘，俺们格格到这里来随喜，并不白白扰了你们，说不定她能助你们庙中一笔缘咧。"

知客听得，猛地省悟道："俺可呆了，放着一位财神菩萨在外边，闭门不纳吗？俺此刻便是开门放她们进来，也没有什么罪过。而且她们能助上一大笔功德，或者能够有领赏的可能咧。便是方丈们回来责备俺不应开门，俺自有话说。一则她们是王府里的千金；再则俺便是不开门，她们也要硬行打破了山门进来的；三则她们又助上一笔偌大的功德，方丈便有责备，俺有此三大理由作为抵挡，还怕什么？”他一面打定了念头，便毫无疑惑地命小沙弥大开山门。

知客僧大礼相迎，先将她们请到接待的室里去，命人摆素斋款待。两位格格用罢了素斋，便命知客将功德簿子取来，红英格格助了十万，香缘格格也助上十万，共是二十万。知客僧有生以来也未曾见过这样的大施主，自然说不出一种快活来，忙领着她们到各殿上去随喜一番，又在各神位前上了香。知客都以为她们随喜之后，便要走了，谁知她们不独不走，并且问询知客活佛的禅房在什么地方，要去参见活佛，问询终身。结果这一来，可将一个知客怔住了，暗道：“这可糟了，多少地方不去，要到去不得的地方去，这事可比较开大门还要难了。”就赔笑道：“格格们原谅吧，俺家老佛已有五十年不与世人见面了，到这里求见的王公大人也不少，只是经小僧们一恳求，他们皆答应了，只在后花园门上留了一道封条，算是尽一个意思。格格们如果实在要见俺家老佛，只请她在园门上面留一个封条儿吧。”

红格格摇头道：“闻名不如见面，俺们慕念你家老佛也不是今朝一天了，难得今朝到这里来，还能够白白地弃掉这个机会吗？”

知客僧忙道：“阿弥陀佛，这是格格们修行的苦心，小僧何尝不明白呢？只是俺们老佛不与生人相见，也有一个不得已的苦衷咧。务恳格格原谅吧。”

香格格给他说得无名火起，忙道：“你这和尚太也会弄鬼了，俺要问你，有什么不得已的苦衷呢？快些告诉俺们吧！”

知客低声说道：“实不瞒公主们说，俺家老佛现在已经炼到能够白日飞升的地位了，不过还未能和躯壳了关系咧。再经过七百二十周天的苦修，便可到无声无嗅的地位。现在如果和世人见面，势必要触动凡心，凡心一动，则数百十年的苦功将要弃于一日了。格格们体谅俺们老佛一些吧！"

香格格笑道："和尚，你要知道，俺们出二十万银子的大功德，并不是买一顿素斋，看几个泥塑木雕的神像，实在是想来见你家老佛一面。你更不要在俺们的面前打诳语，俺们虽不曾修道过，但是对于修道的规则，俺们也还懂得一些。大凡心地不光明、行为不磊落的人们，断不能修道，既修道，更不是秘密瞒人的事情。俺们就请求一见，又待何妨呢？"

知客连声央求她们收回成命。一个游击大人不由得疑惑起来，便嘻嘻地笑道："俺知道了，或者他们的庙中没有活佛，不过借着这一个活佛的名字，惊世骇俗地骗人家银钱罢了。"

知客忙道："阿弥陀佛，俺们出家人哪里敢干那些丧天害理的事情？"

香格格冷笑道："既是这样，你家放着一位活佛不使他和人见面，却是什么道理呢？如果任人参见，人家自然不来疑心你家有诈了。"

那个知客僧听得张口结舌，半晌答不出一句话来。

游击道："俺们此刻还在这里和他们胡缠的什么呢？爽快些打开园门，到里边去看一个明白吧。如果真够有一个活佛这里面，俺们万事全休；如果没有，便认他们是骗子，将庙中所有的和尚一齐捉到官里去问他们的罪名。"

红格格微微地点头道："这也使得。"

说着，四个千总立刻带了五百名兵士进来，拥簇着两个格格，向后边而来。到了花园门口，只见门上贴得横七竖八无数的封条。香格格一声令下，乒乒乓乓，立刻将一座花园门打开。知客吓得魂不附体，没口价地央靠着住手，可是那一起士卒如狼似虎，谁也不肯听信他的哀告。开门之后，只见园中野草过膝，老树苍杈，野兔惊窜，小鸟乱飞，二间茅屋藏在绿荫深处，只见一只破屋角露了出来。游击们见草木没径，便下令开来。一时刀叉并举，棍棒齐施，立刻打出一条平坦的大道来。两位格格走到二间茅屋的切近，只见这二间茅屋四面皆是土墙，更没有什么门户，只有两个小窗，一个在东边的墙上，一个在西边的墙上，距离地上还有八尺多高。游击们便命士卒搬许多的石块来，将窗下叠成一个石级，扶着两个格格，一齐立到石级上面去。她俩在未曾到石级上面的时候，心中发生了不少的幻想，暗道："这位活佛一定是脚踏莲花、身披轻毂、顶放金光的了，谁知她俩到了石级上面，探首向里边望去，不禁十分奇怪起来。你道里边是一个什么样儿的人物呢？

原来是一个形同铁鬼的老和尚，虬着一头的鬈发，一手执着一柄木鱼的槌，一手抚着左胁，右手的指甲沿着他的身躯绕过三转多来，颏下的虬髯和灰尘掺和成一块黑板，那一件百衲衣上的灰尘足有三寸多厚，赤脚立在一只木桶里，闭着双目，鼻孔里倒垂下两条白毫来，有三尺多长。

红、香两位格格至此，大失所望，不禁同声笑道："俺们道是怎么样的一位活佛，却原来还是一个黑铁鬼咧。可笑可笑！"

她俩说着，正待下去，瞥见那和尚双眼一睁，白灼灼地向她俩望了一会儿，大声说道："不好他……吾命休矣……"他两句未完，扑地坐下。

两个格格那里同时下了石级，和卫队吆吆喝喝出门而去。自从她们去了之后，觉慧勉力在木桶里挣扎起来，不住价撞着钟。惊动了知客僧，忙领着众僧进去，隔着窗子听觉慧说道："三个方丈来了没有？"

知客道："没有来呢。"

觉慧道："你们且退出去吧！赶紧给俺照理身后事情，切勿怠慢。三方丈火速叫他们进来，俺有要紧的话要知照他们呢。"

知客等唯唯答应，退出园来。大家在私地里免不得要讨论了一番，直到三更时分，证道等方才由昆仑山回来。知客忙将日间的情形对他们说了一个仔细，这可将证道三个惊得呆了，面面相觑了片响。

证修道："此刻且到里边去，看看老佛怎么样了。"

他三个联袂到后边来，到了觉慧的禅房，便听得觉慧在里边说道："徒弟们，快些破门进来吧，俺的性命就在呼吸了。"

证道等快将土门撬开，走了进去，只见觉慧的身下木桶里白僵僵许多的乳汁似的东西，他的下半截也湿淋淋的了，眼眶内陷，呼吸紧促。证道等知道他遭了脂粉劫走火了，不禁凄然泪下。

证果悲愤着说道："俺此番定然去给俺的师父报仇。"

觉慧忙止他道："不可不可，贤徒你要知道，俺遭此惨劫，本是前生的因果，应有这样的结果。凡事自有大数，你如果给俺去报仇，那就是给俺重结一层公案，何苦来呢？谚云：'冤家宜解不宜结。'这准是俺前生有负她的去处吧，不然，她无巧不巧，便在这指日成功的当儿，来破坏俺的功夫吗？你们赶紧给俺预备后事。俺和你们师徒一场，如今分手得快了，你们明白些，世上没有不散的筵席，不过俺做你们师父一场，到最后的时候，不能不交代你两句，便是你三个，依俺看将来皆没有修道的根底，切莫要胡思胡想，再蹈俺的前辙。你们对心术、人格方面，都要注重一些才好，功夫在其次，不要堕落了俺家少林北派的声名。切切俺死之后，却不准你们去和哈都亲王的两个格格为难，你们向后坐禅的时候，切不要准许多女人来看，道根于心，意根于欲，心不正则道行不坚，意不正则欲念遽起。你三个如果能够遵俺的话，大果虽然无望，但也可以证得一个小果。言尽于此，你们听从与否，俺是无法勉强的了。更有一层，便是你们向后去收录生

81

徒，务要择选其品行端正、人格上每次者，男女只要得上面的话，皆可以收纳。否则，千万不要勉强，切切。"

他说到这里，猛地立了起来，张大了两眼，放出两道金黄色的光彩来，展开笑容，巍然不动。证道忙用手去一摸，其冷如冰，已经圆寂了。

证道等手忙脚乱，立刻将他浑身装起金来，安到木龛里去，另设一所神殿，将他供在里面。由此以后，他们也不将此事宣扬出去，只严戒寺中人，注意一起进香的妇女，不论何等的王娘贵妇，皆不能够到他们的禅房外边探探头儿的。

小子写到这里，读者们的当中难免有人来责难小子的，一个老和尚修得这样深重的道行，难道经到二个女子一瞧，便能坏了功夫，而又丢掉性命吗？

# 第十三回

## 谆谆告诫觉慧嘱生徒
## 矫矫神功莲池施手腕

这一种质问，未尝不是，但是觉慧的功夫已臻上乘，他的精气神自然比较寻常的人们高出一等的了。练功修道的人，首重固精，精固而后气清，气清方能神满，尤其是童身修炼，能取事半功倍之效。初着手修炼的人们，大概不外乎正心诚意，心不诚则道不固，意不正则邪念生，炼到炉火将青的时候，最怕的心意一动。心意一动，立刻百魔俱生，任你有遏抑的力量，也没有效果的。譬如一堆燥柴，每日在阳光下晒着，日子愈久，水分愈少，到最后一点儿水分没有的时候，如果经到星星之火，立刻便着，一着，则完全烧得干净了。读者们谁不是过来的人呢？还要小子多所饶舌吗？只须将比喻细细地沉吟一下儿，自然会明白的了。

闲话宜少。再表游氏父女等三人听得这小和尚约略告诉了一番话，方才明白。

万峰道："照这样说来，庙中的大和尚们个个皆是少林北派的健者了。"

他笑道："这可不敢当，不过据俺所知，庙中的和尚只有一些平常的手脚吧。"

他说到这里，彩凤忽然说道："爷子，外边要下雨了，俺们快一些出庙赶路吧。你瞧天色渐渐地晦暗下来了。"

万峰伸头朝天空里一瞧，只见乌云四合，西风一阵阵紧了上来。皱眉道："这可不巧，真个下起雨来，可要糟了。此刻如果赶到蒙阴的城里，半路上一定要遭雨的。"他正说着，天空里一点儿一点儿零星落了下来。

朱兰英道："此刻定是不能够走的了，先将牲口牵到庙里来吧。"说着，便走出去，先将马牵到门房里。

万峰道："老方丈现在哪里？可能领兄弟去参见一下儿？"

小和尚摇头道："请你不要客气吧，俺们老方丈此刻不在庙中，俺的师父又不喜见生人。"

游万峰道："外边的雨势渐渐地大了，且让俺进去给你们令师厮见一下儿，求他赐一个方便，容俺们在这里住上一宵，明晨便走，断不叨扰。"

小和尚笑道："施主可不知道俺们佛门的清规了。俺们这里休道有女眷，便是没有女眷的男施主，也一概不留的，请你不要提起吧。"

他的话还未完，那一群黑鹰由东边飞了过来，嗖地在小和尚的肩头落下，嘴里含着一张白纸，上面写着一行字。小和尚将白纸取下来一望，忙展开笑脸向游氏父女说道："好好好，现在俺的师父请你家父女进去哩。"

游万峰忙将那张纸接到手中，仔细一望，上面写的是：

　　　请佳客惠临内院一叙。


　　　　　　　　　　　　　　莲池拜首

游万峰欣然对彩凤道："孩子，你也随俺一同进去参见大师吧。"

彩凤笑道："和尚既不见俺们妇女，何苦来又去撞着没趣呢?"

万峰笑道："少要胡说，又不是坐禅的时候，大师自然是容你参见的了。"

游彩凤也没有什么话说，便随着她父亲和小和尚走过天王殿，转入月门，向院落中而来。到了三间客舍里面，只见陈设得非常的简单朴素，一桌四椅，两几一香炉，正中悬着一幅《刘海戏金蟾》的立轴，旁边悬四扇屏条，乃是黄庭坚的亲笔。小和尚让他们入座，倒两杯茶放到他俩的面前，悄悄地说道："施主暂坐一会儿，容俺进去通报一声。"他说着，便走了进去。

不多一会儿，猛听得咳嗽一声，走出一个五十上下的老和尚来。颏下一部花白胡须垂在胸前，身上穿一件麻葛的缁衣，手里执一串牟尼的佛珠儿，一双白布袜高与膝齐，足上是一双多耳麻鞋，方面阔口，隆准高起，二目有神，步履迟迂。出得房门，便道："贵客下降荒山，老僧疏懒有失恭迓，请当面恕罪。"

游氏父女忙立起来见礼。老和尚也还礼让座，大家通了姓氏。原来这个老和尚便是莲池，他听得游氏父女的来历，连连地点头道："同是天涯沦落人，可见一遇一合，莫非前定。老衲在十年前火气尚未全化，时时以恩仇为念，动不动便要惹是生非，如今年纪上身了，只觉得火气退了许多，对于一切的无谓纷扰，皆处之淡然了。施主江湖落魄，究不是一回事啊。"

万峰道："可不是吗? 但也无可奈何才干这个勾当的。"

莲池道："现在江湖上各分党派，各有声援，如果独自走南闯北，难免不惹动道儿的人们误会来。"

万峰道："在下自幼遭逢不偶，屡思登名山，访奇士，学武艺，无奈事与愿违，这定是在下的缘分浅鲜吧。如今年纪上身，骨头硬了，纵然有名师来指点，也不中用了，而且衣食逼人，无暇再专心于技艺一道了。"

莲池道："令爱今年多大了？"

万峰道："论年岁已算成人了，只是一团的孩子脾气。"

莲池仔细地朝彩凤端详了一会儿，点头说道："这孩子的根底倒不错，只可惜没一个高人来指引，终于不能够成为大器。"

万峰料到这和尚非寻常之辈，定是一个泣鬼惊神的大剑侠，只在他的语气当中，便可以听出来了。

万峰便顺势说道："大师如果不弃，小女愿拜在莲台之下，做一个弟子。"

莲池哈哈大笑道："不敢当，不敢当，老衲哪有那样造化？施主言重了。"

万峰忙向彩凤使了一个眼色。彩凤何等伶俐，更不延挨，立刻花枝招展地拜了下去，口中说道："大师在上，弟子有礼了。"

莲池忙将她扶了起来，说道："会面未久，老衲便尊为师父，这真是从哪里说起？老衲无能无德，实在是没有做师父的资格啊！"

万峰道："老佛不要故作推诿了，小女得拜在莲台之下，总算这孩子的运气好。说一句实在的话，与老佛没有师徒之分的人们，便是踏破了铁鞋，也无处寻咧。"

莲学笑道："好好好，俺答应了，不过俺有两句话要关照令爱，便是入了俺的门，便是俺的人，一切要由俺来主张。"

万峰唯唯答应道："那何用说？当然是悉听老佛的教诲了。小女如敢不听老佛的教训，你老人家尽可责扑，切勿宽贷。"

莲池点头笑道："好啊！责扑未必，劝解都是有的。"

莲池当晚命小沙弥将西厢里打扫出一间房来，给游氏三人作住宿之所。朱兰英听得彩凤拜那老和尚为师，心中便有些不自在，暗地里对万峰说道："你这人毫无一些主见，不知你从哪里想起来的，好端端地将一个女儿拜给一个老和尚为徒。俺要问你，这个老和尚有什么本领呢？"

游万峰笑道："你哪里知道，这位莲池大师一定不是什么等闲之辈啊！你只耐心候着吧，过后自有分晓的。"

朱兰英哪里肯相信他的话，只是埋怨不了。倒是彩凤有些见地，便对她说道："娘，你老人家不要过于拘执了。俺们拜他为师，也不是什么卖身售己的。他有本领，俺们便学得一些，他万一没有本领，俺们不能够到别处去再拜师父吗？何必在这个时候争呶不休呢？"

朱兰英这才不作声。不一会儿，一个小沙弥走进来，请他们到斋房里去用斋。他们用过了斋，仍然回到西厢里来，此刻外边的雨已不下了，一轮皎月从云里慢慢地出来，有两个小和尚在天王殿上烧着夕香。过了一会儿，两个小和尚去了，便静悄悄的听不得有一些儿声息。朱兰英哈欠连天躺到窗前的一张竹榻上睡了，游万峰因为多吃了两杯酒，躺对面的床上，也自蒙眬着，只有彩凤一个人独坐在朱兰英的身边，未曾疲倦。过了一会儿，她去将房门关了起来，顺势将灯吹得熄了，在她母亲的床上坐着。窗外的月光直透进来，她躺了好一会儿，竟不能合眼，无数闲愁别恨一齐涌上心来，辗转反侧，老大一会儿，不能入梦。她便复又坐了起来，此刻只听得她的父母呼声，直将房里一片死气沉沉的空气惊得散了。她又过了一会儿，觉得双眼婆娑，已经有些倦意了，正待躺了下去，猛听得天井里发出一种呼呼的声音来，她倒是一怔，忙向外边瞧去。只见一个老和尚坐在天王殿前的石阶级上，双手绕来推去，天井里呼呼的风声响亮。

彩凤趁月光仔细向那个和尚望去，不是别人，却正是莲池。但见他的一双手愈绕愈快，愈推愈厉，天井里的风声也逐渐大了，不一会儿，那一只重有千斤的铁香炉忽然离了原位，随风势在天井里团团乱转。彩凤吃惊不小，暗道："他的双手力量一定是重有万斤的了，如不然，那一只香炉就能给他的运气功推得团团乱转了吗?"

她正在惊讶的当儿,那和尚忽然一停手,将手心朝上,捧了两捧,说也不信,那一只香炉也随着他的手跳了两跳,端端正正地安置在原位上。莲池将双手倒插在腰间,仰面朝天吁了一口出气,复又低下头来,半晌不见他动作。猛地由屋上飞下四个人来,到了莲池的身边,齐打了一个稽首。莲池一摆手,他四个分两边立定,一个背插单刀的少年躬身说道:"川里一月来没有什么事情发生,俺们今天候老佛的示下。"

莲池点首道:"罢了,川里既没有什么事干,你四个给俺到江南八县去走上一趟。"

他四个唯唯称是,又打了一个稽首,退了出去。接着天空里又落一个人来,手里提着很大的包裹,到了莲池面前行礼道:"象山小盗专以杀人越货为生,昨晚被弟子驱散羽党,所有银两给弟子一齐带来,求老师定夺。"

莲池冷冷地笑道:"你们此举未免也太鲁莽了,象山小盗原属可恶,但也该先去仔细访问一下,他们所杀的何人,所越的什么货,然后再下手也不为迟咧。"他说了这几句话,吓得那个人扑地跪在地上,一个字也不敢道出来。

停了多时,才听得莲池说道:"下次再遇这一类小盗,顶留心他们的动作,是否可以加以警诫,然后再下手不迟咧。"那人也不敢回话,莲池继续说道:"起来吧,下次都要留心便得了。"

那人一骨碌由地上立起来,打了一个稽首道:"俺将一笔银子仍然送给他们吧!"

莲池摆手道:"这倒不必了,已经捞来,何苦又送去?存到东库里去作慈善的用度。"

那人唯唯称是,提着包裹向东厢里走去。不多会儿,飘地又落下一个人来,手里提着两颗鲜血淋淋的人头,到了莲池的面前,打了躬说道:"不辱师尊的使命,这两颗头颅便是大同府丑腌臜害民贼的夫妻首级。当俺去动手的时候，曾有白手党里两个人虚张声势地来和俺为难，俺却不容他们助纣为虐，给俺做了一个，逃了一个。不过逃走的那个捣子右臂已断落在俺的刀下，纵然能够活命，可是也不能作恶害人的了。"

莲池点头道："贤徒这可辛苦了，你也且去休憩休憩吧。"

那人提着人头一躬而退，接着又到了好几起的人，报事的、申冤的、打不平的，来来去去，好像走马也似的，可不将一个游彩凤看得呆了。一直到四更将近的当儿，莲池起身向里边去了，才没有人来。

看官，这个莲池和尚究竟是一个什么人物呢？在下写到这里，也要交代清楚的了，如今从头说起。

且说清风岭的东边有一个村庄，叫作李家村。这一座村上，大约有三四十家居民，多半是姓李的，这村上的居民，大半都是富有的，尤其以李德明家最为富足。这李德明是一个举人，屡次到北京去会试，无奈文星不现，皆是名落孙山之外，他也自知命中无做官的福分，不愿去强求的了。好在家中拥资百万，如今在家享受清福，便是那做官为吏的朋友，未必有他这样的快活咧。他由此在家诗酒遣怀，专与文人来往。他的妻子邹氏，嫁给他七年之久，未曾生育，邹氏倒贤德过人，屡次劝说丈夫，命他纳妾，可是李德明这个人，胸怀旷达，并不斤斤于子嗣问题，每逢邹氏劝他的时候，他皆是一笑置之。后来给邹氏催得急了，他才对邹氏说道："夫人，你好不明白，子嗣这一层，命中注定了有便有，没有，强求不来。纳妾这件事，不是什么样好事啊！俗语说得好：'要得家不和，娶一个小老婆。'俺们夫妻间感情一向是很好的，不要为了一个姬人惹出许多的是非来，何苦来呢？而且你正在青春的时候，焉知是不生育的吗？"

# 第十四回

## 李德明从妻纳妾
## 苏玉花定计害人


却说李德明不肯纳妾，一任邹氏怎样地劝说，都不肯答应。邹氏暗地又托和丈夫亲近的几个朋友就近劝说，李德明经他们时常劝解，也便将一颗扳摇不动的心渐渐地活起来，当下便准了邹氏所请。邹氏见丈夫答应了，自然是十分欣喜，东去托人做媒，西去请人作伐，不到一月工夫，果然做成一家姓苏的女儿，名玉花，姿首还不错，只是举动带些小家习气，不怎么端正。邹氏倒将她当着一个胞妹看待，一衣一食皆和自己同样地享受。

这个苏玉花的娘家并不富有，在穷人堆里生长这么大，如今玉食锦衣，无一样不称心称愿，自然是幸运的了。不过苏家自从玉花嫁给李家之后，便时常到李家来借贷。邹氏平日对于任何的穷苦人皆不肯刻薄，何况苏家的女儿嫁给丈夫为妾呢，自然是有求必应的了。李德明平时不问家务，有一切的事情，皆邹氏来料理。

玉花到了李家来之后，邹氏便分一些职务给她，可是她是一个小家的出身，哪里领过这种大仗头儿的呢？不由得便小人得志颐指气使起来。待遇一班仆妇丫头也没有邹氏那样的仁厚，因此便引起那一起仆妇丫头的反感来，背地里啧有烦言。大家都说："这位小奶奶小家出身，究竟小窟里爬不出一只大蟹来，鬼头鬼脑，他妈的没一些儿大家的样儿。"

这种讥讽，难免没有苏玉花的羽党在旁边听见，便忙去传给苏玉花。她听得一班仆妇们在背地里念她的歪嘴经，她也乖觉，更不露出一些发怒的样子，只微微地笑道："这也难怪他们议论俺的不是，在家里手不动，生长这么大，什么事情皆是俺的老子娘去干，俺对于家常一切的事情，一些儿也不熟谙，但是他们指示怎样的干，俺当然是听信的了。"

从此以后，她为着收服人心起见，不惜低声下气地和一班仆妇们周旋。那些女仆人见她一反从前的倔强态度，事事与人谦恭小心，自然不再说她的短处了。

李德明这个人虽然是诗酒放诞，但是对于酒字下面一个字，很不注意的。苏玉花进门来三个多月，不过只尽两次丈夫的义务。邹氏呢，是一个贞静的妇人，对于情欲方面的观念比较李德明还要淡泊，因此相处近八年，闺房之中融融洽洽，从无间言。可是人心不同，欲念也就因之而异了。一个苏玉花便不像邹氏那样的忍耐功夫好，她在娘家已经有了些不端的行为了，如今对于李德明这个三月两碰面的玩意儿，心中大不快活，但是自己处于被动的地位，虽然满肚皮不自在，可是也无如之何，只好在心中暗暗地闷恨罢了。

李德明虽然娶了一个小老婆，但是依然在邹氏那边住宿的多。邹氏时常下逐客之令，无奈这位李先生再也不肯动身。邹氏没法，只得以闭门羹相饷，后来立了一个规例，一月之间，邹氏房中只许住十夜，其余皆到玉花那边去。邹氏此举，无非求嗣心切，自愿牺牲应得的权利，可是李德明虽然在玉花的房里住的时候多，但是实际上面依然是我行我素，绝对不肯一洗从前的旧习，睡觉便睡觉，更没有其他的花样干了出来。在邹氏一方面，总算用力用心地将便宜让给了小太太，可不知其中的内幕，倒惹得玉花的反感来。

91

玉花见丈夫对于自己既不亲热，又不体贴，无形便疑心是邹氏从中作祟，名分上叫丈夫到俺这里多睡十天，实际上却是叫丈夫到俺这里养一些精神，到她那里去使用吧。外边的人们听起来，一定是认她一个贤德不过的人，好名倒给她骗到了，她因此暗暗地怀恨邹氏。

　　说也奇怪，有意种花花不发，无心插柳柳成荫。讨玉花原为着邹氏不能生育，着她来替代的，如今替代的人倒没有怀孕，正当主子倒有了喜咧。邹氏本人自然是意想不到，便是撒种播子的李德明，也料不到荒田竟有收获，其欣喜当然是可知的了。可是一个苏玉花不独不喜，反而添愁，只恨自己的肚皮太不争气了，万一在邹氏之先有了喜，不是也争着一些面子吗？如今眼看着邹氏育麟有兆，自己本来不得宠，至此更要不得宠了。又想到后世茫茫，不禁牢骚满腹，没处发泄，成日家打狗骂猫，拿丫头来做出气筒。

　　那一天，她回到娘家去了。她的父亲叫作苏西坡，本是一个不第的秀才，依仗自己一些鬼头聪明，专门包揽词讼，欺诈良民。他的女儿自从嫁给李家之后，没事便厚着面皮来借银子。李德明对于贫苦的人们倒也非常之慷慨，只是这个苏西坡时常老着脸有人前没人后地来讨借，便令李德明生了厌恶之心了。

　　那一天又到李家来借贷了，正值德明在客厅里宴客。这个苏西坡盘算倒也不错，他想："众宾客在这里，俺冲着上去，向他多借一些，料他关着众客在座的面局，必然是答应的了。"他冲着上去，向李德明借五百两银子。有两个宾客认得他，便叫应了一声，他越发得了脸，趁势便入座，大喝其酒，大吃其菜。众人以为他是李德明的副号岳丈，自然是不好意思得罪他的了。酒席散后，他满望五百两银子可以妥当到手，谁知天下事往往要出人意料之外。李德明因他当着众客的面前公然借银，未免太也不顾全自己的面局了，满胸恶气正没有地方发泄，他还不识风头，伸

92

出巨灵之掌要银子咧。恼得李德明的性起，拍案敲几地将他一顿臭骂。他银子没有借到，倒捞着一顿臭骂，实在是于心不甘，不免也将副号丈人峰的脾气拿了出来，发上一发。翁婿两个手指口骂地一阵子，闹得一天星斗黯然无色。但是老苏自从讨了这一场没趣之后，从此再也不肯到李家门上来了。李德明见他赌气不来，正中心怀，本不愿意和他见面的。

老苏人虽然不到李家门上来，可是一颗心却依旧不脱地在李家转着念头。这一次见女儿穿得大红大紫地回来了，由不得便生气了。玉花照例到家来之后，先要参见父母的，西坡在他女儿参见的时候，叹了一口气道："别人家养儿养女都预备防老年精力衰了，有儿女们照顾，不愁没有吃喝。谁像俺养的儿女，虽然不少，可是没一个可以知寒体热的，一出了嫁，便攀上了高枝儿，哪里还将这些穷父母放在心上呢？"

玉花听得她父亲的话说得不像了，知道他又在发牢骚了，忙道："你老人家不要这样的不知足，也要扪心想一想，谁像俺们这样穷无聊赖，今天去借，明天去贷，便是亲戚也有一定的范围啊！一个不如意，便将人家视同仇敌，究竟算是一回什么事呢？"

西坡听得，不由得便将一股怒火冲上心来，大声骂道："好丫头，你倒揭起俺的疮疤来了，俺借李家的钱终究是要还的，俺难道抵赖吗？晓得你现在升天了，哪里还将俺们穷夫妇放在眼里？你要明白一些，俺们虽然是穷无聊赖，可是还未到完全仰仗你们的时候咧。"

玉花忙道："你老人家且慢说这些冤枉人的话，俺给你们卖给人家做小妾，什么事情都站不到人的面前去。俺虽然吃着比较他人好，可是俺也有满肚皮不如意处咧，俺更向谁去叫屈？"

苏西坡道："那是你自寻苦恼，与人何干？俺想一个人生在世上，劳碌奔波，左右不过是为'吃穿'两个字，有了上好的吃着，更有何求呢？俺假使将你嫁给一个贩夫走卒，吃了今朝愁着明朝，那么你不是格外要埋怨俺们不好吗?"

玉花道："那是自己的命运应该这样，何能埋怨你老人家呢?俺更要说一句不中听的话，便是名分上也要好听一些咧，总不见得谁敢来叫俺一声小奶奶、小老婆的啊!"

她和西坡唇枪舌剑地辩白了许多的时候，终于由苏老娘出来做司做鬼地将她的怒气劝得平了，在后边的房子里设了一席酒，一家儿团团坐下。

席间，苏老娘劝玉花道："俺的好孩子，俺和你的老子苦了大半世，一天福都不曾享过，如今难得将你送到一个好人家去，你不看顾俺们，谁来看顾呢? 只须你在李大官人的面前多说几句好话，俺们的用度便不愁了。"

苏玉花也老实不客气地将自己不得宠的话对他们说上一个仔细。苏老娘听得，不由得愁上眉梢，努着嘴，半晌才说道："照这样说，还是怪你自己不好啊! 你如果放出一些手段来，不怕李大官人心肠是铁打的，总有宠爱你的一天。"

玉花摇头叹气道："快休提了，现在大奶奶邹氏倒有了身孕了，俺向后去，还有许多的罪受哩。"

苏老娘听得，正似半空里起了一个霹雳，忙问道："你道邹氏有喜是真话吗?"

玉花道："谁来骗你呢?"

苏西坡呷了一口酒，双手捧着头，不住价地沉吟着。又过了片晌，才抬起头来说道："如今邹氏有孕，不独玉花不幸，间接就是俺们不幸。如果不事先设法应付，那可要将一场心血付诸东流了。"

苏西坡一言未了，他的大儿子家财冷笑一声道："这有何难? 只消使一个方法便得了。"

苏西坡听得，忙向他问是什么主见。这个家财平日负有主意罐儿的雅名，他父亲有时去算计谁，皆是他想出主意来，如何下手，如何结果，万无一失。由此，苏西坡很佩服他的儿子主见高明，不论什么事情，皆须先来请教他的儿子。当下西坡便问家财，用什么方法才能如愿。家财便附着他老子的耳朵，如此这般地说了一个仔细。西坡拊掌称善，他又将家财这个主意来告诉苏老娘、玉花两个，她们也极口赞好。

玉花道："不过这种计划虽然是高妙，但是最好先要将这个主动的人预先请得定了，以免临时无处去寻觅。"

苏老娘道："那可不用你担心，到了那时，俺自然会送一个人过去便了。"

他们商量得停停当当。玉花这一次回来，忽然一洗从前态度，对于邹氏十分亲热，一天总有三四次向邹氏的房里来走动。可是邹氏这个人一向是心地忠实的，哪知玉花在暗地里盘算她呢？便将玉花当着一个十分亲热的人了。

光阴很快，眼看着十个月满足了。玉花那一天便到邹氏的房中说道："姐姐眼见临盆之期不远了，须要预先去请一个稳婆到家中来候着，早晚有了变动，也不须临时抱佛脚了。"

邹氏点头道："可不是吗？只是一时还无处去觅一个手脚稳快的老娘来咧。"

苏玉花道："前次俺到娘家去，俺的娘便关照俺，大太太如果需用稳娘，不必到别处去请，因为所请的不知道是生手熟手，非常的讨厌。俺娘认得一个老稳婆，做了十多年的接生事情了，又稳又妥，姐姐如果用着她，便去叫她来。她更有一种好处，便是不论是什么难产的胎气，只消她一按脉，便能知道了，并且在接生的时候，须不着许多人来虚张声势，只消一个人在旁边助手脚，便成功了。你道这个老娘还可以用吗？"

邹氏听得，点头道："既有这样的好稳婆，那么不妨便请到家里来吧，省得临时凑手不及。妹妹，烦你的神了。"

玉花见她答应了，好生欢喜，当天午后，便去请一个姓宋的稳婆来，年纪已有五十多岁了，很会说两句世面上的话儿。邹氏便命丫头们在附近一个房间里打扫得清楚，做宋妈的寝室。日期盼望临盆的期限，可是说也奇怪，普通的人们，到了十月满足的时候，最多过上十天八日的期限，便要分娩了，但是邹氏过了一个多月，腹中也没有什么消息，又过了一个多月，李德明不免有些惊异着，忙起来便请两个医生来诊视。他们都说这是缓胎，照例是没有什么关系的。但是，李德明的心中却异常的焦躁，只恐是怪胎、死胎一类，接连着请了许多的有经验的老先生来诊视。

# 第十五回

## 引狼入室祸水溢门楣
## 调虎离山善人罹恶报

却说那一班老先生异口同声地皆说是缓胎，并没有其他的关系。但是一个宋妈却说是怪胎，她凭她的经验所得，说十一个月是疑胎，十二个月是怪胎，十八个月是鬼胎，她这样不负责任地说着，将李府一班丫头仆妇说得毛骨悚然，谁也道宋妈这种话是经验之谈，一个传两个，两个又是传四个，很快地传遍一村。大家都给邹氏担着心事，更替李德明道着不幸。

略眨眨眼，又到十五个月里了。在那三个月当中，李德明真是寝食不安，邹氏本人也担着许多的惊怕。

那一天的午后，邹氏忽然腹痛起来，宋妈便道："这差不多要快临盆了。"

吩咐人们将邹氏的卧房里打扫得干净，闲杂人等一概赶了出去，只留玉花在里面听候使用。到了申牌时候，邹氏的腹中越发痛得厉害了，坐在床上不住口地呻吟着。后边使用的一班丫头仆妇早已听得宋妈说得那样可怖，谁也不敢在邹氏的房外探探头儿，只有李德明时常到房门外问长问短。

宋妈便劝他道："大官人在这会儿不要时常到这里来走动，须知血房很为不净，不要触犯了三尸神啊。"

李德明是一个何等样聪明的人物，到了这会儿，也会被这个老娘骗得团团乱转咧。独自一个回到前边的客堂里，兀自放心不下。

到了酉牌将过的时候，一个小丫头气急败坏地由后边奔来说道："大太太生了一个妖怪，浑身黑毛，头上的皮已经没有了，鲜血淋淋的，十分难看，请大官人定夺。"

李德明吓得慌了，忙道："太太的身体可平安吗？"

小丫头道："太太倒平安，现在躺在床上饮桂圆汤咧。"

李德明忙道："快休声张，只将这个东西抛到僻静的地方去便了。"

那个小丫头答应一声去了。李德明暗自说道："造化造化，俺的夫人只要无恙便好了，生了一个怪物，倒不成什么道理啊。"

到了黄昏时候，李德明实在放心不下，也管不得什么血房红屋了，一头闯进邹氏的房间，只见邹氏躺在床上，连被都没有，宋妈和玉花两个也不知到哪里去了。李德明瞧着这种情形，勃然大怒，忙上去将被拉过来给邹氏盖上，低声问道："夫人，你觉得怎么样了？"

可怜一个邹氏，自从临盆一直到这一会儿，不独被没有盖，便是茶也没有喝一口，已经昏昏乎乎地不省人事了。李德明忙命人来灌姜汤，脚下加汤婆儿。

正在手忙脚乱的当儿，一个宋妈狗颠屁股似的进来了，见众人在七手八脚地服侍邹氏，便有些不自在了，忙道："大官人，你快休要乱弄，须知太太的腹中还有血咧。"

李德明怒火上冲，大骂道："少要放屁，一个头次生产的人，吃得住这样的劳碌吗？方才你俩到哪里去的，撇下了太太不问不闻，是什么居心啊？"

宋婆听得，舌头打打结，半晌说不出一句话来。

李德明道："人家请稳婆是服侍产妇的，俺家请稳婆却是害产妇的了。俺要问你，你方才到什么地方去？"

宋婆给李德明追问得急了，只得说道："方才俺将生下来的妖物抛到河内去。"

李德明道："你既出去，何不命丫头们进来，更有玉花为何也不在这里呢？"

宋婆道："玉花姑娘和俺一同去，俺叫丫头们进来，她们不听从俺的话，俺也没有方法可想啊。"

李德明听得越发觉得其中有了蹊跷，便道："生的是什么样儿的一个东西？"

宋婆道："生的是一个猫儿模样的东西，那是怪胎。大官人此刻还问他做甚？只求太太身体平安便好了。"

李德明道："谁在旁边看见的呢？"

宋妈支吾着道："没有别人，只有玉花看见的。一班丫头仆妇们皆不敢看，走得许远。"

李德明听得越发疑团百结，瞥见玉花走了进来，便问道："太太生的是个什么模样儿的东西？"

宋妈赶着道："你……"

李德明一声断喝道："滚你妈的蛋，不准你开口乱说。"

宋妈撞了一鼻子灰，停了半晌，说道："俺便不开口。"

玉花猛地经到这一问，不禁神色仓皇，口中只是打着哆嗦，半晌才说道："生的什么，俺没……"

她正说出一个"没"字来，瞥见宋婆在一边赶紧向她使了眼色，她道："俺没有看得清楚，仿佛是一个狗身双头的怪胎吧。"

李德明一声冷笑道："俺道你俩不要再瞒天掩地了，一个说是猫模样，一个说是狗模样，究竟是什么东西呢？"

宋婆正要答话，李德明一声断喝道："家丁们快些进来，将她俩捆起来，明天送到沂水城内去，请县太爷来审问端底。"

一声未了，早有几个家丁来将她俩一齐捆缚起来。到了第二天清晨，李德明亲自穿起礼服大帽来，押解着她俩进城去，会知县姚明，将以上的情形做了一张呈文，呈上去。姚知县便将宋妈和苏玉花一审问，宋妈胆小，便一五一十地完全招认出来了。

原来宋妈是苏家买出来干的，她们说生了一个妖怪，都是假话，生的确是一位肥而且胖的小公子，被宋妈用棉花塞住了口，顺势用血衣包裹起来，抛到河心里去了。此案关于断宗绝嗣罪过很大，姚知县立刻下签捉拿苏西坡，谁知老苏、小苏一齐得着风头，预先滑脚走了。姚知县便将宋妈和玉花定了一个终身监禁。

邹氏事后听得生的并不是一个妖怪，乃是一个儿子，不由懊丧悔恨，终日郁郁不乐，虽然经许多人来劝说，无奈她尽是悲苦懊悔不已，加上产后的人百脉空虚，不久便一病恹恹，不思饮食了。她日渐消瘦，虽经许多的医生来诊视，可是依然是毫无起色，不上三个月，便一命呜呼，永与人世长辞了。李德明悲痛逾恒，恨苏家如切骨。自那邹氏去世之后，族人亲友一齐来劝他续娶，可是他发誓再也不肯娶的了。

光阴似水，过了一年，又增一岁，不转眼，十八年的日子一天一天地过去了。李德明在这十八年之内，孤衾独拥，终日放怀于诗酒，倒也逍遥自在。一班亲友们劝他不得，只索罢了，他总想到六十岁做寿的时候，拣最近的族家里挑选一个男孩子，作为后嗣。谁知俗语说得好："闭门家里坐，祸从天上来。"

那一天，他正在花厅上和几个宾客在饮酒解闷，瞥见四个公差，手执麻绳铁索走进来，不管三七二十一，便将李德明拖出席来，即欲加以捆缚。

李德明忙大声喝道："你们这一起该死的狗头，胆有天大，俺犯着什么罪过，你们敢来动手？"

那个领首的公差大声喝道："你不要开口骂人，王子犯法，与庶民同罪。你不要以为你多一头功名，便拿功名来吓人。你如果不犯罪，俺便敢捉你去了吗？常言道：'官差吏差来人不差。'俺们拘人自有拘票的，你如果不服，现有拘票在这里，你拿去看吧。"

李德明便将那人的拘票接到手中，仔细一看，上面写的是：

李德明窃赃蓄匪，罪大恶极，火速拘提来署，依法
究办，毋违此令。

李德明看罢，不禁呆了，便是那一群的饮酒宾客也弄得不知头路起来。李德明见拘票上面写得明明白白的，当然是不能够反对的了，只得向众宾客说道："兄弟这一遭受着莫大的冤抑，各位如肯给兄弟设法申雪，兄弟自然不忘恩德的了。"

众宾客齐声说道："你直放心随公差进城，有了水落石出，俺们当然尽自己的力量保释你便了。"

李德明便随着他们进城了。

那个知县姓巢，叫必达，是一个昏而且贪的官儿，因前天任守备在北风圩捉着了一伙强盗，为首一个叫大刀王能，他供出窝家，便是李德明。巢必达将李德明拘到署里，他坐在公案上面，冷笑一声道："李德明，你到了此时，可知罪？"

李德明冷笑一声道："敢问父台，俺所犯的是什么罪啊？"

巢知县一声冷笑道："你自己所干的事情，难道还不明白吗？"

李德明摇头说道："学生平日安分守己，并没有犯什么法啊！"

巢知县一声冷笑道："嘿嘿！你还在遮瞒俺吗？不给你一个证人，你一定是不承认的了。来人，快些给俺将王能带上来！"

三班轰然一声答应着，立刻在章字狱里将一个强盗的首领王能带了上来。巢必达向他说道："王能，你所说的赃主，是不是李德明呢？"

王能一回头向李德明望了一眼，连连点头道："正是他，正是他。"

李德明这可气得叫起撞天屈来。巢知县立刻将惊堂一拍，大声说道："呔！好一个大胆的李德明，你依仗着你有一头功名，敢在本县的面前大肆咆哮吗？要知道，不论公侯与将相，只要撞到俺的大堂上面来，俺衡量依法惩办他的。来人，先给俺将李德明的顶儿摘去。"

一声未了，早走上三个公差，将李德明衣冠除去，上了刑具。

巢知县道："打下死牢，听候发落。"

就此，巢知县顺势又将李德明的家产查抄了充公。李家的一班亲友起初倒也想给德明申冤，后来听得县太爷不独不讲情理，并且来头很大，大家都以为事不关己，不要乱去招惹出是非来吧。由此，你既缩头，俺亦敛手，绝口不提到李德明的事情。眼看着李德明的家产被抄了，人在狱中候死，家属里有两个气愤难平，便想到济南去告上一状。谁知他俩还未动身，早有人送信到沂水县署内去，将他俩星夜提到县署里去，定他们一个与盗牵连的罪名，也自陪着李德明下狱了。经到这一番变动之后，家族中越发没一个人敢出来仗义执言了。

巢太爷便指定八月十六日为斩决李德明之期，这个消息哄传出去，早惊动一班平民百姓们，无不奔走骇告，诧为人世间不白奇冤。可是苛政猛于虎，谁敢出来仗义说话，那不啻便是自寻死路。因此他们也只有在背地里嗟叹而已。

日子是很快的，转眼间已到八月十四了，许多受过李家恩典的穷人们聚在李家村的东面都天庙里，开了一个会议。大家凑了一个公份儿，预备在十六日上午送一顿酒食给德明，聊尽一些受恩的薄意。倒是那一起亲友家族们深怕连累了自己，休道不敢送酒饭了，便是到杀场上去探探头儿，也没一个。那起穷朋友因为一穷字，胆便大得多了。

当穷朋友在都天庙里开会的时候，忽然有一个小和尚对他们说道："你们在这儿干些什么？"

他们同声说道："俺凑一个公份儿去给李大官人送死。因为俺们受过李家的恩典，此次他遭了不白之冤，俺们一没有金钱，二没有势力，既不能给李大官人申冤雪愤，只有聊尽俺们一些心意罢了。"

那小和尚又道："这个李大官人是一个什么样儿的人物？为什么受了冤枉呢？"

一个叫花子头脑一五一十将李德明被冤的情形仔细地对小和尚说了一遍。那个小和尚道："哦！有这等的事吗？俺倒不相信，一个鸟知县有多大的胆子，竟敢这样地冤害民人啊？"

众穷朋友一齐叹气说道："他的来路太硬了，便有人去执理结难，无奈他和你不讲公理，你也奈何他不得。"

他们正在攀谈的时候，忽见一个四十上下的汉子走到庙里，剔起两眼，大声喝道："你们这一些人在这里干什么啊？"

众人忙道了原意。谁知那人连珠价地说道："快滚快滚，俺要问你们肩上有几只脑袋啊？"

赵大听得他这一句话，未免生气起来，大声说："老胡，你说什么话啊？俺们凑一个公份儿去替李大官人送死，也不是犯法的事情。"

老胡冷笑一声道："李德明与盗往来，所以犯了死罪，他自己的许多亲戚朋友还不敢有什么举动咧，倒是你们这一起漠不相关的人们，横枝着紧，想必你们和李德明有什么关系吧？"

赵大听得越发动起火来，说道："不错，俺们本来和李大官人有关系的。他老人家平素对待俺们一起穷朋友十分矜怜体恤，俺们是戴发含齿有良心的人，受了人家恩典，自然是想图报的了。并不是一起人面兽心的家伙，幸灾乐祸。"

老胡道："俺不管你有没良心，要聚议什么事情，不要在这里鬼鬼祟祟地累害别人，你们到别地方去吧！"

## 第十六回

# 移花接木县令飞魂
# 换日偷天讼师替死

却说一班穷朋友在都天庙会议，给老胡说了一番。赵大听得，遏不住心头火起，大声说道："老胡，你横地来干涉俺们什么？俺们这件事并不犯法，何能连累别人呢？而且这都天庙不是哪一家的祖宗祠堂，是公共的地方，谁要你多事？俺们今天偏不到别处去，看你怎样来对待俺们便了！"

老胡听得，便道："老赵，你不要这样地蛮横不讲道理，俺们这并不是来多事，你们在这里招徒结众，议论这些事情，如果给官厅里知道，不是连累俺们李家村的人吗？"

赵大道："这话说得越发没有道理了，俺方才不是对你说过的吗，俺们干的不是犯法的事，自然不会连累到村上的人。老实说一句，俺们便是干犯法的事情，自有俺们去承当的，用不着你来多事。"

老胡撞了一个没趣，恨恨地说道："好好，你们不用俺来多事，俺便看着你们干吧。"

那个小和尚走过来，向老胡说道："施主，这并不是小僧多要说话，像这些不关己事的勾当，少要来管束别人为佳。常言道得好：'各扫自家门前雪，休管他人瓦上霜。'多一事不如少一事的好。"

老胡方才听得赵大的抢白，已是怒气上冲，又给这个小和尚教训一顿，更是火上加油，就冷笑一声，说道："小和尚，你叫一个什么名儿？到俺们这都天庙里来吃了几顿斋饭了，便嘴尖腮薄来教训俺了？不要惹得俺的怒气起来，立刻将你逐出庙去。"

　　那个小和尚听得，微笑说道："施主问俺的名字吗？俺叫莲池，都天庙里的斋饭俺一顿也不曾吃过，更不须施主驱逐俺，停一会儿便走了。不过俺也问问施主的来历咧。听得施主的口吻，好像这一座都天庙是施主出资建造也似的。"

　　老胡道："俺是苏西坡太爷家的管家爷，这都天庙里的和尚一向是由俺们苏太爷管束的，你道俺无缘无故便来多事了吗？"

　　莲池笑道："原来是苏府上的管家爷，俺倒失敬了。不过俺想来你此番来干涉他们的行动，一定是苏太爷命你来的？"

　　他点首道："对咧，他们不吩咐俺来，俺何必又多此一举咧？"

　　莲池道："他们这件事干得总不算什么越礼，施主可以给他一些方便吧！"

　　老胡也不像方才生气了，点头说道："公份儿凑齐快些去吧，不必在这里多所停留。这两天县里面十风九雨，有人说盗首王能又招认许多同党出来了，正在飞签拿人的时候，你们在这里，哪知外边的事情和局面呢？"他说了这两句话，便自扬长走了。

　　有两个叫花子不由得同声说道："他妈的土狮子，关他什么痛痒，他竟来多老子们的事？真是可恨已极。"

　　赵大道："你们哪里知道，他的主人现在得了势了，听说和巢知县太爷很有些来往的。不记得从前的日子了，东避一天，西躲一日，成天价不敢出头，直在外边流尸飘荡。如今一个对头主儿遭了冤，他便趁着浑水出来捉鱼了。在老苏失意的时候，这一起杂种比什么还要可怜一些，现在他们的主子得势了，他们也就狗仗人势地欺负人了。"

莲池忙问他们老苏是何等的人物，他们将老苏的根底说出来。莲池道："这可见这个老苏和狗头知县狼狈为奸了。"

众人忙道："你不要在这里信口地乱说，他的党羽很多的，不要给他的党羽知道了，连累了你啊！"

莲池笑道："不须你们来烦神吧，俺自然不怕他。俺出家人一没有财产，二没有家声，难道他还能来为难俺吗？"

赵大道："你不要这样地想了，俺要问你，家声财产没有，你的性命要不要？"

莲池笑道："俺又不在这里住脚，立刻地又到别处去了。他纵然要来为难俺，又到哪里去寻俺说话呢？"

众人和他攀谈了一会儿，各自散了。

不表他们散后。再说巢知县在斩决李德明的先一天，正是中秋佳节，县署里大排筵席，临时叫了许多的娼妓来陪酒，一班土豪劣绅皆给县太爷请来赴宴。更有城中的各职守官员们一齐到署中来庆赏中秋，笙歌竟夜，到了四更将近的时候，县太爷这才命人撤席安寝。众宾客纷纷散去，四乡的绅士因为明天便是斩决李德明的正期，大家顺便滞在旅馆里面，以便明天看个爽快。

县太爷扶着两个娼妓到后边去睡觉了，正在油然作云沛然下雨的时候，猛听得一阵木鱼的声音。这一种木鱼的声音并不远，便在房中敲着。巢知县好生奇怪，忙抬头看时，只见一个穿大红袈裟的少年和尚，双脚悬空三尺，手里拿着一个木鱼慢慢地敲着。巢太爷吓得真魂出窍，暗自疑心是活佛下降了，自忖道："这可不得了，活佛一定是嗔怒俺昏糊，不应当干这一种无礼的勾当啊！"他想到这里，越发害怕了，赤裸裸地从被窝里面爬了起来，跪在床上，不住价地念着阿弥陀佛。他正在心惊肉跳的时候，那悬在半空的和尚忽然开口说道："巢必达，你可明白？"

巢太爷在床上索索地乱抖，打着哆嗦说道："弟子明白。"

那和尚道："明天斩决李德明，定有许多不法之徒前来劫法场的了。俺因为受你家累世的香火，不忍见你横遭大祸，所以特地前来告诉你一声，叫你有所准备。最好此刻命狱卒将犯人的上身衣服脱去，黑衣包扎起来，另使两个人犯装成一般模样，以乱真伪。法场左右头上有红丝线一根的人，皆是劫法场的要犯，务要将他们一齐捉住问罪。言尽于此，俺去了。"他说罢，一晃身子，早已不见一些儿踪迹了。

巢太爷哪里还敢再睡？便是酒意也自吓醒了一大半，他立刻披衣下床，先将两个守狱的禁子叫来，对他们说道："你们快些给俺去将李德明的上身衣服脱下了，用黑布将他的上半身扎了起来，另拉出两个死囚来，同样将身上衣服脱掉了，用黑布蒙遮起来，给俺看守得严谨。"

两个禁子受命而去，不一会儿，天色大亮，巢太爷忙将全城的守备人员一齐调到署里来谕话。

一个游击大人听得县太爷说起有人要劫法场，很不以为然，冷笑道："巢大人未免太也小心了，料想沂水城中强兵如雨，猛将如云，哪里来的不怕死强盗，竟敢到老虎头上来扑苍蝇呢？只请大人放心吧！"

守备忙道："秦大人的见解虽然是不差，但是对防范上面，仍宜注意一些才好呢。"

秦游击嘻嘻地笑道："俺可料定没有这么一个蟊贼敢来劫法场的，你既高兴去防范，便请你劳一些清神，先将四城门口用重兵扎好，以备不虞吧"

刘守备带兵到四城门口去布防了，不到午牌时候，法场里的看热闹人们已经挤轧得水泄不通了。大家都将杀人当作不可多见的盛举，所以争先恐后来看杀人了。全场中总计有三四万人，七八万只眼睛一齐注视着场中一大段空的地上，都幻出一种极奇极惨的影像来。其实一些儿东西也没有，不过只有两个穿制服的兵士们在那里维持着秩序。

有两个人低声说道："待到人犯的首级落地的时候，俺们一齐要上劲拍手啊！听说如果不拍手喊好，便要带着晦气回头咧！"

又有一个说道："午正一刻，大约人犯和刽子手都要到场了，二刻升炮，三刻人头落地……"

不道他们正在津津有味地说着，猛听得西北角上一片价地哄传着道："哎呀，来了来了！"

此刻一班看热闹的人们不由得大家一齐踮起了脚跟，向西北一角望去。只见人丛中闪出一条大道来，两位千总一齐骑着高头大马，腰悬皂角式的宝刀，雄赳赳气昂昂领着一百大刀手进场，接着又来一位守备，也是骑着马。他进了场，将手中的一面红旗一招展，向众人说道："让开些场子来。"众人赶紧一齐向后退了三四步，接着又进四个人，肩头皆背着破锣破鼓，到了场中，就地坐下，拿起锣鼓来鬼哭神嚎价地狂敲起来。一班看客不由得一齐心慌意乱起来。

又过了一会儿，两个人扛着一根很粗的桩橛到场中来埋下了，大家一齐说道："桩橛埋得好了，料想不到一会儿，便到用刑的时候了。"他们留神定心望着。

又停了半晌，远远地望见一队人，簇着三个人民政府犯，后面跟着一乘大轿，蜂拥而来。到了场中，两个士卒在三个人犯的当中拖出一个来，那人的上半截被黑布裹着，下半身只穿一条白布裤，赤着双脚，拖到桩橛的切近，用绳索将他缚到桩橛的上面。众人谁都知道，缚到桩橛上面去，一定是李德明了。因为他是正犯，因此和李德明认得，或是有交情的人们，由不得皆给李德明一掬辛酸之泪。此刻，场中的锣鼓声音越发敲得紧张起来了，更有一起士卒们一齐弓上弦、刀出鞘地预备起来。轰——追魂大炮已经开了一声。

巢太爷由轿子下来，坐到一张台子上面。那个守备走来，给县太爷先请了一个安，然后退了下来。猛听得西北角上又自哄传道："来了！来了！"原来是一个身高七尺、黑脸大眼的刽子手，捧着一柄大刀，一步三摇地走了进来。大家不期而然齐用惊恐的目光向刽子手的身上射去。谁都道他是一个赐死之神，他的相貌确合做一个赐死之神。不道大家在端详这个刽子手的时候，人丛中忽然起了一阵喧嚷的声音，一个破衣大汉高声说道："公爷，俺们备一些酒肴给李大官人送别，也不是什么犯法的事情，公爷们何苦来干涉俺们呢？"

一个军士模样的人厉声喝道："你们既然这样的意思，何不早两天来呢？此刻到了用刑的时期了，无论是什么人，皆不准来多事。你不相信俺的话，尽可去见县太爷吧。"

破衣大汉和他说了许多的好话，依然不生效力，只得和同来的一起穷朋友商量。赵大道："这也不成什么话，他们不准俺们送行，等待用刑之后，俺们祭奠他老人家一番，不是一样地尽着心意吗？"

他说话的时候，追魂大炮三响了。那个刽子手纵近一步，大刀一霍，只听得咔嚓一声，一颗头早已骨碌落到地上了。鲜血迸流，一班看的人拍手的、喝彩的、伤心的、落泪的，形形色色，真个是不一而足。那个巢知县一声令下，令人将人犯的头取来，验视号令。谁知一个士卒走了近来，将人头取起来，送到巢太爷的面前，请求视验。哪知巢太爷视验之下，不禁大吃一惊，你道他为什么吃惊呢？原来那一颗头有了变化了。李德明虽然五十多岁，但还未留髭须咧，这一颗头上竟须眉斑白；再则一个李德明的额角没有黑瘤，这首级上面竟有个黑瘤，由此可以知道所杀的一定不是李德明了。忙命人将两个陪犯解得来，揭开黑布一望，一些儿也不错，并没有李德明遗漏在内。巢太爷当下也道不出什么所以然来，只叫人来将人犯押着打道回府。到了县署里，瞥见大堂上一排一排地跪着四十多个绅士模样的人物，并且各人皆是双臂倒剪着。这又使这位巢太爷吃惊不小，到公案上面坐下了，仔细一端详，皆是平日狼狈为奸的一起土豪劣绅。他可惊得的了，连道："这是谁干的事？混账已极。"

游击忙道："这是大人自己关照俺们，拣帽儿上有红线捉拿的，俺们自然照你的令办。你不信，瞧吧，他们的帽儿上哪一个没有红线呢？"

巢太爷听得，便对着他们的头上挨次望了下去，果然每人的帽儿上面都有一红丝线。他不禁勃然大怒起来，将惊堂一拍，大喝道："本县平日向对你们不薄，你们为什么在暗地里捉弄本县？可知本县事先已经知道了，今天将你们捉来，你们还有什么话说？"

那一起土豪劣绅等听得他这一番话，不禁弄得莫名其妙，大家面面相视，答不出一句话来。巢太爷见他们默然不答，越发起了疑心，便下令将他们一齐打下牢禁，听候发落。

# 第十七回

## 七羊山老僧收佛子
## 清河县淫妇难清官

却说一旬未到，府署里的公文已经下来了，将巢知县以及七级下员，连同一县的土豪劣绅一体拿办。苏西坡既已被巢知县误杀，除查没其家产，姑不置论。列公，法场上被杀的正是苏西坡。

提起这一段事情，却十分可笑。原来那个小和尚在都天庙里听得众人的话，不禁怒气填胸。他本是七羊山证道大师的得意弟子，也便是李德明的儿子。他在出世之后，便给苏玉花和稳婆抛到后门外一条小河里去，恰巧河内有一只装运棉花的船从他家后门经过，不倚不偏，将这个孩子正抛在棉花上面。船行了三四里下去，船上人忽然听得棉花堆里有婴孩啼哭的声音，忙在棉花堆里寻了出来，原来是一个初出产门的小男孩儿。船主周玫远便起了恻隐之心，将他用衣服包裹好了，不使他受冷，又叫周大娘喂乳给他吃。

原来这个周玫远还没有儿子咧，他想这个孩子来路不明，而且又是这样的恰巧，显见是老天见怜赐这么一个儿子给他的罢了。这个孩子倒费了周氏夫妇不少的心血才将他抚育到七岁，可是他虽到七岁，只是还不会说话咧，并且是一个胎裹素，一切荤腥一类东西，不能够进口。

那一天，他家棉花船从七羊山下经过了，一个不小心，船搁到石崖上，不能行走了。虽然想了许多的方法，依然是不能够移下石崖。周公夫妇只怕船底搁得坏了，连忙上山去求救。药师禅林里惊动了证道方丈，忙赶下山来观看究竟，到了船的身边一端详，便对老周说道："你不要害怕，原来你和俺有一段俗缘咧。俺对你说吧，你的儿子应该给俺做徒弟，所以船在这里停留了。俺要问你，你肯不肯将你的儿子给俺做徒弟呢？"

　　周氏夫妇久已听得七羊山的和尚有道行的，他想或者是有缘吧，便将一个小孩领了出来。谁知这个小孩子一向不曾开口，见了证道，竟会开口说话了，拉着证道的衣服依依不舍。证道便将他领到山上去，叫两个小和尚下山来，将船推下石崖。从此，这孩子便在证道这里了。周氏夫妇每次到七羊山来，都得到药师禅林里去探望他的儿子一番，这孩子已经给证道定名为莲池，八岁向后，就教他的各种武艺了。到了十八岁上，各种功夫俱已练到炉火纯青。他虽然生长到十八岁，他却不知道生身父母是李德明与邹氏，倒将周玫远夫妇当着父母。证道也不将他的根底告诉他。

　　那一天，证道忽然命他到沂水县李家村的都天庙去寻慈航师太。原来慈航师太便是证道的师妹，时常有来往的。这一次证道命莲池到都天庙来寻她，恰巧她不在庙中，到安徽霍山去了。他狭路逢着了一班人，将李德明被冤的事情说了出来，便惹得他的心头火起，他就想立刻先去将巢知县与苏西坡杀了。后来转过念头来，便想出一个借刀杀人的方法，来到县署中去骗巢知县一下，然后将苏西坡从旅馆里捉住，口中塞起一大团棉花，上身衣服脱去，照样用黑布扎包起来，趁禁子在四更左右打盹的时候，将李德明调换了。斩犯出狱的时候，禁子们也未曾防范到这么一个变动，就拖到刑场上去用刑了，这也是天网恢恢，疏而不漏，应该苏西坡代人受死，小子此刻也不去细表。

再说李德明被莲池救了回山，在方丈室里请证道发落。

　　证道笑嘻嘻地对莲池说道："贤徒你可知道这位李施主的来历吗？"

　　莲池摇头答道："弟子哪里能够知道？"

　　证道又微微笑着向李德明道："李施主，你可知道俺的徒儿来历吗？"

　　李德明躬身说道："他的来历俺却不知道，不过俺受他的活命之恩，俺理合感谢他的。"

　　证道笑道："你可无须感谢他，他是应当尽他的义务的。俺实在地告诉你吧，莲池是你亲生的孩子，你是他的亲生父亲。父子之间，又何须这样的客气呢？"

　　李德明听得十分讶异，莲池更是莫名其妙。证道将前因后果仔细地说了出来，他家父子俩这才明白。李德明又感谢证道抚养之功，从此，李德明就在七羊山上住着，也不回到沂水了。十多年后，李德明得了一痰厥的毛病去世了。

　　证道在做七羊山方丈的时候，对于南北两道上的朋友一向是很有交情的。到了莲池继续着做方丈的时候，依然和道儿上朋友往来。不过这莲池和尚性情暴直，惯喜打人间的不平，他尤其对于一班赃官污吏痛恨切骨，他曾发过愿心的，他预备凭一己的力量，将天下的赃官污吏一齐杀尽。他在各省分派不少侠义之士，专门做安良除暴一类事情。

　　这一天的夜间，游彩凤目中所见的一类事情，皆是莲池的手下人干的。这一夜，游彩凤可看得呆了。到了次日清晨，她忙将夜间所见的情形对游万峰和母亲说了一个仔细。

　　万峰忙道："俺说如何？大凡一个出色惊人的人物，必然有奇特的行藏，难得他肯收女儿为弟子，总算俺们彩凤的福分了。"

　　由此，游氏夫妇在这药师禅林里面住着。游彩凤经过了莲池大师的指引，武艺日有进步。到了第二年的秋季，莲池便请游万峰到河北唐山金光禅院里去照料事务。那一天，因为清河县出了一件奸夫害亲夫的案子，清河县费尽了心力，不能得到案情，游万峰便到清河县来访探这事的内因。到了清河县的城里，天色已晚，万峰就寻着一家客店住下。到了二更时分，他还在独自饮酒未曾睡觉，直到三更将近，一个堂倌上得楼来，对他说道："爷们，请你老早一些睡觉吧，近来俺们城外发生一件案子，未曾了结。城内的军爷们对于往来的过客盘查得十分严紧，问答得稍有一些不对的去处，那么便要受罪了。"

游万峰就停杯向他问道："俺要问你，这件案子究竟是怎么一回事呢？"

那茶房道："提起来可真够有些蹊跷咧。俺们东门脚下有一家姓田的老板，叫田为福，是一个贩布的商人，每年扯不上一个月在家里。今年他由南路回来，听说赚了三四千银两，他的亲友们都庆幸他做生意得利。不料次日夜间，忽然得着一个暴病死了。他回来的时候，谁都看见他的精神满足，一些儿病态也没有，过了一夜，忽然就得病死了，这其中自然要惹得众人起了疑心咧。并且这个田为福死了之后，次日便安葬入土了，因此越发使他们亲友动疑起来。但是不能够得到什么真凭实据，自然不能够寻他的妻子仇氏说话的了。

"那一天，本县的县太爷关大人到城东关帝庙去拈香，行到憩脚亭的附近，忽然起了一阵子狂飙，将轿帘掀了起来。关大人一眼瞧见路旁有一座新坟，泥土还未曾干咧，一个浑身孝服的妇人坐在坟前痛哭。不料那一阵旋风吹到坟的切近，立刻便将那个妇人的裙子掀了起来，里边露出一条大红缎的裤子来。关知县倒是一怔，暗道：'既然浑身孝服，里边还能够穿着大红的裤子吗？'他起了疑，立刻便命两个公差到坟的周近去探听着消息。

"关大人在庙里拈过香，打道回衙，便听得那两个公差报告道：'俺们到新坟周近去探听一会子，没有别的破绽，不过听得

114

那个妇人所说的两句话非常的岔耳。她自从旋风掀起了裙角之后，便暗自吃惊了，连脸上的颜色都自变了。她低音祷祝着道："你好好地去吧，不要来捉弄俺，俺都得多请些僧道来超度你升天。事情俺已经一着做得错了，现在还能够收得回来吗？只好祝你早升天界了。'"关大人听得这两个公差这样地说，自然更十分疑惑，当时回衙。

"歇了一天，就差人打听出这仇氏丈夫不明不白死的一件事。便将仇氏提到县署里，对她说道：'好一个大胆的仇氏，你可知罪吗？'谁知那个仇氏竟毫不惧怕，很从容地答道：'小妇人不知犯了何罪，还请大人明示咧。'关知县冷笑一声道：'好一个大胆的淫妇，你胆敢将你的丈夫害死了，快些从实招来，免得俺来动刑。'仇氏道：'大人指小妇人谋害亲夫，小妇自然是不敢推辞的了。但是俺要请问大人，有什么见证呢？'关知县道：'昨天你的丈夫来托梦给本县，控告你和奸夫将他谋死，你现在还敢来辩白吗？'仇氏道：'大人这些话，照理小妇人不敢驳回，但是小妇人受此不白的奇冤，怎能默然没有说话呢？大人如果交出真正的证据来，小妇人虽身受严刑，断不敢怨恨。如果凭大人一梦，便欲陷人于不白，小妇人虽愚，断不甘忍受的了。大人的梦是个人的梦，并不是大众的梦，大人的梦只有大人自己瞧见，更没有第二人可以看见。大人今天梦见俺的死鬼呼冤，明天或者梦见十六代以前的冤鬼，那么还能凭一个幻梦，到十六代以前去审理案子吗？笑话，笑话！'关大人道：'这个还不能算是证据，俺再提出两个证据来给你。便是前天，俺从关帝庙的道上，便瞧见你的孝服里面衬着大红缎裤，这明明你有了别情，再则你的丈夫死了连三天也未曾到，便入殓下土，显见你的心虚，恐怕人识破谋害丈夫的去处，故而这样慌急。'仇氏道：'大人的话未尝不是，不过小妇人也有道理。前几天大人既然瞧见了小妇人里面衬着红裤，便该当时将小妇人拘住询问，为什么直到今天才说出来呢？那时

115

将小妇人拿到署里，小妇人有了这种越礼的地方，自然是不能退而有言，听凭大人怎样处罚的了。谈到次日入土安葬的话，更不能指为可疑之点，俺的丈夫劳苦了半生，不幸得了这样的惨果，小妇人扪心自省，十二万分对不起俺的亡夫。常言道得好："死者入土为安。"如果将亡夫的灵枢停留在家中，万一有了什么风火贼盗不幸的事情发生，俺不是加倍对不起俺的亡夫了吗？'关大人给她伶牙俐齿这一排话说得开口不得，停了半晌才说道："仇氏，你不要逞着巧舌头来辩白，须知本县无论如何，一定要开棺相验的。'仇氏道："大人要开棺相验，小妇人自不敢阻止的了，不过小妇人也有两句话要说咧。'关大人道："什么话呢？'仇氏道："便是大人在开棺之后，如果验出破绽来，小妇人就是凌迟碎剐，何敢辞罪？万一验不出什么破绽来，那么小妇人的亡夫已经死得这样的苦，死后又遭了无辜的拨弄，太爷也须负相当的责任才好。'关太爷点首说道："那是自然的了，如果验不出什么来，那么本县情愿到上峰去自请处分。'仇氏道："那最好请大人先留一个证据吧。'关大人道："如此也好。'他就堂立了一张证据，交给仇氏，择定十七日开棺相验。这个消息哄传出去，大家都觉得暗暗地称快，谁都道仇氏淫妇，这一番难逃法网了。关大人深恐仇氏逃走，又派了几个公差守着她。

"日子过得最快，转眼间开棺相验的期限到了，在那一天，四乡八处的民人一齐赶到尸场来看相验。到了午牌一过，关大人带着三班六房、仵作等一行人赶到尸场，下令开棺相验。乒乒乓乓一阵子，将棺材打开，实行相验。谁知检验了好多的时候，竟寻不出一些儿岔眼的去处来。关大人这可急坏了，反复命人验了十多遍，依然没有一些可疑的去处。关大人无奈，只得命人将棺材重行钉了起来。此刻仇氏见未曾相出破绽，便爷天娘地在棺材前大哭起来，哭得并且十分凄惨。关知县给她哭得没法，只得向她说道："仇氏，你不要这样的悲伤了，须知本县已经有证据给

116

你了，本县自当遵照证据上面的话实行，去自请处分了。'此刻许多的看相验的朋友不由得一齐奇怪起来，谁也知道仇氏是一个不安分的淫妇，更知道田为福死得不明，不料相验竟会得着这样的结果，大家未免在背地里不绝地讨论此事结果了。关大人在相验的次日，便上了一份呈文，到府署里去自请处分。"

# 第十八回

## 两次开棺奇冤莫白
## 一朝倾盖往事重提

"府尹郝儒林也是一个爱民如子的好官儿，他接到清河县的自请处分的呈文，便疑心这件案子一定有了冤枉。他便择定了日子，亲自到清河县来，举行第二次开棺相验。同时，也和仇氏订了证据，谁知订立证据之后，依然未能相出什么伤痕来。这一件案子未曾断明，倒坏了两堂清官咧。"

游万峰听到这里，忙对那茶房说道："依俺看来，这个仇氏一定是一个坏东西，不过两次相验未能得到一些儿结果，十分令人可怪了。"

堂倌道："可不是吗？不过在相验的时候，仵作们有没有受到仇氏的贿赂，也是一个可疑的去处。"

游万峰道："这可不对，衙门里什么人皆好受贿赂，唯有这仵作却不敢的。因为仵作受了贿，如果查出来，不独自己要问杀罪，并且要殃及全家咧。"

那个茶房谈了一阵子闲话，下楼去了。不多时，三更已尽，游万峰在床上略打了一个蒙眬，天已大亮。他便起身吃了些点心，出去刺探了一天，未能得到一些儿消息，闷闷地又自回到店里来。走到七号房间的门口，瞥见两个形色可疑的人物坐在里面对面饮酒，他也未曾留心，便一脚跨进了自己的房间，在床上躺了下来。正待命茶房送晚酒来，猛听得隔壁有人说话道："老五，你可知道王家洼蓬得风老头儿现在改业了吗？他从前是一个飞贼啊，所犯的案子不知道有多少呢。"

又有一个人道："是不是住在柳叶渡口的那个蓬老大？"

"对的，他现在洗手了。"

游万峰听得，暗自说道："不料这里也有飞贼咧，俺倒不信，且去探一探究竟是一个什么样儿的人物。"

他吃了晚酒之后，便问明了路径，到柳叶渡去探蓬老大一回。谁知到了柳叶渡口一探听，蓬老大不在家里，他在第二天下午的时候，又自向柳叶渡而来。到了柳叶渡口，只见一个六十多岁的老头儿，颏下的胡须已经苍白了，独自坐在滩上，在那钓鱼咧。游万峰搭讪着在那人的身边坐下，说道："老大哥，现在天时不早了，还在这里钓鱼吗？"

那个老头子抬起头来向万峰望了一眼，哈哈笑道："俺正要收钓了，大哥由哪里来的，尊姓大名？"

游万峰道了一个假名姓，又道："俺到北京去投亲，现在天时不早，想在贵处寻一家客店住下，谁知都没有寻到。老大哥，可能行一些方便，借一些地方给俺住上一宿吗？"

那老头儿笑道："地方倒有，只怕屈纳了尊驾吧。"

游万峰忙道："什么话？老大哥肯答应在下，已是十分有幸了，还敢嫌好弃歹吗？"

老头儿笑道："俺老蓬最喜和人家做朋友，难得尊驾肯俯就，俺今日晚间又多一个吃酒的朋友了。"他说着，一举手，不料竟提上一条长可二尺的白条鱼来。他哈哈地笑道："这可奇巧了，俺在这里守了半日，未曾得到一条鱼，不料你尊驾一到，便会得到这么大一条白鱼，可见是尊驾的口福了。收了收了，回去吧！"他说着，随手将鱼竿和鱼篓提起来，邀着万峰一同上岸。

到了两间破屋的面前，老蓬对万峰说道："这里便是寒舍，

119

尊驾如不嫌龌龊，便请到里面坐地吧。"

万峰便走了进去，只见一个五十多岁的老婆子坐在灶前缝纫破衣掌咧。万峰道："这位是谁？"

老蓬忙道："那是舍妹，只因老夫一生未尝婚娶，家中又穷，用不起仆人佣价，舍妹住在本村，不时过来照料照料老夫的家中琐事。"

他说着，忙命那个老婆子将一条白鱼拿了去烹煮，另外拿出些米来烧饭。不一会儿，鱼煮好，老蓬忙去倾出一大瓶酒来，让万峰对面坐下，顺手倒了一杯酒，送到万峰的面前说道："大兄，你尝尝俺们这里的天津五加皮味道如何呢。"

万峰接到手说道："借府上的地方已算是叨扰的了，如今又来叨扰美酒佳肴，越发使小弟惭愧得很了。"

蓬得风哈哈地笑道："大兄哪里的话来呢？四海之内皆兄弟也，讲什么客套话呢？难得老兄下降寒舍，倒是老夫之幸了。"

他俩且饮且谈。过了一会儿，游万峰忽然向蓬老大笑道："敢问老兄，你这么大年纪，为什么不娶一个伴侣陪陪晚景呢？"

蓬得风听得，长叹了一口气说道："唉唉唉，大兄不提起娶妻这一层事倒也罢了，提起了娶妻，真是令人可恨咧。"

万峰乘机说道："男婚女嫁，人之大伦，说什么令人可恨呢？"

他又叹道："大兄的话何尝不是？但是俺在二十多岁的时候，因为一件事情便灰了俺的心了。知道世间的妇女皆是淫毒一流人物，娶妻的人不啻就是请一位雷神到家里劈脑盖儿。"

万峰笑道："照老兄对于妇女这样的痛心疾首，想来一定目见什么不平的事情了。"

他点头说道："可不是吗？如果没有看见不平的事情，俺还能这样痛恨妇女的吗？大哥你且给俺想想吧。"

万峰道："未知大兄可肯将所见的事情对小弟略讲一二吗？"

此刻老蓬已经到了酒酣耳热的时候，慨然说道："这又有什么不可呢？不过老夫生情爽直，虽然对于这一类的事情痛心疾首，但不愿揭扬人的短处。到现在，俺总守口如瓶，却不曾告诉过他人。因为现在的人们大都是口不稳牢，俺看大兄为人爽直，尤过于老夫，老夫知道你一定能够守这个秘事，不告诉他人的。"

游万峰点点头说道："老大哥请放心吧，俺断不会使你老人家失望的。"

老蓬呷了一口酒，就说道："俺当初在祁蛇岭一家饭店里做一个小小的伙计，那饭店里的东家待俺倒不错。只是那个店东的娘子太也不对了，小气得极，动不动地便和乌眼鸡也似的。后面灶上用着一个大司务、两个小伙计，她对于小伙计的手段真是酷辣已极，连饭都不肯给他们吃得饱了，说两句又刻薄入骨。俺道那个女人真是一个当门祸水，俺们老板却会惧怕她三分，因为她具有五种本领，动不动便拿这五种本领来吓她的丈夫。你道是什么五种呢？乃是一饿二哭三睡觉，四剪头发五上吊。她的丈夫竟会给她吓得服降了。不过依我说，这一等女人太也没有智识了，太也使人讨厌了。这是碰到那个无用的王老板，没有方法对付她，如果遇到了俺，真够不来买她的账了，饿由她饿，哭由她哭，睡由她睡，死由她死，抱定一个不瞅不睬的主意。但是这样没有智识的女人，永远不会死的，她不过借此恫吓她的丈夫罢咧。俺在背地里也曾劝过王老板数次的，叫他不要怕他女人那样没有人格的举动，可是这位王老板只不敢听信俺的话，直将他的夫人当着一位活观音看待，不论什么事情，皆不敢稍拂他妻子的意思，俺真佩服他是一个好忙儿。谁知他在那一年的冬天，忽然生了一场大病，不能起来了。他的妻子乘势便与一个素不相识的过客勾搭上了，将她的生病丈夫早撇在脑后，饶你的病轻也好，病重也好，发誓也不到病房里来慰问她的丈夫一声，由此，她的丈夫生生地气得与人世长辞了。他的夫人自从和人私通之后，巴不得她的丈夫早一些死掉，好让她名正言顺地去改嫁别人。她在她的丈夫死后，便将店中的细软一齐捞了到手，连自己生的两个小孩子都不要了，就此拔脚随那人走了。老兄，你道世上的女人们还和她讲得什么良心呢？谈起来真是令人痛恨啊！"

万峰道："妇人们没良心的虽然是有，但是究竟占着最少的数目啊，哪里能够个个如是呢？"

他摇头说道："老兄，并不是俺说一句过分的话，没良心的女人们却占着大半数目。最近俺还亲自瞧见一件惨无人道的事情咧。"

老蓬说到这里，忽然噎住不说下去了。万峰连连询问他瞧见些什么，他只是摇头不答。万峰的心中便有几分意料到了，便拿别话来岔开，重又饮了一会儿。

万峰道："大兄，俺瞧你脾气爽直，正和俺合得来，你如果不弃，俺们不妨便结上一个异姓的兄弟，如何呢？"

老蓬哈哈笑道："大哥，你是一个有体面的，俺们是个穷老头儿，怎好彼此结义呢？不怕辱没了吗？"

万峰正色说道："大兄说哪里话来？吾辈意气相投，何分贫贱呢？"

万峰说到这里，老蓬慨然说道："既蒙不弃，便结拜一下吧。"他说着，焚香点烛，和游万峰立刻结为异姓的兄弟，重新入座再饮。

又过了一些时候，游万峰对老蓬说道："大哥，你的脾气爽直，俺是十分佩服的了，但是还有许多的地方令俺不敢赞同咧。"

老蓬忙道："俺有什么地方不对，你尽管指教俺吧。"

万峰道："便是方才你对俺所说的话，未曾切实地告诉了俺，是很不愿意。"

老蓬哈哈大笑道："原来为这一件事情啊，你倒不能够错怪了俺，俺与你在未曾结拜的时候，当然不知道你是一个什么样儿的人物。如今俺们已在神前共拜过了，俺不论什么秘密的事，皆要告诉你的了。不过你听得总得给俺保守着秘密，不要使他人知道才好。"

万峰唯唯称是。老蓬忽然立起身来，向万峰笑道："贤弟，你道愚兄是一个什么人物？"

万峰道："大哥不过是江湖上一位侠义可风的人物吧！穷不失志，操守过人。"

他连连摇头说道："错了，错了，贤弟你不要见笑，实在地告诉你，老夫是一个穿窬的小窃啊！不过俺先对你声明一下，俺虽然干这下流的勾当，却与寻常的小窃不同。俺所偷的皆是不义之财，俺偷到手，并不肯一人独享，附近的穷民也分散些给他们。干了十多年，天也可怜，竟未曾破过一件案子。上月初，俺听得城东悦来客栈里的老板将一个来路不明的客家身边三千两劫下了，又将那一个客人打了一顿，说他是索诈，赶出城去，因此大家皆替那个客人抱着不平。但是大家都知道这个悦来客栈的老板来历不小，谁愿意去碰钉子呢？而且他和县署里的一班公爷们皆有相当的来往，谁和他有一些含糊的地方，他只消将嘴这么一歪，那人立刻便要受罪咧。俺得着这个消息，真够是怒气填胸，当天晚上，便预备去将他这一笔银子夺了回来，散给贫民。谁知在悦来客栈的贴间壁，刚刚爬上屋，便见这一家的西客室里灯光未熄，由里面发出一种很急促的声音来。俺倒被好奇心驱使着，便探身到窗口，向里边望去，不由俺的全身汗毛立刻一齐直立起来了。你道里边干的什么勾当？原来是一个少年汉子，满面通红，仿佛吃了酒的模样儿，躺在床上，一个中年的汉子走过来，双手卡着那个少年的头颈，一个少年妇人手执一柄铁锤、一根三寸长的铁钉，硬生生地在那少年的头上钉了下去。只见那个少年浑身抖颤，不一会儿，直僵僵地死了。你道这种惨无人道的勾当，到了你的眼睛里，你可觉得伤心吗？那天俺也无心到悦来栈去劫银子了，快快地回来，怨恨着三四天，没有饮酒。当俺那天回来不多几天，城内便出一件葫芦案，到现在还没有审问明白，或者便是俺所看见的那一件案子吧。"

万峰忙道："大哥，并非俺挫你的威风，这一件事既到你的眼睛里，自然应该凭你的力量去打一个不平啊，为什么反而置若不关呢？"

老蓬道："那时候俺因为自己的行为先自不正了，哪里还敢多事呢？"

万峰道："现在的事情已经过了，你为何也不出来打上一个不平呢？"

老蓬道："此刻俺去出首，万一署里问起俺何由得知，那么俺又拿什么话去回答呢？"

万峰道："你又呆了，你不妨便直直率率地说得明白了，怕什么？便是县太爷要治你一个窃贼的罪，但是你出首破了这一件不可昭白的大案，自然可以将功抵罪，或者另外还有一些奖赏咧，俺道你的胆子太小。"

老蓬听得，猛地省悟道："不错啊，不知道现在还可以去自首吗？"

万峰道："又有什么不可以？不过先让俺到县署里给你声明一下儿，先将尸身验明了，然后再调你到县署里去做一个证人。"

# 第十九回

## 天理昭彰公堂翻铁案
## 人情冷暖旅舍困英雄

"你道这事办得对吗?"

老蓬欣然说道:"好极好极,俺专候你去办便了。"

他俩一面说,一面饮酒,不知不觉地东方发白了。游万峰饮尽了一杯,向老蓬说道:"大哥,你可不要怪俺多事,俺实因这一件案子太冤枉了,因此俺虽然事情忙碌,不得不先将这案子的冤枉申了一申,再会吧!"他说着,告辞动身走了。

到了清河县署里会晤关知县,关知县与上峰府尹正为这件案子不得明白,仇氏又要提起上控,他俩真是满腹的牢骚无处发泄。万峰投刺请见之下,便将这案的内容对他二人说明。他两个当下便商量道:"由此可见,俺们的县署里仵作的人等在通同作弊的了。依俺看来,先将一班仵作上的人们扣留起来,另到府署里调下一班仵作来预备得停当了,然后再使一个迅雷不及掩耳的手段来,举行第三次开棺相验。"

府尹也是这样地设想,立刻派人将那几个仵作一齐拘下牢去,又到府署里调来一批仵作。那一天午后,实行第三次开棺相验了。

仇氏假意号哭道:"先夫死后,究有何罪,遭了二次翻尸倒骨,现在又举行第三次了。"

关大人和府尹心中也打算着，如果此次再验不出什么伤来，那么一任知县、一任知府预备不干，并且自领诬害良民的罪过。这一次越发九城轰动，谁都以为奇怪。大家齐赶到尸场上面来瞧上一个究竟。开棺之后，最可怪的，便是一个已经死了月余的田为福，不独一些儿没有腐烂，并且面目如生。仵作们一齐动手，将浑身上下细验了一周，喝报无伤。

关大人道："将死人的头发打开细验。"他一面说，一面偷眼瞧仇氏的面上忽然变色了。关大人道："头上细验一遍，再用吸铁石细吸一遍。"他说着，又瞧仇氏的颜色，只见她由昂首而变成低首，默然无语。

不一会儿，仵作们齐齐叫道："验出来了！"说着，由吸铁石在头上吸出一根长铁钉来。铁与血凝结得一塌模糊，惨不忍睹。关大人向仇氏冷笑一声道："淫妇，你到此刻还有什么话说呢？"

仇氏放声打滚地哭道："冤枉！冤枉！既有这样的凶器在头上，为什么上两次未曾验出来呢？"

关在人冷笑一声，"好一个大胆的淫妇，到了此刻，你还敢鼓唇弄舌吗？"

仇氏道："小妇人何敢鼓唇弄舌？不过大人要交一个切实的证人来，小妇人便是死也无怨的了。"

关大人道："这个自不须你讨要，本县自有证人给你，叫你死而无怨。"他说着，一挥手。

那一起公差不由分说，一齐拥过来，将仇氏双手倒剪，拉了便走。到了县署里，立刻将老蓬带出来。老蓬当堂更不客气，一五一十说了一个明白，仇氏这才死心塌地地承认了害夫的罪状。她知道难免一死，也不须大刑来逼，便将奸夫招了出来。原来便是仵作的头儿任七。当下便将任七由牢监里提了出来，任七见仇氏已经招认了，纵然推诿不过，是自讨苦吃罢咧，不如爽快一些招承为妙，于是他俩一齐招认了，次日便处以极刑。老蓬在他们

126

处决的时候，心中十分害怕，深恐县令加罪到自己的身上，在暗地里便向游万峰说道："俺给他们证人也做过了，如今仍然不放俺回去，叫俺在这里，究竟算什么意思？"

万峰笑道："你不须性急，自会放你回去的，难道还能够治你的罪过不成吗？"

老蓬道："这倒不能料定，万一翻起脸来，问俺一个窃贼的罪名，也未尝不可啊！"

游万峰听得，便抖胸脯子一拍，说道："你直放心吧，谁大胆敢来动你一动，俺自会给你去报复便了。"

到了次日，县署里特备盛宴一桌，请游万峰首座，老蓬作陪，县府两令尹在下面坐着。老蓬起初倒不敢就座，后来经游万峰强自拉他，方才入座。酒过数巡，两个官儿殷殷致谢他俩帮助之功。席终，每人送上三百两纹银。

老蓬逊谢不遑地说道："这可不行，大人不加罪于老民，已是格外施恩了，哪里还敢接受大人的赐赏呢？"

两个官儿说道："你不要误会，赶快收下了，不收，俺们于心不安咧。你要知道，从前的事情不能提到现在来说，而且你所干的俱是行侠仗义的勾当，与法律方面也情有可原。再则，你已回头自新，俺们越发不能够加你什么罪名的了。"

老蓬听得，这才千恩万谢地将银子收下了。游万峰又向老蓬说道："你的家里很穷，俺需不着这一笔银子，爽性送给你带回去吧。"

老蓬哪里肯收，再四推辞，无奈游万峰执意要送给他。老蓬只得收下，邀游万峰一同到他家中去，游万峰道："现在俺还有一些琐事，不能遵命，待来日俺再到你家住上十天半月吧！"

老蓬点首道："你既然有公干，俺自然不能够勉强你的了，不过请你不要爽约才好咧。"

老蓬说到这里，游万峰忙道："这是什么话？俺自然是不爽约的了。"

老蓬动身之后，游万峰也便告辞走了。他心中兀自挂记着那个悦来客栈的老板，他想访出他的所在来，便做了他，好给人世间除了一个大害。但是，他访了好几天，依然未曾访到什么眼线，那日挨到牛头镇了，无意间听得两个行人说起，东大街的星星酒店便是悦来客栈老板开的，他听得之后，也不动声色，只顺着那一条大街向东走去。不到十数家门面，便抵到星星酒店的门前，只见里面生意兴隆，吃客满足。原来这星星酒店楼下卖酒，楼上住客的，日间有行客在他家饮酒，晚间也有住客过夜，所以他家两路兼收，生意倒也不恶。

万峰进去，拣了一副座头坐下，啪嗒在桌上敲了一下，叫道："酒保，拿酒来！"

一个二十多岁的堂倌，手中搭着两条手巾，慌地走过来，哈腰赔笑道："爷子请先揩一揩面，然后点菜吧！"

游万峰道："俺肚皮很饿，先送酒菜来，吃饱了之后，再揩面也不为迟的啊。"

那堂倌忙又改口说道："啊！原来爷子饿了，但不知需一点儿什么酒菜呢？"

游万峰剔起眼睛，一声喝道："咕噜的什么？只将那上等的酒菜送些来便行了。"

那堂倌见风头不对，自然是识相一点儿，不再说话了。当下便唯唯而退，不多时，拿上一瓶天津五加皮来，又送来四个热炒。万峰一面吃，一面嫌咸说淡，又道酒味太淡。堂倌只是赔着小心。游万峰虽然想寻事，可是那两个堂倌百依百顺，驯如绵羊，更无寻事机会。只得将酒吃完，到柜面上来算账，共算一千三百几十文。

游万峰便大嚷道："这可不行，你们这里的酒菜价，为什么这样的昂贵？"

那个管账先生忙赔笑说道："如果尊驾嫌价目太贵，那么便少给几个钱吧，俺们还敢和爷们争高论下吗？便更说一句大方话，便是爷子身边不便，路过俺们这里，欠上一个三千两吊，也不是什么办不到的事啊。"

游万峰道："俺不和你说话，且将你家老板叫出来，俺有话问他。"

那个管账的忙道："老板出门了，尊驾不要动气，如有不满意的地方，只请指教兄弟吧。"

游万峰本是一个欺硬怕软的人物，他听得这个管账的说得这样的可怜，便有一肚皮气也无处发泄，便笑道："你不要见怪，俺自幼生成这一副火燎毛的性儿，可是俺们说过便算了，不肯和人估算心机的。俺现在要在你家住上几天，等一个朋友，不过要给俺拣出一个很清静的大房间来。房金、饭账只好待俺动身的那一天一起算吧。"

那个账房先生听得，连连点首答应道："爷子照顾俺们的生意，俺们自然是竭诚恭维的了。至于房饭账一层，你老尽可不要介怀，小店虽小，还供应得爷子住上一月两月咧。"他说着，忙命人将楼上的一号房间收拾出来，让万峰住下。

在游万峰的来意，住下来，一则可以打听这酒店老板的下落，再则可以侦察这老板的行动是否不对。他在星星酒店里住了两天，忽然生起病来，并且病势还十分沉重，倒将一个账房先生急坏了，东去请医，西去买药，忙个不了。直过了一个多月，万峰的毛病才稍稍地起色，一天好似一天。那一天，他躺在床上暗暗地着急道："如今病得这般模样儿，兰英和女儿彩凤一些儿也不知道，万一有了什么变乱，怎么好呢？不如派一个人送信给她们母女吧，省得俺一个在这里受罪了。"他正待命人去写信，忽然又转过念头来说道："不行，不行，如果派人送信，怕不露出了俺们的行藏吗？还是不要多此一举吧。好在俺的毛病已经渐渐地好了，等两天让俺亲自回去吧。"他打定了念头，绝对不写信回去了。过了两天，已经能够行走了，可是病后非常之馋，每日豚蹄羊羔吃上许多。堂倌晓得他的脾气难惹，不敢违拗他的命令，皆遵他所嘱办到。

那一天，万峰的房中突然来了一个四十多岁的大汉，满脸的横肉，身上穿扎得十分华贵。到了房中，向游万峰冷冷地说道："游老大，你要知道，靠山吃山，靠水吃水，俺们靠酒店的便吃生利。你在俺们这里住了一个多月，除却房金、酒饭账而外，另加上一笔很大的医药费，俺们本小利微，哪里有许多的闲钱给客人们赔垫呢？你游大哥也是一个很明白的朋友，断不肯叫俺们说出那些不识相的话来。"

游万峰道："你尊驾敢就是本店的主人吗？"

那人点头道："不敢，小可便是。"

游万峰道："还未请教尊姓大名唎。"

那人道："贱姓郝，单字标，排行是第七。"

游万峰道："闻名得久，不知老兄前在清河县开设悦来客栈，何故要迁移到此地来呢？"

郝标支吾着道："因为那里的生意清淡，所以迁到这里来的。"

游万峰笑道："这可不对了，俺听得朋友说起，你的生意非常的兴旺，一个客人还会做下三千两银子的生意来呢。"

郝标猛地听得这句话，不由得呆了半晌，答不出一句话来。

游万峰又冷笑一声道："四海之内皆兄弟也。小弟落魄江湖，贫病交迫，在老兄这里一些房金、饭账、医金、药账，老兄还不慷慨一些吗？"

郝标听得话头不对，便转了一口气，赔笑说道："俺真是有眼无珠，还不识得游爷是道儿里的人唎。好好好！游爷尽请放心住下去吧，一切用度开支皆由小弟奉送便了。"他又赔了许多好话，这才出去。

游万峰暗自好笑道："现在俺也不来和你算账，待俺的精神复原，然后再来和你算一算吧。"

他恐怕遭郝七的暗算，时刻防备着。又过几天，却没有什么动作。郝七却十分殷勤，每天都到游万峰的房中来问长问短，十分亲热。那一天，游万峰到楼下来，在小室中拣了一副座头坐下，叫了两样酒菜，独自吃着。不多一会儿，从外边走进一个二十多岁的汉子，短衣扎束，胸前还打一个蜻蜓结儿，在万峰的身边冷眼睃了睃，便将堂倌叫来说道："老四，谁叫你将俺的座头让人坐去？"

那老四赔笑说道："因为外边没有座头，爷子两三次没有来了，所以让俺们老客人暂坐一会儿。"

那汉子忽然一沉面孔说道："少要放屁，俺的座头，不论是谁都不可以坐的，快些叫他滚开一些，休要惹得俺惹气生恼吧！"

游万峰在旁边听得，不禁大起无名火，腾地跳起来说道："俺要问你，这座头是你包下来的吗？"

那个少年汉子冷笑道："老大，你不要盘问这座位的根底，实对你说，这座位除俺铁臂龙贾二坐，没有第二个人敢来侵占的。你不相信，不妨先到牛头镇上去访一访，问一问，俺贾二是一个什么人物，然后再来大胆占据吧。"

游万峰听得越发不能下台，大声说道："好得很，朋友，俺如今已经坐定了，你有什么颜色，不妨摆出来给俺看看吧！"

游万峰说到这里，早见郝七匆匆从外面走到他的身边，低声说道："游爷，俺劝你老人家退让一些吧，你老人家是一个出门作客的，何苦来为着一些小事惹出是非来呢？而且他又不是一个善与的朋友。常言道得好：'光棍不吃眼前亏。'游爷是个明白人，还请采纳俺的话吧，不瞒俺爷说，俺受他的屈气真不知道有多少次哩。可是打他不过，不忍气吞声又有什么办法呢？"

# 第二十回

## 病体支离穷途逢暴客
## 灯帏寂寞良夜失娇娃

游万峰听得，越发怒不可遏，正待说话，猛听得贾二嘻嘻地笑道："好朋友，你要赏识俺的颜色吗？那是最好的了，不过现在这里地方狭小，不能够施展手脚，而且你既然要见俺的颜色，不消说，一定是一个行家。来来来，俺们到镇北的荒场上去拼一个高下吧！"

游万峰到了此刻，早将自己是病后的身体忘记掉了，愤然起身说道："谨依尊命。"

郝七忙将游万峰的衣袖拖住，说道："不能不能，游爷千万不要动气，贾爷也不要举动过火，大家丧失和气。"

可是游万峰此刻早将一股怒火高发三千丈，哪里还捺按得下？一甩袖子，早和贾二同出店门，直向镇北而去。当时就惊动了阖镇人等，大家皆知道贾二和一个姓游的到镇北荒场上去比武了。他们便认作是好的机会，大家一齐涌到荒场上来观看究竟是谁胜谁败，不多时，早将一个荒场围困得水泄不通。

当下贾二便对游万峰说道："老大，俺还不曾请教你的名姓咧。"

游万峰说："俺坐不改名，行不更姓，叫醉金刚的游万峰。"

贾二连道："久仰久仰。"

游万峰道："不过俺有一句话要表明，便是俺俩这一次比赛，还是试验，还是厮拼，有没有限制呢？"

贾二道："这有什么限制？你打死俺不需偿命，俺打死你也不负责。如果你伤了败了，立刻离开牛头镇，永远不准再来。俺伤了也是这样。"

游万峰道："这样好极了，来吧！"

他说着，抢着上首，立了一个金鸡独立的势子。贾二在下首将双拳一摆，成了一个二郎担山的家数，近一步飞起一脚，直对游万峰的下三路踢来。游万峰忙伸出右手，使了一个海心捞月的家数，不料贾二刁滑异常，知道他要使用这一着，霍地收回右腿，一转身，右拳直对游万峰的太阳穴打来。游万峰一低首，说时迟，那时快，在游万峰一低头的时候，贾二的左拳趁着身体一转的势子，已逼近游万峰的肩上。游万峰究竟是一个肉搏的惯家，他忙使了一个仙人躲影的架势，才将他的左拳让掉。

他俩一往一来，打斗到五十回合以后，贾二忽然将拳法一变，双臂翻腾，忽上忽下，忽左忽右。游万峰虽然厉害，可是大病之后，还没有复原，在五十招以后，已经力竭气喘，眼冒金花，这一来，越发使他捉摸不定，无从招架了。但他不肯轻易示弱，赶紧逼定一口气，将小八件纷解的着儿使了出来，防护着自己的身体。又过了一些时候，越发不能支持，猛听得一声大喝道："不要动，看家伙！"砰的一声，一拳正中游万峰的后心，游万峰忙一收双拳，跳出圈子，向贾二说道："贾老二，俺认得你，俺今天算是输给你了。俺向后有报复的力量，再到这里来；如果没有报复的力量，永远不到牛头镇来了。俺去了，再见吧！"他说罢，动身走了。贾二扬扬得意地也回去了。

原来这贾二却是郝七的一个拜兄弟，此番却是郝七请出来将游万峰赶走了的。郝七那天听得万峰的几句话，便料到游万峰已经识破自己的秘密，亟思将游万峰除掉，但是又不知游万峰是一个什么样儿的人物，又不知万峰的手脚和来历如何，万一游万峰的武艺高强，或是来历硬崩，贸然行事，不但不能除害，反而会惹动大祸。他所以想出一个借刀杀人的方法，将贾二请出来试一下。不料竟将游万峰赶走了，这真是了于他的意料之外。

再说游万峰回到金光寺，养了许多时，才将伤养好了。他对于贾二一拳之耻，真是时刻不忘，如今伤也好了，他便和妻女一齐到牛头镇来寻贾二报仇。贾二给他寻着，一打还上一打，终算将仇报了。那个刁脸的郝七，在游万峰去后，便犯了案子，被官府里抄没家产，明正典刑。万峰在打贾二的时候，可巧又遇到了路振飞，将他带到金光寺住了二年多。路振飞学了不少的武艺，他对于他哥哥路振鸣的大仇，时刻在心。

这天，等到游万峰回到金光寺，他便在万峰的面前说明了报仇的事实。游万峰自然是准他的请，他回到寿光县，将祁允甲和保正王三两个杀了，总算大仇得报。他在报仇之后，了无牵挂，仍然回到金光寺去住着。

那一天，游万峰突然对振飞和彩凤俩说道："你俩日内须到云台山一行。"

路振飞忙问到云台山去的目标。游万峰笑道："云台山有几个响马大盗在那里作恶害人，须要你俩去铲除掉了。"

游彩凤忙道："你老人家不去吗？"

游万峰笑道："这是你师父指定你们俩一同去，也没有叫俺去，俺怎么能去呢？"

游彩凤忙道："这可不对了，俺俩的武艺有限，响马大盗都是有十分能耐的，俺们怎么能够胜任呢？万一误了事，不是坏了俺们少林派里的威风吗？"

游万峰道："你不要怕，尽管去干，道儿里有一句话道：'三分武艺七分胆子'。你的手脚如何，那是不要问，先考考你的胆量如何，你有胆量，什么事情都能够干；没有胆量，便有十分武艺也不行的。"

游彩凤摇头说道："爷子这话俺可不解了，有胆量没有武艺行吗？俺可说一句，是枉送性命罢咧。"

游万峰道："好孩子，你尽大胆去吧。大师叫你们去，他的心中当然明白，难道还叫你俩去吃人家下风吗？"

兰英道："俺们在当初才出道的时候，真是天地不怕，不知你们这时怎么样的动不动皆是将一个怕字顶在头上，可不笑话吗？"

游彩凤道："这样说，俺便和路家哥哥前去了。不过俺要请母亲和爷子对老师去讲，俺俩前去，万一走了下风，那么俺可要师父来接应的了。"

游万峰点点头道："这不需你来叮咛。"

游彩凤和路振飞扎束了一会儿，动身走了。在路非止一日，一天，抵到江苏省境内的海州地界一个镇上，天色已晚，路振飞便对游彩凤说道："妹妹，俺们便在这镇上用一些点心再动身吧。"

游彩凤点头道："这也使得。"

他俩便入了一家酒店，到楼上选拣两副座头对面坐下，用了些点心，正待起身，猛听得对面楼上有人狂笑道："好一个尖盘儿，朋友亮招儿，昏天摘去尖瓢儿，采花儿。"

这几句江湖上的切口，到了游彩凤和路振飞的耳朵里面，自然地吃惊不小。因为他二人跟着游万峰夫妇，这些江湖上的黑话，也略略懂得些。当下振飞向彩凤丢了一个眼色，彩凤点头会意，故作不知的模样儿，停了一会儿，对面楼上几个捣子已经完全到楼下面去了。

路振飞当下便对游彩凤说道："俺想方才这几个人一定是江

135

湖上的人物，不过俺们都要小心一些，防备他们才好。"

游彩凤道："可不是吗？依俺的主见，今到晚间可不能离开此地了。万一到了荒郊旷野之外，遭了他们的暗算，那可不对咧。"

路振飞点头道："好。"

他俩便向堂倌说道："你们这里房间有吗？"

一个堂倌忙道："有的，不过只有一个极小的房间。"

路振飞听说只有一个房间，不由得将眉头一紧，回头向游彩凤说道："这中不巧了，这里只有一个房间。"

游彩凤沉吟了半晌才说道："将就一些吧，横竖今夜俺们是不睡觉的了。"

路振飞点头道："罢了，俺们且进房间去说话吧。"

他俩便随着一个堂倌走到一间很狭小的房间里面坐下，那堂倌便送一壶茶来。路振飞便对那堂倌说道："如今俺们不需什么，你且退出去吧！"

那个堂倌唯唯称是，退了出去。游彩凤和路振飞谈了些闲话，不觉倦眼惺松，一连打了几个哈欠，说道："俺今天的精神为什么这样的不济啊？"

路振飞道："这也难怪，你连日奔走，哪里还有多少精神呢？如今俺劝你暂且休息休息吧，待俺在这里守候着，有什么变动，那时再报告给你吧。"

游彩凤哪里肯信他的话，强打精神说道："不妨事，不妨事，俺现在虽然有一些精神不济，但还可以支持咧。"

她说着，在腰间掏出一块雪白的帕子，在星眼边揩了揩，又和路振飞搭讪着说话。到底不对，一面谈，一面慢慢地斜躺上去，星眸双合，香息微呼，已是倒在榻上睡了。

路振飞恐怕她受了凉，轻轻地将一条被拉起来，给她盖上，慢慢地退到窗前，一手支颐，独对着孤灯出神，乱想了一阵，也就有些倦意。他强自兴奋着过了一会儿，依然又要睡了。他哪里敢睡？立起身来，倒背着双手，推开房门，遥见南边的一扇窗开着，透了不少皎洁的月光进来，他便慢慢地踱到窗口，向天空里闲闲地望了半会儿。只见一轮皎月像镜子一般地悬挂天空，一阵阵的凉风由西南角吹来，大地上一切都在表示沉默的态度，更没有一些儿声息。不过有三五个寒蛩尚在青草丛中啾啾唧唧地作不平的谈话，不禁触动了路振飞千愁万绪，呆呆地立在窗前，对着月光发闷，却自己暗说道："咳！俺路振飞自幼即失怙恃，孤苦伶仃，随着长兄过活，到这么大，不幸俺的兄长又给人家害了，留下孤零零俺一个人。天也见怜，遇到游家父女收留了俺，学得不少武艺，总算给俺兄长的大仇报了。不过俺如今无依无靠，游老师以及彩凤妹妹虽然待俺如同家人手足，但是究竟是一个师生的关系，面局上热闹而已，哪里及得来生身父母来得恳切呢？唉！俺也不能这样地比喻，须知游氏一家待俺总算是未分什么畛域，拿普通寻常的师生来做一对照，自然还是游家好了。不过俺现在已经到成年的时代了，向后去年龄老大，都要谋一个自立的方法才好啊，光是依靠着人家，究竟不像事啊！"他颠颠倒倒转了一会子念头，十分无趣，便信步回房了。刚刚踏进房门，不由他大吃一惊。

你道他为什么吃惊呢？原来一个游彩凤好端端睡在床上，不知去向，他这一急非同小可，忙在房间里四处寻上一会儿，依然未见游彩凤一些儿踪影。他可有些发呆了，赶紧纵身上屋，四下里打量一会儿，只见屋后柳树摇风，花枝照月，静悄悄、寂沉沉，没一些儿形迹可寻。他立在屋顶上没了主意，正待下去寻找，瞥见一条黑影儿闪电也似的向东窜去，他赶紧追了上去。此刻天空里一阵浮云已将一轮明月遮盖起来，昏沉沉一切都在模糊隐约的当中。他追得急，那条黑影儿也逃得急。不多时，到了东转角的时候，那条黑影儿忽地停止了行动，立在屋角上"喵乎喵

137

乎"叫了起来，原来是一只黑狸猫。

路振飞不禁倒抽一口冷气，暗自说道："他妈的，亡人畜生，赶着这会儿来和俺开玩笑。"他说着，匆匆地返店，再去寻游彩凤。

不知道他究竟能否寻着彩凤，下集书中自有交代。

下　集

# 第二十一回

## 桃叶问津中途闻绝技
## 菊村访友托柱显奇能

却说路振飞重回到房中，哪里能够觅着游彩凤的踪迹？不由得坐在房中，细细地打量着，暗说："像游师妹这样的本领，莫说歹人不能抢劫她去，便是真碰着有本领的人，她也绝不会就这样不抵抗、鸦雀无声地被人强劫了去。并且俺又没离开这地方，难道俺也不听得些声息吗？"复又一转念道："哦！俺可猜想着哩，俺想师妹她必定因这个房间窄小，只有一张床榻，她独自占了，却叫俺守着陪伴她，她心中有些不愿意，所以趁俺走开的当儿，她却悄悄地避开，留这张榻给俺睡。唉！她存着这种心，岂非叫俺更不能合眼吗？"

他一边呆想着，一边把身子歪在榻上，眼巴巴地只等候着游彩凤回转来。直到天交四鼓以后，仍然不见他师妹的一些儿影子，路振飞因思生魔，因魔生倦，不由得也模糊瞌睡起来。等到一觉醒来，已天光放曙，分明床上仍只是他一个人，他就一骨碌跳下床来，举起两个拳头，在桌上乒乒乓乓一阵乱敲，早把店中的两个小伙计吓得从睡梦中惊跳起来。有一个伙计便张皇失措地推门走进，见路振飞正坐着生气，便道："小爷这时候不睡觉，清晨一早起来，却给谁生事？吵了别个住店的客人，俺们担得住这干系吗？"

路振飞一听，就把眼一翻道："胡说，你们既怕惊吵了客人担待不下，难道俺们丢了人，倒担待得下吗？"

那店伙吃他这一问，仿佛像丈二的和尚，一时摸不着头脑，便哼一声，冷笑道："你这小客人，真会胡吵瞎闹，丢失了东西，说不得要俺们替你负一点儿责任，好好的人，怎么会丢失呢？"

路振飞见他不信，就赶上一步，一手揪住那店伙的衣领，说："好，你不信吗？给你瞧吧！俺们的那个姑娘，这时候向什么地方去？你说不负责，俺却偏要向你说话。"说着，就用力一扯。

那个店伙便踉踉跄跄直掼过去，那店伙挣扎不脱身，就杀猪般地叫唤起救命来。顿时就把店中的人都扰得沸乱起来，都只当这个店伙得罪了人，大家都挤进去劝解。路振飞把手一松，那店伙才飞逃出去，口中不住地撒赖，只说路振飞有意讹诈他，顿时惊动了店掌柜，过来一调查，有几个客人便七张八嘴地劝着路振飞，叫他出外去寻找，料想游彩凤不是一个无知识的小孩儿，万万不会走失掉的。路振飞无奈，只得把包裹零物寄存店中，自己佩好腰刀，大踏步向店外走去。他刚出店门，忽然记忆起隔宵所见的那几个黑道儿上的人物来，虽然不能打听得着他们的踪迹，但那几个人的影像却仿佛能记忆得几分，他就在这镇的附近统统探访了一个仔细，依然是石沉大海，毫不能探访出一些儿下落。路振飞心中焦急异常，当晚，仍旧回转到那个客店来，歇了一宵，一到次日天明，就携带着些银两包裹，叮嘱了店主人，恐怕游彩凤或者自己转回店中，好叫她守候着，以免再大家分头寻找。

那路振飞离开客店，直向镇南的官塘大道赶去。他沿途打听人家，才晓得他们所住落的这个市镇名叫伍家集，离开伍家集往南，又经过几个小村庄，那天走近一个山岭，岭下又是一个小镇市。路振飞已赶得疲乏，腹中又饥饿得紧，就在镇上一个小吃食店歇下，卸下包裹，要了些点心食物，一边吃着，一边呆呆地发愁。正在这当儿，就猛然瞥见三五个汉子，也抢进这个吃食店来，那一片声地要酒要饭喊嚷着。路振飞却不由得把眼光打量过去，只见那几个人身边都佩着兵刃，重得精神满足。当中的一人，却是五短身材，形容瘦小，就听得他喊过一个店伙去，问道："呔！你们这里可就是叫桃叶村吗？"

那店伙赔笑着说道："爷们说得正是，可是这镇上的市面却迥不比从前的繁盛热闹，只有镇东的那个桃花观还值得供爷们游览哩。"

那个瘦小身材的人不等他说完，早就一拍台子，翻起两只眼睛大喝道："好囚囊养的，俺们谁耐烦听你这些不要紧的絮话？俺且问你，这镇上的那个白菊潭狗才住在什么地方？俺们特地来寻他算账的。"

那店伙见这个势头，便早猜透几分，晓得他们的来意不善，也不敢再和他们去碰钉子，就说："爷们问的是那个白教师吗？他住在这镇西，门前有几棵大垂杨，青溪一曲，经过一顶白石板桥便是。"

那几个人听了，就不再往下问，不多一会儿工夫，早把要来的些菜饭风卷残云似的吃了个精光。那瘦小的便取出一块银子，向桌上一掼，站起身来，对店伙说道："这银子，余剩的就赏给你们吧！"说着，便率领众人，大踏步抢出店去。

这班人刚走出店去，那店伙已和镇上的几个人一片声地谈论起来。

有的说："俺看这几个人的来意一定不善，不晓得他寻找白教师，是不是要较量较量呢！"

有的说："大概不是吧，俺们这白教师，他平昔并不肯轻易和人家动手卖弄自己的能为，这班人又岂能晓得他的本领，来寻他生事呢？"

内中有一个年长的老儿，就摇着头道："你们别忘记吧，三个月以前的事，大概就是应在这班人身上，说不定他们还是报仇来的呢。"

这老儿这样一提说，就有几个人点着头说道："对对，你老人家毕竟好记性，猜得不差，俺们倒也要去见识见识，领略领略两边的手段呢。"说着，就有几个年少好事的拔步追了上去。

路振飞听得清楚，暗说："这又是怎么一回事啊？"当下也就向那店伙问道："刚才那几个人，你认识他们吗？你们所说的什么白教师，究竟和他们又是怎的一回事呢？"

那店伙见路振飞诘问他，就嘻嘻地笑道："小爷子，你要问这白教师吗？俺说给你听，也好叫你晓得俺们镇上的人物哩。那白教师是俺们这海州一带顶尖儿有名的拳教师。三个月前，他因在海州城里勾当，恰巧这时候，水中经过几十只大粮船。那船上的一班伙计都是恃强斗狠、凶蛮异常，和俺们海州帮的船，因为一言不合，便发生起冲突来，有几个船户被他们殴伤。白教师因气愤不过，就想出头干涉，无奈这些粮船毫不理睬，见殴伤了人，就扯满帆篷，预备一走了事。白教师见喝止不住他们，就叫人放船追逐上去，当下由背上卸下一面弹弓，嗖地就是一粒铁弹，直向一只船系帆索的辘轳中打嵌进去。那辘轳中多了这么一件东西，那帆索就不能收放，一遇换风，那帆再也就不能卸落下来。帆既不能收放自如，那船就像收不住缰的野马，横东纵西，乱撞乱碰，一连几只船都是这样如法炮制。那些船伙这才着了慌，都一齐恳求，情愿向俺们帮中的船赔罪了事。白教师这才哈哈一笑，仍用弹丸弹射过去，只听得嗖嗖的一连几响，已把辘轳中嵌的弹丸都射打出去，那几面帆篷就一齐卸落。后来，白教师叫他们赔偿损失，磕头了事，一问这班人，才晓得他们都是山东沂州镖局的小伙计。他们临去的时候，曾打听过白教师的名姓住址，并说三个月后，一定要来报仇雪恨。所以，刚才的这班人，俺们料定几分，就是他们来寻找白教师较量的。小爷倘没事，倒也正好去瞧瞧热闹，开开眼界哩。"说着，他早把两手叉在腰间，表示出一种极得意的神态来。

路振飞就点了点头道："原来是这么一回事，据你说，倒是一回有趣的玩意儿呢。这几个人既然来寻这白教师，想必也有些本领，有些来历。俺既碰着这热闹的机会，倒不可不开开眼界呢。"

他说罢，就会了账，背上包裹，起身离了那吃食店。自己寻思："既这里有这样有本领的人物，一定他对于靠近的盗巢穴晓得些风声，或者拜访他，倒可打听出师妹的下落，也未可知。"他主意打定，就拔步向那店伙说的青溪白石桥边赶去。只见柳树边有一所极大的宅院，走过白石桥，便是油漆簇新的大门，那门房中静悄悄的，并不见半个人影儿。路振飞寻思："俺和这姓白的并没有会过面，虽说是特地来拜访，终不成就这样冒冒失失地走了进去吗？并且刚才在吃食店看见的几个人，现在也不晓得到没到这地方。他们既寻姓白的比武，怎会这样冰清鬼冷，连人影子都不看见一个呢？"他一边想着，一边把头探了进去。正想寻一个人通报一声，自己便好进去谒见，猛然地就听得里边嘈杂起一片人声来，接着就见一大群人打从里面直抢出来，为首的正是刚才那几个汉子，和几个跟来看热闹的人，直打从角门中走了，便一哄地散了出去。后边有三两个家人打扮的人，都呆望着发怔。

路振飞好生心疑，暗想："难道已经比试过了吗？怎的这样迅速，莫非这姓白的已给他们打败，所以就这样藏头露尾不敢出面的吧？"他想到这里，由不得就大踏步走了过去，对那两个家人拱拱手问道："借问这里可是白教师府上吗？"

那两个家人把他打量了一会儿，便点点头道："白教师正是俺们的庄主，尊驾有什么贵干要寻俺家主人呢？"

路振飞道："俺是仰慕白教师的盛名，所以特地来专诚拜访，请你们给俺通报一声吧，说姓路的特来拜谒。俺见过你们庄主，还有说话呢。"

那两个家人摇着头道："你来得可真不巧，俺主人已出门好几天，方才有几个人硬要来拜访他，我们回绝不了，他一直走进内厅，没看见俺庄主，就有一个人抱起屋柱，在石础上压了一张字柬，悻悻地走去。俺们不晓得他们这样卖弄本领，是不是要寻俺们主人比拼。你尊驾莫非也要来寻事的吗？"

路振飞一听，才晓得刚才几个人并没有比拼，不过卖弄了点儿手脚，就哈哈地笑道："管家，这可看差了，俺本是没有本领的人，怎会来寻你主人家生事呢？既然刚才的几个人在府上大厅柱下留下字柬，俺倒要去看看，见见世面，赏识赏识他们的功夫呢。"

那两个家人又打量了他一眼，料想他也没存什么歹意，说："好，俺们领导你进去吧。"

路振飞一边点着头，一边跟随两个家人，直往里走。穿过一重院落，便见有一座敞厅，那家人就用手指着左边的一根厅柱，对路振飞说道："小爷你瞧吧，这石础下的字柬，就是他们刚才留下的。这偌大的厅柱，没有千斤力量，也断不能够移它分毫，这班人的本领，倒也着实令人害怕呢。"

路振飞点了点头，笑道："他们既留下这字柬，你怎能呈给你主人观看，也罢，俺既承你们领进来，总算见过世面。现在也得出一点儿力，替你们把这字柬拿出来吧！"

他说着，就大踏步走到那个厅柱前，一哈腰，蹲身下去，用两手抓定石础，轻轻地一移，已把石础移开一寸多宽，那压的字柬已退脱出来，随把字柬抽出，再把石础抱移至原来的位置上，面不改色、气不喘息地对两个家人笑道："这字柬可没分毫损破了吧？"

146

作者写到这里，恐怕又有人要驳问说，路振飞在金光寺没有两三个年头，并没听说他的功夫有怎样进步，现在怎会就有这样的绝技呢？小子也少不得要补叙一笔。

读者还记得游彩凤在七羊山，夜间觑见莲池和尚用运气法移鼎的神功吗？游彩凤既得着莲池的传授，自然功夫上的进步已是佼佼不群。路振飞在金光寺，他和游彩凤朝夕在一起厮混，游彩凤已将自己的功夫统统教给他练习，而况路振飞禀性聪明，又是个好学不倦的人，所以他已暗地里传着游彩凤的衣钵，那造就的本领也就着实惊人，要不然，莲池也绝不会叫他陪游彩凤往云台山去呢。他现在只略略施展一点儿功夫，早把白菊潭家中的两个家人吓呆住了。

## 第二十二回

# 野店追踪逢隐侠
# 广场斗武耍何英

却说路振飞把那字柬由厅柱下取去，直把白菊潭家中的两个家人看呆住了，暗暗说道："怎么今天来的都是这种有大本领的人？究竟他们怀着什么意思，却要来弄这玩意儿呢？"当下就一齐说道："俺们有眼无珠，不识小爷是这样有本领的人，既蒙小爷来拜访俺家主人，就请留下一个姓名地落，好等俺主人回村时再过去拜访吧。"

路振飞却嘻嘻地笑道："拜访却倒不必，俺的姓名现在也不必告诉你们，俺既来访你们庄主，一定就要在这里等候他，非得见着他俺才走呢。横竖俺是行路的人，也没有下落的地方，今天就借你们这地方居住一天，你们庄主一天不归，俺就住一天，两天不归，俺就两夜。横竖他总有回来的一天，俺就耐心守候他吧。"

看官要晓得，并不是路振飞这样有意痞赖，因为他一心要见白菊潭，好探访游彩凤的一些踪迹，恐怕白菊潭是一个怕事的人，听有人来拜访，和他比试，却故意藏避不肯出来，却叫家人们回说自己不在家中。他又恐怕一见面，白菊潭不知他的来历，要瞧他不上眼，故先施展一点儿本领，然后就在大厅上等候，假使白菊潭真个在家，不愁他不出来厮见的。当下两个家人见路振

**148**

飞坐着不肯走，虽然心中要不答应，但惧怕他的本领，却不敢就公然地对他下逐客令，只得赔笑着说道："小爷欢喜在这里住，俺们也不敢说不奉留，不过庄主不在家，俺们却也不敢大胆做主留客，这层意思，还请你老原谅吧。"

路振飞哪里就肯听，便哈哈地笑道："这个你们却不消忧虑得，是俺自己要住在这地方，并非你们留俺的，你主人回来，俺自会替你们分辩。停一会儿你们只消预备一餐晚膳，俺也绝不会白叨扰的，请你们放宽心吧。"

那两个家人没法，只得走出厅去。两人交头接耳唧唧哝哝，也不知说些什么。路振飞并不理睬，只是端坐着不动身，坐了一会儿，又走出厅去，在宅中前前后后地踱了一遍，只见有几个做粗工的家人们进出，却没看见白菊潭的踪影。及至走进一间小院，才看见些仆妇丫头，路振飞晓得里面便是内宅，也就止步，不再朝里走。他仍旧回到大厅上，坐了一会儿，看看天已交晡时的辰光，才听得门外有喧哗的人声，又听得马铃声响。不多一刻工夫，就见三五个管家蜂拥着一个人，大踏步走了进来。路振飞仔细见时，见那人身长六尺开外，头戴一顶乌纱圆顶帽，身穿竹青淡绸袍，外罩一件青缎马褂，足底皂靴，长眉秀眼，鼻正口方，生长得一表非俗。路振飞却早估量着几分，就是那个教师白菊潭，赶着站立起来。那人也把路振飞打量了一会儿，只见他不过十八九岁的年纪，却生得面容俊秀，举止不俗，就踏进厅去，拱拱手道："适闻小介们述及小英雄的神勇绝技，令人钦佩莫名，不知小英雄贵姓大名，欲见鄙人有什么见教，就请指示吧。"

路振飞一听，也拱手答礼道："小子路振飞偶然在宝村路过，因见有一班汉子们要来寻尊驾比武报仇，后来问那酒店中的店伙，才晓得他们因为尊驾的神弹绝技，压伏了他们手下的小伙计，特地来寻尊驾生事的。小子一因羡慕尊驾的本领，二来因好奇心重，特地要来见识见识，这班人究竟要和尊驾怎样比试，也好让小子开开眼界。哪知恰巧尊驾不在府中，这班人就悻悻地走了。小子向尊管们一打听，才晓得这班人卖弄本领，在大厅的石础下压了一张字柬，小子也是一时技痒，就替他们把字柬移出，像这样的功夫，真是班门弄斧，不值大方一笑哩。"

白菊潭点头笑道："俺白某有甚能为敢屈驾赐访，既然这班人来寻俺生事，语云：'来者不善，善者不来。'既承小英雄枉顾，明日他们再来时，说不定就要和他们较量一番。设俺有不能遮盖的地方，还望小英雄助俺一臂吧。"说着，又哈哈地一阵大笑。

路振飞笑道："庄主休得谦抑，俺晓得庄主的本领出众超群，料来一定可以屈服他们，小子却正要求庄主的指教呢。"

白菊潭就把路振飞让到厅上左边落座，叫家人献过茶，又把方才那班人留下的字柬仔细看过，才晓得来访他的却是沂州府凤凰镖局的首领，名叫小凤凰何英。白菊潭把字柬看过，便掷过一边，摇摇头叹了一口气，半晌并不作声。

路振飞却忍不住地问道："庄主看了一张字柬，那小凤凰何英究竟是怎样一个来头，为何庄主却这样踌躇不决，难道这人的本领果真了得吗？"

白菊潭点点头道："谁说不是呢？说起这何英来，他在山东一省也很有一点儿名头，并且他师父余九和俺的师父祝大椿也有点儿交往。当初那些粮船上的小伙计，俺因为他们过于蛮横无理，才小小地惩戒他们，俺也并不晓得他们是何英镖局中的伙计，不晓得他们回转去，怎样地搬弄是非，却惹他出头和俺生事。倘然动起手来，慢说他的本领比俺好，俺敌他不过，就是侥幸赢了他，岂不伤却同门的义气吗？"

路振飞道："庄主休得这样说，若论功夫本领，据俺揣测，那姓何的虽然不弱，但庄主也未必就输给他，要说为那同门的情谊，这是他们寻事，并非庄主去硬要和他比较，并且他既不远千里而来，料想不见个高低上下，他也绝不肯就这样轻易了事哩。"

白菊潭点点头道："事已如此，也只好俟到来，再作计议吧。"

白菊潭又命家人在厅上点起一支巨烛来，铺设了些酒肴，和路振飞饮酒谈心，又细细问明路振飞的身世略历。路振飞见白菊潭是个极豪爽、极有肝胆的人，就也把自己的历史像背书般地和盘直托出来。那白菊潭听着，又是替他惋惜，又是对他羡慕，二人竟谈说得万分投机。末后，路振飞又把奉师命往云台山和游彩凤旅店失踪的事也告诉给白菊潭听。白菊潭皱着眉道："俺却也不能替你推测，不过这云台山的强人俺倒约略晓得一些底蕴。那里的首领名叫萧癞子，是一个很有本领、很有势力的人，他不但手下的徒党极多，并且还结交官府，与朝中势要人物互通声气。他有一个师父，名叫盖五岳华云岫，是湖南响马的首领，江湖上没一个不震慑他的名头。那萧癞子也曾派人来招俺入伙，却被俺婉言拒绝，俺虽晓得他们的行径不正当，但也没有力量去剿灭他们，不是俺要当面奚落，你们要想去和他作对，那不是自己去白白送掉性命吗？"

路振飞一听，就点点头道："庄主说得不差，论俺和师妹的本领也明知未必能去剿灭这班巨寇，但因师命差遣，不得不去拼命干一趟。至于能不能得手，也只好临时再看风色吧。不过现在俺师妹失踪，眼前这个问题又怎样解决？倘然寻找她不着，莫说俺不能往云台山，却亦无颜回到金光寺去。"说着，不由得眼圈一红，几乎迸出几点眼泪来。

白菊潭笑道："路贤弟，这个俺劝你不消着急得，俺想你师妹她却是个本领出色的人，虽然一时失踪，就是碰着什么歹人，也不见得就落了人家的算计。俺们今晚且放量地吃一醉，到了明天，俺当设法替你去打听，绝不致探不出消息的。"

路振飞被他一劝说，果然就把心宽慰了许多，又和白菊潭畅饮了一番，当晚就在白菊潭家中住歇下来。一到明天已牌时候，那小凤凰何英已领着几个伙伴到白菊潭家中来。白菊潭把他们请进大厅去，彼此通过了姓名。白菊潭就笑着说道："俺和何大哥虽然彼此没有见过面，但是论起世交来，尚有一点儿情谊，不知何大哥特来看望小弟，却有什么见教？"

何英厉声说道："好，姓白的，你既懂得些世交情谊，俺且问你，你为什么欺负俺手下的人，并将俺辱骂呢？"

白菊潭道："俺何曾辱骂大哥？前次却是大哥的一班伙伴到俺们海州地界来，恃强凌人，小弟才略略地管束他们。大哥倘听信片面之词，袒护他们，那不就是自隳名誉吗？"

何英大怒道："胡说，俺也不和你狡辩，你既然有本领管教人，俺倒得领教领教。来来来，俺们今日就分个高低上下吧！"

白菊潭到这时候当然也就不能再容忍，便说："既然老哥定要赐教，说不得俺便要奉陪一趟，不过俺们须得说明，俺们的比试，还是赤手空拳，还是各用兵刃？你带来的这几个人是不是一齐动手来和俺拼斗吗？"

何英冷笑道："没这话，几人拼一个，断乎没有这道理。至于空拳和兵刃，说不定都要领教吗？"

白菊潭这才点了点头，就说："这屋里地方狭小，彼此都施展不便，俺们就到村庄东面的一块广场上去比拼吧。"

何英说了一声好，拨转身就带领众人先走。白菊潭卸去外衣，佩好一对鸳鸯锤，又叫两个家人负着神臂铁弓，和一囊铁弹，就对路振飞说道："贤弟也同去看看热闹，倘然俺有什么疏失的地方，还要请你帮助争一点儿场面哩。"

路振飞点头笑道："庄主休得太谦，小子正要去瞻仰瞻仰庄主的本领呢。"

他们匆奔到了那个广场上，已有许多庄客们都是腰悬兵刃，远远地围绕着，正看他主人到来决斗。他们一到广场，那何英和几个伙伴都怒目横眉，摩拳擦掌，恨不得把白菊潭一口吞吃了下去。路振飞就和同来的两个庄丁远远地先站立定，白菊潭早迈步到了场中。何英也把手下的伙伴约住，自己走到白菊潭身边，略略拱一拱手道："姓白的，咱们今天既决雌雄，说不得就要得罪了，你有本领，就请施展出来吧。"

白菊潭哈哈地笑道："主不压宾，既是大哥来赐教小弟，当然就请大哥先动手。"

何英也不回答，早就身子往后一退，左足屈蹲向前，右足向后伸直，足尖略略点地，霍地就是一个旋风扫落叶的姿势，一腿向白菊潭扫过来。白菊潭见来势凶猛，估量他这一腿起码也有七八百斤的重力，赶忙双脚一纵，直纵起有三尺多高。何英这一腿虽然扫得地上尘灰飞舞，却分毫没有达着目的，便就地一滚，已滚到白菊潭的身后。白菊潭刚双脚踏地，何英已立起身来，两手向白菊潭腋下一插，就拦腰一抱，预备把白菊潭摔倒。白菊潭是何等机警的人，他在何英滚过他身后，就早防备到他有这一招。这时候，就一个坐裆，身子向下一蹲，把后脑壳照准何英凶额上碰去，这一碰着，起码要把脑浆碰裂。何英赶忙把手一松，身子往后一仰，已面朝天仰跌下去。可是两手虽和人家宣告脱离，避去脑壳的一碰，无如两只脚刚要抽转时，已被白菊潭由裆下一伸手捞住，两脚尽往前走。何英的身体也跟着他拖跑，毫无自主的能力。

那何英的一班跟随的伙伴，见何英吃了亏，大家就一齐亮出兵刃来，正待呐喊一声，奔过去抢救，准备拿乱刀把白菊潭砍成个肉泥。及至看见白菊潭的庄丁也都各亮兵刃在手，怒冲冲地向他们觑视着，才止住妄念，不敢一步动移，眼见何英已被白菊潭拖到十步以外，何英只拿两只手按在地上，一跳一跳地跟着他移动。顷刻间，白菊潭已把何英拖到护庄河靠近，兀自还向前走去，意思早已表现着，是要把他弄下水去玩玩。这一来，早把何英的一班伙伴吓得魂不附体，正打算要赶过去求饶，忽然看见柳树边疾如鹰隼蹿过一个人来，把白菊潭的两只手腕抓住。

**153**

## 第二十三回

### 柳暗花明风尘访妹
### 星辉月皎山寨救人

却说白菊潭把何英拖到护庄河边，忽然见柳树边疾如鹰隼似的蹿过一个人来，把他的两只手腕抓住，哈哈地笑道："庄主的本领，俺们已见识过，不过据小子的意见，庄主与他并没有什么宿怨深仇，何必过为已甚。请看在小弟的薄面上，放过他吧。"

白菊潭一看，正是路振飞，也就哈哈一笑，把双手一松，便和路振飞闪过一旁，指着何英说道："俺待着实地管教你一顿，恐怕伤了彼此的情面，师父面上交代不过。今看路贤弟面上，饶便饶过你，倘然你再要来寻事生非，那就休怪俺姓白的不懂交情，丧了你的性命哩。"

何英到这时候，哪敢再多说话，早爬起身来，满面羞惭，撒腿就跑，和一班伙伴蜂拥着出了广场，回转到沂州府去。这且慢表。

且说白菊潭携着路振飞的手，由庄客们簇拥着，回归到庄屋上来，到客厅落了座，就对路振飞笑道："这何英今天总算给了他个下马威，俺不过羞辱他，本不预备伤他的性命。所以借着贤弟的转圜，顺水推舟，放他逃去，料想他也绝不敢再来讨死哩。"

路振飞点头道："冤家宜解不宜结，今天他受了这场折辱，也可说他是来自讨苦吃。庄主能饶放他，总算仁者居心，何虑他不服威怀德吗？"

白菊潭又把路振飞留在庄上，一连住了三天，也没探听出游彩凤的一些消息来。路振飞心中十分焦急，就辞别白菊潭，想再去自己寻访。白菊潭见他执意要走，也不能苦苦留他，就说："贤弟既然要去，就由此往海州大道去，倘然是北路的道儿上人物干的这件事，贤弟总可以探听得一些消息出来。"说着，又打从身边掏出一面三寸多长的三角红旗，递给路振飞说道："贤弟把这旗留在身边，倘然遇着道儿上棘手的人物，你只把旗给他看，缓急总有个救护。贤弟一路自己小心，恕俺不远送了。"

路振飞收了红旗，就作别往海州的大道上去。这时候，正是三春天气，一路上风日晴和，那海州道上虽没有什么明山秀水，却也花妍柳丽，别具一种天然妩媚的春光。路振飞哪有心思去玩赏，直是到处去打听，凡遇着深山古寺，有强人出没、形迹可疑的地方，都要去窥探寻访一遍。一连又是三五天，哪里觅得出一点儿影响来。

那天，走进一个山坳，只见一个小村落，有许多人围着一个四十多岁在那里啼哭的妇人。那妇人一边哭着，一边要寻死觅活地喊叫，众人正劝止不住她。路振飞就走过去，一问情节，才晓得这妇人是远方投奔这里亲戚来的，只有一个女儿，却被强人打抢了去。这妇人失了倚靠，所以才哭吵着，自己也想一寻短见了事。路振飞一听，不禁冲冲大怒，就向众人询问道："这强盗在什么地方，她的女儿是什么时候抢劫去的？你们告诉俺，俺去把她女儿抢夺回来还她，尽管哭有什么益处呢？"

那班人把路振飞一打量，哪里肯相信他，都笑道："你这人真是爱说海口话，凭你这样躯干身材，能有多大能为，就敢去和强盗寻事吗？趁早别多管，莫自己惹火烧身，白送性命吧！"

路振飞见他不肯直说，哪里按捺得住，就走过去，把那说话的人一把揪住他的胸脯喝道："你不直说，叫你认得俺！"

那人要挣扎时，路振飞又一手拎住他的腿，双手一举，已把这个人头上脚下高高地举托起来，喝道："你再不说，俺便活活地摔死你！"

众人恐怕惹出事来，就一齐哄乱着道："放下吧，放下吧！俺们告诉你吧。"

路振飞这才笑了笑，把那人轻轻放下，众人才晓得路振飞是个有点儿本领的人，就对他说道："小爷，俺们说给你听。离开这村，朝东北角上，那里有座九里山，这山离开这里约莫有九里远近，俺们就叫它作这个山名。山上啸聚着有百十来个强人，打家劫舍，横行不法。平素见俺们村上没有什么油水，虽然有几次路过，并不来啰唣。因来了这个妇人，她娘家就是我们村上的人，她夫家姓周，新近死了丈夫，才搬回这里来的。不料就被强盗看见她女儿有几分姿色，今晨派喽兵来，硬行抢夺了去，你想俺们还敢替她向老虎嘴边去拔须，到山上索讨吗？既是小爷子要去，果然要得她女儿回来，也算救了她一命呢。"

说着，那妇人也走了过来，向路振飞叩头行礼下去。路振飞尽管摇着手，叫她不要做这些浮文，好歹俺总替你把女儿救回。他又向众人把路径打听了仔细，迈开大步，径向九里山赶去。

到得那山脚下，天色已渐渐昏暝，路振飞见那山峰峦嵯岈，险恶异常，心下却暗暗寻思："俺就这样抄上山去，倘然遇着强人，一动手把他们惊跑，那不是白便宜他们？倒不如再休歇一会儿，等到天光黑暗，偷进他们的大寨，探看一个仔细，然后把他们一网杀尽，才算替地方斩草除根，除一大害呢。"他想罢，就隐身在山脚下一棵大树下，盘膝坐着。等了一会儿工夫，隐隐听得山顶上有呜呜的号声，那天光已黑暗，林梢的一钩新月和天上的数点繁星渐渐地露出光辉，似乎就要催促他上岭去。

路振飞站起身来，把外衣卸去，包好在小包裹内，插好单刀，背上包裹，出了树林，足不点地地向山上飞越上去。不消片刻工夫，已越过半山，见有些稀稀朗朗的小屋，他晓得尚没有到大寨，深恐被守山的头目喽兵窥见，只拣有树木的地方耸身上去，扳枝换树，比飞鸟还快，顷刻已到了一所大殿屋旁。路振飞见是一个极大的寺宇，晓得一定是贼首的巢穴，见寺门紧闭着，听了听，里边鸦雀无声，他就由屋脊翻越进去。越过第二重院落，就见正中一座大殿，楼阁高耸，两旁丙舍，有许多头目喽兵在那里猜拳喝酒取乐。路振飞也不惊扰他们，又一蹿身，上了大殿屋脊，就隐身在屋脊背后，轻轻地揭去一片瓦，便见里面射出灯光来。路振飞把眼凑着，向下面看时，就见殿中间摆着一桌酒筵，点着两支粗如人臂的巨烛，正中坐着一个黑面虬须的汉子，两边有几个肥肥瘦瘦、高高矮矮的人物。路振飞虽不认识，估量正中坐的一定就是那个盗首，只听得有一个人说道："今夜绝该是大哥的艳福，嫂嫂刚刚离开山寨，大哥就得着这个美人儿，俺们正该恭贺一杯，助助兴致，少停可以乘兴取乐哩。"

那黑脸的就哈哈笑道："不瞒诸位贤弟说，俺已被这个泼婆娘拘束得厌了，难得她今天自动地下山去。今晚虽然能够称心快意地取乐一宵，不过说不定她三两天就要回来，俺们大家须得机密些，把这美人儿藏好，省得被她觑破，又要兴风作浪，把天地都吵得翻覆过来，那才没兴趣哩。"

又听得一个人说道："大哥放心，倘然嫂嫂回来的时候，这个美人儿大哥就交给俺吧，包管替大哥藏得机密。"

又有一个说道："余贤弟，你莫揽这个差使吧，你那弟媳也不见得是大度宽容，没的惹动她的疑心，吃起醋来，岂非仍旧要败露吗？俺那个贱内，她是再贤德不过的人，大哥只消交给俺，包管再不会泄露。"

那黑脸的只管摇着头，并不开口。

又有一个人哈哈地笑道："二位休得这样说法，俺老实对你们说吧，你们的媳妇给大哥睡个三五夜，原不算得什么稀罕，大哥的哪能给你们揩油呢？"说着，就听得一齐拍着手，哄起一片笑声来。

路振飞听到这里，忍不住心头火起，暗暗地骂道："这班寡廉鲜耻的狗类，不给他们一个教训，还不晓得警诫呢。"

随即打从身边掏出一块问路的石子来，觑定正中的那个黑脸汉子的面上掷去，巧不其然，那贼首正把头偏得一偏，就叮当的一声，这石子正打在他面前的只酒盏上，顷刻把一只酒杯击了个粉碎。群贼顿时一阵大乱，就连声喊嚷起捉刺客来，早有许多头目喽兵各抢着兵刃，从两边廊屋中杀出，那殿上的几个贼人也都扑扑扑地蹿到大殿前的阶石上。

路振飞晓得行踪已被觑破，也就登时越过前面的屋脊来，一手执着单刀，一手揭着一片屋瓦，大声喝道："不怕死的狗囚，快上来纳命吧！"

早见黑影一闪，一个贼人执着两柄铜锤，飞身才上屋面，路振飞把手一扬，喊得一声"着！"一瓦正扎在贼人的头额上，早扎去半爿脑袋，身子打从屋上翻落下去。又有两个贼人，一个舞动双刀，一个使着流星拐，蹿上屋去。路振飞把刀一翻，就见滚滚寒光把两个贼人裹住，不到三两个回合，已被路振飞把那用流星拐的踝骨上斫了一刀，早立脚不牢，骨碌碌直滚落下去。那用双刀的吃了一惊，刀法慢得一慢，路振飞一刀正扎入他的心窝，仰面跌在屋脊上，不能动弹。那下面的人声又如潮似浪地沸腾起来，灯笼火把顷刻把殿前照耀得通明。路振飞到了这时候，当然毫不畏惧，见没人上屋面来，就把刀握定，一个转身，已从屋上飞蹿下来，举刀乱斫乱砍，已被他砍倒了三五个喽兵。

那黑脸虬须的汉子也一摆手中的九环刀，直蹿过去，铛的一

158

声，两柄刀一格击，顿时迸起几点火星来。路振飞只觉得两臂震荡得有些酸麻，暗暗吃了一惊，晓得贼人的气力极大。随即把刀法一变，只见寒光滚滚，那柄刀就如泼风骤雨，在贼人的前后上下左右盘旋。那黑面虬须的汉子只有遮拦格架，那柄九环刀再莫想逼近得他一步。战到后来，简直连刀连人都分辨不出，其余的几个贼人只看见白刀一团团裹着，也不能辨别出谁是自家人来。因为这一层，大家都不敢上前助战，只得呐喊助威。

路振飞看见贼人气喘吁吁，身体周转不灵，刀法便渐渐松乱，就夺起神威，忽地一刀，从贼人裆下捞进，把刀朝上一迎，便从小腹上直划上去，顿时鲜血一喷，肠脏直挂出来，尸身仰面栽倒。众贼人见首领被杀，都吓得四散奔逃。路振飞正待追杀过去，忽然屋面上刀光一闪，飞下一个女子来，一手握着刀，一手指着路振飞喝道："你是哪里来的这野小子，敢到此杀死俺的丈夫？说明白了，俺好杀你，替俺丈夫报仇。"

路振飞在星月光下，见那女子生得妖娆异常，晓得她就是那个贼妇，就哈哈笑道："你问俺吗？俺叫路振飞，是过路的侠士，因你那讨死的贼囚抢劫人家的女子，所以小爷特地来杀他，替地方上除害的。你既是他的党羽，也就休想活命吧！"说着，就把手中刀紧得一紧，分心就刺。

那女子也把手中的刀水中捞月式地向上一迎，早把路振飞的刀掀撇开去，随还手一刀，从路振飞迎头劈下。路振飞一闪身让过，顿时两个人都把身体一盘旋，两柄刀便如梨花滚雪、蝴蝶翻飞，在大殿前阶石上旋风式地裹斗起来。路振飞起先原不把这女子放在眼底，后来见她的刀法愈裹愈紧，愈演愈纯熟，心中倒暗暗惊异，随即处处留神，把浑身的功夫本领都施展出来应付她。只见遮拦格架，躲闪翻腾，那女子虽然赢不了他，可是路振飞也分毫不能占着便宜。那逃跑的几个贼人又领着大队的头目喽兵裹杀上来，路振飞心中一慌乱，刀法略略松得一松，那女子早已腾身进步，手起刀落，直从路振飞迎面劈来。路振飞晓得来不及格架，早一仰身，摔跌下去，忽然就地一滚，已滚去一丈多远，跳起身来，一纵身，早上屋面。那女子哪里就肯舍放他，也把双足一蹬，追上屋去。路振飞方待蹿过屋脊，就见那女子一扭纤腰，从背上飞出一道黑影，将路振飞罩住。

# 第二十四回

## 别院留髡欢场铸大错
## 隔墙有耳血刃溅深宵

却说那女子把腰扭得一扭，就见一道黑影由背上发出，直把路振飞连肩带臂罩下。路振飞喊声"不好！"赶忙拿刀格时，哪里还来得及呢？那黑影一着身，就有五个钢钩一紧，把路振飞抓翻下屋来。原来正是一柄软索飞抓，是贼妇惯用的一种极厉害的暗器。当下她把路振飞扯下屋来，且不伤害他，随拿一根豹筋绳把他的手足缚定，然后起去飞抓，随手把路振飞一提，直往殿角的一个小门走了进去。里边有一个大院落，穿过院落，又有一重小门，便有一排的三间整洁屋宇，里边陈设精雅，庭中的花香直透鼻管。那女子把路振飞提到房中，便有两个丫头过来接了过去，她又在烛光下细细地把路振飞看了一个仔细。

路振飞到这时候，早已把心一横，准备着听她去剐杀。这时候，有几个强人和几个小头目也都一拥进院，一到房门前，都毕恭毕敬地排列着，有一个瘦长的黄面汉子就对那女子鞠了一个躬说道："这刺客现在既然给嫂嫂擒获住，务望嫂嫂亲将她交给俺们，好把他剖腹刳肠，沥血祭奠大哥和一班兄弟哩。"

那女子不听犹可，一听这话，倒竖柳眉，大喝一声道："胡说！这人俺要用，现在且不杀他，你们且去，把前殿的尸身一齐去焚扫了吧，这里边非有要事呼唤，却不许你们胡乱地朝里边走动。你们如敢违拗，哼！当心你们的狗脑袋吧！"

她几句话说得严厉异常，这班人哪里还敢再和她碰钉子，早就诺诺连声地退了出去。那女子这才站起身来，走到路振飞面前说道："姓路的，你听见了吗？刚才俺山上的这几个小首领，都要杀你报仇，都是被俺拒绝了他们的请求。你现在心中要感激俺吗？"说着，就把一双眼睛斜乜着他，嫣然地笑了一笑。

路振飞本是个很聪明的人，听着她的说话，早已识透她的用意，又见她那副妖媚动人的神态，格外晓得她是个淫贱不堪的东西。心中暗想："俺要是这时候一语冲犯了她，惹得她性起，拿刀把俺一杀，俺死倒不打紧，只是俺师妹生死存亡未卜，俺怎样交代得过师父、师母呢？倒不如先哄骗她，和她假意周旋着，俟她把俺放开，然后再准备着逃跑吧。"他主意打定，就假意说道："俺已是被你擒捉住的人，要杀便杀，自然悉听你们发落。现在既承你的情不杀俺，俺心中也自然十二分感激。倘然你肯把俺释放，俺也有一片好心，将来有机会，一定要图报你呢。"

那女子摇摇头笑道："不是这样说，俺并不是要你将来报答，俺却是要你永远在俺这地方，俺们二人朝夕在一起欢聚。俺现在已然是没有了丈夫，你依从俺，俺就请你做一个山寨的首领，你愿意吗？"

路振飞却假意踌躇着，只管低着头，并不回答。那贼妇见路振飞并不开口，就催促着说道："俺的话你明白了吗，怎么竟这样迟疑没决断呢？老实对你说，俺嫁给你，你也没见得就会辱没吧。倘然你不依从，也只算是俺白爱了你，顾不得就拿刀把你一杀，替俺丈夫报仇，谁便宜，谁合算，你自己想着干吧。"

路振飞偷眼看她的神态，见她眉目中隐隐透着杀气，晓得她的性格异常躁急，倘然再不圆融答应她，一定就要引起她的火性来。就说道："既然这样，你可就是真个爱俺，俺问你，既要和俺做夫妻，难道妻子就这样拿绳索捆缚住丈夫的吗？"

那贼妇点了点头，笑道："你答应了，俺自然就要把你释放。"

这时候，路振飞的包裹、单刀也被他们摘去，她晓得路振飞也跑逃不去，这才亲自替他把绳索解放。路振飞一恢复了自由，自己也不敢逃跑，只得对着那贼妇深深地作了一个揖，早把那贼妇喜得眉开眼笑起来，就一手挽着路振飞，并肩坐下，就叫那两个丫头去收拾酒饭，和路振飞一面饮酒，一面叙谈。路振飞就问她姓氏略历，那贼妇却笑着道："你问俺吗？俺娘家姓潘，俺名叫潘素云，俺父亲本是西川人氏，做镖局子的生意。俺七岁的时候，跟随着俺的父亲往湖南省去，就被一个江洋大盗名叫华岫云的，将俺父亲杀死，把俺收作义女，俺就跟着他练些武艺。华岫云见俺生得聪明美貌，就把平生的本领都教给俺，俺到了十五岁的时候，华岫云已把俺弄破了身。后来，俺因为华岫云的姬妾太多，心中很不愿意跟随他，恰巧他有个徒弟名叫董虎，和俺勾搭上手，就是被你所杀的那个黑面虬髯的汉子。华岫云后来晓得了俺们的暧昧，他本来姬妾极多的，所以也并不作恼，就索性把俺配给董虎，叫俺们离开湖南，别寻一个安身的地方。俺和董虎打听得大师兄萧癞子在云台山落草，势力极大，不但官兵不敢奈何他，并且听说当道的官绅仕宦没一个不和他有交游往来。俺们到了他那里，他就分了些头目喽兵，叫俺夫妇到这山来，另创一个基业。俺们二人占据了这个山岭，已三五个年头，俺丈夫也结义了几个弟兄，声势却一天胜似一天，远近的人都震慑俺们的威名。可是俺因董虎为人，生得极其粗陋，久久地便厌弃他，幸亏他还不敢拘束俺，俺虽名分上和他是夫妻，实际俺却并不单守着他一人，平常时候，弄三五个男子也并不算什么稀罕的事。难得你今天来替俺杀了他，俺只消一嫁给你，别个男子俺便再不想恋，但望你也和俺存着一样的心，那么，俺们才算得是一对长久恩爱夫妻呢。"

路振飞听着，暗暗骂道："好一个无耻的贱人，这样水性杨花，还配得上说和俺做长久夫妇吗？"当下只得装作满面堆笑地说道："原来你父亲也是吃镖局中饭的人，俺们也可算是同门共业，这大概也是前世缘分吧。"

潘素云听路振飞说得亲热，格外地眉开眼笑，说道："谁说不是呢？要不然，俺也不能一见面就这样地爱你呢。"说着，又斟过一杯酒，递给路振飞，也略略盘问他些家世略历。

路振飞也信口支吾，潘素云真个相信不过他。他二人一连吃了十几杯酒，路振飞本存心用酒灌醉她，自己便好把她一杀，趁势逃走。无奈潘素云却也再乖巧不过，她只一杯一杯地劝路振飞饮酒，她自己却不肯尽量。从来说酒是色媒，她想那路振飞吃到六七分醉意，便好任所欲为，竭力地陪她取乐。路振飞见她不肯饮酒，自己也只捧着酒杯，呆呆地发愁。潘素云只当路振飞酒还没有吃动兴趣，便说："你怎么又不吃呢？俺晓得大约你还嫌没有什么兴致吧，好好，俺掉个花样，叫春梅、秋菊每人敬你一杯吧。"说着，便对两个丫头丢了丢眼色。

那两个丫头也都有十七八岁，生长得都有几分姿色，一听潘素云的说话，果然都各人抢着斟了一杯酒，送到路振飞面前，笑着说道："姑爷赏个面子，吃了俺们这杯吧。"

路振飞推辞不得，只得把酒接过来，一气饮干，也对两个丫头笑道："吃酒须要成双，你们既然敬了俺两杯，怎么不转敬姑娘呢？"

潘素云笑道："你这人自己不肯尽量地饮，却偏要硬叫人吃酒，罢罢，俺自己吃个两杯，俺们再来猜拳，吃个痛快，免得大家再借口推托吧。"

路振飞一听，正中心怀，暗说："这可活该，这一来，这贱货一定可要上当哩。"本来路振飞的酒量极其宏大，他想一豁起拳来，不愁不把她灌个醺醺大醉。当下就哈哈地笑道："好啊！

俺平生最喜欢的就是吃酒豁拳，只要一豁拳，那酒兴就可勃然增加，俺就陪姑娘吃个痛快吧。"

潘素云先自己喝了两杯酒，然后就和路振飞三元八马地乱喊起来，一连豁了十几杯，偏偏都是路振飞吃酒。这一来，路振飞可就推诿不得，自己那酒统统喝完，忽又斟了三大杯，对潘素云说道："这三杯，只算我敬姑娘吧！"

潘素云到底酒量及不来路振飞，虽说豁拳是路振飞多吃酒，到底自己也陪吃了几杯，却早红霞上颊，露出几分醉态来。现在见路振飞又斟过三杯酒来，欲待不喝，又恐怕拂了他的意思，当下只得端过一杯酒来，一气饮干。路振飞笑道："姑娘既饮了一杯，索性领情，喝个双杯吧。"说着，就把酒端过来，送到潘素云嘴边。

潘素云推却不得，只得又接过来，咕嘟一声，饮了个净尽。路振飞又端起第三杯酒来，一歪身，和潘素云叠股地坐着，说道："这一杯，俺亲自端给妹妹饮吧！"

潘素云这时候早已芳心荡漾，情不自禁，便咯咯地笑道："你真个要俺喝这杯吗？俺却要你含在口中喂给俺吃哩。"

路振飞一心要把她灌醉，到这时候，也就顾不得什么道德廉耻，就说："好！俺喂给姑娘喝吧。"他说着，就一手擎着杯，一边用口喝着酒，正要从潘素云樱唇内渡了进去，猛然就听得当的一声，由窗外飞进一粒铁弹，把路振飞手中擎的一只酒杯击得粉碎。倒把他二人都吃了一惊，就都霍地跳起身来。潘素云早在身边拔出一柄单刀，一脚踹开窗棂，早已飞身纵在窗外，就见屋上人影子一晃，蹿下一个女子来。青绡扎额，身穿一身夜行衣靠，背负铁弓，身执单刀，对潘素云喝道："贼贱人，休得逞能，俺和你分个高下吧！"

潘素云也不知这女子的来历，只得纵步抢刀，直砍过去。那女子也抢刀相迎，两个人见庭中窄小，施展不便，就都纵身杀上屋面去。这时候，路振飞也飞起一腿，把一个丫头打倒，趁势夺了她的佩刀，纵步到了庭院，见屋上两个女子两柄刀正如梨花滚雪似的杀了个难解难分，路振飞看得仔细，见那女子仿佛却像游彩凤，不禁心中大喜，便高声喊道："来者莫非游师妹吗？"果然屋上也扑哧一声地笑道："你且莫管，待俺杀了她，再和你讲话哩。"

路振飞听得果是游彩凤的声音，不禁心中大喜，随即也蹿上屋去，抢刀向潘素云就剁。潘素云也不晓得是怎么一回事，就说："好！姓路的，俺这样看待你，你却帮起外人来呢。"

路振飞更不理睬，那柄刀就如翻花滚浪一般，直把潘素云缠裹住。潘素云直恨得咬紧银牙，也拼命地和他二人恶斗，你想潘素云和游彩凤本来直缠了个对手，现在忽然加了一个路振飞，任凭她本领怎样高强，毕竟双拳不敌四手，看看抵敌不住，随即虚晃一刀，一纵身，早已跃到对面的墙垛上。正想逃跑，那游彩凤却早已背上卸下铁弓，嗖地就是一弹，对准她的后脑打去，果然潘素云闪避不及，这一弹却打了个正着，就见她双脚一歪，一翻身，从墙上栽倒下去。路振飞也蹿落下去，手起一刀，结果了她的性命。

游彩凤这时也蹿落下地来，就对路振飞说道："俺们这时候且无暇叙话，先把山寨中贼人的余党剿灭净尽，然后再细谈吧。"

路振飞点了点头，再回到房中，见那两个丫鬟已经逃去，就一齐杀到前殿去。这班贼人哪里敌得过这两位疯狮痫虎，当下杀死的杀死，逃跑的逃跑，顷刻之间，赶走了个净尽。他二人就去寻着周氏的那个女儿，却已被他们捆缚在一间空屋内。游彩凤早已替她把绳索割断，带她到了后边的那间屋内。路振飞晓得游彩凤尚没有晚餐，好在有现成的酒肴，就叫周氏的女儿也一同坐下，路振飞就问游彩凤别后的情形，究竟往什么地方去，为何又忽然到这地方来搭救他。彩凤微微一笑，又说出一番话来。

# 第二十五回

## 调虎离山智歼恶道
## 喧宾夺主巧遇奇童

　　却说游彩凤就对路振飞说道："那天晚上，俺叫你睡，你却偏不肯睡，你想你既然不肯睡，难道俺一个人竟睡得着吗？但我不睡，你又心里不快乐，俺只得勉强睡着，假意打盹。哪知俺方才一合眼，你忽然就纵身上了屋去，倒把俺吃了一吓，俺刚一拗身坐了起来，就见窗外有一个人，探着头朝里面望了一望，俺便猜定是有了贼人，当下并不声响，就握着刀，由房门前隐身蹿出。只见那个人影子晃了一晃，便纵上屋面。俺因要看他究竟是什么人，哪里就肯舍放他呢？俺上屋一追，他便打从花墙外纵落下去，俺也跟着跳下。那黑影子就一直往东跑，俺追过了一个树林，那黑影子忽然停了一停，等到俺靠近时，又一晃身躯，两脚如飞地逃走。俺被他这样一诱敌，格外不肯放松，就一直追了下去。

　　"转过了两个山坡，那黑影子或快或慢，或行或止，又引俺追了一里多路。俺见追赶不上，倒也想就回来，省得累你盼望得焦急。哪知俺才把脚步停歇住，那人又立定，却对着俺哈哈大笑道：'俺说你有什么本领，原来也不过这样一点儿能为，敢跟到前面山脚下去，和俺比拼吗？怕输的不算好汉。'你想俺听他这几句说话，心中一着恼，还肯轻易饶放过他吗？就拼命往前一追。又追了好几许路程，便见山坡下一声呐喊，又转出三五个人来。俺在月光下，仿佛辨认得出，却正是那天俺们白昼里在对面楼上看见的那几个贼人，俺心中一动，就晓得他们不怀好意，必定是做成的圈套，引诱着俺到这地方来。但俺心中并不畏惧他们，就把刀一摆，一个箭步蹿纵过去。他们几个人往上一围，把俺裹逼住。

"俺正在和他们恶斗的当儿，忽然就见山坡上飞蹿下一个道士来，手执一柄宝剑，对俺哈哈笑道：'你既到了这地方，还容得你动手吗？'他就喝开众人，纵步仗剑，直对俺劈下。俺和他一连斗了十几个照面，那道士忽然跳出圈外，把手一扬，就见练索似的一道白光，也不知是什么东西，直向俺双足缠来。俺要跳让，哪里来得及？早被他一扯，就是一个筋斗，栽跌下去，顿时就被几个人用绳索捆缚住。他们把俺扛进一个古庙去，那道士就在正殿当中坐下，把俺推到他面前。俺见那道士满脸的怪肉横生，颔下一部刚须，两眼透着杀气，明知他定不是个善类，但俺这时候心中已抱着一个必死的念头，所以并不惧怕他，就对他喝道：'你这狗头，究竟是什么人？把俺姑娘捉来，又有什么意思？趁早说给俺听吧。'那道士却对俺嘻嘻地笑道：'你不明了吗？俺说给你听吧，俺叫施亮，江湖上称俺作没爪龙，就是这个庙内的住持。俺今天派出去的两个伙计，他们回来报告说，看见姑娘生得美貌，是天下数一数二的美人儿，俺听了，却早魂魄飞荡，恨不得顷刻就把姑娘弄回来，搂抱取乐。后来俺这里的小伙计名叫飞毛腿赛昆仑李和，他就献计，他说能把姑娘引诱到这地方来，俺就打发他去，不意真个蒙姑娘枉驾。现在既然到了这里来，俺这地方吃的喝的没一件不称心，就屈姑娘和俺做个长久的伴侣吧。'他说着，只管对着俺嘻嘻地傻笑。"

路振飞听到这地方，不禁笑道："他既这样爱慕师妹，师妹不答应他，那倒是辜负他一番好意呢。"

游彩凤怒道：“你这张嘴真恶毒，俺何曾像你，一受人家抬举，就猜拳行令地亲热起来，却反而拿俺来调笑奚落。”说着，眼圈儿一红，就扑簌簌地落下泪来。

路振飞晓得自己说岔了话，却使得她难堪，就师妹长师妹短地赔着不是。游彩凤却愈想愈伤心，更禁不住哽咽地哭个不住。这一来，却把路振飞弄呆住了，想不出个法子来劝解她。那周氏的女儿也帮着来劝，路振飞只得对着游彩凤跪下道：“师妹真个恼了俺吗？俺蒙师父、师母大恩，和妹妹待俺一番好处，就是粉身碎骨，也难图报，是俺不该一时冒昧，说了一句戏语，却累得师妹认真起来。倘师妹若坏了身体，叫俺怎样对得住呢？并且俺不为寻找师妹，也不会担惊受险到这地方来。师妹却冤屈俺，叫俺也承当得起吗？”说着，也哽咽地哭着。

游彩凤被他这一哭，并且听他的几句说话，倒不由也心中感动，自己就拿手帕，一边拭着眼泪，一边用手拉着他说道：“你既然这样存心，为甚要说尖薄话，引俺伤感呢？罢罢，俺们自己兄妹，多少地方都含糊过，难道真为着一句戏话，要有难过吗？俺们还是吃酒谈心吧。”

路振飞就顺水推舟地一跃，早就站立起来，自己和游彩凤重斟过一杯酒。两个人依旧有说有笑地热闹起来。

路振飞喝了一杯酒，笑道：“师妹却怎样对付那道士呢？”

游彩凤道：“俺听了这一番混账话，更忍不住心头火起，就大骂道：‘贼狗，休得放屁，你家姑奶奶既被你们诡计擒获住，要杀要剐，请你们快些动手，不然，休怪俺连你们祖宗十八代都骂出来，你们也不见得讨着便宜呢。’那贼见俺骂他，却倒也耐心，并不理睬，还只管嬉皮涎脸地和俺勾搭着取笑。这一来，俺可真恨极了，猛不防就把身体一滚，滚到那施亮的脚边，把口一张，正咬在他的脚跟上，连靴都咬破。那贼只疼得哇呀呀地怪叫，随即拔出剑来，想一剑把俺剁死。他这一剑未曾砍下，早被两个人抢夺住，又附着他的耳朵叽里咕噜，也不知说了些什么话，那贼才点了点头，又叫人去换了一根绳来，把俺手足重新缚过，扛送进一间小屋里去，又叫两个婆子看守着。俺本想把绳索用力绷断逃走，哪里晓得，这绳索异常牢固，任凭怎样用力也不能绷断它。直等到三更以后，那两个婆子劝了俺一番，也渐渐地倦了，她们都歪在地上睡着。地下放着一支烛火，俺突然心生一计，便轻轻把身体一滚，直滚到烛火边，两手举起，把绳索在烛火焰上烧着，趁势用力一绷，就把绳绷断，那脚上的绳，也把烛火去烧燃时，一个婆子已惊醒。俺恐怕她喊叫，就一手叉住她的咽喉，这一来，那婆子便翻着眼不能动弹，其余的一个婆子也被俺索性地做了。然后俺把脚上绳索绷开，本想就逃走，后来却暗想：'俺就这样一走，岂不太便宜了那个恶道吗？'随即撬开窗户，打从窗格上纵出，蹿上屋脊，四处里探了一探，听得贼人都已熟睡，这才寻到刚才的那个正殿上去，见里面尚有些残火烛光，并没有半个人影子。那壁上却挂好刀剑弓矛，俺便取了一张硬弓，挂了箭袋，又取了一柄单刀，这才勾奔后殿来寻那个恶道。可是那庙中的屋宇甚多，俺又从什么样地方去寻觅他呢？俺想得一想，便又想出一个计较来。当时就寻到后院的一个柴草堆上，取了一些火种，这一点，便放起一把无明火来。不一会儿工夫，早已火光烛天。这班人抢着救火，那贼道也跛着脚赶到后院来，俺恐怕下去杀仍旧不免遭他的毒算，不如给他个暗箭难防，一箭送他了账吧。主意打定，随即隐身在屋角后面，弯弓搭箭，嗖的一声，这一箭不偏不倚，正贯在那恶道的太阳穴中，可笑这恶道就这样糊里糊涂、不明不白地了账。你道俺做得爽快吗？"

路振飞一边听她说，一边点着头笑道："毕竟师妹的智勇足备，俺却望尘莫及哩。"

那游彩凤格外兴高采烈地说道："俺既把这恶道杀死，其余这伙蟊贼，当然就不惧怕他们，随即由屋脊上飞身落地，把这班人乱劈乱砍，虽然有几个贼人和俺拼命地抵抗，无奈他们的本领都极有限，不多几个回合，也有被砍去一臂的，也有被砍下半个脑袋的。有几个见机得快，早连爬带跑地逃走，逃不及的，都被杀了个净尽。俺把庙中的细软打了一个小包裹，走了出庙，回头看看那座庙，烈焰飞腾，火势漫空，想已烧成灰烬。俺正预备赶回店去，免得你盼望着焦急，哪知心中一着急，偏偏错走了路径，直向山势重复的地方走去。忽然就见山坡下转出一个跛足眇目的老叟来，他看见俺，就哈哈地笑道：'好好，原来七星岭的庙就是你放火焚毁的，俺正要寻你哩。你那包裹还不快给俺留下吗？'俺一听，就估量他是贼道的党羽，更欺他是个残跛衰迈，料想未必敌不过他，就对他喝道：'你是什么人？俺烧那个贼观却干你鸟事？你识风头些，赶早走开，不然，莫怪俺送你这条老狗的性命哩。'他一听俺的说话，更加大笑道：'好！俺不放你走，看你有本领走跑吗！'俺当时忍不住心头火冒，就抡刀照定他直劈过去。那老儿可真厉害，他只一闪身，就闪避过去，随用手点得一点，俺觉得浑身一痹麻，就顷刻不能动弹。他就把俺往腋下一夹，放开足步，行走如风。也不知走了多少远近，来到一个石穴前，把俺推下去，上面却用大石将俺堵塞住。俺整整在里边饿了一天一夜，才觉得上面有人替俺把石移开，用手往上一提，俺身体就凭空被他提出。俺睁眼看时，原来救俺的却是一个十二三岁的小孩子，俺便向他拜谢过，并问他的名姓和先前的那个老儿到底是什么人，他就对俺笑了一笑道：'俺叫陶彬，那老儿是个独脚大盗，名叫跛足萧三，俺却和他认识。俺恰巧今日路过，碰到了他，据他告诉俺，有一个姑娘被他压在这里的石穴中，他恰巧有点儿事体，听说明天要回来，把你带走呢。俺晓得他弄到女子到手，一定带往山东，不知要怎样糟蹋，也是俺一时动了点儿慈悲心，所以才偷偷地来放你的。但俺也不敢惹他，须得赶紧离开这里，不然，他晓得了是俺把你放跑，还得要寻俺说话呢.'他说罢，又问俺的姓名来历，俺也告诉给他听。他笑道:'原来是七羊山莲池老师的门下，失敬失敬！俺总算不白救了你一趟哩.'他这才指点俺路径，叫俺赶紧回来。俺再要详细地问他的来历，就见他摇了摇手道:'你也不必细问俺的行迹，俺们后会有期.'说罢，他就迈开大步，顷刻已走得不知去向。俺赶回客店时，才晓得你已经动身，出去寻访，俺见壁上的弹弓和弹囊仍旧挂着，就晓得你一定不会远去，说不定寻俺不着，一天两天就要回转来的。哪知一连等了两天，仍没见你回转，只得向店家问明了你出走的方向，一路跟踪寻来。不料寻到一个村落上，才听得人纷纷传说，有个过路英雄到这九里山搭救他们村上周氏的女儿，俺便动了几分疑心，向他们仔细一打听，果然形貌服装都一点儿不错，这才赶到这山上来。俺到庙中，偷偷地在屋上一窥探，见有许多头目啰兵在那里把一具一具的尸骸扛抬出庙去，却没有你的踪迹。俺心想，你一定不会遭他们毒手的，所以又悄悄探到后面来。哪知一到这里面的屋上，就听得有人猜拳笑语的声音，俺一听就听出是你的口音，但猜不着你却有这样兴致，会跑到这里来取乐。俺心中毕竟有些不相信，倒要先看看你和什么人豁拳饮酒，所以就打从屋檐上倒挂下来，用口中津唾轻轻湿透了窗纸，见你搂着那女子饮酒，你想……"她说到这里，忽然面颊上红了一红，便低着头不往下说。

路振飞就哈哈一笑，又说出一番话来。

## 第二十六回

越俎代庖琴堂开笑史
献旗祸嫂柳屯破奸谋

却说路振飞见游彩凤低着头不开口，就哈哈地笑道："师妹莫要见怪吧，俺那时候也是箭在弦上，不得不发。俺只望用酒把贼妇灌醉，然后摆布她，却不想妹妹倒恰巧来救了俺哩。"

游彩凤笑道："救你倒是小事，只怕你这时候还要心中有些不舍得她吧。"她这一句话又几乎把路振飞说得发急跳了起来。

游彩凤见他真个发了急，这才又笑道："罢罢罢，她横竖死了，你就是发急也没用。咱们还是吃两杯，莫辜负了这良宵美景吧。"

路振飞也明明晓得游彩凤故意拿他取笑，就说："好！师妹尽管冤屈俺，俺这颗心却唯天可表哩。"

游彩凤还了他一声道理："谁管你这个心不心，话已说过了，还是快些吃饱肚皮吧。"

路振飞也不好再说。他们又吃了一会儿酒，那周氏的女儿帮着替他们弄了些饭来。大家吃了个酒足肴饱，就在房中睡歇一宵。游彩凤和那周氏的女儿同榻，让给一张床，给路振飞独自睡下。到了明天早晨，大家收拾下山，这山上的贼巢，当然不给他存留，少不得放火烧灭。

他二人把周氏的女儿送到村上去，就顷刻动身，赶往云台山去。不消两天，已到了海州，他们就在海州住歇下来，预备先探访探访云台山贼人的消息，哪知一到城，就打听出一件奇事来。你道是件什么事？原来那海州知州名叫骆秉江的，到任不到一个多月，竟告失踪。州官失踪倒还不算奇怪，最奇的是，海州的一班绅士百姓，他们那州官失踪一件事，却看得稀松寻常，并不到上峰处去呈报，只由衙门中派出几个差役去找寻查访，所有一切的公文诉状整个地都由刑名洪师爷代折代行。尤奇的，这位洪师爷本是个胆小如鼠的人，他本来没这胆量去担负这样的重大的责任，却偏由一个北乡的土豪名叫余天骥一力赞助他，说上峰倘然晓得有什么干系，这千斤重担都是他去负责。那洪师爷有了这护身符，才毅然决然地承替下去。有几个胆小的绅士们就来对他献计道："官府失踪，这可不是一件当耍的事，怎么你老人家竟不去呈报上峰，就这样悠游自在，糊里糊涂顶替下去？倘然被上峰晓得这件事，你担当得起吗？"

那洪老师爷听得，却拍着胸脯，拈着胡子笑道："这怕什么？州官不见，终究他是要回来的。现在既有余大老爷担负这个责任，还怕有什么意外吗？"

偏巧州官失踪后，海州城内便闹了一件人命案子。是一个姓李的孀妇，因为族中人要觊觎她的一份家产，就诬害孀妇有不规则的行为，说她已怀有身孕，到州衙来一告状。这件事给余天骥知道了，就叮嘱洪老儿，叫他要了族中人三千两银子，糊里糊涂把孀妇判回娘家。那孀妇受了这一场不白奇冤，一负气，竟在大堂上拿刀一剖膛，就死在大堂上。这种极大的人命重案，照理就应该把海州城闹得鼎沸起来，后来被余天骥一出场说，谁敢出头到上峰去告状，就先给他个家破人亡，教训教训他。这一来，不但没人敢出头，就连孀妇的娘家也吓得连屁不敢响一声。这场大案件也就马马虎虎地含混过去。

路振飞一打听得这样的底细，就勃然大怒，又向人去打听这州官是几时失踪的。就有人告诉他们，州官已失踪了十多天，也没有寻得出一个消息着落来。路振飞又向几个人问道："这州官平素和这个余天骥可有交往吗？"

那班人就摇摇头道："因为他和余天骥没有交往，余天骥就遇事不肯替他帮忙。听说他失踪的前三天，还和余天骥碰了一个钉子，三日后，便不知不觉地宣告失踪。这不是一件奇事吗？"

路振飞听得，就和游彩凤商量着说道："俺看这事，州官失踪一定和这余天骥多少总有些关系。这余天骥他既敢公然和刑名洪老儿狼狈为奸，逼出一场重大的命案，这件事已经是可恶该杀，俺们何不赶到府里去告他，替这些苦百姓申一申怨气呢？"

游彩凤笑道："你的主见未尝不是，据俺想来，这余天骥既然敢这样胆大包天，说不定他和上峰也有联络。俺们倘然出头去告起状来，一不是死者的亲属，二不是本地的人民，不但状告不准，岂不是更要弄巧成拙吗？"

路振飞想了一想，觉得她的说话不错，便道："据师妹的意见怎样呢？"

游彩凤道："依俺的主见，现在这事究竟真相莫明，别人的说话也未必就靠得住，俺们要晓得余天骥是一个什么人物，必须自己去先访探一回，然后才好决断呢。不过俺们素和他不相识，怎样才得和他接近呢？"

路振飞想了一想道："要和他接近，却也不难，俺那天经过桃叶村，那庄主白菊潭曾送给俺一面小红旗，至今还留在身边。他说只要是海州一带的英雄好汉，无论什么绿林人物，只消把这旗给他看，自然就会推诚结纳。俺想这余天骥既这样胆大包天，或者他也和绿林的人互通声气，俺们明天去拜望他，他若盘诘时，俺们只推说是白庄主的朋友，到那时候，再察看他的动静吧。"

游彩凤点点头道："就这样办法吧。"

他二人一到明天，就装束停当，各人暗藏兵刃。游彩凤背着弹弓，打探过路径，晓得余天骥住在北门外，名叫小柳屯。他们一到村前，就见路上行人络绎，也有肩彩缎的，也有扛猪羊的，轰轰烈烈，十分热闹。他二人一打听，才晓得这天是余天骥的四十诞辰，路振飞就和游彩凤一商量，他二人也备了四色薄礼，准备去借祝寿为进身之阶。他二人一到村前，就见有一所大宅院，油漆一新，估量着前后也有百十多间房屋，四围都绕护着一碧如幕的垂杨，正中是两扇黑漆大门，门前两棵大柳树上，却系着三五匹高头骏马，装簇得鞍辔鲜明。有几个揎拳捋臂的家丁，一字排地在门边站立着，一见路振飞和游彩凤，就都拦阻着说道："慢来慢来，有名刺吗？快拿出来，俺们给你通报吧。"

　　路振飞笑了一笑，就打从衣袋里掏出白菊潭的那柄小红旗，递给那几个家人，说道："俺们的名片，一时匆促，却没有带得，你把这件东西拿进去，呈给你们庄主，就替代名片吧。"

　　有几个家人看见，简直莫名其妙，正要再向他们留难，有几个便说道："他们既有东西，料来也有点儿来头，俺们且不管他，拿进去送给庄主，由庄主自己去发放吧。"

　　那两个庄丁到里面去一回禀，余天骥看过红旗，便哈哈大笑道："原来这是白教师的朋友，俺倒不可简慢他呢。"随即吩咐庄丁传命请见。

　　路振飞、游彩凤随着一直进了庭院，那余天骥亲自下阶相迎，把他兄妹让进内厅，分宾主坐定。他兄妹仔细看时，见那七开间的大厅，上面挂灯结彩，坐着许多三山五岳的人物。就听得余天骥对他二人说道："小弟久慕白教师大名，只恨无缘拜望。今日贱辰，荷蒙二位光降，实是荣宠已极。但不知二位上姓大名，和白教师亲戚，还是朋友，望乞示教吧。"

　　路振飞就站起身来，抱拳拱手地说道："俺名路振飞，这是俺的妹子。俺和白教师虽非亲戚，却是挚友。久闻得庄主的盛名，今日却幸路过，晓得是庄主的诞辰，特备薄礼，俺兄妹到府替庄主祝贺哩。"

余天骥听罢，又拿眼睛睃着游彩凤，哈哈笑道："难得你兄妹这样盛情，俺余某只有拜领厚赐吧。"

他说着，一边由庄丁们把他兄妹的礼物收进，一面由余天骥替他兄妹向众宾客一介绍，就把他兄妹留住下来。当夜就大开筵宴，另外设了一席酒，给他兄妹独坐。一时伎乐纷陈，笙歌迭奏，他兄妹留心细看，见那班人一吃酒便都露出绿林的本色来，不是搂抱着些歌女，显出轻薄相态，便是口中打着些江湖诨话，剑拔弩张，顿时把酒筵席乌乱得一天星斗。那班贼人吵闹了一阵，又嬲着替余天骥敬酒上寿。路振飞见余天骥已吃了个七八分酒意，就低低对游彩凤说道："师妹，你看这班贼人，此刻已都得意忘形，俺们正好去盘诘他们这州官的确实信息呢。"

游彩凤点点头道："俺们也借这机会，先替他去敬酒上寿，再相机行事，盘诘他吧。"

他兄妹商量妥当，就各人捧着一杯酒，走到余天骥面前笑说道："今夜庄主诞辰，难得又有众位英雄聚会，俺兄妹也借花献佛，奉敬庄主一杯，望庄主赏个脸，赐饮了吧。"说着，路振飞就先把一大杯酒递了过去。

余天骥却毫不推辞，就把酒接过来，一气饮干。游彩凤也斟过一杯酒送了过去，余天骥本来已有几分醉态，他一眼看见游彩凤生得姿态俏丽，国色无双，早不禁身体软瘫了半边，就哈哈笑道："姑娘这样看得起余某，俺就真要感激到万分呢。"说着，也把一杯接过来一口喝尽。他却一手擎着空杯，一面拿一双眼睛斜乜着游彩凤，笑眯眯地说道："姑娘这杯酒真是琼浆玉液，俺余某饮着，便连酒也都喝醒，索性请姑娘再赐一杯，凑做个双杯吧。"

游彩凤看余天骥那种神态，本来心中已有些不自在，现在一听他这几句轻薄说话，心中如何能忍耐得住呢？当即蛾眉倒竖，杏眼圆睁，正待就要发作。路振飞生怕岔事，赶紧对她丢了一个眼色，把游彩凤按捺住，又对余天骥笑道："舍妹不惯敬酒，待俺来替她再敬过一杯吧。"

余天骥又把酒接过来饮干，就拨转头来对大众说道："你们瞧吧，不是俺夸一句海口，今日诞辰，承蒙众位英雄一齐降临，料想海州城，除了俺余某，也只怕绝没有别人有这样的场面吧。"说着，又是一阵哈哈大笑。

路振飞就笑道："庄主的名望本来极大，天下英雄谁不仰慕大名。不过据俺看，庄主的威声却还是照远不照近呢。"

余天骥笑道："路贤弟，你哪里晓得，不是俺说一句，这海州一带的人，提着俺'余天骥'三个字，恐怕没一个人不尊重敬畏吧。"

路振飞道："庄主既然声望这样好，为什么今日诞辰，那海州的州官他自己倒不来祝贺呢？"

余天骥这时候已带着醉意，他也没留心是路振飞来用话试探他的，就哈哈地笑道："你要问那个狗官吗？这里都是俺的心腹人，料想说出这事，也没有什么紧要。俺就因为这新任的狗官骆秉江也瞧俺不起，累次来和俺碰钉子，是俺派人把他背来，监禁在水牢里，已有七八天，死虽不给他死，这个罪却也够他领受呢。"

路振飞一听这话，就突然变色道："庄主，这事可就嫌做得太唐突吧，怎么好把堂堂的州官监禁起来呢？岂不闻劫官形同造反，这难道不怕王法了吗？"

余天骥被路振飞这几句一教训，真是他做梦也想不到的一件事，当下就勃然大怒道："好，姓路的，俺做的事却没有人敢反对过，莫说劫这样区区的一个官府，就是劫了当今皇帝，也不见得就有甚厉害，你却敢顶撞俺吗？"

他这话尚没有说完，游彩凤早已一手叉在腰间，一手指着他，冷笑一声道："你这个无法无天的恶霸，居然敢这样大胆，劫府抢官。老实对你说吧，你姑娘今天就是特地来管教你的，你要是识风头，快些把州官放出，俺们免得动手，有损情面。倘然你敢倔强一声，哼！当心你这颗狗脑袋吧！"

这几句话却把余天骥气得面皮黑中带紫，就哇呀呀怪叫道："好丫头，你敢当面骂俺吗？"就叫众弟兄："快给俺把他兄妹捆缚住。"

就见十多个贼人朝上一拥，各摆兵刃，对路振飞兄妹直劈过来。

## 第二十七回

### 游彩凤巧遇祁天龙
### 白菊潭夜探小柳屯

却说余天骥一听路振飞、游彩凤的说话，就勃然大怒，便喝叫左右快给拿下。群贼顿时各拔兵刃，往上一围。路振飞、游彩凤也拔出刀来，就对众贼人喝道："你等且休得自来讨死，俺们今天是寻这姓余的说话，与你们这班人无干系的。俺这叫他把州官放出，万事俱休，要不然，却休怪俺们不懂交情。"

余天骥却哈哈大笑道："俺拘禁这狗官，干你们鸟事，却用得你们来向俺要人吗？这样看来，你二人却与这狗官一党，老实对你们说吧，你们既然到俺这里来，就算是入了虎穴龙潭，倘然放你们走脱，俺还能在海州地方立足吗？"

说着，就一掀衣裾，拉出一根铁索软鞭来，甩得一甩，就见一道白光直向路振飞顶梁上直捽过来。路振飞把头低得一低，就把刀背向上一个海底捞月的式子，拿刀往上一迎，格过这一鞭，就一钻身，把刀向余天骥足胫骨上削去。余天骥双足一跃，让过他的刀锋，两个人拼命杀在一起。游彩凤也举刀敌住众贼人，顿时把客厅上所设的酒筵掀翻一个净尽，直打得落花流水。

路振飞和游彩凤二人见余天骥的这条软索鞭直使得如生龙活虎，勇不可当，又兼众贼人都是十分骁勇，那客厅上虽说是地方敞阔，但到底因为人多挤轧，不便施展，并且那打翻的些桌椅碗盏，翻乱横梗了一地，未免大家都有些碍手碍脚。他二人随即打了一个暗号，两柄刀如疯狮痫虎，拨开群贼的兵刃，一齐纵出了那个客厅。

这时候，那些庄丁都一齐鸣锣聚众，有三五十个精壮的庄汉，各执刀枪兵刃，虚张声势地喊呐助威。余天骥率领着众贼人，也都抢到大院中。路振飞、游彩凤一齐蹿上了屋脊，内中有一个贼人名叫爬山虎李立，一摆手中的双钩，双足一蹬，刚刚蹿上屋面，足跟尚未立牢，就被路振飞手起刀落，砍翻下屋去。

余天骥就大叫道："众位弟兄，快一齐追上屋去，莫给他们逃跑吧。"

说着，一甩软鞭，正待抢上屋去，游彩凤在火光中觑得亲切，早卸下弹弓，扣好铁弹，呼的一声，直向余天骥右眼弹去。那余天骥本是练就的一双贼眼，他见游彩凤一拉弓，就晓得是一件暗器，赶紧把头向左边偏得一偏，那颗弹打从耳门边擦过。巧不可言，他身后立着的一个贼人名叫铁头太岁吴英，却不及避让，这弹却从他右额射进，把颗脑袋打得爆裂开来。

余天骥早纵上屋面，舞动手中的软索鞭，如一条矫健白龙，向他二人直摔过来。路振飞、游彩凤也就展开刀法，和他拼命地恶斗。那余天骥虽说是本领高强，到底吃不过这两个劲敌，并且他的轻身纵跳的本领也本来及不得他二人，这时候，又是在屋面上，比不得厅上的地方宽阔。路、游二人不便施展，他们晓得这余天骥练的是笨功夫，所以却不和他力敌，只是纵跳如飞，两柄刀如疾风暴雨，总在他前后左右盘旋进退地把他逼裹住。那下面的一班贼人却惧怕他二人的厉害，一个也不敢跟上屋面来，弄得余天骥一人孤掌难鸣，直累得气喘吁吁，满身满头的急汗，心中一慌乱，那鞭法就更加松乱。

正在拼命死拒的当儿，忽然就听得有人高声大叫道："余庄主，这两个小辈交给俺来拿他吧。"

游彩凤、路振飞正待把那余天骥杀败，好趁势拿住他。忽见一个人影子晃了一晃，屋上就飞落下一个道士来。书中交代，来者这人，却是山东济南双龙山牛家寨的寨主，名叫赛方朔祁天龙，他本是赶来替余天骥祝嘏拜寿的，因为赶路，在途中担迟一刻，直到这时候才赶到小柳屯。他晓得余家正开寿筵，又见庄门紧吞吞地关闭着，他也不去叫门，就打从屋面上翻越过去。这祁天龙本领本来在山东黑字道儿上算得是一等一有名的人物哩，他立在屋面看时，就见满院灯火照耀，那余天骥正和一对年轻的男女拼命地恶斗，他这才由背上拉出他的一柄松纹古锭剑来，口中只喊着余天骥让开，早飞身一跃，直跃过这边的屋脊来，举剑向二人就剁。余天骥趁势往圈外一跳，立在一旁喘息着，看他们厮杀，并不动手。游彩凤、路振飞见这道士的剑法异常纯熟，就晓得是个劲敌，也就分外留心。一时剑光刀影，搅作一团。祁天龙忽地格开游彩凤的刀，大喝一声，用手指轻轻地对她胸前这一点，游彩凤早已应声倒在屋面，不能动弹。路振飞不由得吃了一惊，手中的刀慢得一慢，也被道士用点穴功点倒。

　　当下余天骥拱手向祁天龙称谢，又对路、游二人哈哈大笑道："你这两个小辈，也不过有这样的能为吗？"

　　就吆喝着众人，拿绳索把路振飞、游彩凤捆缚下屋，一直扛抬到大厅上。余天骥这才携着祁天龙的手，飞身跳下屋来，到厅中落座。众贼人都向祁天龙见过了礼。余天骥叫人把厅中收拾过，重新整理杯盘，请祁天龙在当中一席上坐定，饮酒叙谈。余天骥就对祁天龙笑道："不是兄长来帮忙，险些被这两个狗男女逃跑，照例俺先须进一杯，一者和兄长洗尘，二来要庆贺大功哩。"

　　祁天龙不由得一阵狂笑道："庄主且慢劝酒吧，俺须得先问明：这两个人是打从哪里来的？庄主和他们认识吗？不然，也须得讯问过一番，看他们还有什么同来的党羽吗。"

余天骥被他一问，就把游彩凤、路振飞来拜寿，去叫他放那州官，因此冲突的话，从头至尾告诉了他一遍。

祁天龙道："这样看来，他简直是来寻庄主作对的了，现在又怎样发放他们呢？"

余天骥皱着眉道："这倒是一件难解决的问题，俺要把他二人一杀，倒也不算是一件难事。但他们是和桃叶村白菊潭认识的，杀了他们，究竟和白庄主面子上交代不下，兄长看怎样办吧？"

祁天龙一听，就冷冷地笑道："庄主做事这样畏首畏尾，那不是小孩子的见解吗？试问你说杀了他们怕白菊潭招怪，那么，他们到这里来惹是生非，杀害庄主的朋友，难道他竟不负责吗？俺们不去怪恼他已经算是情面，他还敢恼俺们吗？现在庄主不杀他们，不但对不住被害的两个弟兄，恐怕江湖上的人物听见这个消息，大家要冷心，说庄主庇凶护恶，还有什么人将来肯替庄主舍身出力的吗？"

余天骥被他这几句说话一提醒，顿时就把头连连地点晃个不住，说道："兄长的见识不差，俺现在不杀他们，恐怕他们未必不再来和俺作对哩。"说着，又对众人说道："俺现在要把两个贼人挖心摘肺，祭奠李、吴二贤弟，想众位都赞成这样办法吧！"

众贼人当下就都一齐拍手欢叫道："庄主这办法可谓爽快之至，俺们就立刻动手处置了他们吧。"

余天骥随即叫几个庄丁预备下一桌酒菜，摆在庭院李立、吴英的尸身旁边，庭前又钉了两根大木桩，把路振飞和游彩凤都解开胸脯，面对面地捆缚在木桩上。众贼人一齐排列在阶石上面，观看着行刑，等候一开了膛，把心肺摘取下来，就好一齐拜祭。

那余天骥就对众人说道："诸位贤弟，俺想把他们处置这种极刑，俺们这几个饭桶的庄丁胆量极小，未必能做得彻底，还是拜烦哪位贤弟亲自动手吧。"

内中有一个名叫追风鬼张荣，就说："好！我替庄主效劳吧。"

他说着，先把外衣卸下，去寻着一把牛耳尖刀，纵步先到路振飞身边，拿刀冲着他一指，发出一种狞笑的声音说道："姓路的，你安心瞑目等候着死吧，你死了，这位小姑娘她也陪伴你一块儿同走。你二人仍旧是在一起快乐，总算你还死得值价啊。"

这时候，路振飞和游彩凤已都知觉恢复过来，怎奈浑身被他们紧紧地缚住，不能动弹。路振飞早已咬紧牙关，一句也不开口，只拼着一死，倒还爽快。那游彩凤见贼人却先杀路振飞，她却不忍心看他受死，只把双目紧闭着。那个追风鬼张荣正在扬扬得意，又叫人取出一只小木盆来，放在路振飞面前的地上，一手按住振飞的胸脯，一手执住那柄七寸多长短刀，先在他胸前晃得一晃，笑道："姓路的，你准备着快活受用吧。"

说着，把那柄刀向前拼命地这一戳，顷刻，就听得啊哟一声，那柄刀已如多生了两翼，向阶石上凭空地飞摔过去。原来是一颗铁弹，正打着他的手腕上。张荣拨头往阶石上就拔步飞跑，众贼人一齐大乱，就嚷着："刺客！刺客！"

在这一乱的当儿，就见打从屋上飞下一个人来，浑身短装扎束，生得眉目清奇，臂挽铁弓，手执一对鸳鸯锤，直立在院落当中。余天骥眼快，早看出这人正是桃叶村的那个教师白菊潭，不禁心中就是一愕，暗想："这白菊潭俺还是当初路过桃叶村去登门造访，和他见过一面的，后来好几次请他，他却从没有肯翩然莅止，现在他却不迟不早来到俺这村上，莫非与这姓路的兄妹有什么关系吗？"

当下就走下阶石来，拱着手哈哈地笑道："来者敢是白大哥吗？不知在这深更夜静时候光临寒舍，有什么见教？"

白菊潭也笑着说道："白某久闻庄主的大名，只恨无缘亲自

184

造府拜谒。今天路过贵村，听得庄主寿辰，特地到这里来替庄主祝寿，但是没有准备得什么礼物，请庄主不要罪责吧。"说着，又指着路振飞、游彩凤问道："这两个人和庄主有什么冤隙，为何庄主却不早不迟要在这庆祝华诞的时候杀他？那岂不是太煞风景吗？据俺的意思，先把他二人放开，俺们也好大家多添一点儿兴致。不知庄主还肯容纳鄙见吗？"

余天骥尚未回答，那祁天龙早跃步到阶前，指着白菊潭喝道："好！姓白的，你唆使党羽到这里来行刺，杀死俺们的弟兄，还敢来花言巧语替他二人说情分吗？哼哼，别人受你的欺愚，可是俺姓祁的却不易诈骗呢。"

白菊潭本来并不认识祁天龙，一听得说话，就冷笑道："你是什么人？俺和姓余的说话，却用得着你来干预吗？老实对你说，俺姓白的今天要不管这件事，倒也罢了，既然要来管这件事，非得你们把他二人放开，要不然，俺要认交情，手中的两柄锤却不肯卖情分呢。"

余天骥哈哈大笑道："姓白的，饶你有本领，今天你想到俺这地方来撒野，那可就算是太不自量了。"

说着，就把手中软索鞭搏了一搏道："赢得俺这件东西，俺就遵命把他二人释放吧。"

祁天龙道："拿这小辈，何必庄主动手，待俺来杀他。"

他说着，就一拉宝剑，走过去抢剑就劈。白菊潭也使开两柄鸳鸯锤，就像狮子盘球似的，把祁天龙缠裹住。那祁天龙起初本不把那白菊潭放在眼中，以为无论怎样，总不愁制伏不住他。他二人一上手，就是几个回合，那祁天龙早被白菊潭的锤影缠扰得眼花缭乱，这才晓得他是个劲敌，正想拨开他的锤，用点穴功制倒他，哪知他的剑法略一疏忽，早被白菊潭的锤轻轻点得一点，正点在他的手腕骨上，他就啊哟一声，顿时手臂一酸麻，当的一声，那柄剑已落在地上。他就飞身蹿上屋面，说："姓白的，俺们再会面吧！"说罢，他把身体一晃，早已不知去向。

众贼人见白菊潭把祁天龙赶走，就呐喊一声，各执兵刀往上一围。那余天骥既到这时候，也就骑虎难下，随即摆动软索鞭，也冲杀了过去。

## 第二十八回

## 翻铁案群雄罹法网
## 探贼巢三侠走云台

　　却说余天骥舞动软索鞭，蹿过去，就想和白菊潭决一死斗。白菊潭哪里把这班贼人放在心上，那两柄鸳鸯锤施展开来，只见浑身前后左右，就像有几千百个锤头滚裹着，人家的兵刃再莫想分毫能近得他的身。锤光到处，早有几个贼人被锤打倒，但是他心中深恐怕这班贼人要趁势去杀路振飞和那女子，心想："擒贼擒王，拿住了余天骥，旁的贼人自然就容易解决。"他打定主意，那两柄锤就像疯狮摇头般地直向余天骥滚过去。

　　余天骥虽说拼命地恶斗，但他的本领哪里及得过白菊潭，不上三五个照面，早被白菊潭一锤扫在脚胫骨上，顿时立足不牢，一跤掼跌在地。其余的贼人起先本是狐假虎威，帮助虚张声势，现在见余天骥已被摔倒，他们又都不是些傻子，分明晓得白菊潭的厉害，谁还肯不逃走，白白地替他牺牲性命呢？当下就都接二连三地蹿上屋面逃走。白菊潭本来目的不在他们身上，自然不去追赶，放他们走脱。那些村丁们当然也就逃之夭夭，走了个一干二净。白菊潭这才去把路振飞、游彩凤解放开来。

　　书中交代，白菊潭他为什么突然到小柳屯来搭救路振飞、游彩凤呢？原来白菊潭他虽然是个村镇上有钱的富翁，他却不喜欢通年地住居在村镇上，每常一个人带着弹弓，往各地方去登山涉水，瞻仰游览，或是去看访几个知己的朋友，或是去做些济困扶危的勾当，一年间差不多倒有大半年在外边度着旅行生活。

那天路振飞去拜访他，也可算得是适逢其会，恰巧他回到桃叶村来，后来他问明路振飞的来历，晓得他是七羊山一派的人物，心中好生敬重。等到路振飞走后，他也动身离开桃叶村，可是他这番出门的目的，却又和从前不同，他因听路振飞说游彩凤失踪的一件事，他心中就想到处留神，也去帮他觅踪。因此并没远处去游历，只在附近的府县探访了一番，并没有察访出分毫的踪迹来。白菊潭心中好生发闷，他估量着路振飞一定往海州那条路上去寻找，自己不访着他，问明游彩凤的踪迹，委实这颗心安放不下来。他就打从原路折回海州，他一路上就听得人纷纷传说，海州州官失踪和孕妇在大堂剖腹自杀的一段惨案。白菊潭心想："这真是从有生以来没有听见过的奇谈，州官失踪，为什么衙中人和当地的绅士却不去上峰呈报呢？而且孕妇因为受了冤屈才在堂上剖腹自证，这又是一件喧天沸地的大案，怎么也没人替她出头，却这样马马虎虎地遮混过去呢？"他越想就心中越不自在起来，就一路赶到海州城，到城中去一打听，就打听出衙中办理的一应事务都是刑名师爷洪老儿和小柳屯的村董余天骥主持。白菊潭忽然心中就是一动，就哦了一声道："原来其中还有这番情节呢。余天骥是一个土头土脑的村董，又不是城中极有名望的人，怎么大家不去管理衙中的事，却单独要他去承揽呢？并且他既然是肯热心替地方办事的人，为什么州官失踪他不主张去向上峰处呈报呢？莫非州官失踪的这件事倒和他有些瓜葛吗？俺久闻这狗头颇有些名头不正当，所以俺不愿意去和他勾搭。现在既晓得这件事，倒不容俺不管呢。或者路振飞所说的，他那师妹失踪一回事，也与他有点关系吧。俺且莫管他，横竖俺要担延下来，把这件事打听一个水落石出。今晚且先到小柳屯去走一遭，暗中窥探这厮的举动行迹，然后再定办法吧。"他打定主意，就在寓中换着了一身夜行衣靠，揹上鸳鸯锤，挽好弹弓，飞身上屋，出了旅店，径奔赴小柳屯来。他虽然没到过余天骥的家中，但这北门一带的村落，却很熟悉的，何况这小柳屯又是个极巍峨富丽的大村，当然格外容易认识。他一到小柳屯，蹿过溪河，见有一座极高大的宅院，估量着一定就是余天骥的家中，他见这屋宅的两扇黑漆大门紧吞吞地关闭着，就一纵身，上了一棵极高的高树，升到树颠，一手挽住树梢，一手又在腰间，两足踏在树的丫枝上，细细向屋中窥探一个仔细。他见这屋是一宅三进的房屋，前面门房，走进门房，有一个大院落，却是五开间的一座大敞厅，里面灯烛辉煌，仿佛有不少的人在里面会议着什么似的。

白菊潭看罢，就打从树上这一纵，早轻轻地落在屋面。本来他的轻身本领极好，一落到屋面上，却是鸦雀无声，连屋瓦也没有震响一块。他就连蹿带跳，一直蹿到大厅的屋脊后面，轻轻地揭去一片屋瓦，向里面窥探窃听。就见余天骥正和祁天龙敬酒叙谈，他才晓得是余天骥的寿辰。后来又听得余天骥提说到自己的名字，说捉拿什么党羽，白菊潭却心中猜测不出，自己有什么人却先到他这里来过，却被他们擒住。接着又听得祁天龙指谪他，叫余天骥不要推顾情分，他心就勃然大怒，正待要纵身下屋去，忽然又一转念，说道："俺现在尚没有晓得他们干些什么勾当，何必就先鲁莽决裂呢？"他又把一腔怒气按捺住，及至见他们把路振飞、游彩凤捆缚出去，绑在木桩上，白菊潭是眼光何等尖锐的人，他一眼看定，那个男子却正是路振飞，那女子想必就是他那师妹游彩凤了。他当下且不惊扰他们，自己只隐身在屋脊的鸥吻后面，扣好弹弓，预备等他们动手的时候，再赏给他们几弹，这就算是投桃报李，也叫他识得一点儿厉害。那追风鬼张荣他做梦也没想到屋脊上有人窥探他的行动，白菊潭早把弹弓拟定，等到张荣动手的时候，本预备先一弹打进他的后脑，后来一转念道："俺究竟和余天骥没有什么仇隙，何必和他结什么冤仇呢？"

所以，他仅发一弹，打在张荣执刀的那只手腕骨上，这一弹直把张荣的手腕骨打得筋崩骨断，疼得他抛了刀，就拔步飞跑。

到这时候，白菊潭当然再不能迟延，就一纵身从屋面上飞落下来。他本意要向余天骥好言说情，叫他把路振飞、游彩凤释放，哪知余天骥却不肯答应，又被祁天龙岔出来，两个人一顶撞，顿时就反转了面孔，动手厮杀。祁天龙一逃走，余天骥当然敌他不过，脚踝上早着了一锤，直把踝骨扫得粉碎，就一跤跌倒在地上，不能动弹。

白菊潭把路振飞、游彩凤释放下来，就问他们怎样到这村上来，却被余天骥所擒。路、游二人先向他谢过，然后路振飞就把遇游彩凤，同到海州，以及余天骥劫官害人的种种事实，从头至尾告诉给他听。白菊潭一听，就勃然大怒道："原来这厮竟这样胆大包天，妄作妄为。俺起先也不过揣测这事或者和他有点儿干系，哪知他竟敢这样横行不法的吗?"说着，又冷笑了几声道："好，在他现在已经成了残疾，料想也不能逃走，俺们且把州官搭救出来，然后把他送衙究办，明正典刑吧。"

他说罢，就走到余天骥面前，喝问道："你这厮竟敢把州官藏在什么地方，快点儿实说吧!"

余天骥他晓得自己已不能逃走，就老早横了心，拼着一死，哪里肯实说呢。当下就哼了一声道："你们也莫问俺，那州官在什么地方，俺也不得而知，你们要杀俺，就请爽快拿刀来把俺一杀。要俺交出那狗官，再休做梦想吧。"说着，只是咬着牙齿，也不肯直说。

路振飞道："好! 他既不肯说实话，待俺去觅寻一根皮鞭子来，先拷打他一番，看他还能够不直说吗?"

白菊潭却笑道："这可不必，休得再担延时辰吧，俺料来那州官总不过禁藏在他家中，待俺在这地方看守住，恐怕这厮的党羽来把他劫走呢。你二人就快些去寻觅吧。"

路振飞、游彩凤点了点头，两个人就手执钢刀，奔进后院去。那余天骥的几房姬妾和一班仆妇、丫鬟们都尚没有来得及逃走，却被游彩凤、路振飞就像瓮中捉鳖似的，顷刻把她们都关锁在一间屋内，直吓得她们都抖抖战战，哀求着饶命。路、游二人也不去伤害她们，只逼着她们说出州官藏禁的地方来。众姬妾没有一个不想活命，有晓得这事的，就告诉他们说："那州官却被俺主人拿绳索捆缚住，吊在后院地窖子呢。"

路振飞、游彩凤去细细一寻找，果然寻着那个地窖，可怜那州官骆秉江每日天只给他喝些茶汤冷粥，却饿得像一只瘦羊。路振飞、游彩凤把骆州官救出地窖，替他解去绳索，又去寻觅了茶汤薄粥等物给他喝着。等到他精神稍稍地恢复，才把这件事和自己搭救他的话对他告禀了一番。那骆州官只略略地点着头。路、游二人晓得他没有气力说话，也就不再开口，就去告知白菊潭。当下他们就在村上过了一宵，一到早晨，就雇了一乘小轿，请骆州官坐着，又把余天骥捆缚了一个结实，雇人扛抬着。他们三个人沿途保护押解着，直往城里赶来。

一到州衙，那州官渐渐进了些饮食，精神气力一恢复，自然显露出寻常的神态来，就把白菊潭、路、游三人都一齐留在衙中，一边叫把余天骥监禁起来，一边却派了四名干差把刑名洪老头儿锁拿住，也把来监禁下。这风声一传播出去，没一个人不晓得是州官出去私访，把余天骥捉获住。当时那班缙绅董事们胆子先壮了一半，就大家纷纷往州衙去参谒慰问。骆秉江也晓得这班人素来胆小如鼠，只得冷冷地笑了一声道："幸亏本州这番被土豪劫去，还能够侥幸逃出，倘然真个丧了性命，那土豪要做州官，你们都附和他，要做皇帝，你们也就跟随他造反吗？本州现在也不和你们说话，俺只把这情由到上峰去一呈报，看诸位也吃得了这担子吧。"

他这几句话，早把几个绅士吓了个屁滚尿流，晓得真个一呈报上去，各人这个干系都担不了，只得打躬作揖地请州官宽恕栽培他们。骆秉江本来不预备和他们为难，也就笑了笑，叫他们一齐退了出去。骆秉江又问明了白菊潭、路振飞、游彩凤三人的根底来历，他们并不隐瞒，各人都直说出来。骆秉江晓得他们都是一班侠义英雄，心中又是感激，又是钦佩，就在州衙排起一桌酒宴款待他们，又叫人去做了一张呈文，把余天骥的罪状和洪老头儿勾连作恶、误断人命等罪案一齐呈报到上峰去。

不消说得，这呈文一上，不到半个月的工夫，就得到上峰批准，余天骥斩决示众，可怜一个老奸巨猾的刑名老师，也免不得陪他吃了一刀，总算把这案件结束。白菊潭、路振飞、游彩凤三人这才起身告辞。骆秉江就送给他三人三百两程仪，他们哪里肯领受呢，都说："大人是个爱百姓的好官，自己未必宦囊丰富，这点儿银两还留着大人辅佐廉俸吧。再不然，就把来做点儿公共事务，也强似赠给俺们呢。"

骆秉江见他们这样说法，晓得他们坚不肯受，也只得罢了，遂亲自送他们出衙，携手洒泪而别。他们三人出了州衙，路振飞、游彩凤就告诉白菊潭说，他二人要往云台山寻萧癫子去。白菊潭一听，忽然又想出一件事来。

# 第二十九回

## 孑身避祸督署售青萍
## 有美同心金闺歌赤凤

却说白菊潭听路振飞、游彩凤要往云台山寻萧癞子去，忽然心中一转念，就对他二人说道："那萧癞子名叫金背铁蜈蚣萧贵，他的本领能为极大，手下的党羽又多，你二人去寻他为难，哪里敌得过他呢？当初萧癞子也曾几次三番派人来和俺结纳，不过俺晓得他不是一个正人，所以却立意拒绝。照理而论，他既和俺也没什么仇隙，俺不须去干预他，无奈俺近来探听得这厮格外胆大包天，无恶不作，并且他和这余天骥又极有交往，俺既帮你们除了余天骥，却焉能瞒得过他呢？横竖他晓得了，一定要和俺结怨的，倒不如俺和你们到云台山走一趟去，相机行事。倘然这萧癞子真是个杀不可赦的人，俺们就趁势把他剿灭，岂不是除却一害吗？"

路振飞和游彩凤一听他这番说话，自然心中要竭诚地欢迎，就说："白大哥既肯不辞跋涉，帮助俺们同去，那真是俺们求之不得哩。但不知白大哥是先回桃叶村，还是就此一齐动身？"

白菊潭笑道："俺回桃叶村，也没有什么要事，既答应你们同去，顷刻就和你们动身，何必再延宕呢？"

他们三人商量停妥，就一齐赶路动身，勾奔云台山路径上去。看官要晓得，这个金背铁蜈蚣萧贵是怎着的一个人物？那莲池和尚为什么却要差路振飞、游彩凤兄妹二人去诛灭他？其中却也有一段情节。

原来这萧贵是湖北武昌府的人，从小就没有了爷娘，跟着他舅舅韩凤度活。那韩凤本是个做跟官当差的人，手头却稍微有一点儿积蓄，后来年纪大了，就索性把生意一辞歇，告老归林，乐享晚福。他本来是个没有儿子的人，当然就把外甥萧贵当作亲生儿子一般地看待。萧贵长到七八岁的时候，韩凤就请了一个教读的老先生，教他读几本破蒙的书。可是这萧贵生得顽皮不过，虽说资质不十分愚笨，却也不肯安心用功读书，整日天地逃学在外，去和一班村童牧竖、土棍流氓，以及一班游手好闲的子弟，不是打拳踢脚，就是惹是生非。偏生他又是生得性情狡诈，又是气力过人，并且又能够写几句狗屁不通的文字，有了这三种资格，当然人家都敬重惧怕他。那班狐群狗党更要把他抬举上三十三天，自然让他在村镇上执起牛耳来。他舅舅韩凤非但不去管束他，反夸赞他这外甥有才能、有出息，将来怕不要强爷胜祖，要超胜过他自己十倍哩。他见萧贵不喜欢读书，就索性把先生辞去，让他去和这班人把天吵塌下来，也只装聋作哑，不去管教他。

那萧贵到了十六岁的时候，却长得身貌魁梧，体魄干健，又天生的一种异相，浑身上下的皮肉都粗糙得像蛇皮一般，人家就送他一个绰号，叫作萧癞子。那一天他和这一班人又混在一起，去做些嫖赌吃喝、鼠窃狗偷的行业，哪知他因为同伙争执起来，一语不合，惹动他的牛性，一拳把村长的儿子，叫咽气鬼郑毛，打得脑浆迸裂，一命呜呼。萧贵见闯下了大祸，便一溜烟往家中跑逃。韩凤他却有主张，以为打死了别人家的子弟，倒还没有什么打紧，偏偏郑毛的父亲却是本村的一个村长，现在把他的儿子打死，怎肯甘休呢？他晓得不叫萧贵逃走去，先避一避开风头，这件事一定不能了结。他当下就修了一封书信，给萧贵二百两银子，叫他逃到山东去投奔他的一个朋友，名叫刘得胜。

这刘得胜却在督抚衙门中当差。他叫萧贵去投奔他，一者可以避祸，二来也好讨一个进身，三来走点儿门路，这稀淡平常的一件人命案，还愁不能够就了结的吗？他把这意思对他外甥一提说，萧贵到这时候也有几分慌得没有了主张，一听韩凤这样说话，自然就打从心眼上赞成，随即打了一个小包裹，偷偷地离开了自己的这个村镇，往山东投奔去。

那韩凤自打从萧贵走后，总以为这样一来，却不怕郑家寻找他说话。哪里晓得那郑毛的父亲，他晓得韩凤手头很有点积蓄，现在既然儿子被他家打死，岂肯善罢甘休，不趁势讹诈他吗？他当时就到县里去告了一状，不消说得，自然就要去验尸勘查，一查访明白，就老实不客气把韩凤锁捉了进去，讯了一堂，说他是纵凶逃脱，勒逼他要交出他的外甥来。这一来，韩老头儿才有些心慌，晓得不交出凶手，自己就要替吃官司、替坐牢狱呢。还是他有主张，他想这事要自己脱连干系，只有拿钱去买着息事，就派人去先和村长郑四一商量。那郑四一开口，便要了他八百块钱，韩老头儿这一吓，先吓矮了半截，暗暗说道："我的妈，俺这份产业统统凑并起来，也不到二三千块钱，现在他倒要八百块，假使衙门内那些上上下下的人再要上一千八百，俺这份家产不就总共送给了他们吗？不不不！俺情愿拼了这条老性命，钱是万万不能答应他们的。"

他既主意打定，便一口咬紧牙关，不肯再拿出一个钱来。你想他存着这种吝啬的心，还能够让他受用吗？他一押进牢中去，不消三五天，已被几个狱卒私刑拷打了个九死一活，便生起一场病来，就此一命呜呼，总算替代他外甥偿了郑毛的一条命。他一死，家中也没有什么人，那份家产也就被封查入官，总算这场掀天沸地的人命重案暂时告了一段结束。

如今再说那个萧贵，自从投奔到山东去，他本是个极诈猾不过的人，当然是件件精明，并且手中也有钱使用，一访到刘得胜的地方，就先预备下几色礼物，送去个世交的名帖。刘得胜当初本是和韩凤同过患难的人，一接着韩凤的信，如何不收留他呢？并且又见萧贵长得相貌魁梧，为人聪明机警，心中更十分地欢爱他，便把他留住在家中，晓得他又能够识字动笔，就把一切往来信件的事叫他替代照管。不上几个月，刘得胜又替他在督抚陆大人的行辕谋了一件差事。

那督抚陆大人，名叫陆羽春，是新升任的山东巡抚，为人好酒爱色，极其贪婪。他见萧贵善于逢迎，并且知情识趣，就打从心眼里喜爱他。不上几个月，便提拔他做了个贴身的总管，府中上下的一应事务，都交代他全权执管。这一来，那萧贵真是时来运济，陡然一跃，变成了督抚署红得发紫的一等一的红人，无论什么人要来趋奉结纳这个陆巡抚，都要先走他的线索，所以不上一两个年头，不但山东省一切大小的官员都和他有了交往，就是京中的什么六部衙门、相府的大人物，也渐渐晓得有萧贵这个名头。偏生他生性又慷慨阔绰，到手的银子，无论成千整万，他都肯拿出去结纳要人。那陆羽春因为心中爱他，所以经他过手的银子，也就不去追究查问。好在他替陆羽春想出的弄银子的法子，每年也不下好几百万，那么，陆羽春又安能不任凭他尽性任情慷慨挥霍呢？

这天，那萧贵正独自一个人，晚间闷坐在自己的一间暖阁里，心中思前想后，却有几分不自在起来。正在这个当儿，忽然就听得阁门上有人轻轻弹指的声音，萧贵本来是凝着神的，就先咳嗽了一声，然后就问是什么人敲门，却听有女人轻轻回答的声音，说："萧总管，里面有要事，叫请你进去呢。"

萧贵开了阁门看时，便认得那女子却是陆大人四姨太太房中的丫鬟，名唤桂香的，便问："有什么事，可是大人唤俺吗？"

那桂香就一面拿袖子掩着嘴，咯咯地笑，一边就说道："老爷这时候已到十七姨太太公馆去安睡作乐，还肯唤叫你去吗？俺是四姨太太差来，叫请你进去的。她究竟有什么事，俺可不明白，大概你进去，总会晓得的呢。"说着，又拿眼睛乜着他笑。

萧贵本来是个玲珑剔透的人，他听了桂香的说话，又见她这般举动神态，早已猜透了七八分，便点着头笑道："好，既是姨太太唤俺，俺不去倒要遭怪。姐姐等一等，俺们一齐进去吧。"他说着，便重行换了一套新衣帽，对镜顾影，整理了一番，然后才赳赳昂昂地和桂香向内室去。

萧贵虽然说是内室常时走动，但是姨太太房中，可说是从没有到过的。这个四姨太太，平昔她看见萧贵，见他生长得魁梧雄壮，做人又极机警伶俐，早把这颗心印送了过去，常时见了面的时候，只把眉目传情。那萧贵也本来不是个正经人物，并且他在少年时候有钱有势的人，常时到外面去惹草拈花，好人家的女子也不知白白地被他糟蹋了多少。他见这四姨太太生得天仙美貌般的人物，本来看见了就已老早垂涎，何况四姨太太对着他这样垂青，他当然心非木石，早已参透她的用意。不过他心中一者惧怕他主人，不敢去勾搭上手，二来也不晓得这四姨太太究竟是不是真心爱恋他，所以朝朝暮暮，只像害着单相思病似的，只恨没个人替他通一些线索，献一些殷勤，便好得着一个机会，去做一个入幕之宾。现在一听四姨太太打发这个丫头来请他，他岂有不懂得这个哑谜的呢？他当下跟着这个丫头桂香穿门入户，一直来到四姨太太的房中。

那四姨太太已打扮得像一枝盈风杨柳似的，正等候着他呢，一见萧贵跟着桂香走进了自己的房中来，便满面堆笑，随手拉过一张红木的靠背椅，叫他坐了下来。萧贵一面坐下和她搭讪着，一面就笑嘻嘻地问道："请问姨太太这时候呼唤俺进来，有什么要事吩咐吗？"

那四姨太太却眉开眼笑地早端过一张靠背椅子来，坐在萧贵的身边，一面却笑着说道："这事你要问俺吗？你是个聪明不过的人，料想也不需俺对你说，你就会明白的。你想俺们大人他通共娶了十七房姨太太，他是个秉性弃旧怜新的人，可怜俺这样一个人，却早被他搁置在脑后，一个月当中，也没想他看顾一两次哩。俺这满肚皮的怨苦，可惜没个人可以谈说。俺晓得你是老爷心上顶顶爱的人，为人又很是忠直，所以特地请你来谈谈我的苦衷的。"

萧贵一听她说话，却装作假痴呆似的道："太太的话我已明白了，总为大人待太太嫌疏忽，所以太太心中就有些不高兴，但是大人的脾气是这样，人劝解他，也是没用的。太太现在告诉俺，可惜俺又不是大人的替身，却怎样安慰太太呢？"

四姨太太一听这说话，就一歪身，向萧贵怀中直偎过来，用手膀勾住他的头，笑着道："你休假装正经吧，你既然爱我，就做一做老爷的替身，也没有什么紧要。老爷却未必有你这样知情识趣哩。"

那桂香却早见机，便一溜出了房门，拿绳把房门反扣住，却把萧贵软禁在房中。

## 第三十回

### 嘘寒送暖祸水当门
### 染指分甘酸风匝地

　　却说那桂香走出去，把房门反扣住，就把萧贵软禁在四姨太太房中。哈哈！其实这萧贵本是个好色的魔王、脂粉的健将，就是不禁他，他也绝不会放着到口的食不狂吞大嚼的哩。他当下一见她们的做作，晓得这个四姨太太主婢二人都是一条路上的人，已淫贱到了极点，那胆子也格外大了。就假意地对四姨太太板起面孔来说道："你们这地方是个什么所在，却把俺哄骗了进来禁闭住，万一被陆大人晓得了，俺的性命、前程还保守得住吗？"

　　那四姨太太到这时候已是飞红两颊，欲火炎炎，恨不得把萧贵一口吞吃下肚去，哪里还容得他装腔作势地推却呢？当下就一面搂抱住他，一面笑咯咯地说道："俺晓得你是个知情识趣的人，你莫要再装腔作势地推却吧。俺这里除了俺和桂香两个人，别个人是再不让轻易走进来的。只要你依从我，无论什么事体，都有俺担保得住，绝不会叫大人晓得的。你要这时候不答应我呢，俺只要一声张起来，只说你撞进房中来强奸我，看你有百口去分辩吧！"

　　萧贵本来并不是要拒绝她，不过自己要想这四姨太太死心塌地地爱他，推诚坦白地和他取乐，所以不得不先装一些架子，以留自己的地步。当下被四姨太太这一顿教训，已经是五体投地，

199

也就笑道："既然这样说，俺也说不得，就要恭敬不如从命哩。"

他两个人又说笑了一会儿，然后少不得就要宽衣解带，实行试他们的真功夫本领去。这种地方，编书的也不必再去累赘地描写他，以免读者们要指谪我笔端秽亵呢。

打从这天起，那萧贵就和四姨太太打得火热，一到晚间，就整夜地停宿在四姨太太房中，他二人总以为和桂香打通一气，这件事万万再不会给别人晓得的。哪里晓得桂香这丫头自从打萧贵也赏识了她，居然穿着绸缎，装束一漂亮，手面也就渐渐阔绰起来，别的人倒也不很注意她，独有七姨太太房中有个大丫头，名叫兰香的，却就早引得垂着馋涎，暗想："桂香这小精灵鬼，不晓她现在有了什么意外的际遇，顿时会这样走了桃花运。哼哼！她瞒得了别人，要想逃过俺兰香的眼中，那可就今生今世莫想做梦吧。总有一天，被俺候查得出，再慢慢和她算账。"她既存了这种心思，自然就到处留心，候查桂香的举动。

巧不其然，那天晚上，萧贵又到四姨太太房中去，那兰香却隐身在一块假山石后面，她看见桂香打着一盏红纱灯，导引着萧贵绕过后面的小楠木厅，直向里面去。兰香一看，心中早就猜透了七八分，随即哦了一声，说道："那里面不是四姨太太的房中吗？原来她们主婢都串通了一气，接着这样的活宝财神，怪道她们要疯魔得上了天去。"她想罢，就蹑手蹑脚地轻轻溜了进去，满意要想去听一出隔壁戏，窥一幅秘戏图，哪知一到里边，那甬道旁边的一条火巷门已铁桶般地紧闭起来。兰香就咬着牙齿，狠狠地恨了一声道："让你秘密吧，你们要瞒着做事，俺要放你们安静，也不算俺的本领哩。"

她一路回到自己房中去，暗暗地沉思："桂香这丫头倒不难对付她，独有那个四姨太太，她是个又精明又悍泼的人，要对付她，只有俺们七姨太太倒还能够和她着对手棋。并且她也是个生性爱吃野食的人，把这件事一告诉她，她没有不动馋念的。只要

200

她去勾搭到手，吃剩的残肴，难道不许俺尝些滋味吗？"她打定主意，就去把这件事原原本本地告诉七姨太太，并且又加油添醋地掺杂了一大篇的疯话。顿时把七姨太太也引得心猿意马不定起来，恨不得就过去把萧贵抢夺了来，和自己取乐。你想天下哪有这样容易的事呢？莫说偷汉没有得着别人家的同意，就是得着别人家同意，也未必能够说请就到。并且萧贵又是个被四姨太太牵搭住的人，现在要把他口中食夺过来，染指分甘，大快朵颐，那才真是难之又难，难于登蜀道上青天呢。

她们主婢二人细细地一商量，就想出一条锦囊妙计来，你道她们想的是什么妙计呢？原来她们晓得萧贵要打从四姨太太房中走出，必定仍要经过那座楠木厅的原路，只须预先埋伏在那里等候，一等桂香送出了他，就好上前去劫夺。她们计议已定，等到天还没亮的时候，七姨太太即领着兰香都是脂泽涂唇、香膏匀面，打扮得袅袅婷婷，虽然短装结束，却越显得异样妖娆。她二人仍然隐身在假山石背后，这时候，反要让兰香做一个司令官，只消她一声令下，就一齐抢了出去。她主婢二人一直呆呆地伫盼着，虽受着些冷风湿露，却也分毫没觉得有怨悔退缩的心。

足足等了有半个多钟，才听得里面有轻轻启门的声音，不一会儿工夫，那弄门也开放，就见桂香领着一个魁梧雄壮的男子，由里面绕道过来。兰香眼快，早看见是那个萧贵，顷刻下了一个紧急的号令，两个人便由甬道上抢扑了过去。萧贵一见，早吃了一惊，拨转身就仍从四姨太太房中奔逃了进去。那桂香一双滴溜溜的眼睛早已看出是七姨太太和兰香，她心中岂有猜不透她们用意的呢？当下就不禁恼羞成怒，把两只短袖高高卷了起来，对着七姨太太和兰香冷笑道："你道放着好梦不做，清晨大早来到这里显魂吗？"

七姨太太也喝道："骚蹄子，好不要脸，你主婢做的事，还瞒得过俺吗？现在证据已被俺搜寻着，料想你主婢也抵赖不过。

俺问你们，是认打认罚？要是认打，俺先拖你到大人处去出首；要是认罚呢，俺们就讲明一个条件，把所有的权利二一添作五，平均分配，每人一天，要不然，俺们拼得大家抓破了脸，休怪俺处置得手段太毒辣吧。"

那桂香听她的说话，晓得她们是有意要来染指禁脔，更同要剜她的心头肉一般，早不由分说，虎势势地跳了过去，举起巴掌来，照定兰香就是一掌打去。兰香没闪避得及，早被把半个粉脸打得泛出胭脂色来。那兰香也是个泼辣不过的东西，既然吃了这个大亏，哪里就肯饶让过，就用手一揪，揪住桂香的发髻，两个人厮扭作一团。七姨太恐怕兰香要吃亏，到这时候，不由她不亲自出马，就赶过去，举起拳头来，在桂香屁股上一顿乱捶乱擂。桂香敌不过她二人，早就带哭带喊地叫起救命来。那四姨太自打从萧贵逃避到她房中去，问明了情节，也不禁无名火提高了十丈，正迈步赶了出来，要看看是什么人敢来和她作对。她一走出楠木厅，就听得桂香哭叫的声音，到得面前看时，见是七姨太太和兰香，也就不分青红皂白，直向七姨太太扑过来。七姨太太也抖擞精神，和她厮扭在一堆。那七姨太太一边扭打，一边口中骚狐精、狗贱货地嚷骂。萧贵晓得这场风浪闹得太大了，他哪里还敢逗留，就趁着她们打得极热闹的当儿，早已溜之乎也，逃走了出去。

那四姨太太见萧贵已走，那胆子越发粗壮起来，本来她的膂力极好，七姨太太却敌不过她。就听得哧啦一声，七姨太太的一条短裤已被她边腰扯下一块来，七姨太只得把手一松，拔步就向外逃走。兰香见七姨太太逃走，当然也不敢恋战，抛了桂香，两只脚就噔噔噔地飞跑出去。她们这出把戏，顷刻闹了个沸地翻天，陆公馆里里外外、上上下下的人，没一个不晓得，却把来当一件稀奇新闻，做酒后茶余的谈笑。那许多姨太太也有听着笑的，也有听着骂的，真是形形色色，各人有各人的心理。幸亏这夜陆羽春因为新收了一个姨太太，住在外边过宿，不曾回到公馆中来。

那萧贵到底是做贼心虚，他晓得这件事风声太闹得不好听，陆羽春晓得了，一定不肯善罢。他就暗暗去和四姨太太一商量，和桂香三个人卷一包首饰细软，偷偷地逃了出去。等到陆羽春回到府署来，查究出这件事，他们早已杳如黄鹤，更从何处去弋获呢？他一时既然舍不得爱姬，更舍不得失了这个手臂相联的萧贵，并且他做了这样的大官，哪里坍得起这个台？心中不住地打量着，只得狠狠地恨了一声，就发出一道札子，着各府州县去画影图形捉拿。

那萧贵和四姨太太、桂香三个人逃出了督署，晓得陆羽春一定不肯放过他们，当然也不敢在山东地界逗留，遂迤逦逃奔到湖北故乡。一打听，他舅舅韩凤已经家破人亡，他的旧案官府中尚没有一笔勾销，当然他有些惧怕，不敢在湖北省居住。好在他们都带着十足的川资，只消把金银细软去变换，本来到处都可以为家的。就又逃到湖南省境来，他晓得自己犯的罪太大，恐怕陆羽春再派人到各省去缉访，总想依托一个有势力的人作护身符，然后才可以为所欲为，毫无忌惮。他就打听得湖南长沙府有一个著名的黑虎党大党魁，名叫过天星华岫云，本是个坐地分赃的大响马，他的本领武功，湖南一省竟没一个人能敌得过他，而且手下的党羽极多，连官府也不敢去奈何他。凡是各省府县犯了案的人，被官府拿捉得紧急的时候，却都去投到他那里去躲避。萧贵打听出这条门径来，心中如何不喜悦哩？他就访到华岫云住居的那个集贤村上来。他预备下好几百金的赞仪，然后才去登门叩见。那华岫云一问起他的姓名来历，晓得他是做过督署的总管，是个有体面、有本领的人，当然也就另眼看待他，叫他把家眷都搬到自己村上来住。及至一看见那个四姨太太生得风骚入骨，早把华岫云的魂魄勾吸了去，他就对萧贵说明，要他把四姨太太送

203

给他。萧贵心中虽不情愿，但一者是惧怕华岫云，二来恐怕失了华岫云的欢心。他仔细地想了一想，世间美貌的女子真是很多很多，俺只要将来学得华岫云的功夫本领，创到他这样的声势，何愁没地方去弄三妻四妾作乐哩？他当下就和四姨太太一商量，四姨太太本来是个人尽可夫的，晓得华岫云是个一等一的佼佼人物，并且又生得魁梧漂亮，所以她就见异思迁，心愿诚服去跟华岫云做小老婆去。

华岫云见萧贵这样慷慨，以姬作赠，真是说不出一种快乐，就打从心眼儿上把萧贵看待得十二分重要，把一切事都托他照管。萧贵本是个有心机的人，他就闹着要跟华岫云学本领。华岫云既当他作心腹，岂有不答应他的道理？所以到了有闲空的时候，就亲自教练萧贵的本领，又对他讲说些练功夫的秘诀，什么硬软内外各种功夫，都是一一仔细剖解给他听。本来萧贵并不是个资质鲁钝的人，他把华岫云所传的功夫朝夕揣摩，仔细地一练习，便又悟出一种道理来。

## 第三十一回

# 传武技金屋献娇姬
# 运神功酒筵接铁弹

　　却说萧贵见华岫云教练他许多功夫，他就暗暗想道："俺在这里，虽然华岫云看待俺不错，到底他是主，我是宾，他是师父，我是徒弟，事实上俺总要听他的指挥管束。俺何不自己下一番苦功，把各种本领都练得精妙，然后不愁不能别树一帜，自己称霸称雄。"

　　他存着这种希望的心，便死心塌地地练功夫。过了两个多年头，他那武功的精进，真是一日千里，莫说别人不及他，就连那教他练的那个华岫云也有些望而生畏，虽不是青出于蓝，却亦可称得后来居上哩。华岫云见他功夫这样进步得快，也未免有几分吃惊，就拔擢他做了副首领。他便对华岫云献计说道："俺们虽然党的势力很大，但据俺看来，终究不能成功什么大事业。最好先把党规重新整理一番，然后再联络几个有势力的封疆大吏，和他们暗中联络，便好明目张胆地招兵买马起来。等到羽翼养成，就好占城夺地，莫说做强盗的盟主，就做个把皇帝，也没有什么稀罕，不强似庸庸碌碌的这一辈子吗？"

　　华岫云被他这一打动，就对他说道："你的见识果是不差，但朝廷的疆吏，他怎肯和俺们联络呢？"

　　萧贵又哈哈地笑道："这事你请放心吧，俺自有俺的办法。

俺们既把党的内部重新整顿过，便该把自己的人在各地方去分设几个干部，以便收联络指挥的效果。这两湖地方，由你老人家去支配，俺即日到山东去走一遭，那个巡抚陆羽春俺先和他联络去，那边的干部就归俺去相继组织，等到组织成功，再和你这边接洽吧。"

华岫云点头答应，那萧贵就动身到山东省来，赶到济南的督抚衙署，他打听得陆羽春并没有调任。这天夜间，他便带好兵刃，向行辕飞了进去，寻到陆羽春的卧室。那羽春正和他的一位新宠太太在宽衣解带的当儿，萧贵便拨开窗户，轻轻打从屋檐翻落下去，一闪眼，他已站在陆羽春的面前。陆羽春猛一抬头，见一个浑身夜行衣靠的人，手中执着一把明晃晃的刀，就把他吓了一跳，就待开口要喊叫时，萧贵就对他摇摇手道："大人却不认得俺吗？俺要杀大人，喊叫却又有什么用处呢？"

陆羽春仔细一看，才认出是他那三年前的总管萧贵，不由得更心中有些害怕，便说："萧管家，本抚却没有亏待你，你这时候到这里来，难道竟要行刺俺吗？"

萧贵笑道："俺和大人并没有什么仇隙，并且大人待俺的好处，俺却时刻不忘，哪里就肯害大人呢？"

陆羽春道："那么，你想是要重谋差使吧？"

萧贵却摇着头道："差使俺却不要干，老实对大人说一句吧，俺现在已进了黑虎党，做了党中的首领。俺现在却是来要求大人，倘然俺党中的弟兄要在山东地面出场露面的时候，须得保护他们，俺们对于大人，自然每年也有另外的孝敬。倘然大人要不答应呢，俺们党中的羽翼极多，俺虽然不敢得罪大人，恐怕他们却不肯放大人过去哩。"

陆羽春一者心中惧怕，二来听他说每年有一批孝敬，心想："强盗的银子是来得最容易的，俺好歹不过做个白人情，凭空却又可以捞一笔进账，就是和强盗往来，又有什么人会晓得呢？这现成的钱不赚，不是一个傻子吗?"当下就满口地答应下去，凡是山东省地界上，有黑虎党的犯了案，本抚决不干预他们。萧贵见他肯答应，自然就心中大喜，向陆羽春谢了一声，便顷刻人的影踪都不见了。却把个陆羽春吓得目瞪口呆，自然也不敢把这件事对人提说，恐怕一传说出去，连他这前程都保护不稳牢。这且慢表。

且说萧贵威胁了陆羽春以后，他便去和山东全省的一班党魁一联络，大家都晓得他是党中的重要人物，更因他有一身出色惊人的本领，所以他对于这班人颐指气使，没一个不听他的指挥调度，唯他的马首是瞻。恰巧这时候，江苏云台山有一个党魁，名叫朱二瞎子，因手下的党徒不服，把他杀死。萧贵得了这个信，就赶到云台山，齐集众党徒，把那造反的几个人先枭首示众，他就老实不客气做起首领来。打从他到了云台山，他是个最攻心计的人，却把云台山布置得十分缜密，重新定下党规，把手下的党羽布勒得十分严肃，又派人各处去联合盗匪，招揽亡命，不上几个年头，居然苏鲁一带的盗匪都入了他的辖治当中。人家震慑他的名头，就恭送他一个绰号，叫他作金背铁蜈蚣，就是表示他手段毒辣、扶持者众的意思。他既有了这样的声势，又有封疆大吏做他的奥援，当然是作奸作恶，毫无顾忌，凡是他手下的党羽去打劫人家，并不费一枪一矢，都是先给人家一封信，写明要借多少银两，限几天送至什么地方。倘然你过期三天，不如数地送去，就要全家被他们屠杀。那些接到他的信的人家，晓得是萧癞子手下的人来借银，无论有没有，都要凑足了送给他们，再没有别法，就连当衣典物，卖儿鬻女，也不敢推辞。并且还不敢声张出去，一声张，就马上要遭飞灾横祸。那些地方上的衙门、三班捕役，没一个不和他们串通声气，互相结纳，就是有几个清正廉明的好官，晓得这其中的黑幕，谁敢拿性命去和他碰钉子呢?

那萧癞子又是个好色不过的人，他一有了权势，当然就为所欲为，派这班党徒到各地方去遍搜艳色，广猎名花，无论是百姓人家、缙绅小姐，下而至勾栏妓院，只要容貌生得中选，就都抢劫了去，送到云台山给萧贵取乐受用。

那莲池和尚，他本是一个疾恶如仇的人，他虽然也有不少的徒党，但却和他们处于反对的地位，他的那些徒党所做的事，无非都是锄强抑暴、济困扶危，他们不但不和他们通声气，并且正要到处剿灭黑虎党的党羽。那莲池和尚，他除却派几个贴身的徒弟在各地方查访他们的恶迹，自己也每每地亲自下山去探访外边的一切消息。那天，他经过寿光县，在酒店中看见路振飞，他就识透路振飞是个正人君子，并且有一股英爽的侠气，所以他才试探了他一回。后来路振飞替他会了酒饭账，他本想就带路振飞到七羊山，教他练习武功，不过他是个精于风鉴的人，看路振飞满面的黑气笼罩，晓得他定要遭一场飞灾横祸，但不致有性命之忧。现在尚没有这缘分上山，这是不能勉强的一件事，必须等到他受过一番挫折，将来机缘巧合，才可以叫他死心塌地做一番大事业呢。

路振飞后来拜了游万峰为师，莲池和尚已详详细细地打听着，他因要试他们的行径，所以就对游万峰说，叫路振飞和游彩凤往云台山剿灭萧癞子去。他也明知他二人不见得是萧癞子的对手，但他却另外有摆布，要叫他二人去冒一冒险罢咧。

如今掉转笔来，再说路振飞、游彩凤、白菊潭，他们三个人离开海州，赶奔到云台山。到得山脚下时，已是天光薄暮的时候，只见那山临海环抱，虽不十分险峻，却周围的层叠曲折甚多。

路振飞就对白菊潭说道："白大哥，俺们初到这地方，一者山径不大熟悉，二来萧癞子究竟是怎样的一个人，俺们也应该先打听打听他，才好和他动手。俺想俺们三人，还是先投奔到山上去，假意入党，然后再慢慢地相机行事。这样办法，大哥以为妥当吗？"

白菊潭笑道："这倒不必，一者俺和萧癞子虽没见过面，但他的那些党羽却多半能认识俺的。他晓得俺是不肯去阿从附和他们，现在却忽然要去入党，和他结纳，未免他就先要疑心。并且现在俺们新破了小柳巷，杀了余天骥，那余天骥本是和他一党的人，他未必不得着消息，就是你们上山，假意投奔他，他岂肯被你们轻轻地瞒过呢？俺已老早晓得他们党中的秘密，并且萧癞子更是个无恶不作的东西，俺们杀了他，也不见得是冤屈的。任他有本领，俺们也未必不能敌过他哩。据俺意思见，还是俺们今晚就上山去，给他个仓促不及提防，除了这个大害吧。"

路振飞、游彩凤都点头道："就是这样，依大哥的办法吧。"

他们就拣一个深林中憩息了下来，等到天色昏暗，才各施展飞行的本领，赶奔上山。本来这云台山共有三个关隘，萧癞子都派心腹的人把守住，可是他们虽然把守得牢固，白菊潭、路振飞、游彩凤三人却早鸦雀无声地越了进去。一直上了山顶，就见有一座大松林，过了松林，便有一所巍峨的广厦，他们料定这地方就是萧贵的总营寨，便都打从屋面上一层一层地越了进去。过了几重屋脊，早听得里边弦歌笑乐的声音，他们三个人都是伏在屋脊上向下面细看。只见对面就是一座正厅，厅上摆着一桌筵宴，桌上点着两支粗如人臂的巨烛。正当中坐着一个体貌魁梧、粗豪雄壮的男子，两边坐着三五个高高矮矮的人物。还有一个和尚，也坐在上面，颔上一部花白银须。筵席旁边，却坐着三五个丰姿绝世的女子，有的弹着琵琶，有的啭着歌喉，莺声呖呖地唱着小曲。还有两个伺候着，替他们换杯送酒。厅前排列着十数个精壮大汉，都是各执兵刃，似乎听候传唤的样子。

白菊潭就轻轻地对路、游二人说道："你们看见了吗？那当中靠右边的魁梧汉子，恐怕就是萧癞子吧。"

路振飞道："大哥猜得不差，还有一个和尚，不晓得是什么人。"

游彩凤笑道："管他是什么人，大概总不外是他们的党羽罢咧。"

白菊潭道："难得他们这时候正在得趣，待俺赏他一弹，替他下酒，先把个萧癞子除掉，旁的党羽就不怕他们了。"

他说着，就先卸下弹弓，扣好铁弹，照准那个魁梧大汉，递面击去。恰巧那大汉正举杯叫左面的那个女子换酒，把头一偏，这一粒弹子却从他耳门边擦过，分毫并没有弹着。白菊潭见一弹没有击中，又把弓拉开，嗖地又是一弹，向他左额上击去。说也奇怪，那大汉正举箸夹菜，忽然一失手，把筷子滑落下地去，他刚往下一俯身，那一粒弹子又从他头顶上擦了过去。白菊潭心中焦躁，又把第三粒铁弹呼的一声射击过去，这一弹却是正打准他的鼻梁。在白菊潭心中，总以为这一弹无论怎样巧，绝不会再被他避开，哪里晓得这弹刚刚飞到那大汉的面前，早被那花白胡子的和尚一伸手，用两个指头把那颗铁弹夹住。白菊潭大吃一惊，晓得是遇着能手，正要招呼路、游二人逃跑，哪知那个和尚早一纵身出了庭院，如飞鸟直蹿上屋脊来了。

游彩凤、路振飞见不是路，已经各人身边拔出兵刃，预备和他决战，他二人还未动手，就觉背后有人把他拦腰夹住，飞身就向外面飞逃。白菊潭也身边拔着鸳鸯锤，等到那和尚到了面前，预备就猛不提防想一连几锤把个和尚头打个稀糊血烂。那和尚刚才站立到屋脊上，白菊潭早已从屋脊后面直跃过去，一摆鸳鸯锤，照和尚就痛击。那和尚也不还手，只顾左闪右避。白菊潭一连三五锤，都被他避开，就听得他忽然对着白菊潭大喝一声，白菊潭忽然浑身一麻痹，知觉一失，就从屋上翻跌下去。

## 第三十二回

### 感深恩匪穴救良朋
### 述往事深林逢剑侠

  却说白菊潭被那和尚纵声一喝，原来他这一喝，却是一种精神上练就的功夫，能令人听得他这声音，顷刻就要浑身血脉壅阻，知觉失常。白菊潭虽说功夫本领好，但这种神功，他却没有练过，所以吃他这一喝，便跌翻下屋去。那和尚又在屋脊上四面探察了一番，这才轻飘飘地飞下屋面来。

  那萧癞子也率领着一班人，各执兵刃，赶到庭院来，他一手抱着手中的一对虎头倒刺双钩，一手指着手底下的人，叫把白菊潭捆缚上厅去。原来金背铁蜈蚣萧贵，他本是初起入首就练过内功的人，后来他又结识了河南清风岭水月和尚智海，又跟着他练运气神功、金钟罩、混元一气功，把身体练得比铁还要硬过三分，浑身上下除了一副眼睛外，别的地方无论刀枪兵刃，都莫想伤损他分毫，并且那一双耳朵、两只眼睛，都练得连黑夜里苍蝇、蚊子的形影都看得出，绣花针落地的声音都听得出。那水月和尚智海也是个好色不过的魔王，时常到萧贵这地方来追欢取乐。

  作者写到这地方，读者们一定又要驳俺一句，那水月和尚智海既然是练神功的人，他那精气神三宝，自然就要紧紧地牢固，分毫不能把他漏泄，怎么还能够恣情纵欲呢？

原来水月和尚智海，他们所练的功夫都是讲究些左道旁门，虽然精气神不肯轻易漏泄，无奈他们这好色纵欲的心却又制压不住，所以他们就去研究一种采花炼补的邪法，这法子就叫作素女采战术，不但和女子交接自己不损失半点儿阳精，并且还能够采取女子的阴精作为自己的补养。那被采战的女子，久而久之，就要精枯血瘁，变成一个痨瘵症，那被他们害死的女子，真是车载斗量，不可胜计哩。

　　他们在那儿吃酒快乐的时候，那白菊潭的第一粒铁弹射过去，他们都已听得明明白白，晓得屋上有人暗算，但却故意不动声色，为的是要试探试探屋上人的本领。那第一粒铁弹飞到酒筵上，萧癞子却故意把头一偏，便把那弹子轻轻避过。到第二粒铁弹再飞到他们的面前，萧癞子又借着拾筷子的当儿，把腰一哈，又躲避了开去。那白菊潭并不晓得他们是有意躲让，所以接着又把第三粒铁弹打了过去。到这时候，智海当然就不容他来撒野，随即一伸手，把铁弹接住，纵步出屋，向屋面上追去。白菊潭一者来不及逃走，二来也想顺便先诛了这和尚，所以就大胆和他恶战，也再想不到和尚会怎样厉害，自己吃不住他这一喝，就栽翻下屋去。那班人先把他一捆缚，押解上厅去，又替他把弹弓和鸳鸯锤都安置在一旁。萧癞子虽不认识他，无奈他手下的一班人却有几个认识他是桃叶村的白教师，就和萧癞子一说明。

　　萧癞子一听，就哈哈大笑，用手指着白菊潭说道："你原来就是桃叶村的教师吗？俺也久闻得你的名头，几次派人请你来入伙，你却自高身价，不屑到俺这里来。现在不请你，你却到来光顾。你和我有什么仇隙，你却要来行刺俺呢？"

　　白菊潭就冷笑一声道："你问俺吗？你只自问你们做的好事，俺来杀你们，只算替百姓除害。现在既然被你们擒获住，要杀要剐，就请你们爽快些吧。要不然，惹得俺性起，便要连你们祖宗十八代都要骂出来，那才是自讨没趣呢。"

萧癞子点点头道："好极，你既然情愿一死，俺倒也饶你不得，倘然放了你，你再来和俺们寻仇作对，倒也是个心腹大患呢。"说着，他就从壁上取下一柄刀来，对白菊潭嗖地就是一刀。

　　白菊潭已然把心一横，伸长了脖子，正准备着等死，哪知萧癞子的刀还未落下，早被一个人抢步上前，一手把住萧癞子的臂膊，口中说道："萧大哥，这姓白的，这时候俺们不能杀他呢。"

　　萧癞子一看这人，正是他的拜弟，名叫金睛兽钟英，就把刀往地下一掷，又着手说道："贤弟为什么劝俺不要杀他呢？难道怕有什么人来替他报复吗？"

　　钟英笑道："不是这样说，俺晓得这姓白的，江湖上很有点儿名头，都称他是一个济困扶危的好汉。大哥倘然杀了他，岂不要叫江湖上不晓得他来行刺的一班人，倒反说大哥气量狭窄，不能容物吗？据俺看来，不如且把他监禁住，先到江湖上去宣布他的罪状，使得人人晓得他是罪有应得，然后再杀他，却也不迟哩。"

　　萧癞子听罢，就点了点头道："你的意见却也不差，俺们党中的规例，就是先讲义气，人家不晓得他来行刺俺，却误会说俺器量小，不能容他，那才是要损害俺们的名誉呢。既然贤弟这样说，俺就把他交给贤弟吧，不过须要好好地看守他，莫放他脱跑，才可免受后累呢。"

　　钟英点头答应，就把白菊潭向手上一提，又取了他的鸳鸯锤和铁弹弓，他拎着白菊潭，就向山后的一所宅院去。一到没有人迹的地方，他就替白菊潭把绳索放开，纳头便拜。白菊潭就一把拉住他道："俺和尊驾素不相识，现在荷蒙尊驾把俺释放，俺没叩谢大德，怎么尊驾倒和俺行起这大礼来呢？"

　　钟英笑道："原来庄主却不认识小弟。小弟名叫钟英，当初小弟在山东潞州犯了人命案，不亏兄长帮忙，俺哪里就能脱身逃走？庄主虽然已经遗忘，小弟却时刻记忆，不忘庄主的大德呢。"

白菊潭哦了一声，这才想起，这钟英当初在潞州和一个土豪殴斗，被他把那土豪杀死。白菊潭却认得府中一个刑名，就叫他替钟英设法，把钟英开释，自己又赠给钟英几十两银子，叫钟英脱逃，所以现在却遇着钟英来搭救他。当下白菊潭就问钟英投奔到云台山的一段情节。

　　钟英唉了一声道："俺投奔到这地方来，总算是俺自己瞎了眼睛，误认为萧癞子是个好人。俺自从和庄主分别后，就独自一人在江湖上漂荡了七八个年头，也被俺结识了不少的有本领的人物。俺闻得人说这萧癞子是个慷慨扶危、礼贤下士的人物，俺才不惜千里地走来投奔他。起初到这里的时候，果然见他虚恭下气，屈己待人，对俺又是格外十分敬重，十分亲信，是俺一时糊涂，就和他结为异姓弟兄。后来在山上住了些时，才看出他们的举动来，却全是一班无恶不作的人。当时俺心中一恼，便想不辞而别地走下山去，后来想了一想，俺与其走下山去，倒不如仍在山上劝谏劝谏他，倘然劝谏不听，就乘机杀死他，倒也算除一大害呢。叵耐这萧癞子的本领极好，俺却不敢轻易动手刺他，偏偏又来了个极厉害的智海和尚，俺更不敢下手，只得暂时忍耐住，仍和他们假意混在一起。不料现在庄主却到这里来，被他们擒获住，俺要不设法搭救，岂不就看庄主白白地送了这性命吗？所以俺才冒死去拿话骗哄他，把你救出。现在俺当然也在这地方存身不得，俺就和庄主一齐离开这云台山，再去访寻几个高手能人，把他们剿灭吧。"

　　白菊潭就点了点头，钟英又把锤和弹弓交还给白菊潭，两个人一齐飞奔下山去，这且慢表。

　　再说游彩凤、路振飞二人，他们被人荡空地挟走，一直奔下云台山，又奔走了好几里地方，才把他二人放了下来。他二人一看，却是一男一女，并没有认识过。那女子不过二十多岁年纪，却生长得丰姿冠世、英爽绝人。那男子也不过二十左右的年龄，丹唇粉鼻，阔口方颐。他二人就对游彩凤笑说道："师妹还认识俺们吗？"

游彩凤哪里能记忆得出，便说："俺和师兄及这位姊姊并没有见过面，却哪里会认识？就请二位说个明白吧。"

那男子先点了点头："这也难怪，俺们和师妹只会过一次面，无怪师妹就不认识俺们。俺和师妹说吧，俺叫姜梦璧，这是师妹何丽云。俺们奉师父的命到这里来等候搭救你们的。"

游彩凤再也想不起在什么地方和他俩会过面的，也不好意思再追问他们，只得笑说道："蒙二位来搭救俺们，真是感谢得很，不过俺们虽然逃出，还有一个姓白的朋友，现在不知怎样，料来他一人孤掌难鸣，也不是强人的对手，还请师兄们去设法探一探望，免得他遭了他们的毒手。"

姜梦璧点头道："俺们是师父叫来守候你二人的，当你们下山的时候，俺二人就跟随着下山。因为师父关照俺们，说这山上的人本领极大，叫俺们不要出面动手，俟他老人家到来，再去剿灭这班强人。俺跟着你们，你们却没有察觉。师妹，我们本来是认识的，还有这位，俺就猜定是路师兄，那个三十多岁年纪的人，俺们虽不认识他，大概也猜定是你们一起来的，后来见他连发三弹都被人家躲过。那个贼秃，名叫智海，他是一个怎样厉害的人，俺们却认识他。他虽然一把年纪，却是个淫毒不堪的败类，俺晓得他一追出来，你们都逃走不了，俺们只两个人，都不能救你们三位，并且俺晓得你们那个姓白的本领却比师妹二人强胜，料他自己定会走脱，所以才单独救了你二人出来。现在待俺们再去探看他吧。"说罢，他就叫路、游二人坐候在一带树林当中，他二人一闪眼间，便又不知去向。

路振飞向游彩凤说道："那个贼秃，究竟有多大的本领，怎么连这两位师兄妹也这样惧怕他？"

游彩凤笑道："你原来还没晓得呢，天下好本领的人极多极多，俺们这一点儿皮毛功夫，哪里就能窥测，你还没晓得师父的本领呢！俺到山上的那一夜，就偷偷看见他坐在月下，用两只手掌向空推挽，能把一只千斤重的铁鼎随手推得在庭中乱转。你想他这功夫，别个人及得到吗？"

路振飞听她说得起劲，只顾仰着脖子呆望着她出神，忽地也笑道："师父有这样的本领，你怎么不完全偷学来呢？俺倘然在山上，要不学会，也不肯走下山哩。"

游彩凤一听他这样说话，就笑咯咯地用手指在他鼻上刮了一刮，说道："别害臊吧，俺教你学的功夫，还没学会，却要说学师父的本领哩。那天晚上，俺脱去衣服，教你练的时候，对你说要一志凝神，你却偏偏两只眼睛对俺乱看，这样分神，师父肯收你吗？"

路振飞正要回答她，猛听得村杪响瑟瑟地刮起一阵风来，风过处，就落下一个方颐广颡、精神满足的和尚来。游彩凤倒吓了一跳，原来来者不是别人，正是她师父莲池长老，就赶紧跪拜在地下说："弟子给师父请安。"

路振飞也晓得这就是莲池和尚，也跟着她跪拜下去。莲池哈哈地笑道："你们都起来吧，俺还有话对你们说哩。"

他二人一听，只得立起身来，跟着莲池进到林木深处。莲池就在一块大石上坐下。路振飞、游彩凤都侍立着。

莲池和尚就对路振飞说道："你还认得老衲吗？那年在寿光县的酒店里，承你替俺会给了一顿酒饭钱，所以老僧和你有这段因缘。今天得在这地方和你见面，那真是你的造化哩。"

路振飞被他这一提醒，猛然就记忆起来，这和尚即是当初和他开玩笑，要他会钞的那个穷丐僧。不过现在衣服着得漂亮了许多，他面庞却依稀还辨认得出，就不由得又扑通一声，对他面前跪了下去。

## 第三十三回

## 空拳赤手月夜斩淫髡
## 以逸待劳松岭施巧计

　　却说莲池和尚就对路振飞说道："你还记得在寿光县酒店中遇着的那个丐僧吗？那就是老衲，当初因为扰了你一餐酒饭，所以今天就结下了这段因缘。后来老衲晓得你拜在凤儿的父亲门下，所以就嘱咐他们教练你的武艺。那唐山的一班弟兄也是老衲派在那里，听他父女指挥的，幸亏你的胆力志气都不弱，所以能耐劳耐苦地练成一身的本领，替你哥哥报了大仇。老衲一者要使你们开开眼界，做点儿事业；二者你和凤儿也有一段因缘，难得你二人协力同心，所以才差你们到这云台山来跋涉一番，好试炼得出你二人的本领志气。其实老衲也明晓得你二人不是萧癫子山上人的对手，故而暗地里差你们两个师兄到云台山暗中等候着搭救你们的。现在你也该明白了吗？"

　　路振飞正要再回答说话，忽然树梢在月光中一闪动，姜梦璧、何丽云已飘飘然飞落下来，站立在莲池和尚面前，叉手躬身侍立着。莲池和尚对他二人望了望，就笑说道："你二人的事，都干完了吗？那山上这时候有甚动静呢？"

　　姜梦璧、何丽云就一齐说道："弟子们奉师父的严命，到这里来等候着，果然搭救了二位师弟、师妹，只因为还有一个姓白的，他同两位师弟、师妹一起来，俺们却一时照顾不着，恐怕他陷身贼巢，所以才重新上山去探听一番。不想来迟了一步，未曾迎接师父的法驾，伏乞师父恕罪吧。"

莲池笑道："你们既然去打听，那姓白的可是陷在贼寨吗？"

姜梦璧道："弟子们已在山前山后统统寻觅到，也没有那姓白的半个踪迹，并且那几个贼人仍旧在那里饮酒作乐，并不像有什么人落在他巢穴内被他捉获的样子。俺们想，或者那个姓白的本领高强，他自己已逃走出去，倒还说不定哩。"

莲池点头笑道："也罢，等候俺们去破了他的山寨，自然就会明白的。你们都跟着老衲上山去吧。"

他们四个人都答应了一声，再一抬头看时，莲池长老已无影无踪地不知去向，直把个路振飞看呆住了。

何丽云笑道："师弟却原来不晓得，师父他老人家素来的行踪都是这样，却不会给人看见的。俺们也快些赶上山去吧。"

他们四个人这才一齐赶出深林，飞奔上岭去。当然他们都是轻车熟路，山上虽然有把守的头目喽兵，又焉能窥察得出他们的行踪呢？一到那个贼巢，四个人就一商量，何丽云、姜梦璧二人由前面杀进，路振飞、游彩凤二人先杀奔后寨，分作两路包抄，好使贼人前后纷乱，不能互相接应。

那路振飞、游彩凤二人先赶奔到后山，二人再一商量，就先到寨后放起一把火来，霎时间便烈焰飞腾，火光直冲霄汉，山上的一群头目喽兵便顷刻惊得纷扰起来。那萧癞子和智海和尚因为有心提防着有刺客的党羽，这时候尚没有去陶情作乐，正聚着他手下的四个大头领议论着。那四个头领一叫追云鹞子孙清，善使一柄单刀；一叫电霍神李龙，善用一柄飞锤；一叫赤练蛇吕四明，惯使软索鞭；一叫镔铁拐窦雄。这四个人都有绝顶惊人的本领，皆是金背铁蜈蚣去罗致来的。他们猛然看见后寨的火光，便猜料是有人到山寨来纵火，希图扰乱，当下赤练蛇吕四明、镔铁拐窦雄就领着许多头目喽兵奔赴后山去救火。追云鹞子孙清、电電神李龙和萧癞子、智海和尚就都扑扑扑地一齐飞身上了屋脊，向四面窥探。他们见聚义大厅的屋面上有两个人影子晃得一晃，李龙、孙清就风驰电掣地赶了过去。姜梦璧、何丽云看见屋面上飞落下两个贼人来，就嚓的一声，一齐拔出剑来，映着月光，便如两道白电，直向二人砍去。追云鹞子孙清舞动一柄单刀，梨花滚雪似的敌住何丽云。电電神李龙掣开飞锤，唰唰唰地一连就是几锤，对着姜梦璧上中下三路扫击过去。他这柄锤本是用软索系住，使开来便如万点流星，无论怎样功夫好的人，都不容易招架得及，只消锤风一逼近，不是筋崩骨折，便是脑浆迸流。姜梦璧晓得他却是个劲敌，也不和他还手，只顾施展出平生轻功纵跳的本领，在锤光中躲闪腾挪，觑见了他有个破绽时，就把剑一挥，正迎在锤的软索上。他这柄剑却是水断鲸鲵、陆铲犀象、削铁摧钢的一柄利剑，那锤的软索经他这一格，早已齐中害断，那锤便如流星赶月似的飞向半空中去。再把剑一挥，已把一颗龙头斩落下来。

那孙清正和何丽云打得剑光刀影搅成一片的当儿，猛见李龙被杀，心中慌得一慌，正想格开何丽云的剑，拨转身就飞下屋脊逃去。何丽云是何等身手矫捷的人，焉肯放他逃走呢？当下把身子轻轻一耸，已跃过孙清头顶，打从他身后落下。孙清刚一拨转身，那剑便打从他脑门前劈下，他哪里还躲闪得及？只把头偏得一偏，半个颅骨已被削落下来，那尸身便从屋面上直滚落下去。

这时候，智海和尚早吼了一声，一蹿身，已到了何丽云、姜梦璧面前，大喝一声道："你们是哪里来的狗男女，无故敢到俺们这里来骚扰，你们认得本师吗？"

姜梦璧、何丽云晓得他的厉害，但既到这地方，也就不能再惧怕他，当下也就喝道："狗贼秃，俺们是七羊山莲池大师的门下，因为你们恶贯满盈，才特地到来剿灭你们的。俺二人名唤姜梦璧、何丽云，你叫什么名字？也说出来，俺们好取你的狗命。"

智海和尚就哈哈大笑道："好小辈，你们不认得俺吗？俺就是河南清风岭的智海大师，和你师父也认识过一面的。可是俺和他往日无冤，近日无仇，他在他的七羊山，俺在俺的清风岭，所谓风马牛不相干，你们却无端地来寻俺作对。待本师先斩了你们，再去和他理论吧。"

姜梦璧、何丽云也不和他多理论，自思："这和尚的本领既然出色，俺们倒不如先下手为强。"当下两柄剑光闪得一闪，就对智海和尚两面箍围了过去。智海只站立着并不动手，只把袍袖向两边拂得一拂，只觉一阵风掠过，便有兵刃接触的声音，已把两柄剑扫落下屋去。

姜梦璧、何丽云不禁大吃一惊，拨转身就想逃跑。智海和尚哈哈大笑道："你们这两个小辈，这时候还想逃跑吗？"

他就把手一举，一股冷风直向他二人劈去。原来他这功夫名叫霹雳掌，不论怎么有本领的人，只要被他这股冷风一劈，也要骨断筋崩，比刀剑还要厉害到十倍。那智海和尚满拟他二人的性命已在反掌之间就可解决，哪里晓得他这一掌还未劈下，早觉得脑后冷风一逼，已把他一颗既肥且胖的和尚头斩落下来，尸身向屋面上一倒。何丽云、姜梦璧已看见他师父莲池和尚必端必正地立在屋脊上面，对他二人笑道："现在智海已被俺杀死，你们除恶务尽，莫被那金背铁蜈蚣萧贵走脱吧。"说着，就用手对东面屋脊上指得一指。

姜梦璧、何丽云果然看见那边屋面上立着一个魁梧雄壮的汉子，料得就是那个金背铁蜈蚣萧贵，他两个人一纵身，早如鹰隼凌空，直飞落下去。那萧癞子起先晓得智海和尚的本领在自己之上，无论有几个人，也不一定是他的对手，所以他并不曾赶过去，只定在屋脊上面窥探四面的动静。现在看见两条黑影子一晃，凭空地蹿落下两个人来，也就一擎虎头倒刺双钩，矫捷异常地迎刺了过去。姜梦璧、何丽云也把两支剑像双龙抢珠似的直向他左右太阳穴刺进。萧癫子把双钩并举向上，猛然地向两边一分，再向下一沉，两只钩耳已把双剑掣住。三个人一用力，扎的一声，四件兵刃上都迸出火光来。

原来金背铁蜈蚣萧贵的这两柄虎头双钩，并不是普通的金铁造成，却是另外一种矿质，名叫水磨钢。这水磨钢的质地却比寻常的钢质要坚韧过十倍，所以姜梦璧、何丽云的宝剑虽然能断金削铁，对于他这两柄水磨钢的双钩，却也不能伤损他分毫。姜梦璧、何丽云把剑掣回，又向他下三部扫进。萧癫子也使开一对虎头钩，前刺后劈，左挑右拨，却如万星骤雨，一团寒星把自己的身体滚罩住。那金背铁蜈蚣萧贵的本领，虽说是不及智海和尚，但也十分了不得，幸亏是遇着姜梦璧、何丽云，若然是调换两个本领稍弱的人，再也莫想抵御得住他，可是姜梦璧、何丽云虽然是竭力地和他鏖战着，两人敌一人，也不过绷了个平手，却没有丝毫讨得便宜的地方。那萧癫子杀得性起，就吼了一声，连人连钩就乱滚了过去。他猛不防从斜刺里嗖嗖嗖地忽然飞过三粒连珠铁弹来，巧不其然，这弹子早有一粒射中了他的左眼，他眼一护疼，周身的功夫就松散，手中的虎头钩慢得一慢，已被何丽云一剑从左胁刺了进去。照理他本是练过混元一气功的人，寻常刀剑浑身上下都莫想刺得进他，现在他一者因为眼珠受伤，功夫已经松散，二来何丽云是用的一口宝剑，不比寻常的兵刃，所以他就吃不住这一剑，顿时肚胁一穿破，两只脚便立不牢，从屋面上直滚落下去。

你道这放连珠铁弹的又是什么人呢？却原来正是游彩凤。那游彩凤和路振飞二人到山后去放了一把无明业火，晓得寨中的强人一定要寻踪到后山来，他俩一商量，就在离开火场较远的地方，有一个大松树上，蹿了上去，隐蔽着身体。不一会儿工夫，果然就见许多头目喽兵来抢着救火，有的拿挠钩，有的挑水桶，有的呜呜吹着号筒，也有几个拿着锣，前前后后地跑着乱敲，顿时忙得乌乱了一天星斗。游彩凤、路振飞只管看着他们救火，却依然屏声静声地隐伏着，哪知一展眼之间，便见两个汉子直赶奔后山来。一个生得长身秃顶，手使一根软索鞭，正是赤练蛇吕四明；一个生得巨腰阔臂，手使两根铁拐，正是镔铁拐窦雄。路振飞、游彩凤本来并不认识他二人，只见他们站在一块大山石上，指挥着众喽啰喝道："你们救火只救火，俺想这火必定是有奸细到来偷放，扰乱人心的，大家可不必慌乱，大家除去派一班人救火以外，其余的快替俺帮助，前后检查一番，莫放他走脱吧。"

游彩凤一见，就轻轻地对路振飞说道："你瞧，俺看这两个人虽不是金背铁蜈蚣萧癞子，大概也是山中的主要首领，俺们倘然就跳下树去和他们厮拼，或者他二人的本领高强，俺们敌他不过，怕反转误事哩。倒不如待俺用弹弓偷偷地先打死他一个，余剩的一个，虽然他的本领好，俺二人杀他一个，也未必就惧怕他呢。"

路振飞点头笑道："师妹主见不差，俺且看你的手段吧。"

游彩凤就把背上的一柄铁弓卸落下来，扣好铁弹，觑定吕四明的那颗秃顶上嗖地就是一弹，也是合该这赤练蛇却丝毫没有防备，这一弹正打在他的太阳穴上，早已把头打得稀糊血烂。说也奇怪，那秃头上不过多了一个窟窿，早已跌倒摔在地上。游彩凤、路振飞这才心中大喜，两个人就打从树上轻轻飞落下来，赶奔到窦雄那里去。

## 第三十四回

### 巡抚蓄奸谋痴心问鼎
### 深闺萌兽欲借酒评花

却说游彩凤、路振飞打从松颠一跃而下，就直向镔铁拐窦雄飞奔了过去。窦雄一看见松颠飞下两条黑影子来，仔细看时，却是男女二人，手中都执着极锋利的兵刃。他一看，心中已明白，吕四明就是被他二人暗计算害的，当下就吼了一声，舞动那一对铁拐，对着他二人迎面击下。路振飞、游彩凤也掣双刀迎敌住。三个人战在一处，那窦雄这对拐一施展开来，就如疯狮痫虎，势不可挡。路振飞和游彩凤一者见他二人中已被弹子击毙一人，这一人料也不见得便难制伏他；二来晓得他师父、师兄们都在前山动手，那萧癞子一定不能分身到这后寨，胆子也先壮了几倍；三者究竟他二人敌一个人，却不愁敌不过他。

战到十几个回合，窦雄渐渐有些支持不住，早被路振飞隔开他手中的铁拐，一个旋风匝地的式子，一刀正砍在窦雄的踝骨上。窦雄啊哟了一声，翻身栽倒在地。游彩凤也抢进一步，再加上一刀，就结果了他的性命。那些头目喽兵见两个首领已被杀死，哪里还敢去救火，只是拼命地奔逃，因此那寨后的火更烧得烈焰飞腾，把天都遮红了半个。那金背铁蜈蚣能够被他们杀死，也有几分为着自己的心中慌乱的缘故。

路振飞、游彩凤除了两个贼首，且不去管那山寨的火势，只飞上屋脊，赶奔到前寨来探察动静。恰巧那金背铁蜈蚣正和姜梦璧、何丽云杀了个难解难分。游彩凤寻思，这一定就是那个贼首金背铁蜈蚣萧贵，她想到起先白菊潭的神弹没射击中他，晓得他的本领一定了不得，又见姜、何二人分毫占不了便宜，心中就暗暗地忖度着说道："这贼既如此凶恶，俺们也一定杀不过他。刚才的弹子虽然被他侥幸躲避过，现在俺给他个冷不防，再赏给他三粒连珠弹吧。"她就站在屋脊上，觑准萧癞子的太阳穴，嗖嗖嗖地就是三粒连珠铁弹直射击过去。也是巧不其然，这萧癞子恶贯满盈，应该死在游彩凤的手中，他练的那金钟罩、混元一气的功夫，本来浑身上下没有地方刀剑枪弹刺得进的，只有两只眼睛却是他的要害，再也分毫损伤不得的。要是眼睛一损伤，浑身的功夫一松散，就可以被人家的兵刃砍进。

那游彩凤的弹子倘然真个打中他的太阳穴，说不定要把弹子迸击回来呢。可巧这时候，那萧癞子只管顾着和姜梦璧、何丽云恶斗，再也没防备到有人暗算他。他见何丽云的一剑刺来，就把身体一偏，面部就成了个侧转势，所以那三粒连珠弹就有两粒由眼眶中嵌了进去。他眼睛一受伤，心中不免护疼，就此乱得一乱，已被姜梦璧、何丽云的宝剑刺击了过来，左肋被剑一划，就顿时扑通栽倒。游彩凤和路振飞也就飞过那边屋脊去，他们四个人见萧癞子已经杀死，当然就心中愉快到万分。

那些小头目们起先也不过打着灯球火把在下面呐喊着助威，现在见寨主被杀，还有哪一个肯白舍性命，敢前去和他们决斗呢？当下就如失群鸟兽似的，没命地往山下奔逃，他们四人见首恶已除，也不去追杀，就一齐来寻见师父。只见莲池和尚盘膝趺坐在屋顶上面，一见他们四个人，就哈哈地大笑道："可贺可贺，你们居然能把这大害除却，那才是造福不浅哩。"

他们四个人都一齐上前，参拜过说道："这都是仗师父的威力，所以才能够一战成功，并且那个智海和尚要不是师父亲自对

224

付他，俺们恐怕难免要吃大亏呢。"

莲池和尚就长叹了一声说道："俺也是因为他们造恶太多，所以不由得俺不来剿灭他们。不过这一来，却要得罪了江湖上的人物，难免不有人来和俺作对，但是俺们也顾不了这许多，且等到他们来寻俺再说吧。老僧也不能再事勾留，必须得回山去料理。你们把这寨中被他们掳掠劫夺来的妇女一齐释放下山，索性把这全部房屋统统焚毁，免得再留着他们的羽党来盘踞吧。你们把事体办毕，可不辞再辛苦跋涉一番，去到济南，把那巡抚陆羽春也趁此剪除，因为他的劣迹太多，不知屈害了多少无辜的好百姓，现在不去除掉他，还不知要害多少好人呢。至于那个萧癞子的师父华云岫，现在已有人去诛灭他，俺们却可省却一番交涉。你们四人杀了陆羽春，也及早回山，老僧还有事体要和你们商议呢。"

姜梦璧、何丽云、游彩凤、路振飞四个人都一齐诺诺连声地答应着。莲池和尚这才站起身来，把袍袖一拂，顷刻就离开云台山，回转到七羊山去。这且慢表。

再说姜梦璧、何丽云、路振飞、游彩凤四人见莲池大师已翩然不见，他们就向山寨中各处去重新检过一番，见山后的火光越发烧得猛烈，快要延及大寨，那山上的喽兵却跑逃得连鬼影子也看不见一个。他们就把禁锢的许多妇女一齐释放出来，把山中的细软都搜查出来，打叠了几个包裹。那些被掳掠的妇女们也各人分给了许多金珠，指点了她们下山的路径，嘱其觅路归家。他们又在大寨放了一把火，眼见得一座锦堆绣织的盗穴一转眼便变作一堆瓦砾之场，他们这才取路下山，赶向山东济南府去。

书中再要叙述那个陆羽春，他自从和萧癞子、华云岫这班无恶不作的强盗串通了声气，又仗着自己是个现任的督抚封疆，格外胆大妄为，无恶不作。他又恐怕这声名传播出去，朝中的一班人晓得了，就要劾奏他。他晓得宰相爱洛是道光帝面前最宠任的一个极红极红的红人儿，并且这爱洛又是个极好财爱色的人，他免不得就想法子去和他联络，好借重他做个护身符。就把自己的一个爱妾认作嫡亲的胞妹，去送给爱洛做姨太太，又每次把成千整万的银子也送给去孝敬他。这样一来，那爱洛自然也就把他当作一个至亲至爱的心腹人看待，无论陆羽春在外边怎样贪污，怎样无法无天，哪怕把天闹得翻了转来，有人去上本参奏，都被爱洛在主子面前一说话，就雨散云消，太平无事。你想这陆羽春他有了这样一个大来头撑腰杆子的人，当然那胆量就越发壮健起来。并且那华云岫又差人来对他说，叫他整顿山东一省的兵马，预备造反，将来就保他做皇帝。

陆羽春本是个极端迷信的人，偏偏他面前有一个幕客，懂得看相，他看了陆羽春的相，就笑对着他说道："俺看大人的这副相貌，真是生得贵不可言，将来不但封侯拜相，或者还有帝王天子的福分哩。"

陆羽春被他这一蛊惑，格外自己相信自己，到了十二分，就暗地里布勒，把全省的军马都派遣自己的心腹管领，又封华云岫为镇国大将军，萧贵为镇国大元帅，凡草野英雄、绿林豪杰来投奔，都归他二人收纳。他又收罗了几个护家有本领的人，一个叫双刀将董虎，一个叫金眼猃猊吴德东，一个叫九尾狮子邱成，一个叫病太岁李堃，这四个人都有拔山盖世的本领、绝地通天的能为。

这天，正值陆羽春的寿辰，当下他治下的一班官府吏员，和大小将弁，以及江湖绿林中的豪杰健儿，都纷纷地送礼祝寿。陆羽春并不管他们的资格声望，只看他们送来的金珠礼物，谁送得丰腆，谁就是上宾。把个督署行辕闹得笙歌鼎沸，丝竹喧阗，还有些献媚趋炎的人，自己去拜寿祝嘏还不算，却叫自己妻子、女儿也都来和督抚大人的一班太太们称觞贺祝，正可趁这个机会，大家可以亲密亲密，接近接近，以后便可以常时去献殷勤拍马

226

屁。只要和这班姨太太们谈得入彀，将来升官发财的机会正很多很多哩。

内中有一个武营游击，名叫傅振才，本是一个耿直不善阿媚的人。他见大小官员都去祝嘏拜寿，自己也免不得备了几色薄礼，亲自送到督抚行辕去。陆大人一看他的礼单，早就心中恼了，暗说："这傅振才是俺亲自一手提拔的，怎么他连这点儿世故人情都不懂，将来还能够信任他做大事吗？"他由这天起，就把傅振才的名字抄录下来，塞在自己的靴筒中，一到明天，就下了一道令，将傅振才革职查办。

那傅振才可怜他却是一个极不会弄戏的好官，平时靠着这戋戋的例俸，还有一个六十多岁老娘和他妻子白氏，一家的开支日用不算，更有许多穷亲戚靠着他。你想他这经济的环境，是怎样的窘迫呢？现在骤然被陆大人借一点儿风流罪过把他一撤革，这可真糟到了极点，眼见得一家性命就要不能维持哩。

当时有几个和他交好的人就来劝他说："陆大人所以要这样寻你开玩笑，实际上听说是因为你祝寿的时候礼物送得太菲薄，你们尊夫人又没去内衙庆祝，才酿出这场的风波。据俺们看来，现在的世道，做人是不能迁执的，必须想一个亡羊补牢的法子才可以把这件事挽回。"

傅振才一听，心中本不情愿做一种卑鄙献媚的手段，无奈除了这一着，想不出别的方法来，只得沉吟了一会儿，就说道："现在要怎样补救才可以把这件事挽回呢？"

他几个朋友就笑说道："这也不消说得，要挽回这件事，必须先要走内里的门路。陆大人现在他不是最宠第十七房姨太太吗？你只消多备些金珠财物，叫嫂夫人亲自送给她，求她对陆大人一缓颊，天大的事情都可以一笔勾销，何况这小小一件复职的事体吗？"

傅振才被他们这一提说，顿时觉得如梦初醒，就点点头道：

227

"你们的见解的确不差，不过俺是个精穷的穷官，要走这条门路，又哪里来的这些财物呢？"

他那几个知己的朋友又大家一商量，就大家去一称贷，凑足了几百两银子，买办了许多珠宝玩物，晓得事不宜迟，等到新任的游击委任出来，就没有办法。当晚傅振才的夫人白氏就换了一身簇新的衣裙，打扮得花枝招展似的，直向巡抚的内衙来。有几个婆子、丫头们替她一禀报，那十七姨太太本是一朵交际的名花，素来就喜欢和这班官府的内眷们往来，一听得游击夫人有事来拜求，心下已早明白了三分，就把白氏接了进去。她两个人一攀谈，便觉得十分投机，本来这白氏的人品生长得美艳异常，又兼是生得伶俐聪明，会谈会说，她先把十七姨太太一阵阿奉，已经欢喜到了十二分，又拿出许多的金珠礼物来，便格外心花开放。及至听得白氏把她丈夫撤职要复职的话对她一恳求，她就笑微微地说道："这又有什么紧要呢？区区一个游击小官，也没甚稀罕，包管在俺身上，替他恢复过来就是。"

白氏见她肯满口应承，心中也自然非常的愉快，当下拜谢过，就要告辞回衙。那十七姨太太就笑咯咯地一把拖住她道："姊姊，既到这里来，俺也不当你是外人，现在天光已是不早，难道一顿晚饭也不肯赐扰吗？将来俺们见面的日子尽多尽多哩，都要像这样拘束，岂不是太没有兴趣吗？"说着，就不由分说，把白氏硬拉了进去。

## 第三十五回

### 恨掩春闺佳人毕命
### 刀飞抚署侠士报仇

　　却说白氏被十七姨太太一把拖住，自己脱身不得，但究因有求于她，心中也不敢过分拂拒她的美意，只得笑说道："既承太太的盛情，妾身也只好说一句恭敬不如从命了。"

　　十七姨太太又笑道："俺才说咱们不准闹客气，你现在又弄出什么奶奶、太太来，就承你的情，叫俺一声妹妹，也不见得就辱没了姊姊吧。以后你再闹这些浮文，可莫怪俺恼了，不和你厮见哩。"

　　白氏听她这样亲热到了十二分，自然也就不再客气，只得坐了下来，又陪着她说笑了一阵。不一会儿工夫，十七姨太太已着丫头仆妇们摆下一桌酒筵来，拖着白氏坐下，亲自替她斟下一杯酒。白氏本来也是会吃一点儿酒的人，现在见十七姨太太和自己这样亲热知己，又晓得丈夫的官职已十牢九稳能够有着落，心中一高兴，就多吃了几杯。

　　这时候，忽然房门的帘子一掀，跑进一个丫头来，对十七姨太太说道："大人来了，请太太迎接吧。"

　　白氏虽然是吃了几杯酒，带着几分醉意，究竟她心中明白，一听得丫头们一禀报，顿时吓慌了手脚，站起身来就想躲避。

　　那十七姨太太就站起身来，一把拖住她笑道："好姊姊，这有什么紧要呢？他又不会吃人，你这样怕他吗？俺既然和你认了姊妹，大家就是至亲，难不成你还不肯见他吗？"

正说着，那陆羽春已青衣小帽地踱了进来，一见白氏，就满面堆笑地假意对十七姨太太说道："这位娘子是谁家的宝眷，却肯来替你消遣做伴？倒省得你一个人守候着寂寞呢。"

十七姨太太就笑着道："这是俺新认的姊姊，是游击傅老爷的夫人，你须得照拂她一点儿，才不负她到这里来的一片诚心哩。"

陆羽春点着头道："这个也不消太太吩咐得，是太太的至亲，俺格外要关顾哩。"

说着，已走到白氏身边，深深地作了一个长揖，笑说道："嫂嫂是初次见面，难怪却要这样的陌生，其实俺却是一个极不会假客气的人，请嫂嫂不用拘束，就随便坐着吧。"

白氏早把面颊羞得通红，要待不理睬他吧，一者是负却她来替丈夫求官的初意，二来究竟巡抚大人这样卑躬屈节地对她敬礼到了十二分，自己也不容不回答他一个礼。没奈何，只得也福了一福，起身就要告辞动身。那十七姨太太就对丫鬟、婆子们丢了一个眼色，早扑通一声，把外房门已关闭起来，又去一把拖住白氏，笑道："姊姊又来了，自家的妹夫，又不是外人，何必就急急地要走哩！刚才的酒俺还没有奉敬，俺们再吃两杯，俟用过饭，俺再叫人用轿子送姊姊回去吧。"

陆羽春也嘻开八字胡子，笑眯着眼说道："俺这地方也不比别处，嫂嫂吃过饭再回府也不要紧，就是多吃两杯酒吃醉了，住在这里，和你妹妹一榻睡，也没有紧要的事啊。"

白氏一听他说这话，晓得陆羽春是个人面兽心的东西，早不禁把面孔羞得绯红。到这时候，却弄得自己欲避不能，欲走不脱，没奈何，只得对陆羽春正言令色地说道："大人这话差矣，想这里是大人的内室，妾身如何能留住在这地方？大人虽说是官高爵重，却也须识得一个内外尊卑的名分，莫说妾身的丈夫是个堂堂游击，不可欺负，就是平民百姓人家的妇女，也不可无端地侮辱欺负她哩。现在若要硬行要俺留住在这地方，请问大人究竟存什么意思，不但丧毁妾身的名节，就是大人自己的体统颜面，还能够存在吗？"

陆羽春被她这一顿教训，不但毫没觉得惭愧，却反哈哈大笑道："你这话真可算得糊涂到脑子里去，俺和你的丈夫名分上虽然有职位上的差别，其实俺把他却看待得和自己的嫡亲手足一样，俺没一处不提拔照应他。他是个有良心的人，应该要怎样知恩报德，就放嫂嫂在这里陪俺一宵，也是名分上应尽的义务。莫说你是个游击的夫人，就是再大一些的官儿，也没一个有美貌的内眷不服服帖帖地巴求俺赏识她的，那些名节体统的说话，都是哄骗没有知识的人。像你这样有心眼的人，难道也受他的欺骗吗？"说着，就得意扬扬地一脚跨过去，要想搂抱住她。

那白氏见他要行野蛮，不禁冲冲大怒，就一伸手，在桌上捞过一只碗来，想对陆羽春迎头砸去。哪知她一只碗尚未掷去，已早被十七姨太太从后面把她两只粉臂扳住，有几个丫鬟也抢过来抱住她的身体，向一张湘妃榻上掀倒，有两个掀住她的手足，有两个就褪去她的中衣。陆羽春也自己把小衣都褪去，实行起他的强奸主义来。可怜白氏竟毫无抵抗地被他白白地摧残污辱了一番，任你怎样哭叫，也没有人来管这笔闲账。那白氏自思："自己身体上已经是遭了污辱，要是拼一头碰死，寻一个短见，可怜自己的丈夫却分毫没晓得这一番情节，自己白白一死，也没人去替我申冤诉屈哩。"她想到这里，只管嘤嘤地哭泣了一阵，任是陆羽春怎样调笑劝慰，她只是不作一声。

那陆羽春他也并不是什么怜香惜玉的人，起先他看见白氏美艳得像一朵出水芙蕖，那心上恨不得一口就将她吞吃下肚去，及至发泄了他的兽欲，也就早把她丢开到九霄云外去。他也并不是对待白氏一人这样，就是旁的被他糟蹋的女子，没一个不是这一样的待遇。当下他就对十七姨太太叮嘱了几句话，就是叫她再用些手段笼络笼络白氏，好使她舒心服意地常常来送给他换换胃口，解解馋渴。说罢，就披上外衣，又向别个香巢金屋里寻他的温馨好梦去。

白氏被十七姨太太甜言蜜语地哄劝了一番，也把一个铁石的心渐渐软化了一半。一到第二天的早晨，十七姨太太就用一乘官轿把白氏送回游击衙门去。那傅振才见她的夫人到巡抚衙门去，一夜没回来，正在心中焦躁，一见白氏回转来，就诘问她去的一番情节。那白氏一见她丈夫，已不禁先扑簌簌地落下泪来，就把陆羽春强奸她的经过像背书般地说给傅振才听。那傅振才本是个性情刚直的人，一听她这样一告诉，先鼻中就哼了一声道："好不要廉耻的贱人，亏你有这副面孔做下这丧名节、败门风的事，还要来见俺吗？你既然欢喜陆羽春，你就索性去嫁他，俺姓傅的这里，却用不着你来羞辱俺的门户。好好好，总算俺傅振才娶着你这长进的女人哩。"说着，已把面孔气得铁青似的，身子向一张炕榻上躺了下去。

白氏本来心中抱着一腔的委屈，现在又被丈夫这一顿抢白，真是冤愤填胸，无地自容，就揩了揩眼泪，自己走进房中去，把丫鬟们支使开去，悄悄地用绳索套在床沿顶上，自缢死了。等到傅振才到房中去看时，却早已香魂不返，艳魄难招。这一来，却反把傅振才看呆住了，他停了半响，忽又哈哈地自己大笑起来，说："好！这倒还死得干净，俺却倒可少了一番挂念哩。"他随即自己携上一把锋利的短刀，藏在靴筒里面，先去到他一个挚友黄子春处，把他的老母叮叮嘱嘱托了一番，也不说明这情节。那黄子春本不晓得这其中的一段秘史，只当傅振才因自己丢了官，一时心中懊闷，却要自己离开济南，另寻门路去，所以才这样把老母托付他。自己要想留住他，细细地向他劝解，叵耐傅振才只拱了拱手，就出门走了。他就挽横了心似的，一径直奔巡抚的行辕来，照平时的规例，本来先要递呈一个手本，然后再听巡抚的传见，才好进内厅去。可是现在傅振才却早把这些繁文缛节一股拢抛向头脑子后去，一到巡抚的行辕，就直朝里闯。那巡抚行辕的一班将士兵弁，以及旗牌中军却没一个不和这傅游击熟识，并且傅振才平昔待人最慷慨，极豪爽，人家都极赞成他。他们一见傅振才踏进了行辕，就都围裹上来，笑说道："傅大人到这里来，是要见巡抚大人吗？有手本俺们先给你传报吧。"

振才哼了一声道："俺有要事要面见巡抚，也来不及要传递手本，你们就快点儿给俺传报吧。"

这一班人也猜测不出他的心意，就有两个旗牌笑说道："既然这样，俺们就去替你通报吧。"

果然他们就进内厅去，又有几个人一再呈禀，那陆羽春正和几个幕友在里边谈天说地的当儿，忽然听人一呈禀，说是傅振才求见，他毕竟是做贼人心虚，不由得心中就噼噼啪啪地跳了几跳，就对那几个随身的侍卫说道："你们快出去对他立吧，就说俺今天有些不适，不能请见。他的事体我已经明白，叫他回衙去等候着信息吧。"

那两个卫兵果然向外面去一传话，傅振才听他不肯传见，就对几个旗牌把眼一翻道："俺有要事，非得要见他，他若不传见，俺便要自己进去哩。"

那几个旗牌晓得这陆大人的脾气，若然再要进去啰唣，一定就要讨没趣。但是碍着傅振才，也不好过分拦阻他，就笑道："傅老爷，你难道不晓得大人的脾气吗？俺们可不好再替你去传报。你老要见他，俺们也不能说不放你进去，你就自己走进去面见他吧。"

傅振才也不管他们答应不答应，就迈开大步，直往里走，一直穿过几重院屋。那些守卫的兵弁都认得傅游击，就招呼着道："傅老爷，你要见大人吗？大人在内花厅里面哩。"

傅振才也不回答，就赶奔内厅。他刚走到厅前，陆羽春眼快，他早看见傅振才来势不善，就拨转身想朝屏风后就走。傅振才恐怕被他走脱，就由靴筒内拔出那柄短刀，一个箭步，已蹿上厅去，刀光霍霍地闪得一闪，就奔进陆羽春的身边。有几个护兵就把兵刃拦截过去，却被傅振才一连掀翻了两个人，其余的就纷纷向两边退让。陆羽春趁这个当儿，已走进了内院。傅振才刚转过屏风，就由里面扑地跳过一个人来，手中的一柄单刀就地一滚，就像旋风般地滚过来，原来这人正是病太岁李堃。他正打从内院走出，一见陆大人慌慌张张，脚步歪斜，向里边逃跑，就说："大人有什么事，却这样的惊吓吗？"

陆羽春却早把舌头吓短了半截，口中只说了"刺客"两个字，仍旧没命地捧着一颗头向里面飞逃。病太岁李堃就拔出腰中的那柄单刀来，立在院中等候着，一见傅振才挺着短刀追进，他就一纵身，把单刀一晃，直滚扫过去。那傅振才一者是用的短兵刃，二来究竟他是员上阵战斗的勇将，及不来李堃的纵跳灵敏、身体矫捷，不上两个照面，就被李堃一刀砍中脚踝骨上，扑地就向地下踣倒，李堃就夺下他的短刀来。外边又有十几个侍卫，也各执兵刃赶进，当下就拿绳索把傅振才捆缚住，这才到里面去向陆大人禀告，说已把刺客拿住，请求他亲自去讯问发落。

那陆羽春这时候正逃进在一个暖阁中，惊魂甫定，一听说刺客已给他们拿到住，才把心放下一半。当时把头摇了一摇，又说出一番话来。

## 第三十六回

## 走济南四侠战镖师
## 救同门双雄试铁弹

却说那陆羽春一听说刺客已捉获住，虽然已放却一半心，但他分明晓得这件事是他自己做差，哪里用得着再去讯问呢？并且他也恐怕万一被傅振才把这件事统统宣布出来，虽然自己可以塞住耳朵不去听他，但是别人的耳朵却塞不住，总有几分颜面攸关，被人家听了讪笑呢。他只得就摇了摇头，对那几个护卫说道："既然捉住了刺客，就把他砍了示众吧，还用得着本抚讯问吗？"

那几个护卫答应了一声，可怜傅振才没有达到雪耻报仇的目的，却先白白地送却了一条性命。陆羽春又把几个守辕门的兵士也斩首示众，只因他们毫无抵抗，却把傅振才放了进来，要不是自己交运，那岂不是性命当儿戏吗？他打从这一次起，就格外自己来得小心，举动恐怕再有像傅振才一类的人要来行刺他，更怕日间纵然提防住，那夜间时候，天却没遮盖着网，要有人偷偷地走进来，自己的这颗脑袋还不是依然保不稳固吗？他既然想到这里，就不由他不寒而栗，就派双刀将董虎、金眼狻猊吴德东、九尾狮子邱成、病太岁李堃这四个人，领着一班孔武有力的侍卫，分作两班，跟随着保护他，无论他到什么地方，这班人都是紧紧地保卫着。他虽然是杀了傅振才，掩耳盗铃地把这件事马马虎虎地瞒过去，总以为一定没人会晓得这其中的一段情节，哪里晓得偏生这消息传得快，顿时闹了个满城风雨，都说这陆巡抚不应该做这种伤天害理的事情，害得人家家破人亡。也有些暗暗替傅振才惋惜的，也有的咒骂陆羽春的，还有班性情爽直的人，就咬牙切齿、捶胸顿足，恨不得也去刺死这陆巡抚，好替傅振才申一口怨气。

这时候，却被七羊山的一班党羽打听得这个消息，就把这件事报告到七羊山去。莲池和尚晓得了这件事，当下就冲冲大怒，本待就要派人去杀陆羽春，无奈面前的几个徒弟都派遣了出去，并且又晓得姜梦璧、何丽云、游彩凤、路振飞四个人都不见得是云台山一班人的对手。他这才亲自出马，先到云台山去剿灭萧癞子，也算剪除陆羽春的党羽，然后他就派遣他们四个人到济南去杀这陆巡抚。

至于那个华岫云，究竟是什么人去剿灭他，在下也只得权且卖一个关子，留待后面交代。

如今且说姜梦璧、何丽云、路振飞、游彩凤四个人离开云台山，赶奔济南府来。他们一路上打听这陆羽春所做的事情，真是怨声载道，罪状难分，几乎把他们四个人肝都气炸裂了。

姜梦璧就对他们三个人说道："这陆羽春既然是这样无恶不作，俺想他一定倚靠着极大的来头，要不然，任他是怎样一样巡抚，难道不怕国法王章？设或有人参奏他，朝廷晓得他这种行径，岂有不拿办他的吗？"

何丽云点点头道："师兄的这话不差，俺听人说，他完全倚仗他一个亲戚，总揽朝廷的政柄，所以他把山东首闹翻转来，也没人敢去捋虎须、去参奏他。俺还听师父说，他存什么野心，将来或者还要谋逆造反哩。"

路振飞一听，就不禁叹了一口气道："现在朝廷既然这样颠顸，那政治上的腐败当然不问而知。俺看这班官吏卑污万恶，也不仅陆羽春一个人，简直没一个不是一丘之貉。可怜这班小百姓，听他们恣意蹂躏，任情宰割，那才是冤屈无处申诉哩。"说着，眼圈一红，几乎坠下几点泪来。

游彩凤不禁扑哧地一笑，说道："你又做出这种脓色的样子来，老实对你说，现在这种万恶的世界，本来国法王章是具名的假面具，只有借着它害百姓，至于官府王公大臣，从来是不受它拘束的。凭我的一柄刀，效力要胜过它十倍，只消俺们鼓着热血勇气，遇着这些害民误国的东西，把他们刀刀诛尽，个个杀光，怕不太平吗？"

姜梦璧、何丽云也都笑道："师妹的说话可谓直截痛快，要不然，俺们又何必尽管在风尘奔走，做这些为人作嫁的无谓生活呢？"说得陆振飞也笑了起来。他们四人一路上谈谈说说，颇不寂寞。

这天，已到济南府城，就在城外借了一家客店寄寓下来，先到城中打听着督署的路径，连陆羽春住居的地方也打听得明明白白。他们又担延了好几天。

这天晚上，他们四人饱餐过夜饭，各人卸去外衣，都短装结束，携带兵刃，等到更静的时候，都飞身上屋，离开客店，直奔城脚下来。任凭他那个百雉的高城，他四个人早轻如猿猱似的一跃而上。这时候，月光如水，谯鼓无声，街市上早已行人绝迹。他们一直赶奔到督抚的行辕，只见左边的一个吹鼓亭，静悄悄没有半个人迹，右边的一个更鼓楼，却有一个老兵蜷伏着打盹，两边两个辕门，当中两扇朱红漆画麒麟的正门，都铁筒般地关闭着，并不见一兵一卒。他们四人先跃上抚署前的一棵大树，升上树颠，看了看，里面静悄悄的并无人声，虽然几处灯火，却都像人要打盹似的，分毫没有精神。他们四个人看了一会儿，晓得里面全没有布置防备，暗想："这贼无论他卧歇在什么地方，总不外在这个衙署里，俺们只消到里边去寻找，料来绝不会放他逃脱的。"

　　他们计议妥当，就从树颠上像飞鸟般地蹿上抚署屋脊，一路蹿越了进去。越到第四层大厅，才见下面有三三两两的兵士，有的负手闲行，有的席地坐着，吃酒的吃酒，打牌的打牌，都表现出一种闲适的神态来。他们四人且不去惊动他们，仍一直往里面寻找了进去。蹿过了花厅，里面便是一带内宅，只见一所一所的宅院，有的乌灯熄火，阒无人声，有几处虽有灯光，也是静悄悄，不听得一些人的声息。只有靠东首的一个小花园中，有三五间楼房，里面有莺声燕语的杂沓哄笑着。原来这正是十七姨太太的宅院。

　　姜梦璧、路振飞就先飞奔了过去，蹿上那边的屋面，各人亮出宝剑、单刀，先打从窗前倒卷帘似的挂下，在窗隙中向里面看时，只见一个白净面皮的人坐在一张靠背椅上，外衣已卸去，一个身材窈窕、傅粉涂脂的女子，身穿一件银红衬袄，葱绿色的系脚裤，坐在那男子的腿膝上，还有两个年轻的小丫头模样的，在旁边逗引着说话。路振飞暗想："这一定就是那个陆羽春，这时候正和他的姬妾取乐呢。"他就一举单刀，照窗棂上劈去，划然一声，已把窗棂劈开，正待翻身跳进，忽然里面已有人一口把灯火吹熄，呼的一声，一宗暗器迎面飞来。路振飞闪避不及，肩窝上早着了一下，就觉眼前一黑，浑身一酸麻，双足脱空，就翻落下屋脊去。

　　原来里面的这人并不是陆羽春，却是那个金眼狻猊吴德东。那陆羽春一共有四个教师，本都是他的贴身心腹的人，本来都和他的这几个姨太太素昔厮混着惯的。陆大人也晓得他们的行径，但是他一者因为要收拢他们，不得不博他们的欢心；二来这陆大人的妻妾太多，自己也不能去普遍酬应，与其蔓草不治，听其荒芜，倒落得做个人情，请他们替自己效劳。他这四位镖师也是按好定例，一夜两个人，分班在内宅替他保护巡逻，凡陆大人要住宿在哪一个姬妾房中，这值班的两个人就在他的附近保护着他，其余的两个人，不消说得，大概也就分班保护他的别个姨太太去。

这晚，陆大人却住宿在六姨太太房中，值班的是病太岁李堃、双刀将董虎，那金眼狻猊吴德东所以就到十七姨太太房中来，畅销叙幽情，恣意地调笑。却万不料有人来觑破他的秘密，惊扰他的欢情。他正和十七姨太太打得火热，猛然听得窗格一响，他就听出是刀劈的声音，随即把十七姨太太推开，一手捞着兵刃和镖囊，一口气就把灯吹灭，随即抖手一镖，照窗外打去。他这镖本是用毒药炼过的，一打中了人，就要浑身麻痹，顷刻失去知觉。路振飞一翻跌下屋面，姜梦璧不由得也吃了一惊，正要蹿落下去，就见窗洞中一个人影子晃了一晃，顷刻跳出一个人来，正是那房中白净面皮的男子，一摆手中的双股连环剑，跳到屋面上，对姜梦璧举剑就劈。姜梦璧也把手中剑劈面交还。

这时候，游彩凤、何丽云也赶奔过来，刀光剑影，把吴德东围裹住。那下面就有许多护院的兵士一听得屋面上喊杀连天，又听得兵刃哧哧的声音，就顿时一阵扰乱，都在身边取出叫子来，吁溜溜地一阵乱吹。那各院的士兵都各拿兵刃，燃起灯笼烛火，照耀如同白昼。那双刀将董虎、九尾狮子邱成、病太岁李堃，也各执兵刃，赶夺到屋面来。九尾狮子邱成用一对流星镔铁拐，看见姜梦璧、何丽云、游彩凤三个人围裹住金眼狻猊吴德东，他就舞动两根镔铁拐，抢转如风，直向刀光剑影中滚了过去。

姜梦璧等三个人起先把吴德东逼裹住，正在使他不能脱身的当儿，忽然加入这个九头狮子邱成，当然就要分力抵御。何丽云就抖擞精神，掣开剑光，来和邱成杀在一边，姜梦璧、游彩凤敌住吴德东。忽然见两道银光如电闪得一闪，那双刀将董虎的两柄刀就如生了两翼，连人连刀直飞蹿过去。游彩凤只得撇了吴德东，来接住他厮杀，他们六个人分作三对，直杀了个难解难分。

早有人去寻着陆大人一报信，陆羽春就派人去调遣那些兵将，一齐围杀过来，顿时喊声震地，几乎将那个巡抚行辕闹得翻转过来。那病太岁李堃却托着一柄刀，只护着陆羽春，并不去助战。他们这六个人当中，要算吴德东的本领最好，那姜梦璧还能够勉强应付他，那九尾狮子邱成和何丽云也绷了个平手，只有双刀将董虎，游彩凤却渐渐也有些敌不过他，并且她见路振飞翻下屋去，心中未免慌乱，那手中的刀就渐渐松懈下来。那董虎的双刀更如疾风骤雨般地逼住她，不容放她脱身。

　　正在危急的当儿，忽然铛的一声，凭空地飞来一颗铁弹，正打在董虎的刀翅上，直打得迸出几点火星来。董虎由不得吃了一惊，手中的刀法一松懈，游彩凤就霍地跳出了圈子，一纵身，已蹿去一丈多远近。她恐怕董虎追来，就背上卸下弹弓，按好五粒铁弹，拨回头看时，那董虎不但没追过来，却把双刀一紧，蹿过去替邱成助战。游彩凤晓得何丽云一定敌不过他二人，随即把弹弓拟定，对准邱成，嗖嗖嗖地接连就是五粒连珠神弹。那摇头狮子邱成本来没留心防备着，却被五粒弹子弹弹不落空，两弹中肩臂，一弹打在他鼻梁骨上，还有两弹，却嵌入他的两眼眶中。这九尾狮子顷刻变作了个多宝林，只把头摇了两摇，就呜呼哀哉，伏维尚飨了。

　　何丽云见邱成已中暗器倒地，随即娇叱了一声，奋起剑光，直向董虎飞击过来。

第三十七回

# 风云际会义侠锄奸
# 萍水奇缘老翁赠药

　　却说何丽云奋剑直对董虎击去，董虎到这时候，知道他们的一班人能手甚多，不由心中有几分着慌，只得飞舞双刀，接住混杀。何丽云见他刀法有些散乱，便卖个破绽，把身子一侧，让董虎一刀砍进。她把剑一格，顺势一横剑，对他拦腰截去，正砍个正着。董虎已变作两截血人，便向屋面上栽倒。

　　何丽云就运剑如风，直飞蹿到姜梦璧那边去，帮着他夹击吴德东。那金眼狻猊吴德东虽说本领高强，但遇着姜梦璧，也是个武艺不弱的人，所以他二人只绷了个平手，现在他眼见得自己的人被伤，又加上这个何丽云，他如何敌得过呢？就一掣手中的双股连环剑，格开了兵刃，这一纵身，已到对面的屋脊上。姜梦璧也就一纵身，想追了过去。吴德东抖手就是一毒药镖，对他迎面飞去。姜梦璧本是个练过内功眼力的人，他见吴德东一扭身躯，把手一扬，就晓得是一件暗器，赶紧把头一偏，那镖就从耳朵边飞擦过去。吴德东见一镖没有打中，一抖手，又是两支镖，对他两眼迸射过来，他晓得这两镖无论他要怎样闪避，一定也不能闪避得开的，哪知姜梦璧并不闪躲，他看两支镖快要飞近，就一伸左手，已接住一镖，再用右手的剑这一格，只听铛的一声，那镖正打在剑上，便飞落下屋脊去。吴德东见三镖均没有命中，就连蹿带跳，却像猿猴一般，顷刻逃得不知去向。

姜梦璧、何丽云也不去追赶，深恐怕被那陆羽春逃走，就赶进内宅去寻他。他们越过屋脊，便看见一个用鸳鸯锤的丈夫，一个用朴刀的汉子，正和一个用单刀的恶斗。

书中交代，这两个人却正是那个白菊潭和钟英。那白菊潭自从在云台山被钟英救走，一回转到桃叶村，就不禁闹出一番惊人的岔事来。

原来他的妻子老幼一门，完全被人劫走，连宅舍屋宇都被焚毁了好几处。那许多村丁也多数被杀伤，还留下一个字柬给他，叫他到山东凤城县去，和他当面理论。白菊潭一看，简直把肝都要气炸，心想："这是什么人，却和俺有这样宿恨深仇？俺不去杀他，怎出俺心中的这场恶气呢？"

当下他就和钟英二人携上包裹，离开桃叶村，取道往山东省境来。他们一经过济南，就听人纷纷传说陆羽春杀傅振才的一段事，简直茶坊酒肆都当作一段绝妙的新闻，哄哄地传讲。你想这事听在他们的耳中，还肯不去管的吗？

白菊潭就和钟英商量着说道："贤弟，俺看这个陆巡抚简直不是个人类，他敢做这伤天害理的事情，俺们不去除掉他，那受他害的人还不知有多少呢。俺虽然要到凤城县去报仇，但既经过这地方，晓得了这件事，万没有袖手不管的道理。俺们就今晚到抚署去，杀了这害民的贼，再往凤城去寻找仇人吧。"

钟英笑道："兄长说得不差，俺二人今晚就去了却这事，横竖耽搁这一夜工夫，也没有紧要的。"

他二人商量妥当，一到晚饭后，等到人烟寂静的时候，就藏好兵刃，寻向巡抚衙门来。因为他们路径比较生疏一些，所以担延了一会儿辰光，比姜梦璧等四个人迟到半刻。他们越过屋脊，直到内厅的屋面上，就看见游彩凤、姜梦璧、何丽云敌住几个人。白菊潭他是认得游彩凤的，就猜料到这几个敌人一定是巡抚

242

衙的镖师，但他也不肯出面去助战，恐怕他们反要恼他。后来，见游彩凤渐渐有些支持不住，他这才取过弹弓来，轻轻地助了她一弹，虽然不曾把敌人击毙，总算给游彩凤帮了一个忙。及至看见游彩凤用连珠弹打死一个敌人，他晓得他们对这两个人总可解决，就一拉钟英，二人径奔内宅，来杀陆羽春。才越过屋面，就见一个长大的黑影子一晃，迎面飞上一个人来，手执单刀，拦住去路，喝道："你们是哪里来的贼寇，敢到这里来送死？认得俺病太岁李堃吗？"

白菊潭也喝道："俺们是来杀陆羽春这个兽类的，你要拦阻，来替他送死吗？"

李堃也不答话，就挺刀直搠过来。白菊潭也舞动鸳鸯锤，两个人就是一场拼命的恶斗。在白菊潭心中，因为一心要杀陆羽春，恨不得就立刻要把李堃一锤击毙，无奈偏偏这李堃又是个劲敌，使开这柄单刀，就如疯狮痫虎，勇不可当。莫说白菊潭不能胜他，简直要和他绷个平手也是不容易的事。那钟英起先本想独自一人跳下屋面去寻找陆羽春，但他也恐怕白菊潭或者不是人家的对手，所以握着单刀，在一旁立着。及见李堃使开刀法，白菊潭讨不着他半点儿便宜，也就舞刀直蹿过去。二人把李堃裹住恶战，那病太岁李堃却毫不畏惧他们，那一口刀白光闪灼，上下翻飞，三个人也只杀了个平手。

这时候，姜梦璧、何丽云也都越过这边屋脊来，他二人却认得白菊潭是当初在云台山和游彩凤、路振飞是同在过一处见的。现在见对敌的这个人，料想也是巡抚衙的护院镖师，两个人两支剑就如两道电光，直飞掣过去。病太岁李堃正要迎敌，但觉得自己心中慌得一慌，刀法慢得一慢，何丽云的一柄剑早连肩带臂直砍下来。李堃闪避不及，左臂上已中了一剑，鲜血迸涌。白菊潭再一锤，已打得他脑浆迸裂，死于非命。他们四个人一打招呼，就一齐跳下屋去，拿住两个护兵，逼问他们陆羽春住的地方，就叫他权充一充向导。

那陆羽春他起先本是靠仗病太岁李堃作护身符，他自己也不敢胡乱地行走，恐怕一离开李堃，就有性命不测的危险。虽有许多护卫的兵勇弓上弦、刀出鞘地围拥着，但他们哪有实际的用处呢？倒反做了人家的好目标。他一听得李堃被人杀死，直吓得三魂少二，七魄亡三，带着这班护卫的兵勇，拼命地就向后面逃走。满想逃出抚署，好向别个官衙暂避一避这风头，哪里料到，这几个凶如魔王、恶似太岁的人物已经赶到他面前来。

姜梦璧、白菊潭几个人虽然不认得陆羽春，但看见一个黄袍缎裤的人，乌靴小帽，剃着八字胡须，面孔生得又方又白，一问那几个做向导的兵勇，晓得他就是陆羽春。他才逃到院中，早被姜梦璧赶过去，一伸手，就像老鹰扑兔，拖住他的一条辫子，往地下这一摔，已摔了个发昏。何丽云、白菊潭、钟英也都赶过来，就想把他乱刀分尸。

白菊潭摇摇手道："你们且先莫杀他，待俺先讯问讯问，把他的罪状先宣布给他听，然后才叫他死得瞑目呢。"

钟英就走过去，对准他屁股上就是一脚，骂道："好狗官，你也有了今日吗？你快把自己做的事和陷害傅振才的一段事实从实地招供出来，俺们或者还可以宽恕三分，饶你不死。倘然再要支吾，俺先给你把脑袋砍下，让你去叫屈吧！"说着，就把一柄刀指定在他脸上。

陆羽春被他这一脚已踢得痛彻骨髓，现在又见这把明晃晃的刀，哪里还敢违拗？只得哀哀地救告道："俺说实话就是，请你们高抬贵手，饶过俺这条性命，俺情愿把金银财宝都一齐送给你们哩。"

何丽云就娇斥一声道："好狗官，谁稀罕你的金银财宝，快些把你所做的事招供出来吧。"

陆羽春晓得不说也绝不会放过他，只得把自己贪污淫秽以及

244

杀傅振才的一段事实原原本本像背书般地一字不差背诵了出来。

姜梦璧一听，就哈哈大笑道："俺把你这个不要廉耻的狗官，身为堂堂大吏，竟敢这样无法无天，伤天害理的罪状既然已经自己承认，大概俺杀你，也不算冤枉吧。"

陆羽春正待要开口，早被何丽云手起剑落，那陆羽春的一颗狗头已骨碌碌地滚去，和他身体宣告脱离。他们四个人才去寻着游彩凤。原来游彩凤把邱成击毙后，她也不暇去再帮助他们，就翻身跳下屋去，寻着路振飞，见他仰卧在墙根下，已是创处青紫，奄奄一息，早不禁有些伤心，扑簌簌落下泪来，只得把他的身体背负起来，预备去寻着姜梦璧、何丽云，再商量一个办法。及至看见他们已把陆羽春杀死，大功告成，只单单走了那个金眼狻猊吴德东，游彩凤不免就咬牙切齿的，只恨自己不曾手刃他，好替路振飞报仇。她问过了白菊潭别后的事实，白菊潭也把到凤城县寻找仇人的说话告诉她。

游彩凤点了点头，道："既然白庄主要去找寻仇人，俺们也理应一同去，可以少助一臂之力。无奈俺的路师兄现在中了镖伤，性命就在呼吸，这可怎么办呢？"

白菊潭听得，就叫他把路振飞放置下来。和姜梦璧、何丽云、钟英都一齐围拢着看时，但见路振飞面唇脱色，创口紫肿。

白菊潭就摇着头道："这是中的毒药镖，这镖倘没有解救的药，把镖拔去，一见血就不能活命。但这时候，又哪里来的这解救药呢？并且俺们杀了陆巡抚，已经算是闹了个天翻地覆，风声一传播出去，就要有大队的官兵来捉拿俺们，俺们虽不惧怕，但这里也不可久留。不如俺们趁早背着路贤弟出城去，星夜离开济南城，再作计较吧。"

姜梦璧、何丽云也点着头道："白兄的说话不差，俺们就这样办吧。"

白菊潭就叫他们一班人先赶紧出城，约定地点，在城外守候着，他自己就去觅得笔砚，用一张大白纸把陆巡抚罪状都开列在上面，把来粘挂在抚衙的大堂堂柱上，他这才动身赶出城外去。他赶着他们四个人，就星夜离开济南府城，直往山僻小道上走。一气走了三十多里路程，才到一个破庙中歇下，就寻找着一块破旧木板，把路振飞安放在上面，再看那创口上，已流出些黑水来。

这时候，天色已经放曙，白菊潭就叫游彩凤、何丽云、钟英在庙中守候着，他和姜梦璧就向附近村镇上去访寻医生，好救治他。叵耐这些小村镇上，既没有好医生，更没有懂得治这创伤拔毒的医士。白菊潭晓得这毒药镖的药性，经过一周时，就要不能救治，他虽然说和路振飞是萍水相逢的朋友，究竟他们都是同声相应、同气相求的人，又哪能视同陌路，心中不焦急呢？他们又走了几个村镇，仍旧打听不出一个医生来。他们正往前走，忽然一家人家走出一个老翁来，白菊潭和姜梦璧本是走路作慌的人，一时不及提防，白菊潭尤其是脚步踉跄，正和那个老翁撞了个满怀。白菊潭倒不禁吃了一惊，心里总以为这一撞，起码要把这老儿撞跌一跤，可是这有了年纪的人哪里禁得住他这一跌呢？哪里晓得，这老儿非但没有被他撞跌，却反把胸肚一挺，把白菊潭挺出三五步去，就绰起手中的拐杖，大喝道："你是哪里走来的这冒失鬼，却这样走路不留心，撞了老汉一跤？要不是老汉有些腿力，这样大年纪的人，吃得住这一跌吗？"

白菊潭不由得心中暗暗吃了一惊，只得作了一个揖，赔着笑道："请你老人家不要生气，俺二人因为有紧要事，赶着走路，不料无意中碰撞了你老人家，请你老人家多多恕罪吧。"

那老翁一听他说话卑屈有礼，又拿眼睛打量了他二人一番，就哈哈地笑道："俺看你们都不是本地方的人，你们叫什么名字，究竟有什么要紧的事，却这样冒失地走路，能说给老汉听吗？"

# 第三十八回

## 传鸽书夫妻剿巨寇
## 试水箭童子显奇能

  却说白菊潭听那老丈问他，只得把自己和姜梦璧姓名说给他听，又把路振飞中镖的情形也约略告诉他，只把杀死陆羽春的事体隐瞒住，恐怕被人家晓得，又要别生枝节出来。

  那老翁又哈哈地笑道："俺道是什么人，原来尊驾就是桃叶村的白庄主吗？久慕大名，失敬失敬！今天庄主既碰着老汉，大概也有一点儿缘分吧。不打紧，你们朋友既然中了镖伤，老汉不才，倒有家藏的灵药，可送些给二位，好替他去医治。这里就是老汉草舍，二位倘然不弃嫌，就请进里边坐歇片刻，俺还有话和庄主细谈呢。"

  白菊潭和姜梦璧二人一听他的说话，真是喜从天降，就连连地打躬称谢过，又请问这老儿的姓名。那老翁笑道："俺名叫陶月峰，世居在村野僻地，自愧孤陋寡闻，因喜爱练些拳棒，那拔毒治伤的药是素来自己预备的。"

  白菊潭和姜梦璧也猜料到这老翁一定也是个风尘怪杰、世外奇人，也就不再逊让，跟着他走进了茅舍。那老儿又叫一个老婆子替他们送上两碗茶来，他们一落座，举眼看那屋中，除了壁上所挂的一琴一剑，和架上几本残书以外，可说是别无长物。白菊潭就忍不住向他问道："请问老丈，俺们素来并没有和老丈认得，老丈却从何处打探出俺的姓名来？"

陶月峰就笑道："村主的大名，简直江湖上的人没一个不晓得，老汉虽然是朽物闲身，不喜欢过问世事，但小儿陶彬，他却专门在外边闯荡，所以他记得村主的大名。村主莫非这次是要往凤城县去的吗？"

白菊潭不禁大惊道："老丈怎会晓得俺要到凤城县去？倒要求老丈指示呢。"

陶月峰哈哈地笑道："村主原来却没晓得，这次到村主家中去，闯这大祸的人，名叫跛足萧三，听说他是因为村主侮辱了他的外甥小凤凰何英，他要寻你报仇。偏生你却不在家中，所以才把你的房屋烧毁，家眷劫去。你要去寻他，他却正预备着等候你哩。"

白菊潭一听，就暴跳起来说道："原来是他啊，但我白某素来和他并没有仇怨，就是小凤凰何英，一来俺不认识是他的外甥，二来是他来自寻耻辱，并不是俺来寻找他，却用得着他硬出头替他报仇吗？好好！拼着俺白某这条性命，俺倒要会会他，领教领教他哩。"

陶月峰就哈哈地笑道："白庄主，你休见气吧，不是俺偏派一句，村主的本领虽然好，但和萧三去比拼，恐怕还没这能力吧。他是在江湖上闯荡三十多年的独脚大盗，从没有人敢惹他一惹的。他和白庄主不但因他外甥何英这一点儿小事，其中还有别一段情节，待俺索性说给你听吧。他和你师父祝大椿曾因为劫一笔官银，被你师父一弹把他的左眼射瞎，他因敌不过你师父，却也无可奈何他，这事已经隔了二十多个年头。起先并不晓得你是他的徒弟，自从你打败了他外甥何英，他才晓得你的本领是祝大椿指教的，因此新愁旧愤一齐进涌。你的师父已死，他不寻找你，还向哪里去泄这股愤气呢？"他说着，又对姜梦璧笑道："当初他和祝大椿为难的时候，你师父莲池曾和俺们劝解过的，哪知萧三他不但不感激，反说你师父祖护祝大椿，心中也把你师父恨如切骨。前次俺小儿陶彬打从海州经过，遇着他把一个女子闭在石穴中，预备带回山东淫乐，却被小儿无意中探知，把她救出，听说那女子名叫游彩凤，也是莲池师门下的高徒，幸亏没被萧三识出，不然还保得住这性命吗？"

姜梦璧就哦了一声道："那游彩凤却是俺的师妹，现在也在这里，她和何师妹正看护着受伤的路师弟呢。照老丈这样说来，这萧三不但寻着白大哥，岂不是也要找俺们生事吗？"

陶月峰一手绰着自己的花白胡须，一手支在椅柄上，笑道："谁说不是，你们不去寻找他，他也要来寻觅你们的。不但他要寻找你们，就是小儿陶彬，因他累次地做事不正当，规劝他好几次，他且也和我们面和心不和。俺想他这大年纪，还要自己寻找死路吗？"说着，就站起身来，走进房中去，拿出一个药瓶，倾倒出许多药末来，用纸包好，递给白菊潭道："俺们现在也不及多谈，你们那受伤的人性命要紧，把这药快拿回去搭救他吧。只须把这药末先用水调灌一半下肚去，然后起出那镖，再拿药满掺创口，俟那黄黑毒水流尽后，用布把创口扎好，自然就不妨碍性命了。"

白菊潭把药接过，二人又向陶月峰称谢一番，便说："改日再来叩谢老丈吧！"说着，二人站起身来，就往外走。

陶月峰也不挽留他们，就一直送出门口来，又对白菊潭道："白庄主倘然去寻着萧三，可对他先礼后兵，他倘然肯把庄主的宝眷送出，也就可以免得多伤和气。总之非到万不得已的时候，莫轻易和他动手，这是最最紧要的话，庄主牢记着吧。"

白菊潭点头道："谨遵老丈的指教。"

二人又拱了一拱手，才离开陶月峰的家中，寻着旧路，不到半个时辰，已赶回庙中。他二人又买了许多干粮食物给大家饱餐了一顿，就把陶月峰赐药的一番话说给何丽云、游彩凤、钟英三个人听，他们就一齐动手，把药先给路振飞灌下，然后再起去毒镖，掺上些药末，眨眼之间，那创口上便真个流出许多黑水来，把黑水流尽，便又有黄水溢出，那紫肿顿时全消。路振飞肚中一响动，浊气下泄，人便清醒。他们又去七手八脚地忙着，弄了些热水来，灌了他几口，果然是好药。路振飞不但知觉恢复，便连创口也并不觉得十分疼痛，当下他向众人问明，晓得陆巡抚已被诛杀，心中也十分喜悦。众人又陪着他住了两天，等到他已经能够自由行走，白菊潭便告辞要和钟英往凤城县寻跛足萧三去。

姜梦璧、何丽云道："既然白大哥要去报仇，俺们也应该同去，多少可以帮一点子忙。并且那萧三既然是个凶恶之徒，俺们也算是去除却一大害呢。"

游彩凤也说道："当初俺在海州，曾被这老贼监禁过的，现在俺也同去，看你们拿住他，也泄一泄胸中的恨气哩。"

白菊潭笑道："承你们的情，要和俺同去，那是再感激不过的，不过现在路贤弟是新创初愈的人，正要你们照应调护他，哪能够再去跋涉受累？俺想或者姜大哥和何姑娘倒可以同去，游姑娘就陪着路贤弟，替他调养吧。"

游彩凤见白菊潭不叫她去，就说："你们莫替俺二人担忧，路师兄虽然要调养，就是现在回山，也不见得就会赶到。横竖是一样的跋涉，到七羊山和到凤城县，又有什么分别呢？他走不动的时候，仍旧是俺背着他走，也没有办不到的事啊。"她只顾得意忘形，一片天真地这样说着。

那何丽云却不禁扑哧地对她一笑，这一笑，倒把游彩凤笑得面上绯红起来，晓得自己的说话太大意，被别人家留了心去，只得低着头不作声。

路振飞也忙着说道："你们休替俺顾虑吧，俺现在创口已愈，莫说走路没甚紧要，就是去杀那萧三，也不见得就要示弱哩。"

众人见他二人要去，也只得应允。他们一动身，虽然在路上有些耽延，但也不消十多天，已赶到凤城县。那城外却有一个山岭，名叫鸣凤岭，白菊潭一班人就在岭下一带树林下休歇下来。忽然那官道上来了一大群人，当中有一匹花马，马上坐着一个中年的健妇，青绡抹额，绿锦缠身，背插一柄单刀，直冲过来。游彩凤眼快，早认得那匹花马是他家豢养的那匹五花骢，马上正是她妈朱兰英和山上的四个大头领，及几个小头目。她就拍着手，对路振飞道："你瞧，俺妈来了。"

她这一喊，果然众人都抬起头来，拿眼睛一条线注视着，路振飞、游彩凤早大踏步迎了上去。朱兰英一眼看见他二人，也就眉开眼笑，打从马上跳下，一手拉着他一个人，就问他们别后的情形。大家约略地说了几句，白菊潭、钟英、姜梦璧、何丽云也晓得这妇人是游彩凤的娘，大家也就赶出去见礼。正叙谈间，游万峰也和一个黑大汉，背好一个包裹，徒步地走到面前，大家又问名问姓地周旋了一番，才一齐到林中休憩下来。路振飞、游彩凤就问游万峰、朱兰英别后的事情，游万峰就笑道："俺和你娘自从你二人走后，又到各地方去干了几件紧要的事情，不意路上又收了一个徒弟，名叫张勇。"说着，就指那黑面大汉道："这就是你们的师弟。"又对张勇说道："这是你师姊、师兄，你们都得见见。"

那张勇就真个走过去，冲着他二人跪下，一连磕了几个头，口中师姊、师兄地一阵乱叫，倒把游彩凤、路振飞二人都看得好笑起来，慌忙摇着手，叫他立起身来。

朱兰英也笑道："他戆虽戆，性情倒爽直，你们将来倒要好好照顾他呢。"

那张勇立起身来，只管嘻着嘴，看着游彩凤傻笑，倒把游彩凤弄得不好意思起来。游万峰叫张勇去把花骢马系在树上，重复对游彩凤、路振飞说道："俺二人回到山上，便接着七羊山的那只神鹰送来一封信，师父叫俺先领着山中的几个头领到湖南长沙去剿灭巨寇华岫云。他说俺们到了那边，自有人来帮助俺们，俺起先并不晓得华岫云是怎样的一个人物，也不晓得他的本领，但师父既差遣俺们，也只得要去辛苦干一趟的。并且他老人家吩咐，倘杀了华岫云，须回到七羊山去复命。俺们一到长沙府，就有一个十五六岁的孩子到客寓中来打听，他一访着俺，就拿出一封信来，俺才晓得他名叫陶彬，是师父给他信，请他来帮助俺们的。你想这事奇突吗？他这样一个小孩儿，有什么特别的能为，师父却叫他来帮助？"

游彩凤听得，就忙说道："爹莫小看了他，这孩子的本领大呢。俺在海州被一个巨寇萧三把俺禁在石穴中，要不是他搭救，还不能保全这性命呢。"

游万峰点头道："这话真不错，原来你也会见过他，俺和你母亲、一班人正待访到华岫云的村上去，哪知这华岫云正调遣出各路的党羽，这天正包围长沙府城，那长沙知府一听得这消息，就传齐了各门营兵，那些守备、游击、都司也跨马横刀杀出城去，你想这些官兵们如何抵敌过？这一阵，已被他们杀了个七零八落，只得都逃进城，把城门紧闭着。俺就去报见知府，呈报上去，情愿帮助官兵杀贼。俺和你母亲对付这些贼人，本不算得一件难事，无奈这华岫云手下有两个人，一叫青面兽张英，一叫神箭手吴芳，他二人和俺及你母亲只杀了个平手，再加华岫云有个十分了不得的本领，那神箭张英连发三箭，都被俺接过，但是他们的本领毕竟高强，并且又是人多势众，俺们的这几个头领和官兵哪里抵拼得过？正在危急的时候，偏生那陶彬不知在什么时候走了。俺和你母亲心中一慌乱，那华岫云便自己纵马舞铜直杀过来，俺挺刀一迎敌，那刀便被铜磕飞。俺正想逃却，却不料陶彬忽然站立在俺身后，他见华岫云追来，就迎了上去，等他到得近身，就把口一张，那口中便如银箭般地喷出一股水来。据他说，这是他平昔练就的一种功夫，名叫水箭，这水一着人，无论本领多高的人，都要被他射死。他这股水喷射出来，华岫云哪里识得他这功夫，见这亮晶晶的一件东西射过去，他就在马上拿铜这一格，便顿时弄出一件惊异的事来。"

## 第三十九回

意马驰缰歧途困戆汉
野犬吠影狭路遇仇人

却说游万峰对游彩凤说道："那个陶彬这一道水箭喷射过去，华岫云不识他这异功，当他是件什么特别的兵刃，忙用手中的铁铜这一格，那银光便如神龙掉尾似的，迅速掉头，顺势这一扫，已把华岫云的一颗首级不知扫落向什么地方去。华岫云一死，他的一班党羽就顿时惊乱起来。华岫云一死，俺们的胆便壮了十倍，青面兽张英、神箭手吴芳也被俺们杀死，才把他的党羽解散，又到华岫云的村上去，把他满门抄斩，家财房屋都一齐封禁入官，这件事总算是大快心。那知府见俺们这样保民杀贼，建立奇功，就想留住俺们，替俺们保奏，好大小弄一个官职。你想俺可是要做官发财的人吗？所以就拒绝了他，和你娘辞别了知府，取道向山东省来。那陶彬他杀了华岫云，已不知在什么时候就悄然地走了。"他说到这里，众人都点首称叹。

游彩凤笑道："俺想师父他老人家的用意真奇特，既然晓得陶彬能够杀华岫云，何必再叫爸去跋涉这一趟呢？"

朱兰英笑道："这大概也有意思吧，或者因为是陶彬的年纪太小，怕他不能做事周密。再不然，也许因为他不肯出头露面，才叫他暗中帮助俺的。"

游彩凤点着头道："妈说得不差，怪道他当初救俺的时候，也说是不能给人家晓得是他搭救的呢。"

他们正说着话，忽然就听得树林的外面喧起一片人声来。路振飞和钟英就蹿出林去看时，原来是那匹五花骢走了缰，直往大道上冲奔过去。那张勇握着一根铁棍，和几个喽兵疾如奔马地直追上去。

钟英看见张勇一种戆态，恐怕要闹出祸来，就和路振飞说道："你瞧，你们这师弟怎的把这马溜逸开去，怕的被它撞坏了行路的人，贤弟，快赶上去兜住了吧。"路振飞点了点头，也就大踏步飞赶上去。

你道这匹马为什么会走缰的呢？原来这匹马本是游家豢养的一匹最驯的马，虽然登山涉水，异常矫健，但从来是最驯服，不生事惹祸的，所以把它拴系在树上的时候，并不曾紧紧地系牢。那张勇却坐在地上，和几个喽兵有一搭没一搭地说些傻话。这时候，左边的林子内却拴着一匹牝马，也是一样的浑身花白斑点，虽然离开有一段路，那马眼却甚尖快，这雌雄性欲一冲动，那匹牝马就昂着头长嘶了一声，这匹雄马就把头一掀，早把系的丝缰活扣挣脱，撒开四蹄，直奔过去。几个喽兵看见，往上一追，张勇也就竖起一根铁棍赶过去，他们一赶到那林子边，两匹马已交蹄叠尾地纠缠起来。张勇走过去，拖扯它们不开，就禁不住发起呆性来，口中骂了一声王八，早举起铁棍，对那匹牝马的头上狠命地这一棍，已把马头打裂开半个来。

他牵开那匹五花骢，正想就走，那树林中早跳出三五个大汉，大喝道："×娘的狗贼，你是哪里来的这野杂种，好端端地走来，把俺们的马打死。你既打死了俺们的马，你就给它偿命。"说着，就各摆手中钢刀木棍，恶狠狠地把张勇围困住。

那张勇虽然有些笨气力，究竟他没有多大的本领，如何敌得过他们呢？那几个喽兵也并没有什么能为，一吃了亏，就大家纷纷地奔散，只剩张勇一个人被他们围困住，直杀得他气喘吁吁，面皮失色。正在危急的当儿，那路振飞也赶过来，见张勇被人家困住，口中直嚷着："师兄救命哩。"

路振飞到这时候，也不及询问情由，跳进圈中，用刀这一格，随即飞起一脚，已把一个人踢翻在地，滚元宝似的滚去了一丈多远。余外的几个人都一齐跳出圈子外，对路振飞狠狠地说道："好，是好汉不要跑吧。"说着，连滚跌在地下的那个人也爬起身来，一齐抱头鼠窜地逃走。

路振飞问明了张勇，才晓得他把人家的马击毙，就埋怨他不该生事惹祸，虽然他们这班人不怕人家来报复，究竟自己理屈，却怪不来人家要寻找说话的。张勇却累了一身大汗，被路振飞一埋怨，只得瘪着一张嘴，并不开口。路振飞叫他牵着那匹五花骢向刚才的林中走来。游万峰夫妇和众人也都走出了大树林，路振飞把刚才的事都说给他们听。

游万峰道："打死了人家的马，照理本该赔偿。俺们且在这里等候着，俟他们寻找了来，和他们好好地讲论，赔偿他们些银子；倘然他们要不答应，也说不定就打一场走路吧。"

众人也都点头道："游寨主的话不差，俺们不走，在这里等候赔偿他，难道还怕他不答应吗？"

众人又坐着谈笑了一阵，不多片刻工夫，果然就听得人声嘈杂，那官塘大道就赶下一大丛人来，手中都执着明晃晃的兵刃，后面跟着一个公子打扮的人，生得兔耳鹰腮，獐头鼠目，穿着得衣履翩翩，臂上挎一只鹰，率领着众人直赶过来。

原来这人却是这地方的一个著名恶棍，名叫庞天保，这天本是带着几个打手出来游猎的。他散了一会儿酒闷，就把这匹快马系在林中，自己和两个家将到一家茶楼上坐着喝茶，忽然这几个人打败得像落汤鸡似的，奔到茶楼上来，把马给人家打死的话告诉了他一遍。庞天保不听犹可，一听这番说话，不由得气得哇呀呀地怪叫，随即叫人向镖局中去传了十几名伙计到来。那镖局本来这班人平昔受他的豢养，一听庞天保呼唤，简直就像唤猫狗似的，一窝蜂拥到茶楼上来。庞天保就把这事一告诉他们，大家都摩拳擦掌地说道："俺们倒要去看看，究竟是什么吃了豹子胆老虎心的人敢来得罪庞大爷，俺们先去扯下他半截来，替大爷出一出这口恶气吧。"

庞天保说道："好！俺们就去寻他，莫被他们逃跑。"

他们这才下了茶楼，一齐奔到这树林子边来。本来相隔并不甚远，那起先的几个打手早看见这边树林子那匹花骢马仍旧系在树上，就指着对庞天保说道："这马在这里拴住，料想他们还没有走脱呢。"

他们这一吆喝，早把游万峰这一班人听得纷扰起来，都一齐走出林子，就见庞天保雄赳赳、气昂昂地正在指挥众人抢进林中去。游万峰估料他们这班人就是来替死马泄恨的，就独自一人抢上去，说道："你们是因为马的事体来寻找俺们说话的吗？"

庞天保只当是游万峰打死他的马，就喝道："你是什么人，为何好端端来寻俺们生事，活活把俺的马打死？你晓得爷的名头吗？"

游万峰拱着手笑道："俺们是过路的人，偶然被伙计们误伤了你的马。这马值多少银两，请你说明，俺来赔偿就是，还用得着来伤损和气吗？"

庞天保鼻中哼了一声道："好！你要赔偿俺的马吗？俺这马本是匹龙驹，俺花了三千两白花花银子把它买来，再加上几年的工夫喂养，也不必说它，你要赔，就拿出三千银子来，让你们走路，否则，俺银子也不要，先打死你，好替马报仇哩。"

游万峰就哈哈大笑道："三千两银子却不算多，你赢得俺手中的兵刃，俺就照数赔给你，要赢不了俺的家伙，你还是揩着眼泪向别处去叫屈吧。"

庞天保哪里还按捺得住？就对手下的这班人说道："你们还

不快给俺动手，把他拿住碎尸万段吗？"

那些镖局中的伙计真个各摆兵刃，往上一围，游万峰也亮出刀来，路振飞、游彩凤也摆动兵刃，直戳过去。这三个人宛如三只猛虎，那镖局中的一班伙计哪里敌得过他们呢？早已被打得七零八落。庞天保见势不妙，正预备拔腿就跑，忽然后面飞也似的奔过两个人来，大叫："庞大哥，待俺们来拿他！"

庞天保一看，却是镖局中的两个镖师，一个叫神拳周东，一个叫小凤凰何英，一个执着刀，一个拖着铁棍，飞奔过来。原来这镖局子离开这地方不远，起先何英、周东不在局中，后来他二人回转到镖局中来，有人对他一回说，局中的一班伙计帮着庞天保打架去了，他二人才拿起兵刃追踪下来。一见众伙计已被打得七零八落，这才一声喊嚷，各摆兵刃上前。白菊潭、钟英也抢上前去。

那何英一眼看见是白菊潭，就不由得啊呀一声，敛住手中的兵刃，说道："姓白的，也轮着你到凤城县来欺负人吗？"

白菊潭也认得他是小凤凰何英，就哈哈地大笑道："姓何的，你果是还不服输吗？俺和你往日无冤，近日无仇，你到海州去寻俺生事，俺总算认交情，不曾伤损你分毫，你却要叫你的舅舅萧三去劫俺的家眷，放火焚烧房舍。俺现在是特地来登门领教的，你叫你的舅舅出来，俺要当面问问他这个理由哩。"

何英见他们人多，晓得不是他们的对手，就说："既然这样，俺们也不必多说，明天一早，你就到三元坊俺舅舅家中去，他也正等候你呢。俺们明日再见吧。"说着，就招呼着庞天保和周东，率领着一群人，偃旗息鼓地向旧路上奔走回去。

白菊潭就把这何英当初寻他较艺，以及萧三要寻他报仇的话又对众人告诉了一番。

游万峰道："那萧三既敢来和你作对，一定不怀好意，倒要留心他哩。俺们明天一齐到他那里，看看这萧三究竟是怎样三头六臂的人。他要不讲情理，俺们协力齐心杀了他，也不见得就算难事呢。"

白菊潭道："且到明天，俺们再见事行事吧。"

他们一行人就进了凤城县城，在一个客寓中歇下。一到天明，打探着三元坊的路径，众人都随身藏好了兵刃，把包裹等件都留在寓中，才一齐动身，寻向萧三家中来。

这萧三本名萧忠，是水旱两路的独脚大盗，江湖上没一个人不晓得他的名头，他和莲池大师以及陶月峰、祝大椿本来都素有交往。只因萧忠的为人，行迹不正，因抢劫一笔官银，是祝大椿的挚友保的镖，祝大椿来劝解，萧忠不肯答应，祝大椿一时恼怒起来，才弹瞎了他一只左眼，他就把祝大椿恨如切骨，自己又下苦功练了一身的本领，预备要寻找祝大椿报仇。等他寻到祝大椿家中，祝大椿已死了好几个年头，他只得恨恨地走了。他起先也不晓得白菊潭是祝大椿的徒弟，自打从何英被白菊潭打败后，他才晓得白菊潭就是祝大椿得意的门徒，再禁不住何英播弄是非，自然把他的新仇旧恨一股脑勾上心来。他想："祝大椿虽死，他的徒弟还这样飞扬跋扈，俺去先降服了他。虽然说祝大椿已死，不能报仇，但总可多少泄一点儿恨气呢。"

他一找到桃叶村，听说白菊潭不在家中，他才把白菊潭的妻室家眷一齐带回山东，晓得白菊潭一定要来寻找他，他的那所住宅却有好几十间，里面却有许多削器埋伏。因他虽然已洗了手，究竟自己的罪案做得太多，恐怕有人来擒捉他，他既然存了这样心思，便把屋宅完全地造起了许多机关埋伏，更到各地方去拐骗许多美貌妇女，恣情地取乐。他虽是六十多岁的人，但他的性情仍不减少年时节，家中除了姬妾以外，只有孑然一身，并没有一个骨肉至亲。他和小凤凰何英虽然是甥舅，却也轻易不相闻问。这天恰巧何英走来对他说了一番话，他才一怒去把白菊潭的妻眷劫到山东凤城县来。

# 第四十回

## 鸣凤岭异人诛眇目
## 七羊山四侠证同心

却说萧忠，他既把白菊潭的眷属劫抢了来，就把来禁锢在一间密室内，晓得白菊潭一定要来寻他理论，也就格外留心。这天晚上，忽然见小凤凰何英奔走了来，把白菊潭领着一班人已到凤城县的话告诉给他听。

萧忠就哈哈笑道："任凭他们怎样人多，可是愈多愈好，要不然，也显不出俺的手段来呢。俺要放他们逃走一个，也不算俺的本领。"

他却防备着这班人或许在半夜偷进来行刺，所以这晚，格外留心防备着他们。到了明天早晨，白菊潭、游万峰一班人就都访到萧忠的宅子来。他这房屋，却是在城中的一个极僻静所在，一面临山，一面近水，却颇有些村郭风景。

白菊潭一到门口，就掏出一张名片来交代那几个管门的人传送进去。不多一会儿工夫，就见里边走出三个人来，当中是一个穿蓝挂翠，打扮得富丽堂皇，花白胡须、眇目跛足的老叟，手中扶着一根乌油黑漆的镶铁鸠杖。左边一个，生得身足六尺，高鼻削腮，就是神拳周东。右边的一个，五短身材，生得短小精悍，一副鹰眼，闪灼不住地望着他们，正是小凤凰何英。当中的就是跛足萧英，他一见众人，就拱拱手道："难得诸位光临敝舍，老夫真是荣幸得很，但不知哪位是白庄主，就请出来见见吧。"

白菊潭也拱了拱手说道："在下就是白某，俺和老丈素未谋面，正所谓天涯海角，风马牛不相干，不知老丈是因何缘故，却要把俺的家眷劫来？久闻老丈是个江湖上讲义气的朋友，难道就这样地论交情吗？"

萧忠哈哈地笑道："这又有什么紧要呢？你们且都请进去，坐歇一会儿，俺尚有话细谈哩。"

白菊潭这班人本来也并不存心惧怕他，并且他们究竟倚仗着人多，虽明明晓得他不怀好意，但既到这地方，也就不容他们不进去。

那萧忠说罢，就转身先往里走。白菊潭和一班人也跟在他们后面，穿过了几条极深的火巷，来到一个大院中，里面却是五开间的敞厅。萧忠和小凤凰何英、神拳周东都站立在厅上，就对白菊潭这一班人哈哈地笑道："姓白的，好，今天既请到俺这地方上来，这叫作天堂无路，地狱有门，放你们逃走了一个，也不算得俺萧忠的本领哩。"

白菊潭大怒，一掣鸳鸯锤直滚过去。萧忠并不和他动手，只把铁拐向阶石上一点，那两边厅柱上早伸出两只巨手来，把白菊潭的两只肩膊紧紧地搭住，任凭白菊潭的功夫怎样好，再也莫想挣扎得分毫。那两只手这一拉，就把白菊潭拖拉了进去。那钟英和路振飞也各亮出刀来，一纵身，上了阶石，要想去抢救，忽然就听得轰雷似的一声响，就有一面大镜现在他二人的面前。那萧忠扶着一根拐杖，立在镜中，对着他二人笑容可掬地望着。路振飞和钟英就挺刀对镜中搠去，忽然觉得背后有人把他二人拦腰这一束，顿时都手脚不能动弹，就被绳捆索缚地系住。游万峰、朱兰英、游彩凤、何丽云、姜梦璧、张勇都各摆兵刃，说道："俺们一齐抢上厅去，把这老贼乱刀分尸了吧！"

他们这一嚷，眼见得那跛足萧忠已蹿到院中，对着他们笑道："姓白的已被俺拿住，俺和你们并没甚仇隙，但是你们既到这里来，也不得不尽些地主之谊，留着你们暂住几天。等俺处置了白菊潭，再放你们吧。"说着，就舞动那根铁鸠杖，顿时就见霞光万道，满院中隐隐有风雷的声音，也不知有多少兵刃直冲压下来。

众人各拿兵刃抵御，哪里能够抵御得住？他们见势头不好，就都扑扑扑地一齐蹿上屋去，只有张勇逃避不及，直退到假山石畔的池河边，被杖风一扫，已扑通栽下水去。游万峰一班人正待翻越过屋脊逃走，哪知忽然就见半空中一阵黑烟。原来却是一个大铁网把他们罩住在里面，这网一收紧，便把他们一齐箍束住，禁锢在屋面上，分毫不能动弹。

那萧忠这才哈哈大笑，把杖一招，那何英、周东也都走出厅来，又唤出三五个壮汉来，吩咐先把白菊潭、钟英、路振飞三个人捆缚住拖上厅来，他就指着白菊潭哈哈大笑道："姓白的，你现在佩服了吗？俺对你老实说一句吧，俺外甥何英被你打败，俺现在捉住你，也可算替他雪耻。不过你师父祝大椿他用弹击伤了俺的一只左眼，俺却没处去报这大仇。现在难得有你来替代他，俺别的也不难为你，只也把你双睛挖去，叫作对本加利还旧债，你还有甚说话吗？"

白菊潭却瞪目大骂道："老狗贼，你要杀要剐，悉听凭你办，俺姓白的却不是个贪生怕死的人，江湖上总算有了你这个朋友，看别人饶得你过吧？"

萧忠也不去理睬，又对钟英、路振飞道："你二人是他的什么人？对俺说明，要没有甚关系，俺倒可饶放过你们呢。"

路振飞和钟英也破口大骂道："瞎眼狗，你莫瞧错了人，俺们都是至好的朋友，要死也死在一处，谁希望你释放呢？你要杀就快些动手，莫惹起俺们的性子，连你祖宗十八代都要骂出来哩。"

萧忠道："好！你们既愿意陪他，俺也照样处置，成全了你们的志愿吧。"

说罢，就叫人把他三人分捆两边厅柱上，叫一个大汉拿了一把尖刀，又拎过一包石灰，预备把眼挖出后，再用石灰向眼眶中一揉，这个罪，简直要比炮烙之刑还要厉害过十倍。

白菊潭、路振飞、钟英都闭目等死，正在这个当儿，忽然就听得有人在萧忠背后哈哈大笑道："姓萧的，你这样手段，真对得起朋友吗？"

萧忠不由得吃了一惊，一回头，就见一个老者站立在他身后。他认得这人正是陶月峰，随即举起手中的铁杖，劈面击去，他也猜料到陶月峰来，一定和他要有交涉，所以想先下手为强，一杖击死了他，免得多费事棘手。陶月峰见他来势凶恶，就把袍袖这么一拂，把铁杖拂开，大喊一声道："我儿何在？"

就见大厅的正梁上猛然翻下一个十五六岁的孩童来，举手一劈，早把萧忠的半个头颅骨碎下，扑地便倒地不能动弹。那何英、周东刚待要撒腿逃跑，已被那孩子蹿过去，一手揪住一人的辫发，两颗头，头对头地这一碰，扑的一声，便开花结果，头颅碰得粉碎。其余的几个汉子早没命地向外面飞逃。陶月峰也不追赶，就叫陶彬把白菊潭、钟英、路振飞先解放下来，那大厅外面又跳进几个人来，正是游万峰、朱兰英、游彩凤、何丽云、姜梦璧等，因为陶彬早替他们把铁网劈破，让他们逐渐地逃出。众人就都向他父子拜谢，问他们来搭救情形。

陶月峰就指着陶彬对他们说道："俺小儿自从打走湖南回来，告诉俺剿灭华岫云的情节，俺便要打发他到这里来，帮助白庄主一臂之力。叵耐俺晓得这跛足萧三的本领，不但白庄主们不是他的对手，就连小儿，俺也恐怕他一人未必降服得住他，只得俺和他一起来，虽然说是替白庄主出一点儿力，其实也是这萧忠恶贯满盈，不由得俺袖手旁观。现在总算除却一害群之马呢。他把你们捉住的时候，俺和小儿已隐进了他这厅屋，到底他的功夫欠缺，却不曾察觉得分毫。俺先在他身后一张声，晓得他把全副功夫都对付着俺，因此小儿才出其不意，用手掌把他劈死。你们想，这不是他自己讨死的吗？"

众人一听，都好生敬佩他父子的侠义神功。白菊潭格外感谢不尽，又对陶月峰问道："老丈，他这厅中，究竟是用的些什么机关，怎么俺们都不知不觉地被他擒获住呢？"

陶月峰哈哈笑道："这也没有什么稀罕，不过是预先埋伏下的钢铁削器。俺一进屋，就先给他把总机掀削断，至于那面大镜，却是两面镜子互射的反光，你们看见他在镜子里面，其实他已站在你们身后，你们只顾前面想去镜中找他，却不料他已在后面把你们擒获住哩。"众人一听，这才明白。"至于屋上的钢丝网，也是他预先布置下的，可是俺们却寻不出他的总机关，所以只得用气把他吹破，这老儿他做梦也想不到俺来捣毁他这巢穴呢。"

他们正说着，就见陶彬领着一个满身泥乌龟似的人，走进厅来，倒把众人吓了一大跳。仔细看时，原来却是张勇，被陶彬搭救了出来，众人又不由得好笑。陶彬又领着众人杀进里面去，把白菊潭的妻子一并救出来。

萧忠的一班家人俱已逃走了个净尽，所有他的一班姬妾大半都是掳抢而来，悉数地放了出来。众人就一齐动手，离开凤城县。陶月峰父子先作别回去，白菊潭、钟英也回桃叶村去，游万峰就对他们几个人说道："现在俺们把各事都办妥，须一齐到七羊山师父那里去复命，因为他老人家吩咐过的，师父他还有话对我们说哩。"

游彩凤、路振飞、姜梦璧、何丽云都点头道："正是，师父也关照俺们，应该去听他老人家慈命。"

他们就回到店中，携了包裹等物，牵了那匹花骢马，叫几个头领先回河北，他们便赶向七羊山来。不多几天，已赶到了七羊山，到得山脚下，那只神鹰已在他们头顶上盘旋飞舞。

游彩凤就指着对路振飞笑道："你看呀，师父的这只神鹰，它晓得俺们回来，也在那里表示欢迎亲热哩。当初俺不是遇着它，也不能见着师父。大概今天你看见它，也有一段缘分吧。"

路振飞也笑道："俺的缘分不在姊姊身上，又哪能到这地方来呢？"

游彩凤不由得面孔红了一红。正在这当儿，那林中便跳出几个小沙弥来，一见他们，就拍着手道："众位师兄回来了吗？师父正传见你们哩。"

众人就含笑点头，跟着他们步行缓缓上山。来到山巅，拜见过莲池大师，那莲池大师就哈哈笑道："现在你们总算已把几个顶顶作恶的人悉数剪除，不但俺们七羊山永远在江湖上留一点儿侠义的名头，向后去并且可以融贯俺们扩充势力的大宗旨。俺们七羊山一派，现在差不多各省都有了潜植力。不过俺们的宗旨，一者不是保佐清廷，二来也并不是有什么异志，俺们的宗旨，是在结合天下的英雄，联络一班有志之士，肃清政治，铲除不平，使百姓们人人得着真正的太平幸福，那才算达着俺们真正的目的哩。"说着，就对姜梦璧、何丽云二人道："你二人已拜在俺门下七八个年头，你们的举动光明磊落，真是令人倾佩，但后去尚有许多事业要你二人协力同心去干。老僧的意思，你二人就打从今日起，老僧做个媒人，就结为夫妇，也不枉你们志同道合结识的一场，你二人愿意吗？"

姜梦璧、何丽云不敢违拗，就都叩下头去，说道："弟子谨遵师父的严命。"

莲池又对游万峰、朱兰英笑道："凤儿她和路振飞也是一段天假的奇缘，你夫妇也没有别个儿女，正该给他们配合，也好帮佐你二人再创造一番事业哩。你二人肯给老僧喝这一杯喜酒吗？"

游万峰、朱兰英也一齐说道："这事既是师父做主，俺二人自应遵命的。"

就叫路振飞、游彩凤也向莲池大师叩头拜谢。莲池不由哈哈地一笑，才遣发姜、何二人回陕西，仍命路振飞、游彩凤跟随游万峰、朱兰英回转到河北唐山去。

小子这部书也就趁此告一个结束，至于以后，还有许多惊世骇俗的奇人、顶天立地的事迹，待小子有暇时再慢慢地叙述吧。

附 录：

# 陆士谔年谱

## （1878—1944）

### 田若虹

## 1878 年（清光绪四年　戊寅）一岁

是年，先生出生于江苏青浦珠街阁镇（今上海市青浦区朱家角镇）。先生名守先，字云翔，号士谔，别署云间龙、沁梅子、云间天赘生、儒林医隐等。

《云间珠溪陆氏世系考》曰：

考吾陆，自元侯通食采于齐之陆乡，始受姓为陆氏。自康公失国，宗人逼于田氏，南奔楚，始为楚人。入汉而后，代有名贤，遂为江东大族。自元侯通六十三传而文伯卜居松江郡城德丰里，吾宗始为松人。自文伯九传而筎田公避明末乱，迁居青浦珠街阁镇，而吾族始有珠街阁支。

清代诗人蔡珑《珠街阁散步》述曰：

行过长桥复短桥，爱寻曲径避尘嚣。
隔堤一叶轻如驶，人指吴船趁早潮。
胜地曾经几度过，千家烟火酿熙和。

朱家角古镇水木清华，文儒辈出。仅在清代，就出了举人、进士三十余名。文人雅士创作的诗词、编著的文集，及专家撰写的医书、农书等各类著作达一百二十余种，名医、名儒、名家，层出不穷。

祖父传：寿鉎（1815—1878），字仁生，号稼夫，捐附贡生，

269

直隶候补，府经历敕受修。生嘉庆乙亥十一月初四申时，殁光绪戊寅十一月二十二日午时，享年六十四岁。葬青县十一图，月字圩长春河人和里主穴。配沈氏，子三：世淮、世湘、世沣。

祖母传：沈氏（1814—1889），享年七十六岁。

《云间珠溪陆氏谱牒》曰：

> 洪杨乱起，遍地兵氛分，相挈仓皇避乱。乱事定而故居半成瓦砾，于是艰苦经营，省衣节食，以维持家业，及今已逾二代尤未复归。观然守先等得以有今日，则沈儒人维持之力也。

父传：世沣（1854—1913），字景平，号兰垞，邑禀生，生咸丰甲寅十一月二十日寅时，殁民癸丑二月二十七日戌时，享年六十岁。配徐氏，子三：守先（嗣世淮）、守经、守坚。《云间珠溪谱牒·世系考》记曰："吾父兰垞公讳世沣，字景平，号兰垞，邑禀生。聘温氏，生咸丰甲寅十一月二十四日寅时，殁同治癸酉六月十三日。配徐氏，生咸丰乙卯八月三十日。"

守先谨按：徐孺人系名医山涛徐公之女。性温恭，行勤俭，兰垞公家贫力学，仰事俯育悉孺人是赖，得以无内顾之忧。一志于学，成一邑名儒，寒窗宵静，公之读声与孺人之牙尺、剪声，每相呼应，往往鸡唱始息。今年逾七十，勤俭不异少时。常戒子孙毋习时尚，染奢侈俗，可法也。

兰垞公生子三人：守先居长；次即大弟守经，字达权；三即小弟守坚，字保权。

守先谨按：公性孝友，事母敬兄家庭温暖如春。母沈孺人病，亲侍汤药，衣不解带，旬日未尝有惰；容兄竹君公殁，出私财经纪其丧，抚其子如己子。艰苦力学，文名著一邑。于制艺尤精。应课书院，辄冠其曹而屡困。秋闱荐而未售，新学乍兴，科会犹未罢，即命儿辈入校肄业，其见识之明达如此。其次子，守先之弟守经，清华学堂毕业，留学美国政治学博士，司法部主事、厦门公审会堂堂长、江苏地方审判厅厅长、淞沪护军使秘书长；其幼子守坚，毕业于南洋公学铁路专科，沪杭铁路沪嘉段长。"皆驰声军政界，为世所重。"兰垞公为其后代定辈名为："世""守""清""贞"。

嗣父传：世淮（1850—1890），字同元，号清士，同治癸酉举人，大挑教谕，内阁中书。生道光庚戌七月二十一日，殁光绪庚寅十月初十日，得年四十一岁。

《陆氏谱牒·河南世系》记载："寿铨长子世淮，字同元，号清士，同治癸酉举人，大挑教渝，内阁中书。生道光庚戌七月二十一日，殁光绪庚寅十月初十日，得年四十有一。"

《青浦县续志》卷十六（人物二·文苑传）曰："钱炯福，字少怀，居珠里。为文拗折，喜学半山。同治庚午副贡。癸酉与同里陆世淮同领乡荐。世淮字清士，亦工文。"

《云间珠溪陆氏谱牒》曰：

> 公刚正不阿，任事不避劳怨，终身未尝二色。应礼部试，过沪江，同年某公邀公同游曲院，公秉烛危坐，观书达旦，竟无所染。角里路灯，系公所发起，行人至今便之。市河淤塞，公聚金开浚，今已越四十年，执政者无复计议及此。

嗣母传：石氏（1851—1914），生咸丰辛亥八月十一日亥时，殁于民国三年旧历甲寅三月十七日卯时，享年六十四岁。子三，守仁、守义、守礼，俱殇。

### 1881 年（清光绪七年　辛巳）三岁

其弟守经（1881—1946）诞生。守经，字鼎生，号达权。守经曾先后赴日、美留学。后历任厦门公审会堂堂长、江苏及上海审判厅厅长等职，亦曾任清华、燕京、南京等大学教授。

### 1883 年（清光绪九年　癸未）五岁

其妹陆灵素（1883—1957）诞生。陆灵素，原名守民（一作秀民），字恢权，号灵素，别署繁霜。南社社友。自幼聪慧好学，喜吟咏，善儒曲。陆灵素在黄炎培所办广明师范毕业后，于光绪三十二年（1906）去安徽芜湖皖江女校任教，与同校任教的苏曼殊、陈独秀相识。宣统二年（1910）与上海华泾刘季平（刘三）结婚。季平在北京大学任教时，灵素亦在北京，与陈独秀、沈尹默等有来往；季平在南京任教时，灵素也与黄炎培、柳亚子有往返。民国二十七年（1938）秋刘季平病逝，陆灵素悉心整理遗著，辑为《黄叶楼诗稿尺牍》。寄柳亚子校正，不幸遗失于战火，直至民国三十五年（1946）才以副本油印分赠亲友。新中国成立前夕，柳亚子在北京写诗怀旧："交谊生平难说尽，人才眼底敢较量。刘三不作繁霜老，影事当年忆皖江。"[①]

陆灵素是个女诗人，擅昆曲。每逢宴客，季平吹箫，陆唱曲，人皆比之为赵明诚与李清照。1903 年，邹容从日本回国，因撰写《革命军》号召推翻满清统治，建立中华共和国，被捕入狱，于1905 年瘐死狱中。季平为之葬于华泾自己家宅的附近。章太炎在

---

① 参见《上海妇女志·人物》。

272

《邹容墓志》中云："……于是海内无不知义士刘三其人。"

### 1887 年（清光绪十三年　丁亥）九岁

是年，先生从朱家角名医唐纯斋学医，先后共五年。世居江苏省的青浦。

唐纯斋曾以"同学兄唐念勋纯斋氏"为之《医学南针》初集和二集写序，极力赞其"好学深思""积学富""学尤粹""每发前人所未发""青邑望族代有闻人，而以医学名世则自君始"。并赞曰："角里地灵人杰，王述庵以经著名，陈莲舫以医术行世。惜莲舫之道行未有述，述庵之学之博而未曾知医。君今以经生之笔，释仲景之书，明经络之分治，导后学以准绳，湖山增色。"

### 1890 年（清光绪十六年　庚寅）十二岁

10 月 10 日，嗣父世淮殁。

是年，弟守坚（1890—1950.10）诞生。守坚，字禄生，号保权。毕业于南洋公学铁路专科。毕业后，又赴美国旧金山大学留学，专攻土木学，回国后，任沪杭铁路沪嘉段段长等职。

### 1892 年（清光绪十八年　壬辰）十四岁

是年，先生到上海谋生：

在下十四岁到上海，十七岁回青浦，二十岁再到上海，到如今又是十多年了。①

少年时曾为典当学徒，不久辞退回里。

---

① 陆士谔：《新上海》第一回。

273

## 1894 年（清光绪二十年　甲午）十六岁

8 月 1 日，中日甲午战争爆发。这一史实，在其历史小说《孽海花续编》中作了详尽而深刻的描述：

> 却说中国国势虽然软弱，甲午以前纸老虎还没有戳破，还可虚张声势。自从甲午战败而后，无能的状态尽行宣布了出来，差不多登了个大广告，几乎野心国不免就跃跃欲试……究竟都立了约，都定了租期。我为鱼肉，人为刀俎，国势不强，真也无可奈何的事。①

## 1895 年（清光绪二十一年　乙未）十七岁

4 月，本县始有机动船航班，载运客货通往外埠。

是年，先生回青浦。在青浦行医的同时，亦在家阅读了大量的稗官野史和医书。

## 1898 年（清光绪二十四年　戊戌）二十岁

是年，先生再次来到上海。先是以默默无闻的穷小子悬壶做医生。弃医改业图书出租，"收入尚还不差"，继而又潜心钻研小说，渐悟其中要领。大胆投稿，竟获刊登，由短篇而中篇，由中篇而长篇。那时还有几家书局收购了他好几种小说稿刊成单行本，风行一时。先生走上小说创作道路，与孙玉声先生很有关系。陆士谔来上海后认识了世界书局的经理沈知方，以及孙玉声。孙玉声这时在福州路麦家圈口开设上海图书馆，知道陆士谔学过医，就劝他一方面写小说，一方面行医，且允许他在上海图书馆设一诊所。在创作小说的同时，先生亦从事租书业务。

---

① 陆士谔：《孽海花续编》第三十六回。

是年，青浦青龙镇十九世中医陈秉钧（莲舫），经两广总督刘坤一等保荐，从是年起，先后五次受召进京为光绪帝、孝钦后治病。

### 1899 年（清光绪二十五年　己亥）二十一岁

娶浙江镇海茶叶商人之女李友琴为妻。夫妻感情甚笃。李友琴曾多次为其小说写序、跋及总评，如《新孽海花》《新上海》《新水浒》《新野叟曝言》等。

《云间珠溪陆氏谱牒》记载：先生配李氏，镇海李兰孙次女；继李氏，泗泾李凤楼长女。

### 1900 年（清光绪二十六年　庚子）二十二岁

是年，先生长女敏吟（1900—1991）诞生。其与丈夫张远斋一起创办了华龙小学和山河书店。张远斋任校长，敏吟任教员。

### 1902 年（清光绪二十八年　壬寅）二十四岁

是年，先生次女陆清曼（1902—1992）诞生。其丈夫徐祖同（1901—1993），青浦镇人。

### 1904 年（清光绪三十年　甲辰）二十六岁

刘三与《警钟日报》主编陈去病在沪创办《世纪大舞台》杂志，提倡戏剧改良。同年，又与堂兄刘东海等于家乡华泾宅院西楼创办丽泽学院，并购置图书一万五千余册。在该院任教的有陆守经、朱少屏、黄炎培、费公直、钱葆权等。

### 1906 年（清光绪三十二年　丙午）二十八岁

是年，先生作《精禽填海记》发表，署"沁梅子"，由愈愚书社刊行。阿英《晚清小说史》提及此书，并称其为"水平线上的著作"。

8月，作《卫生小说》，后改为《医界镜》，由同源祥书庄发行。吴云江活版印刷再版时，先生以"儒林医隐"之笔名在书前小引中曰：

此书原名《卫生小说》，前年已印过一千部。某公见之，谓其于某医有碍，特与鄙人商酌给刊资，将一千部购去，故未曾发行。某公爰于前年八月下旬用鄙人出名，将缘由登在《中外日报·申报论》前各三天（某公广告，鄙人所著《卫生小说》已印就一千部，因中有未尽善之处，尚欲酌改，暂不发行。如有他人私自印行及改头换面发行者，定当禀究云云），是版权仍在鄙人也。今遵某公前年登报之命，已将未尽善及有碍某医之处全行改去。因急于需用，现将版权出售。

儒林医隐主人谨志

在《医界镜》中，先生曾论述过中西医孰长的问题，他指出：

西人全体之学，自谓独精，不知中国古时之书已早具精要。不过于藏府之体间有考核，未精详之处，在西书未到中华以前，虽未尽合机宜，而考验全体之功，其精核之处自不可没也。

是年，作《滔天浪》，古今小说本。先生用笔名"沁梅子"。阿英提及此书曰：

沁梅子著，光绪丙午年俞愚书社刊。

又道：

沁梅子不知何许人，据可考者，彼尚有《滔天浪》一种，亦是历史小说。唯纪实性较弱，是如他自己所说，凭自己高兴张长李短地混说。[1]

是年，作《初学论说新范》共四卷，由文盛书局出版发行。该书由末代状元张謇题写书名。

## 1907 年（清光绪三十三年　丁未）二十九岁

先生所著之《新补天石》《滑头世界》《滑头补义》及《上海滑头》写成。在《新上海》中，陆士谔借主人公梅伯之口提及其书：

梅伯道："你这《新中国》说得中国怎样强、怎样富，人格怎样高尚，器物怎样的精良，不是同从前编的什么《新补天石》一般的用意吗？"我道："一是纠正其过去，一是希望其未来，这里头稍有不同。"梅伯道："同是快文快事，我还记得你《新补天石》几个回目是'杀骊姬申生复位，破匈奴李广封侯''经邦奠国贾谊施才，金马玉堂刘洕及第''奉特诏淮阴遇赦，悟良言文种出亡''霸江东项王重建国，诛永乐惠帝再临朝''岳武穆黄龙痛饮，文山南郡兴师''精忠贯日少保再相英宗，至诚格天崇祯帝力平闯贼'。"一帆道："我这几天没事拿小说来消遣。翻着一册《滑头世界》里头载着金

---

① 阿英：《晚清小说史》第十二章。

表社的事，他的标题叫《滑头金表社》，你何不回去作一篇《滑头补义》？"我道："不劳费心，我已作过的了，停日出了版，送给你瞧就是了。"①

是年，在《神州日报》上发表了《清史演义》一、二集。先生所撰《清史演义》始披露于《神州日报》，陆续登载。发刊未久，阅者争购，报价因之一增。有目共赏，数月以来，风行日远，尤有引人入胜之妙，而爱读诸君经以未窥全貌为憾。或索观全集，或购定预卷，无不介绍于神州报社，冀速遂其先睹之。社友于是商之，陆君即将一、二集先付剞劂，其余稿本修定遂加校雠，不久可陆续出版。

是年，江剑秋先生于《鬼世界》（1907）序中提及先生所作另外几部小说：《东西伟人传》《文明花》《鸳鸯剑》等。上述几种应为先生 1907 年之前所作。

## 1908 年（清光绪三十四年　戊申）三十岁

元月，作《公治短》，载《月月小说》十三号，署名"沁梅子"，为短篇寓言故事。译《英雄之肝胆》，标"法国乌伊奇脱由刚著，青浦云翔氏陆士谔"译。亦作《官场真面目》《新三角》《日俄战史》三种。

《新孽海花》序录李友琴与陆士谔关于《官场真面目》等书之问答云：

> 今秋复以《新孽海花》稿相示。余读云翔书，此为第十八种矣。评竟问之曰：君前所著，意多在惩恶；此书意独在劝善，然乎？云翔笑曰：唯，子何由知之？余

① 陆士谔：《新上海》第四十二回。

曰：君前著之《官场真面目》《风流道台》等，其中无一完人，嬉笑怒骂，几无不至。①

夏，作《残明余影》，李友琴女士于《新孽海花》载宣统元年（1909）冬十月序中曰：

友人以陆君云翔所著之《残明余影》稿示余，余亦视为寻常小说未之奇也，乃展卷细读，见字里行间皆有情义，而笔情细致，口吻如生，古今小说界实鲜其匹，循环默诵，弗胜心折。九月重阳，《医界镜》修改后再次出版发行。吴云记活版部印，同源祥书庄出版。

## 1909 年（宣统元年　己酉）三十一岁

是年，作《新水浒》《新野叟曝言》《风流道台》《改良济公传》《军界风流史》《骗术翻新》《绿林变相》《女嫖客》《女界风流史》《绘图新上海》《新孽海花》《苏州现形记》和《新三国》十三种。

2 月，作《风流道台》，此书在《新上海》及《晚清小说史》中均提到：

当下梅伯到我书房里坐下，见了案上的两部小说稿子《风流道台》《新孽海花》，略一翻阅笑道："笔阵纵横，到处生灵遭茶毒。云翔，你这孽也作得不浅呢！"我道："现在的人面皮厚得很，凭你怎样冷嘲热讽、毒讽狂讥，他总是不瞅不睬。不要说是我，就使孔子再生，重运他如椽大笔，笔则笔，削则削，褒贬与夺，再

① 陆士谔：《新孽海花》序。

279

作起一部现世《春秋》来，也没中用呢。"

梅伯抽了两袋烟问我道："你的新著《风流道台》笔墨很是生动，我给你题一个跋语如何？"我道："那我求之不得，你就题吧。"……只见他题的是：《风流道台》，以军界之统帅效英皇之韵事，未始非官界中佳话。第以惜玉怜香之故，竟至拔刀操戈，殊怪其太煞风景。乃未会巫山云雨，顿兴宦海风波。于以叹红颜未得，功名以误，峨眉白简旋登，声望全归狼籍，可恨亦可怜矣。①

阿英《晚清小说史》亦云：

陆士谔著，六回，宣统元年（1909）改良小说社刊。

是年，作《新野叟曝言》，为国内最早之科学幻想小说，谈文素臣全家至月球事。全书共六册，约四十万字，宣统元年五月初版，同年同月发行，由上海小说进步社印行。此书亦另有磊珂山房主人撰的《新野叟曝言》一种。

7月，作《鬼国史》，改良小说社刊行，阿英评曰：

维新运动是失败了，立宪运动不过是一种欺骗，各地的革命潮，在如火如荼地起来。中国的前途将必然地走向怎样的路呢？这是不需要加以任何解释就能以知道的。把握得这社会的阴影，是更易于了解晚清小说。其他类此的作品尚多，或不完，或不足称，只能从略。就

---

① 陆士谔：《新上海》第一回。

所见有报癖《新舞台鸿雪记》、石傥山民《新乾坤》、抽斧《新鼠史》……陆士谔《新中国》……也有用鬼话写的，如陆士谔《鬼国史》（改良小说社，1909 年）……专写某一地方的，也有陆士谔《新上海》、佚名《断肠草》（一名《苏州现形记》）等。①

阿英《晚清小说目录》称：

《女嫖客》，陆士谔著，五回，宣统年刊本。

陆士谔《龙华会之怪现状》中谈及《女界风流史》：

秋星道，你也是个笨伯了，书是人，人就是书，有了人才有书呢。即如《女界风流史》何尝不是书。试翻开瞧瞧，你我的相好怕不有好多在里头么。穷形极相，描写得什么似的……这符姨太小报上曾载过，她是磨镜党首领呢，像《女界风流史》上也有着她的事情。②

11 月，李友琴为其《新上海》序于上海之春风学馆，序中进行了评述：

盖云翔之用笔与他小说异，他小说多用渲染笔墨，虽尽力铺张扬厉，观之终漠然无情；云翔独用白描笔墨。写一人必尽一人之体态、一人之口吻，且必描出其性情，描出其行景。生龙活虎，跳脱而出，此其所

---

① 郑逸梅：《艺林散叶续篇》。
② 阿英：《晚清小说史》。

**281**

以事事必真，言之尽当也。云翔在小说界推倒群侪，独标巨帜。有以夫，余读云翔新著二十三种矣，而用笔尖冷峭隽，无过此编。云翔告余曰，与其狂肆毒詈，取憎于人，孰若冷讥隐刺之犹存忠厚也。故此编于上海之社会、上海之风俗、上海之新事业、上海之新人物以及大人先生之种种举动，虽竭力描写淋漓尽致，而曾无片词只语褒贬其间，俾读者自于音外得悟其意。此即史公《项羽本纪》《高祖本记》《淮阴列传》诸篇遗意欤。

第六十回，镇海李友琴女士评曰：

书中描摹上海各社会种种状态，无不惟妙惟肖，铸鼎像奸、燃犀烛怪，使五虫万怪，无所遁影。平淡无奇之事一运以妙笔，率足以令人捧腹，是真文字之光芒而世道之功臣也。若夫词隐而意彰，言简而味永，按而不断，弦外有声，《儒林外史》外鲜足匹矣。

是年5月4日至次年3月6日，作《也是西游记》（注：十七期上署名"陆士谔"），在《华商联合报》连载。后又结集出版。

## 1910年（宣统二年　庚戌）三十二岁

是年，长子清洁（1910.6—1959.12）诞生。1927—1937年间，清洁悬壶杭州。十七岁起在杭州创办医报《清洁报》，并历任浙江省国医馆顾问、中医院院长、疗养院院长等职。1937年抗日战争全面爆发后回沪，先于白克路行医，后又迁往吕班路。1944年先生病逝后，又迁回汕头路82号行医，直至1958

年。清洁先生亦著有多种医书，如：《备急千金方疏证》十二册、《金匮类方疏证》三册、《伤寒卒病论疏证》三册、《伤寒类方疏证》二册、《评注王孟英医案》二册、《评注本草纲目疏证》七册等。

是年，其妹守民与刘三相识，经南社诗人苏曼殊撮合而结为伉俪。

是年，作《乌龟变相》《新中国》《最近官场秘密史》《六路财神》《逍遥魂》《玉楼春》《最近上海秘密史》七种。

3月，作《官场新笑柄》，在《华商联合报》连载。

腊月，《六路财神》刊行，版底云：

> 大小说家陆士谔先生健著十一种。先生著书不下五十余种，此十一种均系本社出版者：《新上海》《新鬼话连篇》《新三国》《风流道台》《新水浒》《六路财神》《新野叟曝言》《骗术翻新》《新中国》《改良济公传》《新孽海花》。

是年，在《新上海》中，他曾借主人公之口评述《逍魂窟》和《玉楼春》两种：

> 我道："这月里通只编得两三种，一种《新中国》，一种《逍魂窟》，一种《玉楼春》，稿子幸都在这里。"说着，把稿本检了出来。梅伯逐一翻阅，他是一目十行的，何消片刻，全都瞧毕。指着《逍魂窟》《玉楼春》两种道："这两种笔墨过于香艳，未免有伤大雅。"①

---

① 陆士谔：《新上海》第五十九回。

1911 年（宣统三年　辛亥）三十三岁

　　是年，先生弟守经被录取在美国威斯康新大学学习政治。与之同往的还有竺可桢、胡适、李平等。

　　是年，作《龙华会之怪现状》《女子骗述奇谈》《商界现形记》《官场怪现状》《官场艳史》《官场新笑柄》《十尾龟》《血泪黄花》八种。

　　4 月，作《商界现形记》，由上海商业会社印行。

　　《商界现形记》共二集（上下卷），十六回。于宣统三年三月付印，宣统三年四月发行。著作者百业公，编辑者云间天赘生，校字者湖上寄耕氏。在《商界现形记》初集上卷，书前署曰："作者真实姓名和生平事迹，则无从考察。"此书与姬文的《市声》、吴趼人的《发财秘诀》及托名大桥式羽著的《胡雪岩外传》皆为晚清反映商界活动的力作。阿英均收入《晚清小说丛抄·卷四》。现据本人考，该书为陆士谔先生所撰。①

　　长篇小说《十尾龟》共四十回，由上海新新小说社印行。

　　是月，《龙华会之怪现状》标时事小说。上海时事小说社发行，共六回。

　　《女子骗术奇谈》二册共八回，古今小说图书社刊行。"是指摘当时所谓新女子的作品，对摭拾一二新名词即胡作非为的女子加以讽刺，间有一、二宣扬之作。所见到的有吕侠《中国女侦探》……陆士谔《女子骗术奇谈》。"②

　　9 月，《绘图官场怪现状》大声小说社版，初集十回。

　　在《最近上海秘密史》中，陆士谔借书中人物之口，介绍他

　　　　① 　可参见田若虹《陆士谔小说考论》第六章第一节：《〈商界现形记〉著者探佚》。
　　　　② 　阿英：《晚清小说史》第九章。

284

的另外几部小说时道："他的小说像《官场艳史》《官场新笑柄》《官场真面目》都是阐发官场的病源。《商界现形记》就阐发商界病源了，《新上海》《上海滑头》等就阐发一般社会病源了。我读了他三十一种小说，偏颇的话倒一句没有见过。"

10 月 10 日，晚九时，武昌新军起义，辛亥革命爆发。11 月，起义军攻陷总督衙门，占领武昌全城。革命党人成立中华民国湖北军政府，推新军协统黎元洪为都督。12 日，革命军占领汉口，湖北军政府通电全国，宣告武昌光复。

11 月，先生创作讴歌武昌起义的《血泪黄花》，又名《鄂州血》。这部小说出版于 1911 年 11 月，距武昌起义仅一个月。作者满腔热情地歌颂辛亥革命，描写了起义军民的英勇奋战，表达了他对旧民主主义革命的向往之情。

### 1912 年（民国元年　壬子）三十四岁

是年，《孽海花续编》由上海启新图书局、国民小说社、大声图书局出版，续编共有二十一至六十一回。在《十日新》封底的小说广告中登有陆士谔所出小说数种：

《历代才鬼史》二册（洋八角）、《清史演义》（初集）四册、《清史演义》（二集）四册、《清史演义》（三集）四册、《清史演义》（四集）四册、《孽海花》（初、二集）各一册、《孽海花续编》四册、《女界风流史》二册、《女嫖客》二册、《末代老爷大笑话》二册、《也是西游记》二册、《雍正剑侠》（奇案）三册、《血泪黄花》二册。

1913 年（民国二年　癸丑）三十五岁

8 月，先生次子陆清廉（1913.8—1958.8）诞生。陆清廉，字凤翔，号介人。

《青浦县志·人物》记曰：

　　陆凤翔原名清廉，朱家角镇人，中国共产党员，革命烈士，陆士谔次子。1958 年 8 月 20 日，在北京开会返宁途中，因飞机失事不幸遇难，时年四十五岁。后经江苏省人民委员会追认为革命烈士。

《青浦文史》亦记曰：

　　陆凤翔（1913—1958），原名清廉，青浦朱家角人，为通俗小说家、名医陆士谔次子。早年毕业于苏州高中，后在胡绳等的影响下，接受共产主义思想，创办社会科学研究会。1936 年 9 月加入中国共产党①。

是年，创作《宫闱秘辛》、《朝野珍闻》、《清史演义》第一部、《清朝演义》第二部四种。

8 月，《清史演义》第一部由大声局发行，标历史小说。

民国二年至十三年（1913—1924），陆士谔完成了《清史演义》一至四部的撰写：

　　余撰《清史演义》，此为第四部。第一部大声局之

---

　　① 《青浦文史》第五期。政协青浦委员会、文史资料委员会编，1990 年 10 月。

《清史演义》，第二部江东书局之《清史演义》，第三部世界书局之《清史演义》。第大声本书有一百四十回，长至七十万言。而江东本只三十万言，世界本只二十万言。

同时，他阐明了"演义"之缘由：

> 夫小说之长，全在表演。何为表？叙述治乱兴衰及典章文物、一切制度。何为演？将书中人之性情、谈吐、举动逐细描写，绘形绘声，呼之欲出。故旧著三书，唯大声本尽意发挥，或可当包罗万象；江东本与世界本为篇幅所限，未免蹈表而不演之弊。然而一代之功勋以开国为最伟大，一代之人物以开国为最英雄。与其歌咏升平，浪费无荣无辱之笔墨，孰若记载据乱，发为可歌可泣之文章。此开国演义所由作也。

10月10日，先生生父世沣殁，得年四十有一。

## 1914年（民国三年　甲寅）三十六岁

元月，《清史演义》三集共四册出版。

是月，《十日新》第一至四期连载言情小说《泖湖双艳记》。

2月，《孽海花续编》再版，大声图书局出版。又，上海民国第一图书馆版本，标历史小说。本书从第二十一回写起，至六十二回止。回目全用曾朴、金松岑原拟。

10月，《清史演义》四集初版，继而出版五集。

是月，《也是西游记》题"铁沙奚冕周起发，青浦陆士谔编述"。在第八回回末，先生述曰：

《也是西游记》八回，奚冕周先生遗著也。笔飞墨舞，飘飘欲仙，士谔驽下，奚敢续貂。第主人谲谏，旨在醒迷，涉笔诙谐，岂徒骂世。既有意激扬，吾又何妨游戏。魂而有灵，默为呵者欤！

己酉十月青浦陆士谔识

在上海望平街改良新小说社广告中登有特约发行所改良新小说社启：

新出《也是西游记》，是书系铁沙奚冕周、青浦陆士谔合著。登华商联合会月报，海内外函索全书纷纷如雪片，盖不仅妙词逸意、文彩动人，而远大之眼光、华严之健笔，实足振颓风、挽末俗。或病其文过艳冶、意近诲淫，则失作者救世苦心矣。

12月10日，在《十日新》第一期发表短篇小说《德宗大婚记》《新娘！恭献！哈哈》《贼知府》《泖湖双艳记》①。

是月20日，在《十日新》第二期发表逸事短篇小说《赵南洲》。

是月30日，在《十日新》第三期发表滑稽短篇小说《花圈》《徐凤萧》《英雄得路》。

是年，其文言笔记《蕉窗雨话》由上海时务图书馆出版。《蕉窗雨话》（共九种），记乾隆间吏部郎中郝云士谄事和珅事，记杜文秀踞大理事，记石达开老鸦被擒异闻，记萱琬欲从张申伯不果事，记张申伯为太平天国朝解元事，记王渔洋宋牧仲逸事，

---

① 陆士谔：《泖湖双艳记》第一至四期连载，标艳情小说。

记说降洪承畴事，记岳大将军平青海事，记准噶尔与俄人战事①。

## 1915 年（民国四年 乙卯）三十七岁

是年，先生妻李友琴病故，终年三十五岁。先生悲痛不已。常以医术不精、未能挽爱妻为憾，遂更发奋钻研医学。又创作几种笔记体文言短篇小说，如《顺娘》《冯婉贞》《陈锦心》《顾珏》等，皆散刊于上海《申报》。

3 月 14 日，作笔记小说《顺娘》，在《申报》"自由谈"、"红树山庄笔记"栏目发表。

3 月 15 日，继续连载《顺娘》。《顺娘》以庚子事变之后"罢科举"，选派留学生到西方留学的这段历史为背景。其中又穿插了男女主人公雁秋和顺娘悲欢离合的故事。故事虽未脱俗套，但情节曲折，人物个性鲜明，其中不无对世俗的道德观和封建习俗的批判。

3 月 19 日，作笔记小说《冯婉贞》，在《申报》"自由谈"、"爱国丛谈"栏目发表，亦见于《虞初广记》。写咸丰十年英法联军火烧圆明园时事，当时有圆明园附近的平民女子冯婉贞率少年数十人以近战博击的战法，避开敌人的枪炮，击溃了敌军数百人，杀死百余人。文章的结尾陆士谔曰："救亡之道，舍武力又有奚策？谢庄一区区小村落，婉贞一纤纤弱女子，投袂起，而抗欧洲两大雄狮，竟得无恙，引什百于谢庄，什百于婉贞者乎？呜呼！可以兴矣！"② 其书在 1916 年被徐珂收编入《清稗类钞》，修改了原文。亦被列入中学范文读本。

4 月，《清史演义》五集再版。

8 月，作《顺治太后外纪》，由上海进步书局出版。1928 年 2

---

① 收于《清代野史丛书》。

② 陆士谔：《冯婉贞》，《申报·自由谈》1915 年。

月五版。

提要曰："是书叙顺治太后一生事实。夫有清以朔方，夷族入住中原，论者多归之天而不知兴亡盛衰之故乃操之于一女子手。盖佐太宗之侵掠，说洪氏之投降与有力焉，然而深宫秘事史官既讳而不书，远代茫然罔识，是编记载最为尽，诚足广异闻而资谈助也。"

## 1916年（民国五年　丙辰）三十八岁

4月7日，作笔记小说《顾珏》在《申报·自由谈》发表。

《顾钰》刻画了一位身怀绝技、武力超群，而又恃强踞傲、强不能而为之的"勇"者形象。顾钰，亭林先生八世孙。其躯干彪伟，孔武有力，一乡推为健士。他夜不卧床榻，巨竹两端而剖其中，"卧则以两臂撑之。竹席如弓，身卧其内。醒则疾跃而出，竹合如故"。"稍迟延，臂竹猛夹裂颅破脑，巨竹之张合，常在百斤左右"，其两臂之力可谓巨矣。然山外有山，人外有人，顾终因"耻受人嘲"而不自量力，在比斗中惨败。

4月10日，作笔记小说《陈锦心》，在《申报·自由谈》发表。《陈锦心》以"义和团运动，洋兵入京"之时代为背景，描写了男女主人公国华和锦心的悲欢离合。国华就读于武备学校，他与锦心约"俟武校毕业始结婚"。不料被"匪"掳，"迫为司帐"。荡析流离，积二年之久，始得归。而锦心虽误以其为死，却"死生不渝"，"矢志柏舟"。小说终为大团圆之结局。作者将国华与锦心之婚姻悲剧归罪于"红巾"之乱，无疑体现了其封建思想之局限性，但小说中又通过叙事主人公的视角简要地描述了庚子事变联军入京后之情况：

国华被匪掳去，迫为司帐，不一月而大沽失守，洋兵入京，匪众分队四散。国华被众拥出山海关迁流至奉天，又至黑龙江，积二年之久，始得归。

这篇笔记小说，与吴趼人的《恨海》和忧患余生的《邻女语》皆为反映庚子事变之题材。虽不能与之媲美，但亦有异曲同工之妙。

是年，作《帐中语》，上海进步书局印行，署"云间龙撰"，标家庭小说。首语云："留作世间荡子的当头棒喝。"

提要曰："夜半私语恒于帐中为多，此书叙夫妇二人帐中问答。语言温柔旖旎，有时为诙谐之谈笑，有时为正当之箴规，亦风流亦蕴藉，是小说别开生面之作。"

是年秋，作《初学论说新范》，张謇题书名。弁首编辑大意共八条，如第一、二条阐明编辑题旨："本书论说各题皆自初等教科书中选来，即文中曲引泛论用典、用句均不越教科书范围。""本书条文词句务求浅近，立意务取明晰、务期初学易于开悟。"

## 1917 年（民国六年　丁巳）三十九岁

是年，娶松江泗泾李氏素贞为续室。

6 月，作《八大剑仙》，一名《清雍正朝八大剑仙传》。共十九回，约七万余字。现存民国六年（1917）六月，上海交通图书馆铅印本一册。该本至民国十二年（1923）十月，已出至十版。

是年，作《剑声花影》。1926 年 3 月，五版。其提要曰：

女中豪杰载清史籍者，令人阅之心深向往。本书所述杀身成仁之侠女韩宝英，更属巾帼中所罕见者。宝英本桂阳士人女，逊清洪杨之役为贼所掳，几至辱身。幸遇翼王石达开援救脱险，并为杀贼报仇扶为义女。宝英感恩知遇，卒以死报，脱翼王于难。全书自始至终叙事曲折详尽，文笔亦简明雅洁，堪称有声有色、可歌可泣之作。

## 1918年（民国七年 戊午）四十岁

是年，"岁戊午，挟术游松江"。[①] 在松江西门外阔街悬壶。行医中将十多年来对医学研究的心得，写成医书十余种。

7月，先生作《中国黑幕大观·政界之黑幕》共一百零一则，由上海博物院路8号鲁威洋行发行。编辑者路滨生，发行者葡商马也，由蔡元培等人作序。陆士谔所写"政界之黑幕"有别于当时鸳鸯蝴蝶派小报所津津乐道的秘事丑闻，与其社会小说宗旨一致。他的此类小品文皆以社会现实和时事新闻为描写题材，广泛而深入地触及当时社会、经济、军事、文化、外交、政治的各个层面，其揭露和讽刺之深刻与时代的节奏深相吻合。其文或庄或谐，或正或奇，嬉笑怒骂皆成文章。

其中《民国两现大皇帝》调侃了政体之变更竟同儿戏；《五百金租一翎顶》写民国以来，红顶花翎已抛去不用了，不意复辟之举突如其来，某司长知翎顶为必需之物，遍搜箱匣，竟无所获，遂租一优伶之花翎代之；《闽神之门联》描写了张勋复辟后之民俗；《二本新审刺客》写民国二年三月，前农林总长宋教仁，拟由上海搭火车北上，方欲上车，突被刺客击中腰部，越再日逝世之事件；《新南北剧之黑幕》《新南北剧之第一幕》揭露了袁项城篡位总统和北洋军权之丑闻；《洪述祖之大枪花一》述中法和约告成，刘遣洪诣法军；《杜撰之灾祸与谶语》叙蔡锷起师护国，北军屡北，不得已取消帝制；《失败之大原公子》写洪宪帝既颁称帝之令，乃巫兴土木。在《疑而集诗》中，陆士谔曰：

---

[①] 陆士谔：《医学南针》自序。

292

政界之黑幕不外吹牛、拍马、利诱、威逼种种伎俩。此四者尽之……不意自民国以来，政治界幕中偏又添新色料，一曰阴谋，一曰暗杀。如总统之突然称作皇帝，浙江之忽然伪号独立，此均属于暗杀者。人心愈变愈阴，国势愈变愈弱。

10月，作《薛生白医案》，神州医学社新编，上海世界书局出版，1923年8月三版。序曰：

薛生白君，名雪，字生白，自号一瓢子。生白因母文夫人多病，始究心医术。其医与叶香严齐名，当时号称叶、薛。吾国医学，自明季以来，学者大半沉醉于薛院，使张景岳之说，喜用温补，所误甚多，独生白与香严大声疾呼，发明温热治法，民到如今受其赐……薛氏医案如凤毛麟角，弥见珍贵。临证之暇，特将先生医案分类校订，并附录香严案以资对照，使读薛案者得于薛案外，更有所益也。

民国八年十月后学珠街阁陆士谔谨序于松江医寓

## 1919年（民国八年 己未）四十一岁

从1919—1924年间，陆士谔在松江医寓先后写了十多种医书。至1941年止，先生共创作医著、医文四十多种：《叶天士幼科医案》、《陆评王氏医案》、《薛生白医案》、《叶天士手集秘方》、《医学南针初集》、《医学南针二集》、《王孟英医案》、《丸散膏丹自制法》、《增注古方新解》、《温热新解》、《奇疟》、《国医新话》、《士谔医话》、《叶香严外感温热病篇》、《李士材医宗必读》、《邹注伤寒论》、《陆评王氏医案》、《陆评温病条辨》、《医经节要》、《诊余随笔》、《基本医书集成》（主编）、《家庭医术》、《增注徐洄溪古方新解》、《内经伤寒》、《新注汤头歌诀》、《寒窗医话》、《医药顾问大全》、《论医》、《国医与西医之评议》、《中西医评议》、《小闲话》。医学论文多在《金刚钻》报发表。

元月，先生幼子清源（1919—1981）诞生，笔名海岑。毕业于立达学院。清源幼承庭训，博闻强识，其医学和文学皆颇有造诣。抗战期间，他辗转于福建长汀、泉洲、永安各地从事翻译、教学、编辑及行医等工作。并以行医所得创办了《十日谈》出版社，印行了不少文艺书籍，如德国苏特曼的戏剧集《戴亚王》（施蛰存译）等，行销于东南五省。抗战胜利后，清源回沪。其时陆士谔去世不久，他继承父业，挂起了"陆士谔授男清源医寓"的招牌，正式悬壶行医。新中国成立后，清源曾先后任平明出版社、新文艺出版社和上海文艺出版社编辑，从事英、俄文学翻译。主要译著有屠格涅夫的《三肖像》《两朋友》《多余人日记》、卡拉维洛夫的《归日的保加利亚人》、米克沙特的《英雄们》等。1979年，他与施蛰存合作，根据西方独幕剧的发展历史编了一套《外国独幕剧选》（六册）。由于精通俄语，他负责选编苏联及东欧诸国的剧本。当第一集于1981年6月出版时，清源已于同年4月病故，未能见到此书的出版。

元月，作《叶天士幼科医案》，上海世界书局出版。陆士谔序曰：

叶香严先生，幼科专家也。而其名反为大方所掩。世之攻幼科者，鲜有读其书，是何异为方圆而不由规矩、为曲直而不从准绳。吴江徐洄溪，素好讥评，而独于先生之幼科，崇拜以至于极。一则特之曰名家，再则曰不仅名家而且大家。敬佩之情溢于言表。今观其方案，圆机活泼，细腻清灵，夫岂死执发表攻裏之板法者，所得同年而语耶？《冷庐医话》载先生始为幼科，虚心求学，身历十七师而学始大进，则如灵秘术其来固有自也。

民国八年十月后学珠街阁陆士谔谨序于松江医寓

是年，作《叶天士女科医案》。

## 1920 年（民国九年　庚申）四十二岁

元月，作《增注徐洄溪古方新解》共八卷。上海世界书局石印本 1922 年 6 月再版。

2 月，《叶天士手集秘方》，上海世界书局出版。陆士谔序曰：

秘方者师徒相授，从未著之简策者也。顾未著之简策，后之人从何纂集成书？曰，秘方之源，非人不授，非时不授，故名之曰秘。岁月既久，私家各本所传各自记述。然方之秘难泄，而纂秘方者，大都不知医之人，所以秘方之书虽多，而合用者甚鲜也。叶天士为清名医，其手集秘方，大抵本诸平日之心得，较之《验方新编》等自可同年而得。顾其书虽善，体例已颇可议……因系先辈手译，未便擅自更张；方有重出者，亦未敢留就删节致损本来面目。唯逐细校雠，勘明豕亥，使穷乡僻壤有不便延医者按书救治，不致谬误，是则校者之苦心也。

7 月，作《医学南针》初集，上海世界书局石印本。1931 年七版。其师唐念勋纯斋氏序曰：

陆士谔，好学深思之士也。其于《灵》《素》《伤寒》《金匮》等书极深研几，历十余年如一日。昼之所思，夜竟成梦。夜有所得，旦即手录，专致之勤，不啻张隐庵氏之注《伤寒》也。顾积学虽富，性太刚直。每值庸工论治，谓金元四大家之方药重难用，叶香严、王潜斋之方药轻易使，陆子辄面呵其谬，斥为外道之言。夫病重药轻，无补治道；病轻药重，诛伐无辜。论药不论证，斥之诚是。然此辈碌碌，何能受教，徒费意气，结怨群小，在陆子亦甚不值也。余尝以此规陆子，而劝其出所学，以撰一便于初学之书，俾后之学者。得由此阶而进读《灵》《素》《伤寒》，得造成为中工以上之士，则子之功也。夫医工之力，不过能治病人之病；医书之力，则能治医工之病，于其勉之，陆子深韪余言，操笔撰述，及一载而书始成。其网罗之富，选才之精，立论之透，初学之书所未有也。较之《必读》《心悟》等，相去奚啻霄壤。余因名之曰《医学南针》，陆子谦让未遑。余曰，无谦也，子之书不偏一人，不阿一人，唯求适用，大中至正，实无愧为吾道之南针也，因草数言弁之于首。

民国九年庚申夏历二月唐念勋纯斋氏序于珠溪医室

是年夏，作《孽海情波》，由上海沈鹤记书局出版。

## 1921 年（民国十年　辛酉）四十三岁

4 月，作《增评温病条辨》，（清）吴塘原著，先生增评。

5 月，作《王孟英医案》，上海世界书局出版。哈守梅序曰：

青浦陆君士谔，名医也。其治症，闻声望色，察脉问证，洞见藏府，烛照弥遗。就诊者无不叹为神技，而不知君固苦心得之也。余以善病喜读医籍，去年冬，购得《医学南针》，读之大好，因想见陆君之为人。与君畅谈医学并及近代名流，君于王孟英氏最为推服……因出其自编之孟英医案，分类排比，眉目朗然，余不禁狂喜，劝之发刊。君曰，孟英原案，犹《资治通鉴》，余此编，犹纪事本末，不过自备检查尔，何足问世。余曰初学得此，因证检方得见孟英之手眼，未始非君之功也。陆君颇韪余言，余因草其缘起，即为之序。

民国十年五月金陵哈守梅拜序

陆士谔自序曰：

《王孟英医案》有初编、续编、三编之分，编者不一其人，而《归砚录》则孟英自编者也。余性钝，读古人书，苦难记忆，而原书编年纪录检查又甚感不便，因于诊余之暇，分类于录，籍与同学讲解。外感统属六淫故，风温、湿温间有编入外感门者。夫孟英之学得力于枢机气化，故其为方于升降出入，手眼颇有独到；而治伏气诸病，从里外逗，尤为特长。大抵用轻清流动之品，疏动其气要，微助其升降，而邪已解矣。其法虽宗香严叶氏，而灵巧锐捷，竟有叶氏所未逮者。余尝谓孟英于仲夏伤寒论、小柴胡汤、麻黄附子细、辛汤诸方必极深穷研，深有所得。故师其意不泥其迹，投无不效。捷若桴鼓，读者须识其认证之确、立方之巧，勿徒赏其用药之轻，庶有获乎！

民国十年五月青浦陆士谔序于松江医室

农历六月，作《丸散膏丹自制法》。1932 年 5 月再版，由陆士谔审订。先生自序曰：

客有问此书何为而作也，告之曰，神农辨药，黄帝制方，圣王创制为拯万民疾苦。伊尹、仲景后先继起，孙邈有《千金》之著，王涛有《外台》之集，《圣济》《圣惠》各方选出，无非本斯旨而发未发光大之。自世风日下，业此者唯知鸢利，罔识济人，辄以己意擅改古方药名，虽是药性全非。医师循名用辄有误，良可慨也，本书之作意在使制药之辈知药方定自古贤，药品之配合分量之轻重、制法之精粗，丝毫不能移易。各弃家技一秉成规，庶几中国有统一制药之一日，按病撰药无不利药病有桴鼓应之，斯民尽仁寿之堂，是所愿也。有同道者盍兴乎，来客悦而退，因讹笔记之以叙本书。

民国十年夏历六月陆士谔序

全书分为内科门四十一类、女科门九类、幼科门十一类、外科门十类、眼科门六类、喉科门七类、伤科门、医药酒门……

是年，增补重编《叶天士医案》，上海世界书局出版。

是年，作武侠小说《血滴子》，又名《清室暗杀团》，二十回，六万多字。现存民国十年（1921）六月上海时还书局铅印本一册。卷首有民国十五年（1926）长沙张慕机序。此书在当时尤为风行，还改编成京剧在沪上演。

## 1922 年（民国十一年　壬戌）四十四岁

元月，《绣像清史演义》序，写于松江医寓。

是月，《七剑三奇》，上海中华新教育社出版，共四十回。现存民国十一年（1922）上海中华新教育社平装铅印本二册，二万多字，首有作者序，卷后有李惠珍识语。

6 月，编《增注古方新解》。

约是年，撰侠义小说《七剑八侠》，共二十四回，由上海时还书局出版发行。第二十四回中写道："种种热闹节目都在续编之中，俟稍停时日，当再与看官们相会。《七剑八侠》正篇终，编辑者陆士谔告别。"

## 1923 年（民国十二年　癸亥）四十五岁

10 月，《薛生白医案》第三版。

是月，《八大剑仙》第十版。

是月，《金刚钻》报创刊，陆士谔曾协助孙玉声编撰《小金刚钻》报。

## 1924 年（民国十三年　甲子）四十六岁

4 月，作《医学南针》二集，上海世界书局出版。首有先生自序题："民国十三年甲子夏历四月青浦陆守先士谔甫序于松江医寓"；亦有唐纯斋序曰：

> 陆君士谔名守先，医之行以字不以名，故名反为字掩。而君于著述自著，辄字而不名，故君之名，舍亲戚故旧外，鲜有知者。角里陆氏系名医陆文定公嫡系，为青邑望族，代有闻人。而以医学名世者，则自君始。君为午邑名儒兰垞先生哲嗣。先生学问经济名重一邑，而

299

屡困场屋，以一明经终，未得施展于世。有子三人，俱著名当世。君其伯也，仲守经，字达权；季守坚，字保权，均驰声军政界，为世所重。而君之学尤粹。君以预防为主医学，极深研几，每发前人所未发，于五运六气、司天在泉，则悟地绕日昒。以新说释古义，语透而理确；于伤寒温热、古方今方，则以经病络病，一语解前贤之纠纷。盖君喜与经生家友，每借经生之释经以自课所学，故所见回绝恒蹊也。角里在松郡之西，青溪环绕，九峰远拥，地灵人杰。王述庵以经著名，陈莲舫以医术行世，惜莲舫之道、之行而未有著述；述庵之学、之博而未曾知医。君今以经生之笔，释仲景之书，明经络之分治，导后学以准绳，湖山增色。吾闻君之《医学南针》共有四集，此其第二集也。以辨证用药读法为三大纲，较之初集进一步矣。其三集则专以外感内伤立论，四集则专释伤寒金匮，甚望其早日杀青也，是为序。

是月，清明节，刘绣、刘曼君、刘缙、刘尨《先父刘三收葬邹容遗骸的史迹》一文中曰：

1924 年清明节，章太炎、于右任、张溥泉、章士钊、李印泉、马君武、冯自由、赵铁桥诸先生来华泾祭扫先烈邹容茔墓时，吾父权作主人，于黄叶楼设宴招待。章太炎先生与吾父所吟今尚能背诵。太炎先生诗云："落泊江湖久不归，故人生死总相违。至今重过咸丹墓，尚伴刘三醉一回。"吾父缅怀亡友，追念往事，悲慨遥深地吟曰："杂花生树乱莺飞，又是江南春暮时。生死不渝盟誓在，几人寻冢哭要离。"

7 月，《女皇秘史》由时还书局出版。此为《清史演义》之第四部。作者自序称于民国十三年（1924）七月，青浦陆士谔甫序于松江医寓。是月 24 日，江苏督军齐燮元、浙江督军卢永祥为争夺上海地盘酝酿战争。本县局势紧张。驻松浙军封船百余艘供军用，居民纷纷避迁。县议会及各法团电致北京及江浙当局，呼吁和平。

是月中旬，先生先遣其妻避上海，与长子清洁看守家门。

是月 29 日，先生避难第二次来沪。

9 月 30 日，江浙战争爆发，史称齐卢之战。县城学校停学，商店多半歇业。

10 月 12 日，浙江督军卢永祥兵败下野，江浙战争结束。松江防守司令王宾等弃城潜逃。先生第三次赴沪。在《战血余腥录》中先生叙述了他第三次来沪悬壶之情形。

先生避难来沪后，聊假书局应诊。民国十四年（1925）六月，他先是在英界四马路画锦里口老紫阳观融壁上海图书馆行医，民国十四年十一月十二日，后又迁移到英租界跑马厅汕头路 23 号新层；民国二十二年（1933）九月，他再次迁移到公共租界中央区，汕头路 82 号。

一日，有广东富商路过上海图书馆，恰巧看到士谔正为病家诊脉开方，就上去攀谈。一交谈，就觉得陆士谔精通医学，请陆出诊，为其妻治病。士谔在病榻边坐下，一看病人骨瘦如柴，气若游丝。原来已卧床一月有余，遍请名家诊治，奈何无灵。病情日见沉重，饮食不思，气息奄奄。富商请陆士谔来看病，也是"死马当活马医"。诊脉后，士谔开好药方说："先吃一帖。"第二天，富商又到诊所邀请，说病人服药后就安然熟睡，醒来要吃粥了。这样经过半个月的诊治，病人霍然而愈。富商感激不尽，登报鸣谢一月，陆士谔的医名由此大振。不久就定居于汕头路 82 号挂牌行医，每日门诊一百号。

12月27日，在《金刚钻》报"诊余随笔"，先生撰文谈小儿虚脱症及其疗法。

是年，先生修《云间珠溪陆氏谱牒》（不分卷），署"陆守先修"，其侄陆纯熙在《云间珠溪陆氏谱牒》中曰："士谔叔父就珠街阁近支先行编纂校雠，即竣，付诸石印，分给同宗俾珠街阁近支世系。已可按世稽查。"

关于《云间珠溪陆氏世系考》陆纯熙述曰：

> 守先谨按：吾宗谱牒世甚少，刊本相沿至今，即抄本亦复罕购，浸久散佚，世系将未由稽考，滋可惧也。此百数十年中急需修入者不知凡几。屡拟评加修订，而宗支散处，调查綦难，因商之，士谔叔父就珠街阁近支先行编撰。校竣，即付之石印，分给同宗，俾珠街阁近支世系已可按世稽查。

中华民国十三年十一月十八日纯熙谨识

## 1925年（民国十四年　乙丑）四十七岁

1—6月，《金刚钻》报连载其短篇小说《环游人身记》。

在其科幻短篇小说《寒魔自述记》和《环游人身记》中，作者通篇运用了生动贴切的比拟和比喻来说明病毒侵入人体之途径。如《寒魔自述记》叙述了"途"之六兄弟：风魔、寒魔、暑魔、湿魔、燥魔、火魔漫游人体之经历，从而感受到"此为世界风景之最"。在《环游人身记》中则记述了"余"挟暑风二伴"登女郎玉体"分道从"寒府"，人之汗毛孔和"樱唇"通过咽窍（食管）、喉窍、颃颡舌本、脾脏（少阴脉）、肾脏（阳阴脉）、胃府进入人之膏粱之体，它们环游人身一周。文中穿插了

"余"与暑伴等之对话，辛辣地讽刺了那种不学无术的庸医，同时倍加推崇名医之医术医德。上述两篇，皆具有较强的故事性和情节化的特点，语言亦幽默风趣，读来引人入胜。

是年，作《今古义侠奇观》，该书演历代十四位男女义侠的故事。出版广告启曰："当行出色撰著武侠说部之老手陆士谔君，收集古今英雄侠义之事迹，仿今古奇观之体例，编成《今古义侠奇观》一书，以为配世化俗之工具。情节离奇，文笔紧凑，聚数千年来之侠义于一堂，汇数十百件之佳话为一编，前后合串，热闹异常……写英雄之除暴，则威风凛凛；写义侠之诛奸，则杀气腾腾，可以寒奸人之胆，可以摄强徒之魂……洵足以励末俗，而挽颓风。"①

在《留学生现形记》封底，亦将其列为最新出版之小说名著：

　　　　吴趼人：《二十年目睹之怪现状》《九命奇冤》《电术奇谈》

　　　　李涵秋：《近十年目睹之怪现状》《自由花》

　　　　海上说梦人：《歇浦潮》《新歇浦潮》

　　　　徐卓呆：《人肉市场》

　　　　不肖生：《江湖义侠传》

　　　　陆士谔：《今古义侠奇观》《剑声花影》

　　　　以及名家译著：《十五小豪杰》等共二十二种

是年，作《续小剑侠》，由上海时还书局出版。

4月，作《小闲话》连载。另有医学杂论《治病之事》《治

---

① 见于《红玫瑰》杂志第三十二期广告。

病日记》。

8—12 月，作《义友记》，连载于《金刚钻》报。

是年，《金刚钻》报登载《内科陆士谔诊例》一个月。

3 月，《金刚钻》报记曰：

世界书局管门巡捕某甲，于正月二十一日晨正洗脸间，忽然仆倒，就此一蹶不醒，不及医治而死。及后该局经理沈知方叙之于先生，并研究其致死之由。先生曰，此则唯有"脱"与"闭"两症。"脱"则原气溃散，"闭"由经络闭塞，闭则有害其生，脱则虽有神丹，难挽回也。沈君曰，死者全身青紫。越日，两医解剖其尸，则肺脏已经失去其半。先生曰，该捕平日必酷嗜辛辣而好之饮烧酒，不然肺何得烂，然其致死之因，虽由肺烂，而致死之果，实系气闭。因仆侧肺之烂叶遮住气管，呼吸不通，故遂死也。询之果然。

是月，《金刚钻》报载有一病人家属严寿铭感谢他的信曰："舍亲俞幼甫谈及避难来申之陆士谔，姑往一试，至四马路画锦里口上海图书馆陆寓，延之来诊。不意药甫下咽，胸闷既解，囊缩即宽。二诊而唇焦去、身热退。三诊而能饮半汤，四诊而粥知饥矣。"

是月，先生著《温热新解》。先是《金刚钻》报发表，1933年 9 月又在《金刚钻月刊》重版。

5 月，先生在《金刚钻》报"读书之法"中曰：

先父兰坨公以余喜涉猎古史，训之曰，读书贵精不贵博，汝日尽数卷书，聊记事迹耳，其实了无所得。因出《纲鉴正史》曰，何如……余遂以刘三（小学家）读经之法，读秦汉唐各医书，而学始大进。辨论撰方，自谓稍易着手，未始非读书之益也。

5月27日，先生曰："余自《医学南针》出版而后，虚声日著。远客搭车来松者，旬必有数起，均系久来杂病，费尽心机，效否仅得其余。及避难来沪，沪地交通便利，百倍松江。囊时远客，仅沿沪杭线各城镇，今则有由海道来者，有由沪宁线各站来者。"

6月12日，《金刚钻》报《陆士谔名医诊例》：

所治科目：伤寒、湿热、咳嗽、妇科、产后、调经各种杂病。

时间：上午十时至下午三时门诊，午后三时出诊。

地址：英界四马路画锦里口上海图书馆。

11月12日，先生迁移到英租界跑马厅汕头路23号新层。

## 1926年（民国十五年 丙寅）四十八岁

3月，《剑声花影》第五版刊行。

是月31日，在《金刚钻》报上登载《修谱余沈》曰：

今吾家新谱告成，自元侯通至士谔凡七十九世……

305

原原本本，一脉相承，各支宗贤亦均分载明白。扬洲别

驾分类，为吾二十六世祖，娄王逊为吾五十八世祖……

4月14日，先生作《寒魔自述记》连载于《金刚钻》报。

12月，《家庭医术》初版，上海文明书局印行。1930年再

版，署"辑选者陆士谔"。

## 1928年（民国十七年　戊辰）五十岁

2月，《顺治太后外纪》五版，由上海进步书局印行。

4月，《绘图新上海》五版。

4月，由范剑啸著、先生参与润文的小说《双蝶怨》由上海

大声图书局出版。

9月，《古今百侠英雄传》由上海时还书局出版发行，标绘

图古今侠义小说。先生自序曰：


余嗜小说，尤喜小说之剑侠类者。所读既多，未免

技痒。缘于诊病之余，摇笔舒纸，作剑侠小说。在当时

不过偶尔动兴，聊以自遣，不意出版之后，竟尔风行，

实出余意料之外。意者下里巴人，属和遍国中耶？


中华民国十七年八月十五日

青浦陆士谔序于上海汕头路医寓

是年，出版《北派剑侠全书》与《南派剑侠全书》。在《古

今百侠英雄传》之末页，附南北两派剑侠全书总目：

北派：《红侠》、《黑侠》、《白侠》、《三剑客》
（二册）。

南派：《八大剑侠传》、《血滴子》、《七剑八侠》
（二册）、《七剑三奇》（二册）、《小剑侠》（二册）、
《新剑侠》（二册）。

10 月，作《新红楼梦》，由上海亚华书局出版。

是年，《金刚钻》报登载《内科陆士谔诊例》一个月。

## 1929 年（民国十八年　己巳）五十一岁

元月，作短篇《记平湖之游》①，作者于冬至日作平湖之游，
其记曰：

> 平湖多陆氏古迹，此行得与二千年前同祖之宗人相
> 聚，意颇得也……盖平湖支为唐宰相宣公系。宣公系三
> 国东吴华亭候补丞相逊之后，而吾宗为选尚书王昌之
> 后，王昌与逊在当时已为同曾祖姜昆，故吾宗与平湖陆
> 氏，为二千年前一家。考诸家乘，信而有征也。此次邀
> 余往诊者，为平湖巨绅陆纪宣君。甲子秋，余避难来
> 沪，纪宣亦携眷来沪。其夫人患病颇剧，邀余往诊，遂
> 相认识。由是通信，如旧识焉。

是年，作武侠长篇小说《江湖剑侠》，共四十回，由国华书
局出版。回目前写有"陆士谔著、蔡陆仙评"。并有云间吴晚香
之序言，写于上海。其序文称：

---

① 于 1929 年 1 月 6—12 日连载于《金刚钻》报。

青浦陆士谔先生精"活人术"，复长于写武侠小说。形其形状，其状惟妙惟肖，可骇可惊。历次所作，阅者无不击节。盖先生于乱世触目伤心、愤激之余，发为奇文，非以投世俗之所好也，聊以鸣方寸之不平耳。

蔡陆仙先生第一回评曰：

叙武侠本旨如水清石出，历历可见。所谓探骊得珠，已白占足身份，况描写官吏之嚚顽、社会之黑暗、胥吏之残酷，无不细心若发，洞若观火，笔墨酣畅，尤有单刀直入之妙。

## 1930 年（民国十九年　庚午）五十二岁

2 月，作《龙套心语》，共三册，书末标社会小说。以龙公名义发表。由上海竞智图书馆出版。此书先是在《时报》连载，现上海图书馆存有《时报》版剪贴本和竞智图书版本两种。书前有龙公自序、答邮人书（代序），又有马二先生序。序曰：

《龙套心语》著者署名"龙公"，不知其何许人也。全书二十四回。著者自云"记载南方掌故，网罗江左佚文"。语虽自负，正复非虚。

篇末曰：

著者必为文章识见绝人之士，而沉沦于末僚者，故能巨细靡遗，滔滔不尽，若数家珍。虽曰诙谐以出之，而言外余音，固含有无限感慨，殆所谓伤心人别有怀抱者耶？

1984 年，文化艺术出版社在"中国史料丛书"中再版推出此书，更名为"江左十年目睹记"，并认为本书的作者是姚鹓雏，首页为柳亚子题序，1954 年 7 月 20 日写于首都。（是年 6 月 25 日姚鹓雏先生卒。）又增加了出版说明和常任侠序，并将其置于马二先生原序之前，同时亦保留了龙公自序。书后附吴次藩、杨纪璋增补的《龙套心语·人名证略》。《龙》书首页及封底皆为云间龙在空中飞舞，与陆士谔之《商界现形记》同。其书之目录"一士谔谔有闻必录"，作者自己充当书中之人物，亦与其小说风格一致。故据本人考证，此书作者应为陆士谔。①

3 月，陆清洁编辑、陆士谔校订的《万病险方大全》由上海国医学社印行，国医学社出版，中央书店发行。次年 7 月再版。夏绍庭序曰：

> 青浦陆士谔先生邃于医学，莅沪行道有年，囊尝闻其声欬。审知为医学士，平生撰述甚富。著有《医学南针》一书，精确明晰，足为后学津梁。今其哲嗣清洁英台秉性聪慧，为后起秀。既承家学之渊源，又竭毕生之心力，广搜博采，罗致历年经验良方汇成一书。

> 民国十有九年暮春之初夏绍庭序于九芝山馆

陆清洁自序：

> 智者千虑，必有一失。愚者千虑，必有一得。故名医之处方，有时而穷，村姬之单方，适当则效，非偶然

---

① 可参见田若虹《陆士谔小说考论》第六章第二节：《〈江左十年目睹记〉著者考》。

矣。谚称"单方一味，气死名医"。夫单方非能气死名医也，必单方神效，如鼓应桴始足当之无愧。本书各方，苦心搜访，南及闽粤，北至燕晋，风雨晦明，十易寒暑。而异僧奇士，秘而不宣人之方药，必有百计以求之。一方之得，必先自试用，试而有验，珍同拱璧。有历数月不得一方，有一日间连获数方。积之既久，乃编为十有三种。包罗有系，或谓余篇有仲景之验、千金之富、外台之博，则余岂敢。余编是篇，聊供乡僻之处，医士寥落、药铺未计所需耳。初无意问世也，平君襟亚热情殷殷，坚请付印，盛情难却，始从其议。然自审所编，挂一漏万，在所不免，知我罪我，唯在博雅君子。

中华民国十九年三月陆清洁序于沪寓

4月15—30日，《小闲话》中以王孟英医书为题，论及当时医林之风尚：

海宁王孟英，为清咸同间名医。近世医者多宗医说，喜以凉药撰方，或谓近日医家之弊，孟英创之也，欲振兴古学，非废孟英书不可。余颇不然之。孟英当日大声疾呼，立说著书，无非为救弊补偏之计。源当时医者不认病症，不究病源，唯以温补药为立方不二法门，故孟英不得已而有作也。试观孟英医案，救逆之法为多，亦可见当时医林风尚之一斑。

1924—1936年，先生在《新闻夜报》副刊《国医周刊》上主笔介绍医药知识，亦公开为病家咨询。

6月，先生《家庭医术》再版。

是年，先生在如皋医学报五周汇选撰《中西医评议》，就中西医之汇通问题与余云岫展开论辩，双方交锋数月。先生认为："中西医学说，大判天渊。中医主张六气，西医倡言微菌；一持经验为武器，一仗科学为壁垒，旗帜鲜明，各不首屈。"然而两相比较，则"形式上比较，西医为优；治疗上比较，中医为优。器械中比较，西医为胜；药效上比较，中医为胜。为迎合世界潮流，应用西医；为配合国人体质，应用中医"。

是年，《金刚钻》报登载《内科陆士谔诊例》一个月。

## 1931 年（民国二十年 辛未）五十三岁

是年，清廉考入江苏省苏州中学高中部。"九一八"时，他积极参加请愿团宣传抗日，并与同学胡绳一起创办了社会科学研究会，宣传马列主义。

先生仍在上海行医，又任华龙小学校董。先生女婿张远斋任校长，女儿敏吟和清婉皆任教员。先生之剑侠小说约写于1916—1931 年间，大多由时还书局出版。其历史小说以历史事件为基础，而根据稗官野史、民间传闻加以敷衍虚构而成，故曰："书中事迹大半皆有根据，向壁虚造，自信绝无仅有。"当时他曾摘诸家笔记中剑侠百人，别录成册，以备异时兴至，推演成书。后老友郑君彝梅见之，劝之付梓，先生辞不获，因草其摘取之。其剑侠小说为《英雄得路》、《顾珏》、《红侠》、《黑侠》、《白侠》、《七剑八侠》、《七剑三奇》、《雍正游侠传》、《剑侠》、《新剑侠》、《今古义侠奇观》、《小剑侠》、《江湖剑侠》、《古今百侠英雄传》、《新三国义侠》、《新梁山英雄传》、《八剑十六侠》、《剑声花影》、《飞行剑侠》、《八大剑仙》（又名《八大剑侠传》）、《三剑客》、《血滴子》、《北派剑侠全书》、《南派剑侠全书》二十四种。此外有评点《双雏记》和《明宫十六朝演义》两种。

11 月，先生在《金刚钻》报撰《说部杖谈》曰：

> 他人作小说，而我为之评注，非易事也。下笔之初，必先研究作者之布局如何、用意如何，首尾如何呼应，前后如何贯穿，何为伏笔，何为补笔，何为明笔，何为暗笔，探微索隐，真知灼见，而后其评注乃不悖于本义。圣叹评《水浒》《西厢》，虽未都尽餍人意，要其心思之缜密，笔锋之犀利，能发人所未发，则似亦不可没也。仆才不逮圣叹万一，更乌评注当代名小说家之杰作，而平江向恺然先生，即别署不肖生者，著《近代侠义英雄传》说部，乃由老友济群以函来嘱余为评，辞意颖颖，弗能却也。谬以己意为之评注，漏疏忽略无当大雅，固于《侦探世界》之辑余赘墨中，言之数矣。

是年，借《侦探世界》半月刊，在其杂文《说部杖谈》中提及：

> 他人作小说，而我为之评注，非易事……固于《侦探世界》之辑余赘墨中，言之数矣。

是年，《金刚钻》报登载《内科陆士谔诊例》一个月。

## 1932 年（民国二十一年　壬申）五十四岁

5 月，其医书《丸散膏丹自制法》再版。

是年，《金刚钻》报登载《内科陆士谔诊例》一个月。

## 1933 年（民国二十二年　癸酉）五十五岁

元月，作杂文《说小说》曰："近年小说之辈出，提及姓名妇孺皆知者，意有十余人之多。革新以来，各界均叹才难，只小说界人才独盛，此其中一个极大之原因在……"指出了小说之所以不同于诗赋等文学体裁之五种原因。

是月，作散文《雪夜》。作者在风雪之夜，斗室寂居，颇有感慨：

> 斗室之中，有一寂然之我也。由既往以识将来，百阅百年，此间更不知成何景象。是否变为崇楼杰阁、灯红酒绿之场，荒烟衰草、鬼泣鹃鸣之地，虽尚未能预测，而此日此时此地，未必恰有此风雪，可以决定，即使百年后之此日此时此地，未必恰有此风雪，无论如何，此斗室总已不复存在，此斗室中之我总已不复存在，可断言也。夫然则我之为我，原属甚暂，夫我之为我，即属甚暂，则此甚暂之我，对此甚暂之时光，何等宝贵。①

是月，作散文《快之问题》，慨叹时光之流逝曰："吾诚惧者，老死而犹未闻道，未免始终有失此时光耳。"

是月，在"民众医学常识"栏目谈医说药。从 2 月至 8 月连载。

2 月，另作小品文《白话教本》《新文学》二种。

是月，作散文《春意》曰："春风嘘佛，春气融和，春色碧色，春水绿波，春花之开如笑，春鸟之鸣似歌，凡此种种，风也，气也，草也，水也，花也，鸟也，皆可名之曰春意……"②

是月，《金刚钻》报"全年订户之利益"栏目（二）推介

---

① 《金刚钻》报 1933 年 1 月 2 日。
② 《金刚钻》报 1933 年 2 月 14 日。

《金刚钻小说集》一册曰：

> 小说集中所刊字文，俱戛戛独造之作。短篇数十种
> 各有精彩，长篇三种尤为名贵。长篇一，程瞻庐之《说
> 海蠡测》、海上漱石生之《退醒庐著书谈》……短篇，
> 漱六山房《西征笔记》、陆士谔《猫之自序》……

3月，在"医紧商榷""春病之危机"栏目连载医文。

4月，作《温病之治法》《我之读书一得》《洄溪书质疑》等
医学小品文。其曰："辨药唯求实用，读书唯在求知，知之为知
之，不知为不知，如武进、邹闰闿之疏证，斯为得矣。"①

是月，"月刊启事"栏目编者曰："某人略谙医药，便自诩神
仙。陆君擅歧黄术，将医药常识尽量贡献，神仙之道，完全拆
穿；养生之道，十得八九。是医生应该多读读，可以祛病延年；
不是医生也可以增进学识。"②

5月，作《清郎中门槛》《医海观潮》《钟馗嫁妹》等小
品文。

9月，谈"人参之功用""脚湿气方"，在"医经节要""答
言"栏目谈医说药。

是月，作小品文《马桶》《四库全书》《僵先生（二）》等。

是月，编辑《青浦医史》。

是月，迁移到公共租界中央区汕头路82号。

10月，先生续汪仲贤的小品文《僵先生》第一集，载于
《金刚钻月刊》。全书共三集：其一《僵先生》汪仲贤著；其二
《僵先生打开僵局》陆士谔续；其三《僵先生一僵再僵》汪仲

---

① 《洄溪书质疑》，《金刚钻》报1933年4月15日。
② 《诊余随笔》，《金刚钻》报1933年4月24日。

贤著。

11月，先生连载在《金刚钻》报上的短篇小说《寒魔自述记》与《环游人身记》结集重版于《金刚钻报月刊》。

是月，作笔记体小品文《鉴古》。

是年，《绣像清史演义》五版。撰医书《奇虐》等。

是年，《金刚钻》报登载《内科陆士谔诊例》一个月。

## 1934 年（民国二十三年 甲戌）五十六岁

是年，作《国医新话》，并继续在公共租界英法租界出诊。

公共租界：中央区西至卡德路、同孚路，东至黄浦滩，北至苏州路，南至洋泾浜。

法租界：西至白尔部路、横林山路、方浜桥路，南至民国路，北至洋泾浜，东至黄浦滩。在"陆士谔论医"栏目中提及《国医新话》及其所著有关医书：

丞曰：士翁先生通鉴，久仰鸿名，恨未瞻韩，晚滥竽商途，公余，常求医学。然以才短理奥，毫无所得。数年前得大著《医学南针》，指示之深如获至宝。余力诵读，只得一知半解，先贤入门之作，均无此中明显，初学宝筏真为稀有。三、四两集屡询津中世界书局分局，出书无期，去岁秋得公著《国医新话》及《医话》，理论精微，断诊明确，并指示种种法门，开医药之问答，能于百忙之中行此人所难能者。仁心济世，景慕益殷，夫邪说乱政，自古已然，海通以还，西术东来，尤甚于古。当此国人遭医劫之秋、后学失南针之日，吾公雄才大辩，融会今古，绍先圣之正脉，开启后进；障邪说之狂流，挽救生民，天心仁爱，降大衍公也……而敬读尊著，几无一日可离，然除得见者外，如《钻》报之发行所《医经节要》《邹注伤寒论》《新注汤头歌诀》《寒窗医话》未知何家代印发行，统希赐示，俾得购读，使自学得明真理。

民国二十六年五月十九日

是年至次年，由陆清洁编辑、陆士谔校订的《医药顾问大全》（共十六册），由上海世界书局陆续印行。

此书有八篇他序（夏序、丁序、戴序、贺序、蔡序、汪序、杨序、俞序）和一篇作者自序。

俞序曰：

> 陆君清洁，性谨厚，工厚文。其尊翁士谔先生，为青浦珠街阁名医，精岐黄术。为人治病，常切中病情十全八九，又擅长文学。所著《医学南针》，传诵医林，实天土灵胎第一人也。清洁幼承庭训，学有渊源，而于医学造诣尤深。处方论病，广博精湛，深得其尊翁医学之精髓。

是年，组织中医友声社，在电台轮值演讲中医常识，先生主讲"医学顾问大全"。

3月，在"谈谈医经""小言"栏目谈医说药。

10月，谈中医研究院问题曰：

> 缘眼前医界，有伪学者，有真学者。所谓伪学者，乃是说嘴郎中，全无根底，摇笔弄墨，居然千言立就，反复盘问则瞠目不能答一语，此等人何能与之群？此一

难也。真学者中又有内经派、伤寒派之分⋯⋯①

是年，先生于《杏林医学月报》发表《国医与西医之评议》，此文针对当时中医改良思潮而发。

是年，先生发表《国医之历史》《释郎中》两种医书。

是年，《金刚钻》报登载《内科陆士谔诊例》一个月。

## 1935 年（民国二十四年　乙亥）五十七岁

《金刚钻月刊》记曰：

> 青浦陆士谔先生，来沪已有十载，凡伤寒、温热、妇科各症，经先生治愈者，不知凡几。且素抱宏志，开拓吾学，治愈之各种奇症。自撰医话，刊布《钻》报，方案原原本本，足供《医学南针》。唯手撰医书十种在世界书局出版者，均系十年前旧作。近来因忙于酬应，反无暇著书，未竟之稿，未能继续，徒劳读者责问耳。先生常寓公共租界中央区汕头路 82 号，门牌、电话九一八一一。②

该期还刊登了先生《著作界之今昔观》。此文揭露和抨击了古今那种喜出风头，贯于剽窃成文、据为己有，或以本人名微，辄托前代名人"学者"之不正文风。

元月，先生的《七剑八侠》续编十三版，由上海时还书局出版发行。正、续编二册，定价二元六角，续编共二十回。

4 月，先生的《八大剑侠传》亦由上海时还书局出版发行。

---

① 《金刚钻》报 1934 年 10 月 9 日。

② 《金刚钻月刊》第二卷第一集。

第二十一版篇末曰："是书草创之始，原拟撰稿二十回，不意撰述至此，文义已完。增书一字，便成蛇足。陡然终止，阅者谅之。"

## 1936 年（民国二十五年 丙子）五十八岁

1—10 月，先生在《金刚钻》报连载《按王孟英医案》。

2 月 26—27 日，先生在《金刚钻》报"医林"栏目发表《论藏结》上、下篇。

4 月 28—30 日，陆清源在《金刚钻》报发表《伤寒结胸与痞之研究》一至三篇。

7 月，作《士谔医话》曰："自撰医话，刊布《钻》报，方案原原本本，足供《医学南针》。"由世界书局发行。在 1924—1936 年间，先生常在《金刚钻》报的"诊余随笔"及"管见录"上撰文。《金刚钻》报编辑济公（施济群）曰："陆士谔先生在本报撰'诊余随笔'颇得读者欢迎，后因诊务日忙而轰，近先生复以'管见录'见贻，发挥心得，足为后学津梁。"①

7 月 8—15 日，先生在"医药问答"栏目解疑答难。

7 月 19—20 日，作《黑热病中医亦有治法吗》，发表于《金刚钻》报。

8 月 20—21 日，作医学论文《微菌》上、下篇，发表于《金刚钻》报。

8 月 31 日—9 月 1 日，先生在《金刚钻》报发表《论学术之出发点》上、下篇。

10 月，《清史演义》第四部《女皇秘史》重版。

《清史演义·题词》丹徒左酉山曰："金匮前朝尚未修，鸿篇海内已传流。编年一隼温公体，杂说原非野乘俦。笔挟霜天柱下

---

① 《金刚钻》报 1925 年 5 月 18 日。

握，版同地编枕中收。吾家曾作《春秋》传，愿附先生文选楼。"

10月1—6日，先生长子陆清洁发表《驳章太炎先生伤寒论讲词》1—7篇。

10月2—7日，在《金刚钻》报"医林"栏目发表《江西热疫之讨论》1—6篇。

1936年11月13日—1937年1月19日，作杂文《南窗随笔》一、二、三、四集。

11月15日，在《金刚钻》报"医林"栏目发表《经验》上、下篇。

12月1—2日，作杂文《南窗随笔》上、下篇。

12月13日，先生之子陆清源在《金刚钻》报登载启事：

> 清源秉承庭训研读伤寒，一得之愚，未敢自信，刊诸"医林"，广求磋切。正在学务之年，未届开诊之日，辱荷厚爱，有愧知音。自当奋勉研攻，以期不负知我，图报之日，请俟他年。现在，尊处贵恙，期驾临汕头路82号诊室就治可也。

12月17日，在《金刚钻》报发表《中西医之辨证法（一）》。

1936年12月—1937年1月27日，陆清源在《金刚钻》报连载《伤寒小柴胡汤之研究》。

12月20—23日，在《金刚钻》报发表《再论辨证》谈中医问题。

## 1937年（民国二十六年　丁丑）五十九岁

1月11—12日，在《金刚钻》报发表论文《落叶下胎辨》上、下集。

1月13日，在《金刚钻》报"医林"栏目发表医学论文《中医之学术》道："做了三十年来中医，看过百数十种医书，觉得中医的短处，就在理论的话头太多。虽然中医书也有不少罗列证据的，拿它归纳比较，终觉理论占据到十分之六七，证据只有十分之三四，断断争辩，公说公有理，婆说婆有理……究其实在，有何用处？"

1月15—16日，在《金刚钻》报发表医学论文《研读叶氏温热篇》上、下集。

1月18日，在《金刚钻》报发表中医理论文章《辨证》。

1月19日，在《金刚钻》报发表短文《邹氏书之销数》。

1月—3月24日，先生在《金刚钻》报连载《叶香严温热病篇》。

1月23—24日，先生作杂文《中医要自力更生》曰：

> 要知道自己的长，先要知道自己的短。中医的短处就好似古代传流的理论，叫作医者意也，讲的都是空话。说长道短，口若悬河，嘴唇两爿皮，遇到病症，便如云中捉月、雾里看花地胡猜乱道，一个病都用医者意也的法子诊治。……中医的长处，也就是古代传流的辨证法，叫作症者证也……

1月26—28日，先生作杂文《医者意也之谬》在《金刚钻》报连载。

2—3月，陆清源在《金刚钻》报连载《伤寒阐疑》。

3月，由陆清洁编辑、陆士谔校订的《大众万病顾问》，于是年三月初版。民国三十五年（1946）十一月新三版，编者自云："是书也，四易其稿，历三寒暑。约二十万言，以疗治虽不言尽美，然比较完备，可断言也。……民国二十四年（1935）六月，青浦陆清洁序于杭州板桥路医庐。"

戴达夫为其序曰：

陆君守先，青邑人也。为明文定公嫡裔。博通经籍，妙用刀圭。二十四番风遍栽杏树，八千里余纸抄录奇书。女子亦识韩康，士夫群推秦缓。哲嗣清洁，毓灵毓秀，肯构肯堂，飘飘乎横海之鱼龙，乎缑山之鸾鹤。况能志勤学道，训棠经畬，勉受青囊。精言白石，待膳侍寝之暇，博极群书。闻诗礼之余，耽窥奥衍。餐花梦里，贮锦胸中。摇虎毫而成文，不愧云间才调。喜龟蒙之继德，依然郁石清风。爰著万病验方大全，而丐序于余……

岁次上章敦牂春莫馀干戴达夫序于上海医学会

汪寄严先生序：

清洁同志，英敏多才，国医先进陆士谔先生哲嗣也。幼承庭训，家学渊源，宜乎头角峥嵘，矫然特异。其编撰是书，都二百万言，阅十寒暑始成。浸馈功深，洵巨制也。伏而读之，内外兼备，妇幼不遗。其于病理之叙述推阐縻遗，而于诊断治疗，则多发人所未发。骎骎乎摩仲圣之垒，驾诸家而上之。附方分解，以明方药效能，绝非掇拾者所可比。特开辟调养一门，俾病者于新愈时，知所避忌。其努力以发挥国医功效，讖微备至，是开医学之新纪元，尤足为本书生色。国医当此存亡绝续之交，得是书而振起之。同道可精作他山石，后

**321**

进得奉为指南针，岂仅社会群众之顾问而已哉。

民国二十三年十月新安汪寄严寄于沪江医寓

4月1—31日，先生在公共租界（中央区西至卡德路、同孚路，东至黄浦滩，北至苏州路，南至洋泾浜）、法租界（西至白尔部路、横林山路、方浜桥路，南至民国路，北至洋泾浜，东至黄浦滩一带）出诊行医。时间：下午二时至六时。每日上午在上海英租界跑马厅，汕头路82号寓所看门诊，时间上午十时至下午二时。

《金刚钻》报继续登载《内科陆士谔诊例》一个月。

4月20日，在"医书疑问"栏目中，病友王道存君提出疑问数点，请陆先生解答。先生次子陆清洁先生一一代为解答。

4月22—23日，上海医界春秋社请杭州光圭君回答"疬节痛风"之疑问，沈君转请陆清洁君回答。

4月26日，湖南湘潭李佩吾君，为其夫人之病函曰：

先生出版《国医新话》《医学南针》，指明应读各种方书，佩吾皆一一购备……感将贱内病状敬为先生详陈之。

4月29—30日，作《叶香严外感温热病篇》，刊载于《金刚钻》报。

5月4—24日，《小金刚钻》继续报载《内科陆士谔诊例》。

5月19日，在"论医"栏目，天津景晨君曰："敬读尊著，几无一日可离。然除得见者外，如《金刚钻》报之发行所《医经节要》《新注伤寒论》《新注汤头歌诀》《寒窗医话》，未知何家代印发行，统希示，俾得读。"

5 月 21 日，先生在《南窗随笔》中谈读书体会曰：

> 读古人书须要放出自己眼光，不可盲从，始能得益。倘心无主宰，听了公公说，就认为公有理；听了婆婆说，就认为婆有理，纵读破万卷书，绝无用处。如柯韵伯之为伤寒大家、吴鞠通之为温热大家，任何人不能否认，但柯韵伯心为太阳之说，吴鞠通温邪处在于太阴经之说，不可盲从也。

5 月 25 日，在"论病"栏目答李佩吾君第二次求医信。

5 月 28—29 日，继续在"论医"栏目中答医解难。

5 月 30 日，在"论医"中提到："南针三、四集，现方在撰述中。"

是月，先生主编《李士材医宗必读》，由上海世界书局出版。

6 月 1 日，先生在《小金刚钻·南窗随笔》撰文，为捍卫祖国医学不遗余力。

6 月 3—30 日，继续在《金刚钻》报登载《内科陆士谔诊例》。

6 月 8 日，在"南窗随笔"中先生阐明中西医之所长曰：

> 中医重的是形，形易见而神难知，此世俗所以称西医为实在欤。

7 月 2—30 日，在《金刚钻》报继续刊登《内科陆士谔诊例》。

7 月 16 日，先生三子清源在《金刚钻·国医三话》自序中曰：

清源待诊以来，亲承庭训，研读古书，每遇一方，必究其组织之法。为开为合，疗治之道，为正为反。趋时者则笑源为守旧。源亦知假借他人门阀，足以增光蓬荜……所以守草庐，不愿阗阗，奉久命编辑《国医三话》毕，因述其意为述。

7月20—22日，先生在《金刚钻报·论病》中答李佩吾君第三次来函。

7月25日，先生在《中医教育之我见》中谈中医教育曰：

中医之学术，重实验，不重理论；中医之教育，现代都有两途：一是各别教育，一是集团教育。中医学校是集团教育，师徒授受是个别教育。个别教育重在实验，集团教育重在理论。

7月26日，续曰："据余之经验，中医之教育，以个别为适，集团为不适，敢贡献于主持中医教育者。"

8月1日，陆清源在《金刚钻》报上写《国医三话》后序。

8月3日，先生在"论病"栏目中答程君、宝君致函求医。

8月9—13日，陆清源以《桂枝人参汤》为题谈医说药。

## 1938年（民国二十七年　戊寅）六十岁

秋，刘三病故。陆灵素整理刘三遗稿编成《黄叶楼诗稿尺牍》多卷，交给柳亚子校正刊印，不料太平洋战争爆发，文稿遗失于战火。灵素在痛惜之余，又以惊人毅力收集残稿，刊印出油印本分赠亲友。

是年，撰《内经伤寒》。

1938—1943年，先生悉心行医，整理医学著作。以其医术精湛，医德高尚，而被誉为上海十大名医之一。

## 1939 年（民国二十八年　己卯）六十一岁

1—10 月，先生次子清廉任中共晋城县委书记。发动群众减租、减息，组织反扫荡，完成扩军任务。

## 1940 年（民国二十九年　庚辰）六十二岁

3 月，清廉下太行山开展平原游击战争。至冀鲁豫区留在党委机关工作，后又担任地委宣传部长、清风县委书记、地委书记、区党委副秘书长等职。1949 年，随刘邓大军南下，8 月任西南服务团第一支队队长……1955 年 8 月，在中央高级党校学习，结业后任冶金工业部华东矿山管理局局长。1958 年 8 月 20 日，在北京开会返宁途中，因飞机失事不幸遇难，时年四十五岁。后经江苏省人民委员会追认为革命烈士。[①]

## 1941 年（民国三十年　辛巳）六十三岁

是年，《金刚钻》报主编施济群编辑《医药年刊》，在其中"中医改进论"栏目中有先生两篇医学论文：《病名宜浅显说》《陆氏谈医》。后者包括：《病家最忌性急》《说病与认证》《中医之药方》《中医之用药》《膜原之病》《脑膜炎》《小白菜戒白面瘾》《鼠疫治法之贡献》《睡眠病之研究》《黑死病之探讨》。在《医药年刊》之"国医名录"中记载：

陆士谔：内科，跑马厅汕头路 82 号，（电话）九一八一一。

陆清洁：内科，吕班路蒲柏坊 35 号，（电话）八六

---

① 参见《青浦县志·人物》第三十四篇。

一四二（杭州迁沪）。

**1943 年（民国三十二年　癸未）六十五岁**

是年冬，先生中风。

**1944 年（民国三十三年　甲申）六十六岁**

3 月，先生因中风卒于汕头路 82 号寓所。据传先生中风当日，全家人正共进晚餐，忽闻汕头路 82 号（先生诊所）起火，并见其西厢房上空红光闪烁，原来并非起火，而是一颗陨石坠落。先生亦于是时中风。其长子清洁为其致"哀启"，所叙述的都是关于医药方面之事，于历年来所撰小说只字不提。《金刚钻》报副总编辑朱大可先生为陆士谔写挽词赞曰：

　　堂堂是翁，吾乡之雄。气吞湖海，节劲柏松。稗史
风人，医经济世。抵掌高谈，便便腹笥。仆也不敏，忝
在忘年。式瞻造像，曷禁泫然。

先生在中医学上的卓越贡献和在通俗小说创作方面的建树不可磨灭，树立了发愤图强的样板，并以"稗史风人，医经济世"为后人所崇敬。

**图书在版编目(CIP)数据**

江湖剑侠／陆士谔著. — 北京：中国文史出版社，

2019.3

（民国武侠小说典藏文库·陆士谔卷）

ISBN 978 - 7 - 5205 - 0894 - 0

Ⅰ．①江… Ⅱ．①陆… Ⅲ．①侠义小说 – 中国 – 现代

Ⅳ．①I246.5

中国版本图书馆 CIP 数据核字（2018）第 270354 号

点　　校：清寒树　旷　野

责任编辑：薛媛媛

出版发行：**中国文史出版社**

社　　址：北京市海淀区西八里庄 69 号院　　邮编：100142

电　　话：010 - 81136606　81136602　81136603　81136605(发行部)

传　　真：010 - 81136655

印　　装：廊坊市海涛印刷有限公司

经　　销：全国新华书店

开　　本：720 × 1020　1/16

印　　张：21.5　　　　字数：257 千字

版　　次：2019 年 3 月第 1 版

印　　次：2019 年 3 月第 1 次印刷

定　　价：69.80 元